公元 787 年，唐封疆大吏马总集诸子精华，编著成《意林》一书 6 卷，流传至今

意林：始于公元 787 年，距今 1200 余年

意林

一则故事　改变一生

意林

意林励志卷

逆风而上

《意林》编辑部　编

吉林摄影出版社
· 长春 ·

意林年度精选

图书在版编目（CIP）数据

逆风而上 / 《意林》编辑部编. -- 长春 : 吉林摄影出版社, 2023.1
（意林. 励志卷）
ISBN 978-7-5498-5725-8

Ⅰ. ①逆… Ⅱ. ①意… Ⅲ. ①故事－作品集－世界－现代 Ⅳ. ①I14

中国版本图书馆CIP数据核字(2022)第246461号

意林励志卷·逆风而上 YILIN LIZHI JUAN · NIFENG ERSHANG

出版人 车 强
主　编 杜普洲
责任编辑 吴 晶
丛书策划 王立莉
执行编辑 张雪珂
封面设计 马骁尧
美术编辑 郭 宁
发行总监 王俊杰
封面图片 Veer图库
开　本 889mm×1194mm 1/16
字　数 400千字
印　张 13
版　次 2023年1月第1版
印　次 2023年1月第1次印刷

出　版 吉林摄影出版社
发　行 吉林摄影出版社
地　址 长春市净月高新技术开发区福祉大路5788号
邮编：130118
电　话 总编办：0431-81629821
发行科：0431-81629829
网　址 www.jlsycbs.net
经　销 全国各地新华书店
印　刷 北京中科印刷有限公司

书　号 ISBN 978-7-5498-5725-8　　**定　价** 39.90元

启　事

本书编选时参阅了部分报刊和著作，我们未能与部分作品的文字作者、漫画作者以及插画作者取得联系，在此深表歉意。请各位作者见到本书后及时与我们联系，以便按国家相关规定支付稿酬及赠送样书。

地址：北京市朝阳区南磨房路37号华腾北搪商务大厦1501室《意林·作文素材》编辑部（100022）
电话：010-51900054

目 录

CONTENTS

第一章 成长路标

第二章 智慧之灯

第三章 另类思考

第四章 身心原力课

第五章 人生感悟

第六章 名家观点

第一章 成长路标

我记得老家房子庭院里的那个角落，我一个人坐在大理石楼梯的第一级台阶上。遮阳篷撑开来，周遭沉浸在昏暗的凉意里，篷布柔化了透进来的正午阳光，顶上有颗星星伸出六个红色呢料制成的尖角。蒲葵宽大的叶子，穿过院子的缺口，向上直爬到敞开的阳台，明亮的深绿，底下的喷泉周围集结着夹竹桃和杜鹃花的灌木丛。水流在每次落下的时候发出声响，一成不变的节奏，令人昏昏欲睡，水潭深处，几条绯红色的鱼不安地游动，鱼鳞闪着金色的电光。一种倦怠消散在这氛围里，慢慢侵袭我的身体。

在那里，水流的喧嚣更加突显夏日绝对的宁静，睁开的眼睛面对一片透彻的昏暗，万物神秘的生命从中显现，我看见时间怎样静止不动，悬停在空中，纯粹而空灵，不再流逝，像那片藏着神明的云。

——［西班牙］路易斯·塞尔努达 译/汪天艾《奥克诺斯》

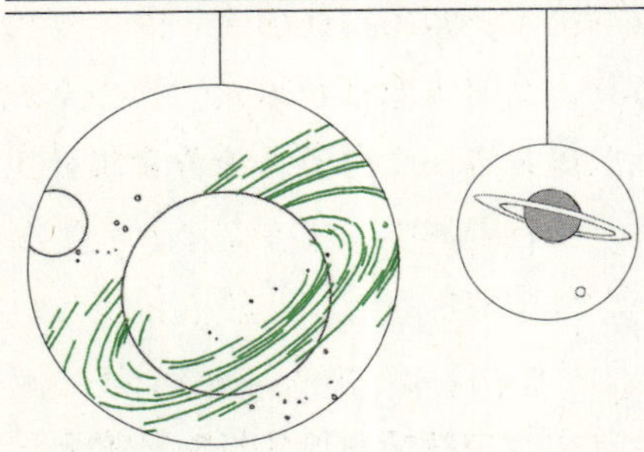

神十四来了！
首位“飞天女”刘洋：这10年从没停止训练

□余建斌　于　冰

据中国载人航天工程办公室消息，神舟十四号瞄准2022年6月5日10时44分发射，陈冬、刘洋、蔡旭哲3名航天员将执行神舟十四号载人飞行任务，由陈冬担任指令长。

时隔10年，中国首位“飞天女”刘洋再次执飞太空任务。镜头里的她神情坚毅，笑容温婉，比10年前显得更加从容、自信。

这10年里，刘洋有了很多新的身份，包括当了妈妈，成为全国妇联兼职副主席，2018年还被中宣部授予“时代楷模”荣誉称号。

不管身份如何变化，时刻为下一次飞行任务做准备，是作为女飞行员的刘洋这10年间始终坚持的信仰。

性别不是借口

从神舟十三号的王亚平，到神舟十四号的刘洋，这两次的“太空出差组”都有一位女航天员。女性由于其特殊的生理原因，也会更受外界关注。

“我们要开展空间生命科学研究，没有女性的参与是不完整的。”中国载人航天工程原副总指挥张建启曾表示。

但在太空环境下，“男女平等”，太空不会因为性别不同而区别对待。这一点刘洋深有感触。

从2010年进入航天员大队后，刘洋就以和男航天员们同样甚至更高的标准要求自己，日复一日挑战极限、对抗负荷。

比如，增强航天员前庭功能（人体平衡系统）的转椅训练。这种“极具刺激的运动”，一般人连1分钟也承受不了，而航天员需要在高速转椅上连续旋转15分钟。第一次上转椅训练时，坚持到5分钟，刘洋就开始浑身冒汗、头晕恶心。教员提醒过大家，一旦出现呕吐，身体就会产生记忆，下次再上转椅就会出现条件反射。

为了转移注意力，刘洋强迫自己想象自己正站在海边看夕阳、看浪花。第一次挺了过去，第二次好多了，后来就一次比一次顺利了，凭着顽强的意志力，她终于闯过了这道难关。

再比如，提高航天员抗过载能力的离心机训练项目。

火箭升空和飞船返回时，航天员需要承受巨大的过载（加速度）。离心机训练就是提高航天员抗过载能力的重要项目。当机械臂高速旋转时，人的全身就像被巨石压住一样，丝毫动弹不得。体液分布也会发生变化，血液不能正常流向大脑。

懂医学常识的人都知道，脑部缺氧几秒钟，就会造成“黑视”，甚至失明。训练中，航天员要用一系列对抗动作确保脑部供血充足。进入航天员大队前，刘洋是运输机飞行员，从没做过离心机训练。第一次上机，她浑身使劲，“每根头发丝、每个手指甲都在用力，几分钟的训练，就如跑了万米赛，双腿像灌了铅一般沉重”。

一次次训练，一次次煎熬。刘洋可承受8G的过载，即相当于将8倍自己体重的重量压在身上，并能保持头脑清醒，正常操作。

记者曾问刘洋：“男女航天员的训练标准怎么会完全一样？运动员不也是男女有别吗？”

刘洋说：“太空环境不会对男女航天员区别对待。到部队的第一天，队长就告诉我们，从今天起你们要漠视性别，不要总拿女性当借口，你们和男飞行员是一样的。所以，女航天员的训练要求严一些，将来到了天上就更保险。”

“坚持，一定要坚持”

实际上，飞行并不是刘洋最初的梦想，她更没想到自己会飞往蓝天、太空。直到高三那年，中国空军第一次在河南省郑州市招收女飞行员，她的命运就此改变。刘洋一路过关斩将，成为空军长春飞行学院的一名学生。她也是郑州市首位被录取的女飞行员。直到成为飞行员，刘洋才发现，飞行非但不浪漫，还充满风险与挑战。

2002年9月的一天，刘洋驾驶战鹰进行一项俗称“盲飞”的仪表飞行。飞机离开地面后，刘洋刚发出“收起落架”的口令，便听到“砰”的一声巨响，一股鲜血喷到风挡玻璃上，座舱内立刻充满焦煳味。危急时刻，刘洋表现出少有的镇定，她集中精力保持住状态，和机组同事密切配合，在能见度不足2千米的情况下，实施紧急着陆。成功降落后一检查，飞机共撞上了18只信鸽，有两只被吸进了进气道。如果应急处理稍有差池，后果不堪设想。

2009年，刘洋等奉命去西安执行人工降雨任务。飞机刚从武汉起飞，就遇到了恶劣天气。没过多久，飞机外面开始结冰，螺旋桨甩出的冰块，打在机身上发出巨响。刘洋迅速关闭自动驾驶功能，用手紧握驾驶杆，不断修正飞行姿态。

“机组商量后决定：坚持再往前飞一段，实在不行再找机场备降。当时大家都很紧张，担心飞机结冰会加剧。我心里只有一个愿望，盼着太阳赶快出来。飞了一会儿，感觉天空慢慢变亮了，云层突然闪开了一道缝，太阳露出来了，飞机上大坨大坨的冰块慢慢融化，那种喜悦的心情我一辈子都不会忘记！”刘洋说，这次空中特情对她的影响特别大，“航天员有些训练项目是对人身体极限的考验，我总是对自己说：坚持，一定要坚持，也许就在你快坚持不住的时候再坚持一下，成功就在前面。”

把祖国的荣耀写满太空

作为“中华第一飞天女”，完成神舟九号的飞行任务后，刘洋又回到了以前的模式，和航天员大队的战友一起积极参加训练，学习有关知识，熟悉飞行手册，了解实验流程和内容，担任飞控值班，提供地面技术支持。

针对未来空间站任务，她还对载人航天环境对航天员的情绪影响进行了细致研究。

“我们依然在训练，因为每次的任务都不同，技术更新很快，我们既要学习新东西，还要巩固已有的。”

虽然距离第一次“上天”已经过去10年，但当刘洋回想起那段难忘的“太空旅程”，她很庆幸自己选择了这份职业，很感恩自己的岗位为她提供了这样的太空体验，“到了太空，人的情感会被强烈地缩放——亲情、友情、家国情，会被无限放大；名利、得失、恩怨，会被无限缩小”。

在神舟十四号航天员见面会上，刘洋说：“2012年6月，我代表中国女性进入太空，那时是无比幸福、激动、兴奋的。当我离开天宫一号时，我曾向她庄严地敬了个军礼，坚定地对自己说，不久的将来，我一定会再回来。我会一直心怀山海，眼有星辰，永葆初心，一次次把祖国的荣耀写满太空。”

人人皆可为国王

□梁 衡

在现代社会里，每一个成功者都可以在自己的王国里成为国王，享受被崇敬，享受鲜花和红地毯。你看作家、画家是欣赏者的国王；学者、教授是他学术领域的国王；幼儿园的阿姨、小学的教师整天享受着孩子们的拥戴，也俨然如王——孩子王。就是牧羊人，在蓝天白云下长鞭一甩，引吭高歌，也有天地间唯我独尊的国王感。

当一个人壮志难酬或怀才不遇时，他仍然可以为王。塞翁失马，焉知非福；失之东隅，收之桑榆。北宋时的柳永，宋仁宗不喜欢他，几次考试不第，连个做臣子的资格都拿不到，他只好去当“民”。“凡有井水处，皆能歌柳词”，因而他在词坛成了自己的国王——词王。林则徐被清政府贬到新疆伊犁，沿途官民却争相拜迎，泪洒长亭，赠衣赠食，争睹尊容。到驻地后人们又去慰问，去求字，以至于待写的宣纸堆积如山。在人格王国里林则徐被推举为王。

在日常生活中更是人人可以为王。我看过一场演唱会，那歌手也没什么名气，但当时着实有王者风范，台下的女孩子毫不羞涩地高喊“我爱你”，演唱结束，要跟他拥抱。

国王的精神享受有三：一是有成就感；二是有自由度；三是有追随者。

只要做到这三点，不管你是白金汉宫里的英国女王，还是拉着小提琴的街头艺术家，在精神上都能得到同样的满足。要做到这一点并不难，只要诚实、勤奋就行——因为你虽没有王业之成，大小总有事业之成；虽没有权的自由，但有身心的自由；虽没有臣民追随，但一定有朋友，有人缘，也可能还有崇拜者。

所以人人皆可为国王，谁也不用自卑，谁也不要骄傲。

世上唯一被安葬在月球上的人

□王　爽

1994年7月16日，全世界的新闻媒体都不约而同地直播了一个前所未见的天文事件，那就是著名的“彗木相撞”事件。

早在1993年3月，地质学家尤金·舒梅克就预言了这一事件的发生。

尤金·舒梅克从小就对各种各样的矿石感兴趣。

1944年，16岁的尤金·舒梅克考上了加州理工学院，学习地质学。19岁，他大学毕业；20岁，他获得了硕士学位。毕业后，尤金·舒梅克加入了美国地质调查局。地质调查局派他去研究火山喷发过程，因此他来到了亚利桑那州北部，在那里，他遇到了一个大坑。

这是一个直径约1.2千米、深度达170米的坑。在长达半个世纪里，人们普遍认为这个大坑是一次大规模火山喷发的结果。但尤金·舒梅克不这么看，他认为火山活动根本不可能制造出这么大的坑，这个大坑可能是源于一颗巨大陨石的撞击。

这个发现让尤金·舒梅克于1960年获得了普林斯顿大学的博士学位，也开创了一门全新的学科：天文地质学。但陨石撞击理论并没有得到学术界的普遍认可。很多人认为，陨石撞击不会产生这么大的破坏力。要说服众人，舒梅克需要找到陨石撞击产生巨大破坏的直接证据。为此，他把目光从地球转向了太空。

1993年3月24日，舒梅克迎来了他一生中最光辉的时刻。那天晚上，舒梅克像往常一样，开始用那台口径0.5米的施密特望远镜搜寻彗星和小行星。这次，他在木星周围发现了21块奇怪的碎片。研究表明，这些碎片源于同一颗彗星。

为什么这颗彗星会支离破碎呢？答案是，它不慎落入了木星的洛希半径，被大质量的天体木星的潮汐力撕成了21块碎片。这21块碎片的块头在几百米到两千米。它们一字排开，就像一趟拥有21节车厢的星际列车，继续环绕木星旋转。研究表明，用不了多久，这趟星际列车就会与木星撞在一起。

尤金·舒梅克非常兴奋。多年来他一直认为地球和月球上的大坑都是被陨石撞击出来的，但由于找不到陨石撞击天体的直接证据，他的理论一直得不到主流地质学界的认可，现在终于有了亲眼看见行星撞击事件的机会。

1994年7月16日，这趟星际列车终于到达了终点站木星。随后发生的事，让所有天文学家都目瞪口呆。在6天里，21块碎片先后撞上木星，在木星表面留下了一连串巨大的伤疤。其中威力最大的是第七块碎片，它在木星表面撞出了一个直径超过1.2万千米的伤疤。这个伤疤可以装下整个地球。据估算，这次撞击释放的能量相当于6万亿吨TNT炸药，相当于全球核武器储备总和的600倍。你可以想象一下，这要是撞上地球，后果会有多严重。

在被地质学界冷落多年以后，尤金·舒梅克终于获得了辉煌的胜利。从那以后，再也没有人怀疑他的陨石撞击理论了。

1997年，尤金·舒梅克在澳大利亚遭遇了一场车祸，不治身亡。

为了纪念他，NASA（美国国家航空航天局）于1998年1月7日发射了“探勘者号”月球探测器，把他的部分骨灰带到了月球南极的一个陨石坑里。他的骨灰就这样与月球上的土地融为一体，从而让他成为世上唯一被安葬在月球上的人。

老版《西游记》好在哪里

□六神磊磊

一

老版《西游记》很厉害，但是究竟厉害在哪里，大家不一定全部知道。作为一个读书写字的人，我从自己的角度给大家解释一下：老版《西游记》到底厉害在哪里。这篇文章不谈演员们的表演，不谈词曲音乐，也不谈摄像、取景之类，只讲文字上的东西。在这方面，后来所有版本的《西游记》电视剧和它相比，都有巨大的差距，简直是尹志平和洪七公的差距。

二

比如大家都知道一句台词："你是猴子请来的救兵吗？"这是红孩儿的台词，这句台词在《西游记》的原著里有吗？有的，但是有些许不同。原著是："你是孙行者请来的救兵吗？"拍电视剧时，"孙行者"被改成了"猴子"。到底哪个更好呢？当然是"猴子"更好。看起来是一词之差，但改成"猴子"，这句话就更容易钻进你的心里；你就更容易记住红孩儿，这个光着腚的"黑社会二代"、海淀银枪小霸王，正作死地对着观音菩萨发问。

据说1982版《西游记》有三位编剧，包括导演杨洁。仅仅从这一句上说，编剧青出于蓝了。

再举一个例子。第四集里，孙猴子被压在五行山下五百年，有一天观音菩萨路过，两人进行了一番对话。双方的台词不过几句，有的是保留原著的，有的是编剧和导演自己发挥的。保留了哪一句呢？"特留残步来看你。"发挥了哪一句呢？"世上自有救你之人，却不是我。"

多么好的一句台词啊！观音菩萨这淡淡的一语中，有茫茫宿命，有莫测天机，有些微逗弄，有谆谆诲谕。这句话给了猴子多少遐想：世上确有救我的人，可红尘万丈，他在哪里呢？既然不是你，那又会是谁呢？

三

再给大家讲一段小情节，看看老版《西游记》的功夫。

有这么一段情节：取经路上，唐僧来到了一个叫"木仙庵"的地方，里面有几位仙风道骨的老人，非拉着唐僧作诗联句。唐僧禁不住几个老妖怪的撩拨，动了诗兴，就和他们唱和起来。

在《西游记》原著里，他们你来我往，共作了七首律诗。而在电视剧里，七首律诗被砍得只保留一首，恰恰是选了最好的一首。它的开头两句是这样的："禅心似月迥无尘，诗兴如天青更新。"做到最后两句时，四老一致让唐僧来收尾。大家记得是怎么收的吗？

半枕松风茶未熟，吟怀潇洒满腔春。

众老鼓掌："好一个'吟怀潇洒满腔春'！"而作为观众，我也想说，好一个"吟怀潇洒满腔春"！于是，原著里一段冗长乏味的情节，变成了荧幕上一段紧凑、风雅的诗会。它是很有作用的：一路上懦弱无能的肉鸡般的唐僧，抓住了这次机会，展露了自己的风采。

四

更厉害的是后面。

在这场文绉绉的诗会过后，四个老妖怪图穷匕见，现出了皮条客的当行本色，推出一个女妖怪——杏仙来迷惑唐僧。

在原著里，杏仙用来勾引唐僧的也是一首诗，水平仍然很差劲。然而拍剧的人是有慧眼的。在杏仙这首平庸的诗中，他看见了一句"雨润红姿娇且嫩"。他的灵感被触动了，觉得这里面有文章，可以发挥。于是在电视剧里，它被生发成了一首歌。这首歌还被加上一个名字——《何必西天万里遥》。

我经常想，如果换了我，有没有这个功夫，把一句粗直的"雨润红姿娇且嫩"，变成一首《何必西天万里遥》？我真的很怀疑。

五

再举一些1982版《西游记》里厉害的文字功夫吧。

比如观音菩萨曾变成一个老和尚，给锦襕袈裟打广告，吸引唐太宗来买。她是怎么打的呢？在原著里，这是啰啰唆唆一大通话，并不精彩。但在电视剧里，经过大刀阔斧的修改，最后拼接锤炼出几句："这袈裟，冰蚕抽丝，仙娥织就。穿我袈裟，不入尘轮，不堕地狱，坐有万圣朝礼，动有七佛随身。"接着，观音菩萨又给西天的真经打广告，精练到只有四句："能超亡者升天，能度难人脱苦，能解百冤之劫，能消无妄之灾。"熟悉中文的你不妨把它念诵一遍，有没有感觉到语句的工整？有没有感觉到音韵的铿锵？

一部25集的戏，数千句台词，处处能见到这样的锤炼功夫。有些是原著里本来就有的，被精练出来了；有些是原著里没有的，被演绎生发出来了。

比如在花果山，孙悟空喝问猪八戒："俺老孙身在水帘洞，心随取经僧。师父步步有难，处处该灾，他现在在哪里受难？"

听了猴王这话，我们是不是不由自主地像猪八戒一样被感动了："师兄，你好仁义啊！"

又如三打白骨精那段，唐僧要赶猴子走，怎么才可以用一句台词，就体现出唐僧最贱、最作死的效果，而且最能戳伤大徒弟的心？

答案是："难道八戒、沙僧就不会降妖？"

六

这就是老版《西游记》的厉害，一字一句都那么洗练、那么直白，悄无声息地钻进你的心。我们被这部剧征服，绝不仅仅是因为几根威亚、一点儿特技。

你可能把这部剧看了10遍、100遍，也看不出它的这份功夫。的确，文字的力量，我们常常是察觉不到的。经常是它征服了你，你还浑然不觉。

有趣的是，一个作者或者编剧，他的功夫越深、积淀越多、在人情世故上越练达，反而越没有所谓的"文采"了。就像《西游记》剧集里，黎山老母不停地催："商量好了没，谁留下来娶我女儿呀？"

我们如果功夫不到位，也永远写不出沙僧的那句精妙回答："商量好了，留下那个姓猪的。"

羽生结弦因何被尊重

□ELLEMEN睿士

北京冬奥会开幕至今，热搜榜上几乎就没断过与羽生结弦相关的话题。羽生结弦究竟为何人？他又是如何为大家所喜欢的？看完下面这13点，或许你会找到问题的答案：

1.这是一个从小学时期就做好职业规划的人

11岁面对采访镜头，留着和偶像普鲁申科同款发型的羽生结弦毫不畏惧地说出自己的职业目标——“拿到奥运金牌”，具体是在两个黄金年龄段参加奥运会，两届奥运会都拿到冠军后退役。于是到了19岁，他参加索契冬奥会，成为亚洲首位冬奥会男子单人滑冠军。23岁，他参加平昌冬奥会，成为66年来首位成功卫冕男子单人滑的运动员。他实现了儿时的规划，除了两次夺冠后就退役这一点。

2.在花滑领域，他19次打破世界纪录

他还是花滑历史上首位包揽奥运会、世锦赛、大奖赛总决赛、四大洲锦标赛及世青赛、青年组总决赛等国际大赛男单项目金牌的超级全满贯。截至目前，他已经19次打破世界纪录。

3.最强的羽生结弦，永远在下一场

2021年，他因伤退出多站赛事，直到年底的全日本花样滑冰锦标赛才伤愈归来。结果，他以近乎完美的表现夺冠。他在短节目中以111.31分刷新本赛季国际滑联赛事最高分，之后在自由滑中挑战四周半，周数不足但安全落冰，这是花滑运动员此前从未有过的尝试，为全世界所关注。

4.一个运动员可以闪光很久，关键在于他在不同阶段追求什么

在北京冬奥会上，羽生结弦再次代表人类向四周半发起挑战。四周半跳的基础得分是12.5分，仅比四周高1分，风险却大得多，从分值上看性价比不高。但平昌冬奥会之后，羽生结弦给自己设定的新目标就是跳出自己心中的四周半。

5.羽生结弦在不同阶段的追求，某种程度上是在推动整个花滑项目的发展

如他所说，“大家会以拿下世界冠军为目标去提升自己的水平，如果那位世界冠军也提升水平，花滑整体水平就会更进一步。这是一个很正面的连锁反应。我得成为那个角色，也希望自己能做到”。

6.他的生活，几乎只有花滑

羽生结弦今年27岁，出生在日本仙台。父亲为他取名“结弦”，是希望他的人生能像弓弦一样张弛有度。小时候因为得了哮喘，羽生结弦跟着姐姐一起学花滑。此后的生活，他几乎都与花滑为伴。他没有社交账号，很长一段时间没有手机，平时只

用一个iPod听音乐。2020年以前，他都在多伦多的一个滑冰场练习。他在那个城市待了很多年，但几乎没有去过市中心，每天都在训练与学习中度过。

7.训练之余，羽生结弦会加入比赛服的设计

他在平昌自由滑的节目是《阴阳师》，比赛服仿造的是朝臣和服，其颜色、材质、视觉呈现效果等多方面都有他的参与。他的服装设计师伊藤聪美曾说："羽生选手是设计师，而我是他的助手。"

8.音乐也要自己把控

在《阴阳师》中，羽生结弦说自己的每个动作都要跟音乐合拍，于是他根据跳跃、旋转等步伐节奏自行编制曲子。他还录下自己的呼吸声，把它加到曲目最前面，时长在一秒钟左右。他说这是留给自己调整呼吸和心情用的，也更容易抓住开始动作的时机。北京冬奥会上，他选择《天与地》作为自由滑曲目，该曲原作出自日本作曲家富田勋，他同样参与了编曲。

9.大学研究的课题也与花滑有关

羽生结弦建立了一个有关"3D技术捕捉花滑"的程序，只需输入花滑的各项动作要素，程序就能将这些动作转换为具体数据。他在自己身上安装了动态捕捉装置，用自己最擅长的3A跳反复试验。经过统计，他发现数据验证了他对某些动作的感觉，因此研究数据在比赛中非常受用。他希望这能对未来选手的技术提升及AI计分等比赛发展有所帮助。

10.在冰场上，羽生结弦对自己永远严苛

他曾多次表达，"有所保留、有所顾虑地去比赛，不是我的个性"。为了在北京冬奥会上跳出满意的四周半，他在日常训练中经常会针对四周半持续进行2个多小时的训练。而在这个过程中，他摔过无数次，也对此表达过，"我是带着自己指不定哪次就会摔出脑震荡，然后死掉的心理准备在训练的"。

11.持续参与家乡冰场建设

从2012年开始，羽生结弦几乎每年都会向家乡的仙台冰场捐款。此外还会将自己的比赛奖金、活动收益等捐赠给家乡。

12.对待学业十足严谨

羽生结弦在2013年通过普通考试进入早稻田大学，专业为人类科学部人类情报科学，该课程在学校有远程上课服务。日本电视台曾前往多伦多拍摄他的纪录片，镜头记录下他每天有2~3个小时要坐在电脑前上课，还用不同颜色标记着内容。

粉丝也发现他会在飞机上做作业。2020年9月，历时7年，羽生结弦成功毕业。福原爱曾于2007年入学早稻田大学，但因忙于比赛无法完成学业，最终为一心备战伦敦奥运会选择退学。

13.无论在什么场合，他都能做到尊重对手

网络上有很多羽生结弦尊重对手的视频剪辑，比如他帮助金博洋扶正国旗；他在2014年中国杯上与闫涵相撞后血流不止，却在第一时间问候闫涵伤势如何，此后又坚持带伤完成比赛。

平昌冬奥会期间，为了不打扰队友宇野昌磨的采访，他蹲着爬过混合采访区。2018年花样滑冰大奖赛俄罗斯站，羽生结弦带伤夺冠，赛后他拄着拐杖登上领奖台，这是对比赛的尊重，也是对对手的尊重。

有人说，羽生结弦就像一缕光，一次次照过自己人生的冰面。

飞向太空的“梦想法则”

□占　康

陈冬的微信头像，是一张从舷窗口拍摄的太空图片，拍摄者是他本人。2016年10月17日，陈冬开始执行神舟十一号载人飞行任务，首次进入太空，驻留了一个月。每当夜深人静时，他都会趴在舷窗上凝望地球，拍下一张张照片——深邃幽黑的太空中，蔚蓝色的星球像一颗璀璨的珍珠。那里有他深爱的祖国和亲人。

6年后，陈冬再次迎来人生中的高光时刻。2022年6月5日10时44分，酒泉卫星发射中心，长征二号F火箭喷射出巨大的橘红色火焰，托举着神舟十四号飞船直刺苍穹。飞船里，陈冬、刘洋、蔡旭哲神情泰然。作为历届最年轻的指令长，43岁的陈冬笑容依旧，眼神中透露出坚毅果敢。此前，陈冬谈及对此次任务的期待，充满信心地说：“我们乘组一定坚决完成任务，用精细保证精准，用精心换来精彩。”

飞向太空的梦想

陈冬于1997年被空军长春飞行学院录取，成为一名飞行学员。后来他以优异的成绩拿到了歼击机飞行与指挥专业毕业证书。

2003年，航天员杨利伟首次飞天的身影牢牢吸引住了陈冬的目光。那时，陈冬是强击机飞行员，主要在低空飞行。当得知所有航天员都在飞行员中选拔时，他的心跳都加速了：“未来有一天，我是不是也有机会飞向遥远的太空？”随着费俊龙、聂海胜等一个个中国航天员不断飞向太空，陈冬的渴望变得越来越强烈。

但当机会真正来临的时候，又遇到了问题。2009年，航天员选拔开始之时，陈冬和部队正在祖国的大西北参加演习。大家得到消息后非常欣喜，结果却被告知，因在外执行任务，他们不能参加本次航天员的选拔。内心失落的陈冬经历短暂的挣扎后，迅速调整状态投入演习，带领战友圆满完成了任务，并荣立个人三等功。

3个月后，陈冬竟然获得一次补招的机会，搭上了航天员选拔的末班车。这次，他顺利进入面试，更让他惊喜的是，面试官竟是他崇拜的英雄杨利伟。

当时，杨利伟问他：“想成为航天员要面对更大的风险，你会坚持吗？”陈冬毫不犹豫地回答：“为了实现这个梦想，我甘愿付出一切。”

直面生死的挑战

2010年5月，陈冬、刘洋和王亚平等7人，正式成为我国第二批航天员。从那时起，陈冬在北京的航天城里全身心地投入训练，6年里他仿佛“人间蒸发”般消失在亲友们的视线里。2012年，陈冬远在河南洛阳的中学时期的班主任姚志强，因为十分思念爱徒，在《洛阳晚报》以《姚老师“想念你”》为题登报寻找陈冬。

陈冬后来形容那段日子时说：“这是一段长跑，又是一段短跑，你不仅需要耐力，还需要爆发力。”他仿佛被拉回了高强度的学生时代，重新坐回课堂，拾起课本，吸收天文、航天技术、空间惯性坐标等多类陌生学科知识。

不仅如此，超重耐力适应性训练更为折磨人，要求过载达到人体自重的8倍，持续时间为40秒。陈冬回忆道："每次训练我都会觉得这8G压在每一寸肌肤、每一个细胞上，甚至感觉脏器都临时'位移'，透不过气来，眼泪也会不受控制地甩出去。"为了提高对超重的耐受力，晚上回到家，陈冬就躺在床上，拿重物压在身上，再练习呼吸和动作。

狭小环境心理适应性训练也是极大考验——乘组3人被关在仅有数平方米的狭小密闭环境中，并被"剥夺睡眠"72个小时，其间还要在电脑上做密密麻麻的测试题。陈冬和组员一直在和瞌睡作斗争，在第三天的凌晨四五点钟，大家轮流唱歌、讲笑话，终于熬了过去。

通过训练，陈冬的身心素质得到了全面提高。当他的名字出现在神舟十一号飞行乘组名单上时，姚志强热泪盈眶，激动地说："中学时代，我当了他6年的班主任，他当了我6年的班长，今天他成为飞向太空的航天英雄，我真的很为他自豪。"

2016年，陈冬初上太空，感到新奇和兴奋，但很快，"空间运动病"接踵而来。失重使血液涌向头部，他头昏脑涨，甚至眼睛都有点外突，在指令长景海鹏的帮助下，才慢慢适应了失重感。

飞船返航前几天，两人突然遭遇语音通信中断故障。"开始我呼叫飞控中心，没有反应，我还以为不在通信区。隔一会儿再呼叫，还是没有反应。"陈冬说，"我们在摄像头前写下'无线电通信故障'，让地面科技人员看到。在与地面联手排障的3个小时里，我们在镜头前非常镇定，还在手册空白页上写下'我们很好，请你们放心'。"收听不到地面指挥调度的声音，航天员在太空中就像断了线的风筝。景海鹏回忆道："最坏的结果，就是我们可能回不去了。"

这安静得可怕的3个小时，其实是直面生死的挑战。后来，通过天地协作，通信问题得到有效解决。2016年11月18日13时59分，飞船在内蒙古四子王旗航天着陆场安全着陆。"经过飞翔和烈焰，我们再次回到了祖国的大地上，心里无比踏实。"陈冬说。

平芜尽处是春山

6年前，神舟十一号飞船飞天时，陈冬还是青涩的新手。在神舟十四号载人飞行任务中，他成为指令长，不仅要带领乘组完成6个月的太空驻留，还要完成空间站组装建造、出舱任务和大量科学实验等。

一向低调随和的陈冬，在训练时特别爱"找碴"和较真。"在太空中，我们是终端用户，要从我们的使用出发，结合太空失重的经验，去检验程序、产品是否合适合理，需要结合实际操作去验证。"陈冬说，"找碴是去掉安全隐患的'碴'，较真是较的确保安全的'真'。"结合经验和思考，他在训练中不断提出质疑和建议，认真观摩空间站关键技术验证阶段的4次出舱活动，针对相关设计提出了几条改进意见，均被采纳。

平日里，不管训练任务多重，陈冬一回到家，连口水都顾不上喝，不是陪着双胞胎儿子玩，就是监督他们做作业。等到孩子们做完功课，洗漱睡觉后，陈冬再返回宿舍继续学习。这次执行任务前，孩子们表达了想跟爸爸去太空的愿望。陈冬说："这次没有船票了，等你们长大了，争取自己上太空。"陈冬也惦记妻子汪晓燕的身体，经常叮嘱她多运动，知道她颈椎不好，有空就陪她打羽毛球。

"追风赶月莫停留，平芜尽处是春山。"这句诗是汪晓燕对陈冬的寄语，亦是对中国航天梦的美好祝愿。建造中国空间站，是几代中国航天人的梦，也是千千万万中国人的梦。"在载人航天工程立项实施30周年之际，中国太空家园将在我们手里竣工，我们是多么幸运，更是多么幸福。"陈冬说。

黛玉的“情绪价值”

□李筱懿

大家对《红楼梦》有一个误解，就是认为在爱情方面，林黛玉输给了薛宝钗。

正是这种错觉，才让林黛玉在读者心中成为过于敏感、管理不好自己情绪的姑娘，这些误解的起因，则是对林黛玉的人格特质了解得不够深入。

只有理解了林黛玉内心的“真实感”，才能从深层理解她为人处世和对待爱情的方式，真正懂得她处理情绪的方式。

我先说个小故事。

在一个传说中，一位好斗的武士质问一位禅师，让他解释什么是极乐世界，什么是地狱。禅师看了看他，没好气地说：“像你这样的粗鄙之人，跟你解释了你也不明白。”

武士觉得受到了侮辱，立刻暴跳如雷，拔出长刀，大吼一声：“你太无礼了，我要杀了你！”

禅师很平静地回答道：“你看，你现在就身陷地狱。”武士突然明白，禅师是在点拨自己，所说的地狱指的就是他现在受到的愤怒的控制，于是平静下来，把刀收了回去，向禅师恭恭敬敬地鞠了一躬，感谢禅师的指点。

禅师又说：“此时，你就是在极乐世界。”

生活中，我们常常也会像这位武士一样，意识不到自己对某件事、某个人的真实感受，然后情绪失控。而敏感的林黛玉基本不会出现这种状况。

人们之所以会情绪失控，是因为大脑中有一个专门负责管理情绪的区域，叫“杏仁核”。杏仁核给我们的情绪站岗放哨，所以它又被称为“情绪哨兵”。

信息传到杏仁核的速度比传到大脑皮质的速度快，所以当突发事件发生时，我们更倾向于先产生情绪反应，会有狂喜、愤怒、伤心等各种体会，但是过后又平复下来，甚至经常会因自己的过度反应而后悔。

但是这不是不可改变的。一个敏感的人，如果能首先意识到情绪的发生，在情绪爆发之前冷静十秒钟，情况马上就会不一样。

解释完这一点，我们再回过头来看林黛玉，她的性格中有两个特点：敏感和慢热。之所以能够赢得亲情、友情和爱情，是因为她的“自我意识”比别人快一步，而她在行动上又比别人慢一步。

听上去有些复杂，我来解释。

“自我意识”比别人快一步，就是她能很快地意识到自己的情绪，我们看《红楼梦》里，她特别多愁善感，想得很多，是一个内心戏很丰富的人，这实际上就是她在整理自己的情绪。同时，她在行动上又比周围人慢一步，就是慢了这一步，才让她很少受到情绪控制去直接做出不恰当的行为，在待人接物上，她的分寸感很强。

贾府人员众多，从林黛玉跟不同身份、地位的人之间采取的相处方式，就能很清楚地看到她的格局。

林黛玉刚进贾府时，回忆起母亲说过的话：“外祖母家与别家不同，要步步留心，时时在意，不要多说一句话，不可多行一步路，恐被人耻笑了去。”

这个嘱托她一直牢记在心。

吃饭时有两个细节。

贾母左右两边分别空出了两把椅子，王熙凤拉着林黛玉，让她在左边第一把椅子上就座。按理说，主人请客人坐在哪里，客人就应该遵从主人的建议，但黛玉不是，她知道贾母左手边第一个位置是身份、地位仅次于贾母的人才能坐的，自己显然不够资历；再者，是王熙凤让自己坐，并不代表贾母的意思，于是她就推让着不肯坐。

这时贾母发话说："你舅妈跟你嫂子们都不在这吃饭，你是客人，应该坐在这里的。"黛玉这才乖巧地坐下。

吃完饭，丫鬟们捧着茶水上来，大家开始喝茶。黛玉从小在家里的习惯是从不在饭后立刻喝茶，她的父亲比较注重养生，觉得饭后立即喝茶对脾胃不好。但这次，她什么也没说，只是默默地在心里想，很多事情跟以前不一样了，以后难免要一一改过来。

从这些细微的举动和心理活动可以看出，黛玉确实是一个心理活动很多的人，但这也成为她在贾府的一道护身符，凡事她都会再三考虑，整理好自己的情绪再行动。

进入贾府之后，不得不说到的就是宝、黛、钗三个人之间的感情线，敏感而慢热的林黛玉最终与宝玉两情相悦，源于两个人之间的默契和真诚。

比如，贾政有一回从外地捎来家书，说很快就能回家，宝玉一听着急了，因为父亲回来就会检查他的功课，宝玉生性贪玩，本来每天都要练字，然而他已经落了很多天没写。这下宝玉的母亲王夫人也着急起来。

宝钗和探春立刻就站出来笑着说："这都是小事，我们每个人临摹两篇给宝玉就能交差。"及时的安慰让王夫人心头的石头落了地，从此宝玉突击用功，天天写字，宝钗和探春也送来替他写的两张字，可是到最后，还有五十张字没写完。

正在火烧眉毛的时候，黛玉托丫鬟偷偷送来了五十张字，宝玉打开一看，字迹跟自己的特别相似，又感动又高兴。

在这件事情上，宝钗当着大家的面，公开表态要给宝玉帮忙，宽了王夫人的心，也赢得了贾母的喜欢。当天林黛玉也在场，宝钗和探春表态时，她却一声不吭。

但是最终，黛玉给宝玉写了五十张字，而且都是模仿着宝玉的字迹写的。

练过书法的人都知道，写一张字不容易，要模仿别人的笔迹写就更难了，何况是写五十张。

黛玉身体不好经常生病，贾母连针线活都舍不得让她做，希望她静养。但为了给宝玉交差，她紧赶慢赶写出了五十张字，这样一看，黛玉并不是不心疼宝玉，而是她没有把心疼放在明面上让所有人都看到。

宝玉挨打，送药的是宝钗；宝玉做不出功课，自告奋勇代劳的也是宝钗——宝钗的好，让所有人都看到；而黛玉的好，是默默的付出和支持，只有宝玉知道。

现在我们再来看前面说的"林黛玉是自我意识比别人快一步，行动又比别人慢一步"，她考虑周全，行为却不张扬，宝钗的八面玲珑让她赢得了大部分人的称赞，而黛玉的真心真意让她收获了只属于自己的爱情。

一个是做给别人看，一个是成全自己的内心。

谁更值得？个人理解不同而已。

哈利·波特和李白

□岑　嵘

1996年2月，雷特尔文学代理公司的职员埃文斯打开了一个信封，扫了一眼就随手把它扔进了退稿箱。她发现这是一本儿童读物，而公司对代理儿童读物不太感兴趣。下班前，埃文斯出于习惯，又整理了一遍那些要退回作者的稿件。她再次把这份书稿读了一下，觉得或许可以试一试。这份投稿就是《哈利·波特》。

假如埃文斯没有在下班前整理退稿箱的习惯，假如作者罗琳在接到退稿信后心灰意冷不再投稿，那么在这个世界上，那个带着宠物猫头鹰到魔法学校就读的男孩是不是永远不存在了？

著名科技作家凯文·凯利提出过一个与众不同的观点，他说："虽然听起来很奇怪，但养猫头鹰当宠物、上魔法学校、从火车站的月台进入异想世界的少年巫师的故事，在西方文化中必然会在这个时刻出现。"

罗琳当然是位很独特的作家，她的想象力也是无与伦比的，世界上也的确没有人能写出完全一样的故事，但凯利说得没错，类似的故事一定会出现在大众视野。

事实上，1994年就有个叫艾娃·伊的作家出版了《十三号月台的秘密》，描述了伦敦的国王车站第十三号月台就是通往地下魔法世界的门户；1991年有个叫尤兰的作家，写了一个年轻巫师去魔法学校上课的故事；1990年有一个叫盖曼的漫画家，他笔下的主角是个黑发英国男孩，在过十二岁生日时发现自己是巫师，一位有魔法的访客送给他一只猫头鹰；美国童书作家史达佛1984年出版的一部小说中，主角是一名失去双亲的少年巫师，有一头黑色鬈发，戴着黑色眼镜，他的名字叫拉里·波特。

考虑到这些是已经出版的书籍，还有大量没得到机会出版的作品，其中出现更类似哈利·波特的故事也完全有可能。由此，我们就能理解凯文·凯利的话了，他所说的其实是一个重要的概念，即趋同性。有些东西看起来独一无二，事实上有很多人同时在创造和发明（发现）。

如果爱迪生没有诞生，我们今天还会在用电灯吗？其他人也会想出这个点子。英国人把约瑟夫·斯旺称为白炽灯泡的发明者，他的设计稍早于爱迪生，两人还通过成立合资公司来解决争议，而俄罗斯人则把发明灯泡的荣誉归于亚历山大·洛德金。据《爱迪生的电灯：发明的传记》一书统计，有不少于23人在爱迪生之前发明出了某种形式的白炽灯泡。

一旦电力成为常态，灯泡就不可避免地会被发明出来。尽管每位发明家所用的材料可能不一样，灯泡的灯丝形状、电力强度也可能大相径庭，但是这些发明家都是奔着同一个目标而去。爱迪生毫无疑问是伟大的发明家，但即便没有他，电灯也迟早会出现在我们的生活中。

这种例子很多，同时发明电报的有五位，发明温度计的有六位，发明蒸汽船的有五位，发明摄影术的有四位，发明电气铁路的有六位。没有奥本海默，人类仍然会制造出原子弹。没有爱因斯坦，相对论也会被发现。没有莱特兄弟，飞机也一定会在天空出现。

无论科技还是文艺，在某个时刻，这些发明和创作会“瓜熟蒂落”，必然到来。即便某些天才无与伦比，不管他是李白、杜甫，还是达·芬奇、米开朗琪罗，他们仍然是时代的产物。那些艺术盛世的强大趋同性，注定会孕育出伟大的艺术家。假使李白没有出生，我们固然读不到“孤帆远影碧空尽，唯见长江天际流”，但一定会有另一位“诗仙”让我们倾倒。

作家茨威格告诉我们，人类的艺术和历史是由伟大的人物在某一刻创造的，但我们别忘了，这本书的名字就叫作《人类群星闪耀时》，尽管我们记住的是一小部分人，但人类的历史是由无数人互相学习、启发、借鉴而创造的。正是由于群星闪耀，才有了璀璨的人类文明。

《诗经》里的两个女邻居

□许冬林

读《诗经》，读到《卫风》这一章，我总是喜欢把《硕人》和《氓》这两首诗混搭在一起读。每读，像是被辛辣的芥末冲撞，冲得人涕泗横流。

这两首诗，刚好前后相连，又都是描写两个女子的婚恋，她们像住在一本书里的两个邻居。

这样混搭着读，像是读一体的阴阳两面，读天地的明暗两极，读季节的蓬勃与衰朽，读感情世界里的沉醉飞扬与沦落清醒。

《硕人》全诗四章，整个第二章都是写庄姜的美貌与神态，作者几乎用的是工笔画的细功夫来描摹。

“手如柔荑，肤如凝脂。领如蝤蛴，齿如瓠犀。螓首蛾眉，巧笑倩兮，美目盼兮。”这么美，是从手指美起。真正的美，不留一点儿瑕疵。

《硕人》，大抵就是描述美贵妇庄姜的出嫁吧，真是好大排场。长得美也就罢了，还家世煊赫，家里亲戚都是王侯将相，比《红楼梦》里的贾府小姐还要尊贵。

这样的女子，陪嫁自是不一般。别人家的陪嫁至多是物品，她还有陪嫁的姑娘，以及随从护送的齐国文武诸臣。

而《氓》里，是一个寻常人家的女孩子，这个女孩子美不美呢？想必也是美的，因为在市场上卖丝就被那个“氓”看上了，软硬兼施地追求着。

这个无名的女子，我们且叫她采桑女吧，她在娘家采桑养蚕织丝赶集市，是个勤快的好姑娘。只可惜，采桑女遇人不淑，结婚后，辛苦持家，最后到底免不了被丈夫遗弃。回到娘家后，还要被兄弟嘲笑，往伤口上撒盐。

《硕人》里，庄姜手如柔荑，我相信，她会一直柔荑下去。

而《氓》里，那个采桑的弃妇也许在还是少女的时候有过一段短暂的手如柔荑的时光，但是，随着命运急转直下，一双手，很快就会布满种作纺织、养儿育女，甚至遭受家暴时落下的伤口，慢慢就成了秋天的茅草，枯萎的、粗糙的、失去水分活不回来的茅草。

我常想，庄姜和采桑女，除了在一本《诗经》里站成了两个邻居，不远不近地漠然一瞥，还会不会，在现实的土壤上，有过相遇？

如果她们遇上了呢？

如果遇上，是否，那黄河之畔的秋风，也令人有了割喉之痛？

我想象她们两人遇上了，因为离得实在不远：庄姜出嫁，钟鼓琴瑟，人马缤纷，好喧哗的一支队伍途经黄河边；而采桑女那一日，被丈夫所弃，背负一腔心酸往事，正渡淇水回娘家。

淇水是黄河支流，离得不远。当庄姜的出嫁队伍在城郊歇息之时，伤心的采桑女远远看见队伍里那个雍容美丽幸福的女子……

往事再次洪水似的涌上心头，当年，那个秋天，她的氓也曾来迎娶她。

虽然不及眼前这王公贵族家女子的出嫁场面奢华与热闹，可她的幸福感一样不会低。那时，她也是青春貌美满怀憧憬的新嫁娘呀。

可此刻，桑叶已枯黄，人间又是一秋，她被弃，恩爱无存。

在黄河边，在人间，从来就是这样：有人笑，有人老；有人开始，有人收梢。

庄姜和采桑的弃妇，这两个处于不同人生阶段的女子，在《诗经》里做了邻居。

只是没想到，硕人庄姜，在多年以后，既无夫妻恩爱，也无子嗣相伴，辉煌的王宫里不过又添了一缕孤独的瘦长身影。我原以为，这两个邻居，一个人生会越走越高越阔，成为星汉灿烂的天空；一个人生会越走越暗越低，成为浑浊冰冷的洼地，由此成为最遥远的两极。

可是，很遗憾，天空和大地在遥远的地平线上相遇，融合在一起。她们，最后都是弃妇。

拉开人生差距的不是努力，是“顶层设计”

□陶瓷兔子

作为阿里帝国的一员，盒马鲜生刚一入市就赚足了眼球。

它是超市，卖蔬菜水果各种饮料；还是海鲜市场，卖活蹦乱跳的澳洲龙虾、阿根廷红虾和大闸蟹；自开张起业绩就一路猛涨：

短短一年内就创造了2.5亿元的营业额，坪效利润5.6万元，是同行的3.7倍。

利润如此可观，模仿者自然层出不穷，很多传统生鲜超市专门派人去盒马鲜生打探敌情，得出了很多“有用”的结论：

他们真的很会选品，食材都是产地直供的，牛奶只卖当天的，我们也要学；他们的店员都很年轻，做事效率高，我们也该改革一下人事了。经过好几个月的反省和模仿，很多传统的生鲜超市终于……倒闭了。

用尽心思追赶先进的零售业态，却活生生把自己折腾成了先烈，问题到底出在哪儿呢？

答案藏在盒马鲜生面世之前。

创始人侯毅给阿里巴巴的CEO张勇立下军令状：

盒马鲜生不会成为传统超市，它存在的目的是从线下将顾客引流到线上，通过三十分钟配送的超高速度，把客流量引到盒马鲜生的App，通过线上下单的形式进行交易。如果六个月后线上的成交率低于每天5000单，即使盒马鲜生是盈利的，也必须关掉。

发现了吗？

盒马鲜生的“顶层设计”本来就跟传统超市的不一样，它在开张之前就很清楚自己的定位、目标、商业模式和交易结构。

之后所有的工作，组团队也好，找场地也罢，解决一个个的具体问题，其实都是为这个“顶层设计”服务的。

所以，它不需要富丽堂皇的装修，但东西一定要全要好；它卖的东西可以很便宜，但哪怕你只是买一瓶水，也必须通过它的App支付。

只有这样，才能完成从线下到线上的导流，搭配上阿里成熟的物流配送系统，让有限的店铺面积产生无限的经济效益。

反过来看盒马鲜生的模仿者，失败的原因也正是如此。

学选品，学服务，看似有模有样，却没学到它的精髓。

学别人只卖产地直供的产品，可你手上有那么多流动资金吗？就算有，你的场地放得下那么多货物吗？你是不是还需要扩建冷库，增加人手呢？

折腾了一圈，好不容易吸引到几个客户，买了一单之后就不见了踪影——不是你的东西不好，而是因为店在城北，我住在城南，总不能为了买点海鲜就要穿越大半个城市吧。

人家有成熟的冷链物流，半个小时配送不在话下，你又要怎么办呢？

弄得手忙脚乱，拆东墙补西墙，一不小心就把自己学成了四不像。

有时候，知道自己要做的是什么，远比知道自己要去做什么重要。

没有“顶层设计”的努力，就像一个没有边界的空架子，不管你往其中填充多少东西，都无法让它成形。

北大博士刘拓短暂却精彩的一生

□黄 波

2021年10月27日，据北京大学出版社消息，在探访四川阿坝甲扎尔甲山洞窟壁画时，31岁的北大考古学博士刘拓坠崖去世。公开资料显示，该壁画位于到河床垂直距离约300米处的一个天然洞穴内。马尔康市政府办工作人员称，刘拓和两个朋友一同前来，只有刘拓登上壁画考察。10月26日晚7时许刘拓坠崖，民警到场时他已因伤势过重昏迷，后经抢救无效去世。

访古遇险，这不是刘拓人生中的第一次。2015年，当年最受公众关注的新闻之一，是一个北大学考古的在读研究生只身跑到战火纷飞的伊拉克看古迹，被伊拉克军方当作“恐怖分子”误抓，在监狱中度过了14天。访古而不惜以身犯险，仿佛是另一个世界的故事，很多人因此记住了刘拓这个名字。实际上他并不是探险者。刘拓后来回应说，自己并不是为了冒险、寻求刺激，而是急迫地想要记录下那些容易消失或变化的文物。

为什么一定要去叙利亚、伊拉克、阿富汗这些远非太平的地方？在《阿富汗访古行记》的《后记》中，刘拓这样坦露心迹：“阿富汗不光是亚欧大陆需要同情、悲悯的脆弱心脏，它的战乱、保守和它的文物古迹一样，都是世界多样性的一部分。客观地记录和调查，平静地接受旅途中遇到的种种故事，对我来说，就已经足够精彩。”

不是为了冒险，而是因为文物古迹就在那里，所以哪怕冒一定的风险也是值得的。支撑刘拓去做常人看上去多少有些冒险的事情的力量，其实十分简单，那就是他对文物古迹纯粹的热爱。

这份纯粹的热爱贯穿了刘拓短暂的一生。

众所周知，考古不是一个“热”的行业。2020年，湖南留守女孩钟芳蓉以文科676分的成绩报考北京大学考古专业，不少网友还曾“热情”谏言：考古专业冷门，还可能找不到工作；这种家庭应该选毕业后可以赚更多钱的专业，比如经济管理……

而在刘拓短暂的一生中，我们不仅看到了他对文物古迹的挚爱，也看到了他满满的收获。所谓收获，不等于其在圈内的名声，也不在于其撰写的书籍突然一纸风行，而是如他所说，“在整理和收集这些材料的过程中非常享受”，在做这份工作的时候，他觉得能将自己的能力发挥出来，特别有价值。

“非常享受”，对文物古迹的挚爱让这个年轻人内心丰富，这种如鱼饮水般的乐趣则可以秒杀所有闲言碎语。

刘拓走了，给生者留下了痛苦和遗憾。应该说，他的学术之路刚刚起步，尽管其曾自谦所做的工作无法与专业的中东学者相提并论，但他对那些有可能即将消失的文化遗产资料的收集和整理仍然具有开创性的价值。因为如果不是他及时前往探访并忠实记录下来，那些古迹很有可能就会在某一天永远湮没于尘埃之中。

刘拓之所以值得纪念，并不仅仅由于他是北大博士，也不仅仅因为他在短暂的一生中做出了多大的学术贡献，而在于他始终在做自己最擅长、自己认为最有意义的事情，而且这份兴趣和专注从未被外界所打断。

虽然短暂却足够精彩，这就是刘拓的一生。纪念刘拓，不妨也学着让自己的人生精彩起来。

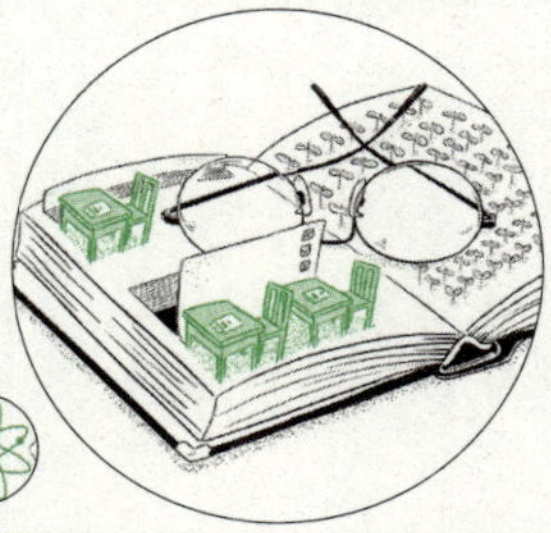

最贵网课：中国空间站内的“御水术”

□窗敲雨

2021年12月9日15点40分，“天宫课堂”准时开课。

随着一颗旋转的陀螺，镜头转入了中国空间站。随后，由神舟十三号乘组航天员翟志刚、王亚平、叶光富组成的“授课小组”不仅对在轨工作场景进行了介绍，还在失重条件下为大家演示了多项教学实验。这也是继2013年首次太空授课活动后，“太空班”再次开课。

太空球形水，你家也有同款

“太空教师”王亚平从水袋里挤出了一些水，这些水自然而然地变成了球形，并悬浮在空中。

随后，王亚平使用圆形支架从水袋里取出了一张水膜，并放入了那朵与女儿一起制作的小红花里。小红花在水膜上逐渐绽放。纸张的主要成分是纤维素，这种物质相当亲水。当纸片接触到水时，毛细作用会使水快速地进入纸张纤维的缝隙中，将纸浸湿。纸张纤维吸水膨胀，这会使折痕逐渐平展，制造“开花”的效果。随后，王亚平继续向水膜中加水，让它变成了一颗晶莹剔透的水球。

在空间站环境下，不再受重力束缚的水总是会悬浮在空中，并形成圆圆的“水球”。即使轻轻扰动水球，它依然会恢复球状——这是因为在表面张力的作用下，水总是倾向于保持表面积最小的形态。

表面张力是由分子间的作用力产生的，因此它的效果在失重环境下不受影响，而且因为去除重力因素看起来更明显了。我们可以这样理解表面张力的产生：在水的表面，水分子在内外两侧受到了不同的分子间的作用力：内侧的力来自其他的水分子，外侧的力则来自空气分子。空气对水的作用力比水分子之间的作用力小很多，因此表面的水分子就产生了向内收缩的趋势。表面张力大小与液体的性质有关，水分子之间存在较强的氢键作用，因此水拥有相当大的表面张力。

失重状态下的“球形水”非常引人注目，不过观察这种现象也不是必须飞到太空。其实，我们身边就有许多因为失重变成球形的水，比如从水龙头滴下的水滴，或者从天而降的雨水（当然，受空气阻力影响，下落的水滴底面会变得有些平）。

吹个大气泡

展示完球形水后，王亚平将水球染成了蓝色，并向其中投入了半颗泡腾片。泡腾片迅速产生了大量的气泡，但神奇的是，这些气泡并没有逸出，而是让水球变成了气泡球。这是因为，和表面张力不同，浮力是依赖重力的作用力。因此到了失重环境中，浮力就会“失效”：水中的气泡不再浮上表面，而是长时间待在水的内部，很难消散。如果在失重的“水球”中吹一些气，或者放进泡腾片，都能很好地观察到这种现象。

正如王亚平在实验演示结束时说的：“地球，是我们人类在宇宙中的摇篮。但是人类不可能永远生活在摇篮里。如今，我们已经拥有了自己的空间站。相信未来，中国人的脚步一定会踏入月球、火星和更远的深空。”

减肥经验谈

□宋　燕

梁武帝萧衍是中国活得最长的三位帝王之一，活到八十五岁，还是横死，否则不定能活到多少岁呢。这位帝王对自己的养生之道和身材都很自负，一有机会就向人介绍自己的成功经验。有一次他的一位大臣上疏陈述国事，他在回复的时候，就特意谈了谈他的减肥经验。

这位大臣上疏是要抨击某些达官贵人平常饮食过分的，萧衍在回复中说：“我可绝对不做这种事。从前皇帝祭祀，都用家畜，而我早就不再宰杀；公众设宴聚会，也只吃蔬菜。”——这一段，说明他采用的是低脂食谱。

他又说：“我在佛事上做功德，所用的全是御花园的产物，一个瓜烹出数十种形状，一样菜调出数十种滋味，只是变来变去而已。”——这一段，说明他食用当季、自种的有机食品，并且很注重烹饪上的不同变化。

然后他又说：“我除非因公设宴，否则从来不吃国家的饮食，很多年来，都是如此。甚至包括宫女在内，也都不吃国家的饮食。”——这一段，说明他很少外食，按照目前的营养学说法，这样可以防止食用过多油脂和盐。

他还说到了生活方式：“我天性不喜爱饮酒、不喜爱音乐。我每天三更就起床处理国家大事，事情少时，中午以前可处理完毕；事情多时，太阳偏西才进午餐。一天常常只吃一顿，不分昼夜。”——不饮酒有利于少吸收热量。一天只吃一顿饭，食量少，也有利于少吸收热量。早睡早起，对减肥也很有好处。

最后，他用自己的例子说明了减肥的成果：“从前，身体肥胖，腰围超过五尺。而今消瘦，腰围才二尺稍多，旧时的腰带仍然保存，并不是凭空捏造。” 就这样，他现身说法地给大家上了一堂生动的减肥营养课，他的先进理念放到今天都不过时。这段减肥经验谈，还被记载在了《资治通鉴》里流传千古，从而证明了低脂食谱的效果。顺便说一句，萧衍公开他这段减肥经验时，已经八十岁左右了，这把年纪，人家还这么孜孜以求，比七十岁减肥成功的拉格菲尔德还要牛。

唯一可惜的就是《资治通鉴》不带图片，要不刊登一张“减肥前”、一张“减肥后”的照片对比，那该多有说服力呀！

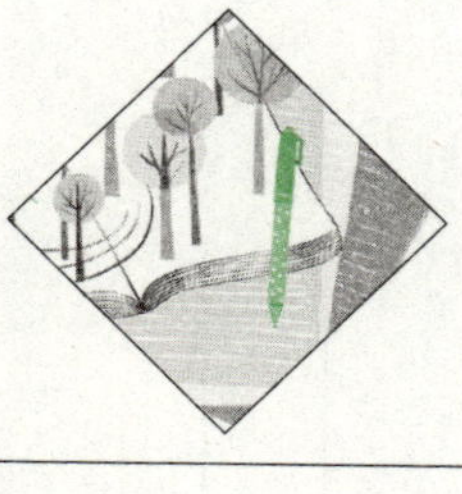

做自己相信且喜欢的事

□刘 同

老谢是我的发小，也是从小学、初中一直到高中的同学，我们看着彼此在人生的前十八年如何茁壮成长，又如何在各自的领域生根发芽。

五六年前的一天，老谢突然支支吾吾地在电话里第一次特别严肃地说："同啊，能不能帮我一个忙啊？"

我猜了十几种可能要帮的忙，却没想到最后她说："我要出版一册绘本，你能不能从你的角度给我写点什么？"

我答应了，不是因为对美术绘画有研究，而是因为对她有研究。想起来，她算是我见过的生命力最顽强的女性，闭上眼睛想想她的样子，总是笑眯眯的，就像野草，烧不尽，拔不完，迎风生长。

小学时，她的普通话略有口音，却因为感受力颇强，一直是市演讲比赛的佼佼者。我很羡慕她，也会问她："你怎么那么会演讲？"

她说："我一点儿都不会，很着急，一想到肚子会痛，我就想赶紧说完，所以特别投入，就拿奖了。"

我不相信她那套鬼话。但是我知道，她是那种只要一投入，就一定会有回报的人。

高中我俩同班，男孩自我觉醒都较晚，而她早已选择好了自己的路。班会上，她说自己的理想是学美术，要成为很厉害的画家。画家是什么？十五六岁的我们谁都不知道，生活在那样一个小城市，日出而作，日落而息，日子就像被定时上好的发条，好像除此之外，也没有什么了。

我十七岁，跟着同学去长沙参加某个大学的专业考试。其实我早就知道没戏，去长沙只是想看一下外面的世界。在老谢的帮助下，我找到了可以暂时借宿的宿舍，第一次知道了省会居然还有二十四小时营业的药房，知道了什么叫服装专卖店，并拿出199元买了人生第一件真维斯的衣服。

因为那趟很重要的"见识世界之旅"，回归高三生活的我，突然有了学习的动力。

我也想拥有自己真正喜欢的生活，我也想和老谢一样。

我觉得老天对我们这种简单又肯努力的小孩挺好的。我和老谢都考上了大学。我学中文，她学美术，我们都有了新的人生目标，那种感觉真的很爽。虽然我们的距离远了，生活也不尽相同，可是我远远地看着她，仍能感受到她身上散发出的热情。

大学毕业，她考到了中央美院国画系进修，一切都像她设想的那样，一步一步，朝自己的方向进行着。直到有一天，我听朋友说起她因为刚出社会太单纯，错信了一个长辈而欠了几十万元的债，我才知道过去的几年中，她的生活是怎样的。我不知的她是怎样度过那段灰暗的时光的，总之结局是她一个一个打电话向借给自己钱的人道歉，并且承诺会尽快还清欠款。

她辞掉了学校教师的工作，租了一间小民房，一个人做起了幼儿美教培训班。没人报名，就在电线杆上贴小广告。没人敢第一个报名，她就一个孩子一个孩子地免费试教。靠着这股执着，用了九年，她终于还完外债，把小铃铛美教培训班变成了小铃铛美教学校，有了好几所分校。

只要一个人踏踏实实跟上时代的步伐去做事，而且是做自己擅长并且热爱的事，我相信肯定会出头的。

暗恋是世界上最辛苦的秘密

□绿　筌

我在柏林的地铁上认识绿子

我跟绿子是在柏林的地铁上认识的。

第一次见到她时，她坐在我的斜对面，而我的镜头正准备越过她拍摄困在地铁的黄昏时分。

绿子就是在我按快门的时候转过头来的，一脸茫然。我赶紧尴尬地将目光移开，收起相机，装作什么都没发生。

第二次见绿子是在一个雨天，还是在同样的位置。地铁刹车，我的伞从椅子上滑落，砸到了别人的脚。我连声抱歉，抬起头便看到她冲我一笑。绿子短发，笑起来的时候有酒窝，还有一颗小小的虎牙。

然后她从背包里拿出一沓塔罗牌，对我说："抽一张吧。"

我说："谢谢，我不信这个。"

绿子说："拜托啦。"

绿子在我的印象里就是这样，樱桃一般，开朗活泼，又充满元气。可能因为我们都是亚洲人，于是很自然地就攀谈了起来。她不停地在讲话。

二十分钟里，我知道绿子快十七岁了，一年前和设计师母亲一起移居柏林。因为语言和文化，她几乎没什么要好的朋友。母亲的工作很忙，以至于绿子在柏林的生活就像这个城市一样，十分自由。

外面下着雨，她要在自然博物馆站下车。我把我的伞递给了她，以表达先前不小心砸到她的脚的歉意。

绿子很大方地接过去说："好啊！谢谢你，可我要怎么还你呢？"于是我又给她递了一张名片。

十七岁的绿子有个秘密

绿子联系我并不是为了还伞。她说："陈先生，我想请您为我拍一组照片。"我是个旅居柏林的自由摄影师，我拍照有个原则：一年里只会为同一个人拍两组照片。

第一组拍摄于彼此相对陌生时，我们处在一种情绪对抗里，拘谨、羞涩，或者造作。第二组拍摄于足够熟悉之后，我们饮酒聊天。我会特意找个时间走到对方的生活里，为了看见故事本身。

给绿子拍第一组照片，是在她十七岁生日那天。

十七岁的绿子，就像是寂静的平地上打下的一束光，平和温暖。她笑起来会露出一颗虎牙，还有两个酒窝。她的身体已经有了初步的轮廓，在镜子里，在树木前面，她生涩、羞赧又愉悦。少女柔美的曲线无论在光或者阴影里都无与伦比。

也是在那一天，绿子和我提起健太和他的日本料理店。

一场从十六岁时开始的暗恋

她喜欢上了日料店的师傅。我特意在自然博物馆站下了车。出地铁站，走过红绿灯，推门而入，选了靠窗的位置坐下。对方连眼皮也没抬，便径直拿了一本暗红色的菜单朝我走过来。我看到了他的手，果然十分纤细修长。

我摆了摆手："一碗三文鱼饭，谢谢。"

现在，我坐在绿子最喜欢的日本料理店里，坐在她常坐的位置，点了一份她最爱的三文鱼饭。我转过头看向健太。正如绿子说的那样，他切三文鱼时的动作细致，缓慢而有节奏。

很难说绿子不是因为他切三文鱼的动作而爱上他的。"你的心连着你的胃。"绿子说，"爱上一个人的时候，连你的胃都是暖的。"

她极爱他切三文鱼时认真的样子，总是目不转睛地盯着他拿着刀的手指。

她差点儿要在想象中握上他的手。

她觉得自己就是刀俎下瞪着眼珠子的鱼，哪怕死也要望着他。

健太和三文鱼你究竟喜欢哪个

就在抽到一张寓意着理想恋情的"正位星星"塔罗牌那天，绿子决定爱他。

她开始固定在每周六晚上去他的料理店，因为那个时候人最少。

她总是坐在同样的位置点一份三文鱼饭，这样他的印象会更加深刻。她有时候给店里的客人算塔罗牌，健太也没有阻止。

趁着没人的时候，她会开始各种各样奇怪的开场白，也会理所当然地面对各种各样的冷场。绿子对此乐此不疲。

三文鱼饭来了，看上去真的不错。我举起相机拍了一张照片。然后小心翼翼地将芥末放到碟子里，倒上醋。

我边吃边想象着绿子和健太的无聊对话。"我听人家说，女人手暖，不适合做寿司。"绿子说。

"是吗？我倒不知道。"健太回答。

"所以啊，我做的寿司都不好吃。"

很久……"没关系，那我做给你吃啊。"他说。

"咦？"绿子抬起头，眼神里是直白而炽烈的期待。然后健太举起手中的刀冲她晃了晃，笑着说："反正你又不会不付钱。"想到这里，我朝健太看去。健太终于抽空从他的艺术作品中抬起头看了我一眼。

这段对话是绿子之前告诉我的。现在，我眼前的健太……果然就像绿子说的那样。三十岁的单身男人，寡言木讷，认真又无趣。

谁还没有过几段失败的感情呀

前几天，绿子来找过我。再过两天就是她的十八岁生日，她来找我拍第二套照片。绿子要在不久后随母亲一起回日本，大概不会再回到柏林。她长达两年的暗恋无法继续了。

我在想，她爱上了他什么。绿子笑着说："我也不知道啊，反正我觉得这一点儿也不重要。哪怕只是对三文鱼的爱屋及乌，哪怕只是身在异乡无处投放的寄托。反正，爱就是爱啊。"

这一年多里我们偶尔也会约出来喝咖啡，听她讲一讲健太的事。我给她拍照的时候，突然发现十八岁的绿子变得更美丽洒脱了。但她仍保留着十七岁时的一点点可爱和天真。

“陈先生，你暗恋过别人吗？”

“太久了，我不记得了。不过我曾求婚失败。”我回答。

“我暗恋他这件事，如果能早点说出来就好了。”顿了顿，绿子说，“陈先生，你还记得我们第一次见面时，你抽的塔罗牌吗？——正位愚者，代表着毫无目的的远行。”她从包里翻出了这张牌，送给我当临别礼物。

一个人的你，其实也很美

绿子走后，我又去了健太的料理店，我说是绿子推荐我来这儿的。健太说：“是吗？好久没见到她了呢，她还好吗？”

“她已经回日本了，大概不会再来了。”我回答他。

“没有打声招呼就走了啊。”他淡淡地说了句。

“不告别更加容易一点儿吧。毕竟，她暗恋了你好久啊。你对她，就真的毫无感觉吗？”

健太沉默了一会儿。“嗯，没办法，只是不爱而已啊。我想，她一定会遇到更理想的人。”他说这句话的时候，端着我的空碗，转过了身。

我回头翻看以前的旧照片，想起我和绿子的第一次见面。未满十七岁的绿子坐着地铁，她回过头，黄昏的光正好打在她的脸上，一脸的茫然。绿子，看上去一直就很好啊。我坐在健太的日本料理店，给友人寄了一张明信片。

上面写着：日料，量少，适合一人食。

独居的苦与乐

□杨宛枫

下班回家的路上，经过一家便利店，透过橱窗看见里面冒着热气的关东煮，还有保温箱中排列整齐的包子，不由放慢脚步，心里盘算着回去做饭吃，还是就在便利店里解决晚餐。

自从独居开始，我满怀着兴奋激动的心情拥抱属于自己的空间，以前拥挤的两室一厅因为父母搬到别处而显得宽敞起来，本来我睡小房间，但现在我可以睡在主卧室的大床上，随意翻滚。就连小小的厨房也变得整洁了，我的快乐持续了两个月，本以为这样的快乐会一直持续下去，直到有一天，我加班到晚上九点多，拖着疲惫不堪的身体打开家门，目之所及空无一人，脏衣服脏袜子堆在沙发上，餐桌上还有前两天的残羹冷炙，打开冰箱，腐烂的菜叶发出难闻的气味，水槽中还有脏兮兮的盘子没有清洗，至于卧室里面，床单更是皱巴巴的。我一个人坐在餐桌前，望着四周，不知道从何处着手，而饥肠辘辘的我感到一种无力，一种空虚，一种万籁俱寂，似乎这个世界只剩下自己，踏入家门的那一刻，我似乎已然过着隐居的生活。

独居不应该是快乐的吗？为什么现在的我感受不到快乐了，反而觉得回家之后要做的事情更多了？

那一天我觉得这个世界只有自己，而我对突如其来的孤独与寂寞感到了莫名的恐惧，就在三个月前，我是多么渴望一个人生活，一个人吃饭，一个人安安静静地待着，听音乐、看书、睡觉等都是多么美妙的事情！没有人打扰，也没有人唠唠叨叨，没有约束的独居生活是浪漫的自由，无论身体还是心灵都会摆脱人与人之间关系的束缚。

梭罗曾在瓦尔登湖边独居两年，其间，他也感到了孤独，他说："我从未感到寂寞，也丝毫没有为孤独感所烦恼，但有一次，那是我进入森林几周之后，当时有整个钟头的时间，我产生了疑问，要过宁静而健康的生活是否还是非得有人类作为近邻不可。处于孤独的状态是让人有点不愉快。"

当从未一个人生活过，而开始一个人生活时，便会产生全然的兴奋感与新鲜感，但总会有一个时间，周围寂静的一切仿佛又让自己的内心产生了一丝丝、一阵阵强烈的寂寞与孤独，没有嘈杂，也没有欢笑……

不可否认，一个人居住时，周围没有人约束、管理、干扰自己，但也没有热气腾腾、美味可口的饭菜，没有干净整洁、窗明几净的房间，没有整整齐齐、干净无皱的衣物……独居意味着自由，但也意味着一切都要靠自己。无论有多忙，有多累，也必须面对一件枯燥而无聊的事情——做家务，厨房、厕所、卧室、客厅的每个角落，都要清洁，也许一日不做看不出来区别，但一周不做，就会怀疑自己居住的地方是不是原来那个美好干净的空间。原来独居不是代表清闲，恰恰相反，它代表了"家务无小事，一切靠自己"。

即使我加班回来后，困倦得要死，却实在看不过眼这样脏乱差的环境，于是咬牙把近在眼前的家务给一一完成。餐桌上的饭菜被倒入垃圾桶中，水槽里的锅碗瓢盆从脏兮兮变得亮晶晶，沙发上的衣物从皱巴巴变得平整整，客厅的木质地板被拖得光亮亮，然后我坐下来，望着焕然一新的房子，本来觉得辛苦疲惫的我忽然之间产生了奇妙幽微的满足感与幸福感。当夜色渐沉，而家里灯火通明，光洁亮丽，周围的一切都干净美好，连平日不曾打理的花草似乎都有了精神，烧一壶开水，泡一杯普洱，好不闲适！独居时寂寞的潮水也许是一阵一阵的，至少在那一刻，孤独感与寂寞感退却，随之而来的却是某种奇妙的舒畅，头脑里出现了某种有趣的天马行空的画面。

我感到自己的内心感情常常在寂寞与畅快之间摇摆，起初是猛烈的，然后是缓缓，再一点点减弱，我也觉察到自己慢慢接受了独居的现实，学习安然于当下。当窗外下起雨时，我会跑到阳台，坐在一把小凳子上观雨、听雨，换作以前我一定不会这么干，当我望着雨从淅淅沥沥到变成一幕幕水帘，再到细细密密，忽然觉得下雨天是可爱的，听着雨水变化的声音，也会产生平和悠然的感觉，这或许是独居送给我的礼物。

梭罗在最后说道："我发现孤独在大部分时间里都是有益于身心健康的……我喜欢孤独。"独居的日子也许会在某天结束，但我开始感激这样一段时间，去除浮躁与矫揉造作，以另一种方式拥抱生活，全然活在当下，感恩当下。

努力者出众，不努力者出局

□飞　白

在很多人的印象中，学霸似乎是天生优秀，智商过人，不用怎么学习就能轻松考上名校。一开始我也这么认为，直到我看到一篇文章才知道，大多数学霸并非天生优秀。那篇文章，讲了一个学霸考上清华大学的奋斗史。看到一半我才发现这个学霸就是曾经的童星叶子。

说起这个名字，很多人可能觉得陌生，但看到照片，你会恍然大悟："原来是她。"11岁时，叶子在《春天后母心》中饰演刘雪华的女儿。这部剧一经播出，叶子便成了家喻户晓的明星。而在这之前，她早已有了几部戏的拍摄经验，之后也不断有作品播出。有了一定的知名度，加上几部耳熟能详的作品加持，按理说只要稳定发挥，在演艺圈继续发展问题不大，但她做出了一个惊人的决定：离开演艺圈，回学校学习。

就连学校的老师都觉得奇怪："你要发挥自己的特长，去电视台工作。成都七中要你来干吗？"但叶子说，自己这么做，就是想证明"学校要我是干什么的"。"我不是只会穿着戏服演绎他人的风花雪月，我可以很专注、很拼命地去学习，以骄人的成绩，让学校记住我。"

后来，她真的发狠一般努力地学习，只为考上清华大学，"到最优秀的一群人中间去"。

高三这一年，她丢掉了校团委副书记、学生电视台台长的头衔，丢掉校内外各种艺术类奖项的光环，把自己锁在了题海里。

单靠高考上清华大学，她成功的可能性很小，所以她只能抓住获得加分或降分的机会：通过清华大学自主招生"拔尖计划"（降40分录取），或是被推荐为四川省优秀学生（加10分录取）。

努力一个月后，省优秀学生她落选了。她每晚坐在操场上止不住地流泪。最后，她决定抓住自主招生的机会，再拼一把。

但自主招生的题目偏难，如果没过，高考的日常学习也耽误了。考虑后，她还是决定奋力一搏。高三一整年，叶子没看过一场电影，没下载过一首新歌，没打过手机游戏，没吃过火锅。屏蔽外界一切干扰后，她通过了"拔尖计划"的笔试，整个四川省只有4人通过。相对于笔试，接下来的面试对她来说简单一些。努力没白费，她拿到了清华大学40分的降分。

虽然离清华大学近了一大步，但挑战还在继续。由于备考"拔尖计划"导致学习成绩大幅下降，让她不得不重燃斗志，奋力追赶。之后，叶子以理科633分的好成绩被清华大学录取。

高考结束后，她把自己的备考经历写在《2014我的高三时代》这篇文章里。看完她的这篇文章，我才发现：人的努力，竟然可以这么可怕。虽然学霸们的"型号"各有不同，但最终让他们站到制高点的核心因素，都逃不过五个字："清醒地努力"。

这里的清醒，其实就是所谓的"目标明确"。叶子在走红后，面对诱惑和光环，还能做到不迷失而选择踏实学习，就在于她有着明确的目标——考上清华大学。靠着一以贯之的清醒和努力，2020年，25岁的叶子又取得了清华大学的硕士学位。

许多人看见厉害的人，会心生羡慕，却总也突破不了“努力了也没结果”的魔咒，最后只能用“没天赋”“没背景”来安慰自己。事实上，大部分人的工作和生活状态是：上班稍微努力点就开始讲公平；自己不得志就抱怨公司和领导；下班后看几页书就觉得自己特别上进；辛苦加几天班就担心自己会过劳死；有点成就就马上要享受几天，犒劳自己……说白了，大多数人的努力，还不到拼天赋的程度。

看过一个故事，说一个“90后”，毕业于普通二本院校，毕业之际，他跟另外6个人一起在某单位实习，实习结束后，只有他被留了下来。

老员工问他：“你是否有比别人更强的地方？”他回答：“可能因为只有我准时上班？”老员工不信，他又说：“那就是邮件格式写得更规范，错别字更少，读起来让人更明白。”这回老员工信了，因为这位老员工平时的工作也需要阅读大量邮件；而书写格式正确、分段清楚、没有错别字、叙事有条理的邮件寥寥无几。很多人一直以为自己与别人拼的是才华、是智商、是刻苦奋斗，其实拼的就只是一点点认真、一点点细节、一点点本分。

为什么社会上存在“逆袭者”？其实，逆袭不是常态。绝大部分人在一生中，很多时间都是处在松懈的状态，而达不到80%的努力程度。在这样的情况下，你只有付出比常人更多的努力，才有机会逆袭。

每个人生来抓到的牌都是不一样的，这个我们无法选择，但我们能想尽办法，在自己的能力范围内，尽可能把手中这副牌打到最好。

一个人要想更快地成长，至少需要两个因素：一是能力，二是意愿。能力相当者，努力者胜出，甚至，能力弱者，知不足，反而笨鸟先飞。

想要通过努力胜出，必须走出两个常见的误区：

（1）努力不是简单的重复

很多人都听过《异类》的作者格拉德威尔的观点：人们眼中的天才之所以卓越非凡，并非天资超人一等，而是付出了持续不断的努力。只要经过一万个小时的锤炼，任何人都能从平凡变成超凡。想要成功，大量重复练习必不可少，但这里的一万个小时绝不是简单的重复。

首先，总是做低层次的重复，永远不会出结果。

其次，一万个小时的努力需要一个积累的效应，第二次的努力要最大限度地复用前一次努力的结果，而不是每一次都从头开始。

（2）不必过分追求短时间内做尽可能多的事

很多人觉得在短时间内完成尽可能多的任务才是高效，其实，分清楚真正重要的事并把它做到极致，比按部就班地完成更多的任务效果往往好得多。因为成败有时跟你做了多少事没有直接的关联，而是跟一些“关键”有关。比如，你的各科成绩都不错，只有数学拖了后腿，这时如果你想提高自己的高考成绩，就不必要求自己在规定的时间内做尽可能多学科的练习题，而是要把更多时间花在数学上。一旦数学成绩提上去，整体成绩就上去了。

我们每个人都明白努力了不一定会有结果。因为收获是综合因素的结果，不是靠“努力”这一单一因素达成的，还有心态、运气、天赋等因素，但我们不得不承认，在所有因素中占比最大的还是努力。

即便是学霸，也必须遵循“努力者出众，不努力者出局”的规律，所以，如果想要过上理想的生活，请学会清醒地努力。

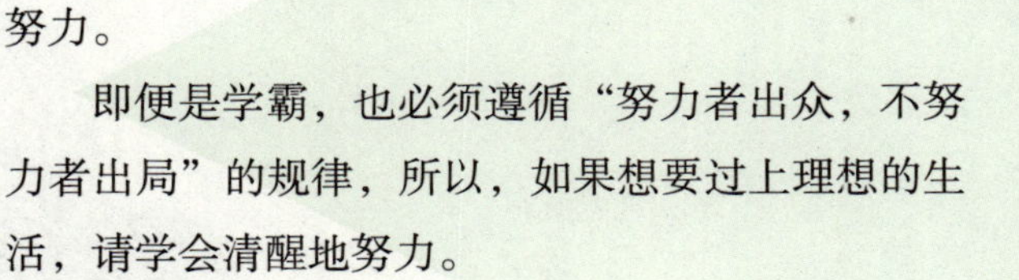

水稻的十八岁

□沈希宏

“谷雨时节种谷天。”布谷一声叫，稻种就下地了。

你知道一粒稻种长成硕果累累，会经历多少相遇吗？一块稻田，平均要与六十种稻田杂草相遇。矮茨菇来几天就走了，它的生命很短暂。三棱草长着三角形的茎秆，我们小时候玩游戏用的，你撕这头，我撕那头，看看到中间能不能相遇完整。三棱草独苗长大，不怎么占地，不怎么大肆生长，也只是来陪水稻走一程。而牛蒡草的生命力就很顽强，横向生长，与水稻抢占空间，还不肯轻易开花，不肯轻易老去，稻子都黄了，它还不断冒出新叶。又比如稗草，从小就与水稻一起长大，与水稻相伴一生，两种生命长相相似，初识者是难以分辨哪个是稗草哪个是水稻的。

水稻的一生，平均又要与六种虫子一起生活。小时候有稻纵卷叶螟，专吃嫩叶子，吃得难受就逼迫你把叶子卷起来。抽穗开花的时候，螟虫就来了。螟虫，又称钻心虫，爱咬茎秆，直接咬个洞钻进去，吸食茎秆的汁液。稻飞虱，成千上万嗡嗡嗡的，体形虽小，可是一旦暴发，虱多力量大，不出两天，一块即将成熟的稻田就会化为乌有。

还有各种病原菌，各种外来伤害。在水稻生长的短短几个月里，发生的熙熙攘攘与战火纷飞，可以说是一刻不曾停歇。

下雨了，你出门可以带伞，水稻却从来不带，雨来风迎，饱食阳光、空气和雨水，通过孜孜不倦的光合作用，奉给人类以供养。

收获之后，生命完成一个轮回。重归宁静的大地上，留下一个我，在稻茬儿间感怀。

生命脆弱而渺小。老牛的一顿饱餐，也会让一小片水稻颗粒无收。生命坚强而后足，水稻也懂得与周围怎么相处，与你一起晒太阳，一起呼吸，懂得什么时候开花，什么时候结果，遇见病、虫、草和各种意外而长大成稻。

还记得你的十八岁吗？那些年轻不带伞的光辉日子。水稻的十八岁，是阳光下蜻蜓飞过来，一片片绿油油的稻田，是周杰伦歌里唱的“随着稻香河流继续奔跑，微微笑，小时候的梦我知道”，是在烈日与暴雨下奔跑，从营养生长进入生殖生长。

谁没有十八岁，谁没有一生呢？

岁月或散淡，生命诚可贵。我等当懂颗粒归仓。

大数定律与个体命运

□高　伟

我小时候住的院子里有一对夫妻，一直想要生个男孩子，可是那个女人一连生了七个女儿。女人不想生了，男人却仍想要儿子。男人说，从概率上讲，下一个怎么也该是儿子了。女人又怀孕了。她果然生了个儿子。但是，回到概率上，这个男人的想法对吗？很明显，不管母亲生第几个孩子，生儿子的概率都是50%。这是个数学常识。

《魔鬼数学》这本书里讲了一个故事：20世纪30年代末，南非的一名数学家冒失地跑到欧洲，结果阴差阳错地被关进了集中营。数学家无聊极了，就找乐子打发时间，玩起了投掷硬币的游戏。他把一枚硬币投了一万次，记下每一次硬币呈现的面相……硬币正反面呈现的结果是50%。数学家还画了一张图，做出统计学上的分析。在最初抛硬币的时候，硬币正反面的分布是极不均匀的，前几次甚至全部是某一面。随着抛硬币的次数越来越多，呈现的正反面比率越来越接近；到了第一万次的时候，就无限趋近于50%。这是不是有股神秘的力量在起作用呢？其实不是，自然界原本就有个“大数定律”，说的就是这类事情。大数定律是由数学家伯努利提出的，就是当实验次数足够多时，事件发生的平均概率会无限接近该事件所应有的概率。

由大数定律来想想人生，也挺有意思的。

我们的人生，像一棵树的成长一样。种子深扎在土地里的小树，本能地接纳阳光的恩典，吸取雨露的滋养，会自觉地校正自己的偏误，不断蹿高。长高长直长得粗壮，是树木的信念。人类的生命也是这样，渴望成为一个和树木一样成材的人，是一种本能的信念。少时我们天真又无知，社会与人际关系却是复杂多变的，因此我们会经历很多的挫折，这就像掷硬币，其间我们可能会偏离大数定律所给定的中轴值。这是常态，也是成长的代价。生命就是在试错中成长的，每一次试错，都让生命的骨骼长得结实了一些。每一个生命中遇到的问题，其实都是为我们“量身定做”的，它们会让我们勇敢地面对生活。当解决了眼前的困难，我们的意志力就提升了，就有力量去面对下一个更大的难题了。

人至中年，我们的生命也越来越行进至人生的“大数”时光，偏离大数中轴的大困惑也减少了。所谓四十不惑、五十知天命，同理也。

为什么我们要告别旧问题、老遗憾，而选择向前看？就是因为我们的个人命运不取决于一两次选择，哪怕是再重要的失误的选择（比如没有进入大学深造，比如婚姻失败），而取决于我们的系统。作家喻颖正在《人生算法》里说的“性格决定命运”这句话，应该修正为“性格决定行为方式，行为方式决定命运”。我们的行为方式就是那个决定我们命运的系统。

短期看，我们的人生充满偶然，充满无常，但长期看，个体的命运总会呈现它的必然性。老喻告诉我们，最好的人生大奖不是中了彩票，而是有一个优质的人生系统。一个人习性的正向优势概率哪怕很低，但随着时间的推移，智慧的积累，意识的提高，认知的升级，自然就会提高其人生的成功概率和幸福概率。古往今来，那些成功者都是因循着这样的路径成长起来的。

“你若盛开，清风自来”，这果真不是一句鸡汤，而是人生现实。

航母女孩叶蕴韵，爱红装也爱武装

□朱丽珍

今年是国产航母辽宁舰入列第十年，越来越多的新生代航员，伴随着国产航母驶向深蓝。其中，就有1998年出生的浙江姑娘叶蕴韵，她是国产航母山东舰的操舵手。

前些天，央视国防军事频道播放的《军事纪实》里一段关于叶蕴韵的介绍视频，刷爆了朋友圈，让更多人知道了这个驾驶万吨巨舰驰骋大洋，英姿飒爽的姑娘，叶蕴韵已经成了当地的“小骄傲”。

驾驶万吨航母，她说和开汽车有点不同

今年24岁的叶蕴韵已经是一位“老司机”，有6年汽车驾龄，更让人羡慕的是，她还是一名航母操舵兵。

一个女兵，能操作万吨巨舰吗？

早在今年5月，《军事纪实》就播放了关于叶蕴韵的一段视频。视频里，她驾驶万吨航母，乘风破浪。

“现在科技这么发达，国产航母事业蓬勃发展，航母的舵轮甚至比很多汽车的方向盘还要小。”视频中，叶蕴韵在采访中介绍，要说驾驶航母和汽车有什么不同，那就是船的惯性更大，吨位也大，在海上航行，船与水的阻力，跟汽车轮胎与地面的阻力相比小很多，需要提前考虑惯性，要有提前量的回舵。

说起来轻松，但想要把航母操稳操好，还是需要付出很多努力。

2021年，叶蕴韵第一次驾驶山东舰，保证舰载机的起降。对航母驾驶员来说，最难的是驾驶航母与舰载机的配合，任何一点儿偏差都可能产生难以想象的后果。然而海上的天气不可控，风向会突然改变，需要操舵兵快速改变舵角，把航向以最快速度调整完毕，才能保证飞行甲板的风速在舰载机需要的范围之内。有时候刚调整好没几秒，舰载机就降落了，松了一口气的叶蕴韵，才发现舵轮上留下了自己紧张的湿手印。

叶蕴韵的父母说，他们也是通过媒体的视频，第一次见到女儿开航母的样子，“很为她骄傲”。

叶蕴韵一直很低调，尤其不让父母声张她工作上的事。越来越多的人来询问，父母才知道，这段视频最近在朋友圈传播，被更多家乡人民所知。

女儿能开上航母，父母也说没想到

叶蕴韵的父亲叶启文，高高瘦瘦，说起女儿，难掩激动之情。“我也没想到，我的女儿能开上航母。”

叶启文说，叶蕴韵高中时成绩不算突出，处于中等水平。平时的兴趣爱好，也完全与一个军人无关。“她爱好文艺，比如电子琴、葫芦丝，这些乐器都会，还喜欢写小说。跟很多女孩一样，也喜欢穿花裙子。”在叶启文眼里，这些只能算女儿的一时兴起，并不能成为她的职业。

“我想让她成为一名军人，她个子近一米七，小时候我就培养她的水性，带着她在衢江游泳。”不过，这也只能算是叶启文的“一厢情愿”，女儿并不在意，“高考前就有征兵宣传，她没告诉我，我也不知道这些信息。”

直到高考结束，叶蕴韵和父母商量志愿填报，考虑的还是有关医学的专业。“本来已经看好了温州的一所学校，搜寻信息的时候，我偶然发现了浙江交通职业技术学院正在招提前批的学生。”叶启文马上搜索了相关信息，发现这所学校是交通运输部与浙江省人民政府共建的全日制普通高等职业院校，属于教育部国防教育特色学校，“我一看，眼睛就亮了，这意味着报考了这所学校，蕴韵就有了入伍的机会。”

于是，叶启文立马征求叶蕴韵的意见。“我劝她试一试，如果录取不成功，也不影响报考别的学校。”

报名成功、通过体检……叶启文全程陪同，得到体检过关的消息，心中的大石头才算落了地。“我记得当时学校只在省内招10个女兵，去报名体检的有50个左右。”最终，叶蕴韵突出重围，成功被浙江交通职业技术学院录取，选择了航海技术专业。

2018年，20岁的叶蕴韵正式入伍。

在叶启文的印象中，女儿刚入伍那年，也会有抱怨，“觉得枯燥、不自由”。看到她发回的照片，有手上受伤的，还有大冷天在站岗的，父母也心疼，“危险总会存在，我的小孩不去，其他人家的小孩也会去”。

而正是在这个过程中，父母感觉到了女儿的转变。“韧性越来越强了，也感觉她开始习惯这种生活，喜欢上了这个职业。”

通过一系列训练和个人测试，叶蕴韵被分配到了国产航母山东舰，成为一名操舵兵。而这一年，山东舰刚刚下水。

好朋友说，印象中的她一直坚定冷静

可以说，叶蕴韵是伴随着山东舰成长起来的。

2021年，叶蕴韵第一次驾驶山东舰，执行舰载机保障起降任务，她将一次次在训练中积累的经验，用在了每一次实操上。

听说叶蕴韵驾驶航母，同样激动的，还有她的闺蜜刘瑜妍。

“我问她，激动吗？她反问我，这是我的工作，你工作的时候会激动吗？”刘瑜妍感叹，当初并肩绘画的女孩，一个驾驶航母驶向深蓝，一个研究空间站追求星辰大海，是很妙的缘分。

在刘瑜妍的印象中，叶蕴韵一直坚定冷静。“遇到成绩不理想，也从未见她脸上有气馁之色。”入伍后，两人之间的联系虽然少了，但也知道她在部队艰苦训练，曾经的那份坚持与从容，逐渐内化于心、外化于行，让她成为山东舰上一抹亮丽的色彩。

作为父母，看着女儿驾驶航母，骄傲之余，也有提心吊胆，尤其是看完女儿开航母的视频后，才知道这份工作原来这么惊险。“不能出一丝一毫的差错。平时打电话回来，她都不会和我们说工作的内容。”每一次通话，女儿只谈论家事，父母也只会问一问吃得怎么样、睡得好不好、身体是否健康。

因为叶蕴韵工作的特殊性，这样的日常聊天，如果碰到出海，短则一周，长则月余，联系都是奢望。

“她已经有一年左右没回过家了。”上一次给家里打电话，叶启文记得是7月下旬。

一句“我回来了”，成了父母最大的期盼。

在父母看来，女儿只不过是许许多多普通军人中的一个，是保卫祖国力量中的一颗螺丝钉。

征途是星辰大海，历尽千帆仍是少年。正是一位位像叶蕴韵一样的年轻人，用自己的青春，画出了更宽更远的深蓝航迹。

张猫猫流浪记

□刘娟娟

2019年，张猫猫失恋了，她独自赴云南、四川、青海、西藏旅行，搭顺风车、住青旅，结识了很多资深“驴友”，从此对旅行的热爱一发不可收。2020年，她开启了为期一年的境外旅行，挑战“花最少的钱去更多的地方”，揣上2万元钱，背着巨大的包，从拉萨经陆路到尼泊尔，张猫猫流浪记上线了。

在斯里兰卡，她跟着风筝冲浪师傅乘小木船去钓石斑鱼、捡蛤蜊、抓螃蟹、上树打椰子；在土耳其，她到过游人罕至的凡城，在凡湖边支张桌子野餐；在塞尔维亚，她在青旅当义工抵住宿费；在亚美尼亚，她去当地人家里做客，和他们一起过年；在格鲁吉亚，她去考察酒庄，将传承千年酿造工艺的陶罐酒卖回国；在坦桑尼亚，她坐公交车出行，逛当地菜市场。

张猫猫在各网络平台上的账号名此前叫“张猫猫流浪记”，现在叫“张猫猫历险记”。的确，张猫猫这两年多的经历，除了“流浪”，不乏“历险”。

她曾只身行走在伊拉克北部库尔德地区。她在土耳其的时候，很多旅行的朋友推荐她去伊拉克看看，说那里并不像外界认为的那样危险。带着好奇，她独自乘坐11个小时的大巴，从土耳其经陆路抵达伊拉克。当地人的热情淳朴，是张猫猫对伊拉克北部最深刻的记忆。

在那里，她经常被人请求合影，偶遇的女大学生给她当向导并带她免费修无人机；在千年古村里被老奶奶“投喂”自家树上长的梨子并被邀请去家里做客。

危险也是存在的。离开埃尔比勒那天，刚好两枚导弹炸了机场，“我是当天早上10点左右走的，导弹是凌晨5点炸的，其实就是在天上闪一下，再像地震一样震一下，然后就没事了”。

她曾一个人在格鲁吉亚的雪山上徒步、露营。晚上睡在帐篷里，她感觉有小动物往里钻，“可能是刺猬之类的”，胆子大的张猫猫这才感到一丝害怕。可一到白天就不怕了，收拾好帐篷，背上巨大的行囊继续前进，“走错路了，没事，路都是人走出来的，没有路我就自己去找路”。

最危险的一次是在斯里兰卡，张猫猫乘坐海边小火车出行，不小心掉进了火车和站台间的狭窄空间，被火车拖着滚了一段距离，在众人的大喊声中火车终于停下来，好在她只是轻微擦伤，“多亏我的背包够大，卡在那里，才没有被卷进火车”。火车停下，她脑子里一片空白，“几百个人”过来围观，有人帮她把原本手上提着的手机、零食捡回来。在火车站休息室里等待救护车的时候，她全身都在颤抖，冒了十几分钟冷汗，以为自己“要挂了”。

张猫猫对记者说她对这个世界有很多好奇。“2020年是我的本命年，人们说本命年要么你会特别幸运，要么你会特别倒霉。我干脆直接开启环球旅行。”这两年多，是幸运多，还是倒霉多？对张猫猫来说，一切，皆是收获。

在国外的这两年多，张猫猫内心那个自卑的女孩不见了。

除了学识增长了，张猫猫更大的成长是心态的变化。“以前在国内，我是一个比较自卑的人，我没办法选择我喜欢的工作，我会去买一些假的名牌包包，买漂亮的衣服和化妆品，出门一定要让自己保持比较精致的状态，靠外在的东西来增加我的自信。但现在我的自信是从内心发出的，感觉重生了一样，我变得越来越开朗，越来越活泼。”张猫猫说。

有多少人败给了“慢马定律”

□Autumn

讲一件最近发生的事。有个建筑行业的朋友，大晚上过来跟我倒苦水。说白天跟同事闲聊，发现部门新来的应届生，居然比自己的待遇还高。想想自己在公司待了快七年，画图、提资、跑工地，该干的活一样不少。

“太憋屈了，你说我待了这么久，没有功劳也有苦劳吧。这破工作，真是干着一点儿意思也没有。”

看他义愤填膺，我忍不住提议：“既然这么委屈，干脆换家公司看看？”他马上不说话了。可能很多人都知道，建筑这行出差越多，发展机会才越大。但是朋友一直没什么事业心，公司每次安排出差他都觉得太苦，不是说家里有事，就是借口身体不舒服逃避出差。

每天除了坐在电脑前机械地画图，分外的活一点儿不干，到点就下班回家。说是干了七年，其实能力一直在原地打转，劲头明显不如年轻人。混着混着，一不留神就成了职场里性价比最低的存在。

在网上看过一段很扎心的话：“在这个时代，人工智能像人不可怕，可怕的是人越活越像人工智能。”

你有没有发现，我们身边有很多像我刚提到的朋友这样的人：每天看起来兢兢业业，从不迟到早退，但升职加薪永远轮不到他。

眼瞅着新来的年轻人都跑到了自个儿前头，这才感觉到危机。一边抱着过去的“苦劳簿”诉苦，一边盘算着换出路。

然而，空有一身工龄，没有跳槽的本钱。只能日复一日地跳进“埋怨—继续混日子—再埋怨”的死循环。

之前有统计显示，人这辈子除了睡觉，大部分时间都花在了上班上。很多人只想着熬过上班的8小时，却没想过如何让它更值钱。

就像职场大咖何加盐讲的：“你在工作中混日子，其实就是在浪费自己的时间。因为连你都认为自己的时间不值钱，你的工资怎么可能高得了呢？”

想摆脱现状却懒得提升自己，瞧不上手头的工作又做不到无可取代。看起来拥有10年的经验，却不过是将相同的日子重复了10年。你得过且过的每一天，都是人生最大的浪费。

还记得心理学上的“慢马定律”吗？偷懒的马上一秒还看不起卖力的另一匹马，为自己的小聪明沾沾自喜。下一秒，就被主人送进了屠宰场。

有句话讲得很真实：“这个世界的规则就是这样，只要你的价值不如别人，就会被无情地淘汰。”

在这个时代，淘汰就像家常便饭。你在混日子中浪费的时间，会慢慢变成困住你的深渊。让你眼睁睁地看着别人飞速前进，却无能为力。

时间是这个世界上最公平的东西，你选择打发它，它就会反过来打发你。那些本可以让你变得更优秀的每一天，一旦浪费了就不会重来。这个千变万化的时代，不会等任何人闲庭信步。你光把自己做好了不行，还得做得比别人好。今天比昨天多做一点点，明天比今天精通一点点，才是普通人最大的真理。只有自己身上有碗筷，才能始终有饭吃。

也许你在日复一日的工作里慢慢丧失了激情，也许你正因为自己的职业道路越走越窄而彻夜难眠……但别忘了，人活着真正的累，不是拼搏的累，而是内心的焦虑与迷茫。

人生最大的苦，不是加班的苦，而是面对生活的无力和绝望。当你真正开始为自己工作，所有的困难都会为你让步。那些你加过的班、做过的项目、学到的本事，都会变作你的底气。让你任何时候，都不会为了生活和谁低三下四。

真正的公主都活成了什么样子

□王宇昆

1

我被无数次问过一个问题："理想型是什么样的女孩子？"

不知道为什么，每次被问到的时候，我最先想到的是一个让我特别欣赏的姑娘。

出生在计划生育这一代的男孩女孩，大多是家庭里的掌中之宝，许多富人家的孩子更是被捧在手心，从小便沾染了娇生惯养的习性，比温室中的花朵还脆弱。

之所以特别欣赏她，是因为我在她身上看到了许多人不曾拥有的东西。

暂且称呼她为奶茶小姐吧，因为朋友都觉得她长得有几分像奶茶妹妹，她们同属于甜美型，而且奶茶小姐身上有一种甜而不腻的气质。

最先知道她是从一个朋友的口中，说当时奶茶小姐入围了福建省的一个比赛，我们学校最终在那个比赛里获奖的只有一个人，也就是奶茶小姐。

据说颁奖礼省里搞得特别隆重，好多媒体报道，还有电视台现场直播。因为有现场授奖环节，所以要求每个上台领奖的选手都身着礼服盛装。

朋友说奶茶小姐当时准备的高档礼服在颁奖礼的前一天不小心弄上了污渍，无论如何也清洗不干净，奶茶小姐只好赶快再去买一条裙子，好不容易看中了一条著名奢侈品牌的春季新款，却因为店里只剩下这一条并已经被预订而买不了，想要调货又要等好几天。

但谁也没想到，奶茶小姐当场以两倍的价格把那条裙子硬生生买下来了。

我第一次听到这个故事的时候，被奶茶小姐的土豪行径给吓到了，花十几万块钱只为买一条出席省级颁奖礼的裙子。

虽然知道奶茶小姐是一个"富二代"，但仍旧很不解，就算再有钱也不至于这样挥霍吧。

2

真正认识奶茶小姐，是在学校的一个实践活动中，去一个偏远落后的乡村做人类学领域的调研，我们一行二十几人，分别来自不同的学院，团队主创们为了节省资金，选择了坐绿皮火车。

因为订到的软卧有限，所以大家决定轮流去软卧休息。深夜，一个姑娘大概是晕车呕吐，弄得她所在的那张床脏兮兮的。

那个姑娘特别不好意思地跟大家道歉，但她又不知道该如何补过，弄脏了的床肯定不会有人愿意再躺上来的。

事实也真的如此，本该轮到的同学大部分摇摇头，说自己还不困，让下一个人去睡吧。但轮到奶茶小姐的时候，她丝毫没有推诿的意思，径直走过去，像什么也没有发生过一样，躺上去睡觉了。

我们都能闻到那个车厢里呕吐物传出的难闻气味，奶茶小姐却丝毫没有因为这个而显露出半点嫌弃的模样，反而还安慰那个晕车不舒服的女生，给她拿了自己带的晕车药。

看到这个细节的时候，我突然不是很理解眼前这个“富二代”小公主了，按理说，她表现出来的更应该是大小姐脾气，受不了这个受不了那个，更别提要躺在那样一张脏了的床上啊。后来，我才发现原来是我错了，这一切都是我的偏见。

是从哪一刻开始意识到自己彻头彻尾地误解了一个人呢？

3

有一次，我和朋友去海底捞吃火锅。服务员带领我们入座后，我看着走过来负责我们这桌的服务员特别面熟，她过来打了声招呼，我才发现原来就是奶茶小姐。

一个买条裙子都能花掉十几万元的人，竟然需要来海底捞打工？莫非这家海底捞就是她家旗下的？我一边揣着不可思议的问号，一边跟她打招呼。

虽然之前一起参加过实践队，但我和奶茶小姐之间的关系，大概也只是有过一段共同经历的普通朋友。

我们寒暄了一会儿，就开始点菜。不多久，服务生把汤底端上来，可就在锅子放下去的一瞬间，不知道是不是因为用力过猛，锅中的红油猛地一溅，顿时几个硕大的红油点子溢出来，我的外套不幸被沾上了许多。

这时，奶茶小姐突然跑过来，帮我用湿巾擦拭外套上的油点，嘴上不停说着抱歉。可惜湿巾并不能解决已经渗透进纤维的油渍，我说没关系，回去洗一下就好了。但奶茶小姐执意要我把外套脱下来，说要帮我拿去处理好，然后拿着外套便消失在了我眼前。

朋友一边夸赞奶茶小姐真的很nice（好），一边问我她真的是一个“富二代”大家千金吗。不仅一点儿傲气和架子都没有，竟然还能如此谦卑地去服务别人。我摇摇头又点点头，夹了一片牛肉放进了锅里。

那天吃到最后，奶茶小姐刚刚好出现，拿着一个袋子，袋子里面装着没了油点的外套，我惊讶地问她是怎么做到的，奶茶小姐只是笑而不语，最后为了表达歉意还送了我们一份果盘。

回去后，我拿出外套仔细检查，才发现不对劲。因为这压根不是我穿过的那件。

隔天，我给奶茶小姐发了微信，说是为了感谢她那么辛苦帮我清洗衣服，想要请她吃饭。

奶茶小姐起初推辞，说小事一桩，但抵不过我劝说，还是答应了让我用一顿晚餐来表达谢意。“那件外套是你从无印良品新买的吧？回去我仔细检查了，还特地闻了闻上面的味道，明显是新衣服的气味。”我说完，奶茶小姐依旧是笑一笑。

“还是被你发现了，我一直担心被你发现，所以起初才一个劲推托你要请我吃饭这件事呢。”

我执意把钱归还给她，但奶茶小姐严词拒绝。

“就一件衣服，本身弄脏它就是我工作的失误，这是我应该做的呀。”

奶茶小姐回应得特别得体，那一刻我突然觉得她真的不是我想象中那样，一个脸谱化的富家女。

吃到一半，我问她：“你怎么会想着去海底捞打工呀？你知道那天我看到你的时候，有多惊讶吗？”奶茶小姐放下手中的筷子，看着我。

“你知道大学生活有多无聊吗？再不找点事情做，好多时间都被浪费了，我可不想整天把时间花在逛街、购物、上网这些事情上，虽然我爸的确能帮我弄到很多大公司的实习机会，但我还是想先从这样的工作开始尝试，毕竟人生那么长，多尝试一些花样总是好的嘛。”

那一刻，我仿佛被奶茶小姐身上散发出的一种特别的气质给吸引住了。

虽然出身于富裕的家庭，但在奶茶小姐身上看不到很多“富二代”身上所拥有的戾气与自负。相比之下，奶茶小姐更像是一个对生活万象都充满美好希望和积极态度的普通人。

或许，这个世界上真的有人活成了真正的“公主”，而并非所谓的“公主病”。在我眼中，奶茶小姐大抵就是这样的存在吧。

一个矮个子的乐观主义精神

□静　思

我的身高是我父母内心很深的遗憾，即使这只是我完美地遗传了他们的基因所得。

从小到大——包括现在——我爸妈经常挂在嘴边的一句话是“唉，咱要求也不高，闺女要是能再长高 5 厘米就好了，那和现在的境界就绝不一样了”。其实即使再长高 5 厘米，我还是矮，但在父母的脑海里，好像那 5 厘米就是助我人生走上巅峰的青云梯。

我对身高展开的抢救工作，可以谱写一部智商税史。

小时候，看见高乐高广告，里面的小孩子喝完几杯后个头瞬间就往上噌噌噌地飙，然后父母摸着他的头笑得一脸欣慰。为了这个开怀的笑容，以及“高乐高”这么充满美好愿景的名字，我妈没少让我喝。个头不见长，体重倒是不客气。

后来，有一阵特别流行增高鞋，20 世纪 90 年代就卖 300 多元一双啊。广告上那个矮小的孩子，穿上鞋子后脚底开始泛蓝光，然后神奇般地增高了 5 厘米。长高后的小孩，每天都以一副天天向上的模样面对人生。

我妈看完后当即拍板：买！鞋定胜天！

在我穿坏两双增高鞋但我的身高丝毫不见长后，我妈终于认清了现实：这与街边摊三五十元一双的运动鞋无异，而为了孩子的未来，她像个冤大头一样被商家在后面多补了一个零。

再比如，不知是谁说的打羽毛球能增高。我爸妈知道后就天天早上逼着我去打半个小时羽毛球。所以，每天我七点背着书包、扛着拍子、站在操场上拉人陪我练球，以致有段时间我同学都以为我要考体校。

最让我感到“耻辱”的一项增高运动是篮球。我爸说打篮球能长个子，于是在高二的暑假给我买了个篮球，每天吃完晚饭赶着我去学校的篮球场练球。我们学校有两个露天篮球场，前后挨着。于是，经常出现这样一幕：一个篮球场上，一堆身高一米八以上的男生光着膀子激烈对决，周围叫好声一片；另一个篮球场上，一个身高比他们矮一头的小女生孤独地拍拍球，然后吃力地把球扔向那个永远也投不进的篮筐。

有一次，我被自己扔出去的球砸中，一屁股坐在地上。恰好被旁边正在打比赛的人看到，他们中止比赛跑过来看我要不要紧。人生头一次被一堆体格健硕的男生围着，我一时不知是羞是喜。

别人玩篮球，我被篮球玩儿。

这两项运动当然没有让我变高，它们带来的唯一作用就是让我在早自习或晚自习时睡得更香了。

再后来，我爸妈不知从哪里弄来一个民间秘方——吊单杠，说吊单杠能拉伸骨骼，让人变得瘦长。

然后，我就开启了课间吊、放学吊、体育课吊、晚自习也吊的吊杠模式。直到有一次吊的时候实在没坚持住，摔下来把左胳膊弄脱臼了，我短暂的业余体操生涯才算结束。

人类对身高的崇拜，据说是因为在原始社会时期人们要通过围猎来维持生存，而高个子的人在这方面具有明显的优势，能给人提供更多安全感，所以这项优势被保留在了我们的基因里。

在一个男士崇尚高大威猛、女士崇尚高挑纤细的社会里，生而矮小的人总会有意无意被鄙视。比如，从小被冠以“小不点儿”“小矮人”这种不太体面的绰号；比如，拍集体照或者排队、排座位时总会被摆弄到靠前的位置——“个子小的到前面来”；比如，“气质好”“身材好”这类评价与你无缘；再比如，因为身材矮小，可能你在公司发表的意见不太能得到重视，因为身材矮小的人很难在职场上展现出两米八的气场。

个子小，本来是基因问题，最后却被归为类似缺陷的问题，催生出了身材歧视。现在，人们对身高的青睐已经脱离了安全感范围，大家更容易把身高与“伟大”和“出众”联系在一起。

在美国作家马尔科姆·格拉德威尔的著作《眨眼之间》（Blink）里提及，根据推算，身高每增加一英寸（2.54 厘米），年薪就会额外增加 789 美元；以及，调查显示世界 500 强公司的男性高管平均身高在一米八以上。

这个世界不仅看脸，还看身高。

不过，虽然个头矮的人在这个社会不受待见，但也有很多“身高不触底”的人难以体验到的好处。

最常见的一种好处是通常身材矮小的人脸也显得比较年轻。

我在上初中时就被别人认作小学生、高中时被人认作初中生、大学时被人看作高中生，即便现在都是而立之年的资深会员、孩子他妈了，也时不时会被人认作大学毕业工作没几年的小青年。

我知道，每个年龄阶段都有属于自己的魅力和美丽，但让青春假装多驻足一会儿，也不是什么坏事吧。

再比如，身材矮小的人买衣服和鞋子真的好省钱。

买衣，大码童装搞定；买鞋，大码童鞋搞定，一样的做工和样子，价钱比成人码数便宜了20%，赚到了。看《生活大爆炸》里的霍华德说自己的衣服裤子基本都是从童装店买的，我太懂了。

而且因为身材不高，如果你看开一点儿，作为女性，这辈子基本可以免受高跟鞋带来的痛苦。个子不高的人何必吃咸鱼蘸酱油——多此一举要穿高跟鞋？一双“恨天高”踩在脚下，并不会让自己成为一个高挑之人，还不如安安心心踩着平底鞋踏踏实实走好自己的路。

大学毕业找工作面试那会儿，我都是穿着球鞋走四方，到了面试的公司楼下才从包里掏出高跟鞋换上。面试结束后走出公司大门的第一秒，就赶紧再换回球鞋。那一刻的舒爽，就像鱼儿在池塘游、柳条在风中摆、小孩手里攥着棉花糖正要往嘴里送。

真心奉劝和我一样身为矮个子却依旧“想不开”受高跟鞋折磨的同胞：对自己的疼爱是脚放开。把身心撑展，站在适合自己的水平线上，你才能尽情欣赏这个世界的美丽。

学会爱自己是一件辛苦而浪漫的事。我们的身体虽不完美，却闪烁着独一无二的光彩，那是我们之所以为自己的重要印记。

北大毕业十年，同宿舍的三个女生都活成了什么样

□居潇潇

2007年，嘻嘻、佳佳和世中从各自的家乡来到北京大学，进入元培实验班。

随后，嘻嘻从文科实验班转向新闻方向，佳佳从理科实验班转为政治经济哲学方向，世中则从法学院转到了中文系。

看似“任性”的选择背后，是她们愿意为自己的人生“试错”的担当。

结束象牙塔生活后，她们继续踏上不同的人生旅途，或是出国留学，或是去香港读研，又或者留在北大读书，毕业后分别选择了外企、国企、创业公司。

在旁人看来，她们的履历中不乏兜兜转转和迂回放弃，但殊途同归的是，她们都在毕业十年后进入了一个“令自己满意”的阶段。

这期间，个人努力与“北大”两个字的背书，缺一不可。

谈到北大之于人生的意义，嘻嘻打了个比方：我们的人生都是在平静的大海上没有坐标的一艘船，但因为北大，这块磁铁在遥远的海岸线上，让我的船能慢慢地往那个方向驶去。

北大出身并不意味着没有迷茫，但接受过优秀教育的人往往能比普通人更快走出迷茫。

当我们平日里讨论教育、读书、学习的意义时，更多时候都在围绕形而上的意义展开。而这三位北大毕业十年的优秀女性，恰恰在用最世俗的方式告诉我们：学历和平台不同，你所面临的人生也会截然不同。

优秀的教育起点，也许无法决定人生的天花板，但至少能让人站上更高的起点。无论何时何地，好好读书永远是人生的“捷径”。

十五年前，当这三个姑娘和另一位室友齐聚北京大学250宿舍时，同行的一位家长笑着说：四个女孩儿住在“250”，你们凑一块儿不就是“千金”？

如今回头看，这份十多年的情谊，的确价值千金。

所谓“愚者合群，智者同频”。能在人生路上早早遇到“同频共振”的朋友，也是一种幸运。

人是环境的产物。就像《吸引力法则》中所说的，你是什么样的人，就会吸引什么样的人。

记得北大数学天才“韦神”在网络上走红时，不少人认为他衣着简朴，拿着一袋馒头，口齿甚至有些含糊，“不像个正常人”。

记者在访谈里向另一位北大博士问及此事，那位博士毫不犹豫地说：“我觉得他是一个非常正常的人，因为在我们北大人看来的正常和大多数人看来的正常，是有很大差别的。”

在北大，这样的人随处可见。他们也许是我们这个国家最厉害的科学家、数学家、哲学家，骑着很破旧的自行车。我们很多的老师，就是这个样子。

作为北大的学生，我们不太会去关注日常生活中大多数人都在意的东西。我们沉浸在自己的学术世界里，与那些世界上真善美的知识打交道。

当一个人身处质朴清净的氛围之中，人人一心想变得更好，努力求学，他很难不被带动。

常有人质疑“名校”的含金量，事实上，名校带来的荣誉光环尚在其次。

在顶尖学校，和最优秀的老师、最优秀的学生在一起，拥有主动寻求向上的氛围和足够多的选择权，这才是名校给予一个人永远的财富。

2007年，小镇女孩嘻嘻第一次来到北京，坐上出租车前往北大，阳光透过沿途高楼大厦的玻璃外墙洒进她的眼睛。

她兴奋地说：“我觉得我的人生要打开了。”

多年后的她和当年的舍友一起毫不在意地笑说着自己当年的“幼稚”：我的人生没有打开，我就是一个非常普通的人。

这不是不接地气的“凡尔赛”，而是每个人终其一生都会面对的课题：如何与自己的平凡和解。

在世人眼中，“北大”是无比光辉的头衔，是与优秀画等号的经历，是可以变现的财富和人脉。

但某种程度上，北大也为她们带来了人生困境：高估和傲慢。

这是年轻的时候没有付出太大的代价，却得到了世俗意义上的成功的人的通病。

外界的高估、内心的挣扎、理想与现实的落差，让她们人生中经历了许多至暗时刻。三人之中，世中曾一心一意想要走学术道路，她从法学院转到中文系，又在毕业后一路读研究生与博士。

但在博士即将毕业的节骨眼上，她遇到了重大的挫折：她所研究的课题已经有了重要论文发表。

这也就意味着，她必须从头开始。

当时的她，决绝地认为自己不再有足够的才华完成目标，在读博的第四年选择放弃，以硕士身份毕业。

多年过后，她不再遗憾，而是笑着说，其实不用对自己那么苛刻的。人生的山峰，未必需要插上翅膀才能飞过去。

再成功的人，背后也曾有不为人知的辛酸苦楚；再有天赋的人，也曾一百次陷入自我怀疑之中，又在第一百零一次选择站立。

人生最重要的，往往不是如何处理最光鲜的时刻，而是努力过后，学着接受自己的失败，接受自己能力所不能及的结局，与人性深处的平凡和解。

当一个人学会与自己和解，才能减少内耗，协调内心，全身心地投入提升和成长之中。

整个视频最让人印象深刻的，是三个主人公发自内心地对自己感到满意。

人到中年，我们开始拥有更多的生命角色，为人妻，为人母，职场、家庭和社会，更多层面的压力扑面而来。

我们似乎很难对自己所拥有的一切感到满意，时常在抱怨、悔恨、犹豫之中虚度时光。而她们则用自己的智慧和通达，涵养出强大的内心，消解着日常产生的负面情绪。

就像佳佳说的：“人生的某些时刻，从上往下看，我们似乎在原地打转，但回到同一高度的平面，人生也许是在螺旋式上升。”

只是视角不同而已。

龟兔赛跑的故事人人都听过，但能像那只乌龟一样花“笨功夫”走到最后的人寥寥无几。

我们要做的，就是换个角度看世界，最大限度地接纳自己。

人生不那么完美又如何？“人们都是一步一步走上去的，低头走就好了。”

那些坚持长期价值的人

□牛皮明明

一

冯骥才在《俗世奇人》中讲过去手艺人的活法：有绝活的，吃荤、亮堂，站在大街中央；没能耐的，吃素、发蔫，靠边站着。

过去的中国是农业社会，协作模式是小范围的自给自足。所以哪怕只是一个砖瓦匠、面点师、牙医或者剃头师傅，只要他手艺好，在他的地盘上就是不可被轻易取代的，很受人尊重，也活得很好。

江西的李师傅，9岁学竹编，是家族手艺的第五代传人。篾刀轻钩，用力猛拉，“啪”的一声，竹子顺势破开。再将竹子片成竹篾，穿插交织，双手翻飞，一只细密精致的竹篮就诞生了。往河里一荡，竹篮打水，居然滴水不漏，绝了！

只是，这样的手艺再绝，谁会专程去一个偏僻的山村看呢？

可当李师傅架起手机，把他的手工制作过程传上短视频平台后，没想到，竟吸引了上百万年轻人关注。通过短视频平台，他一个月能卖出价值5万元的竹编产品。但在此之前，因为竹编不挣钱，他前后收过30多个徒弟，都因为收入问题改了行。

二

老话讲，学好一门手艺，这辈子不愁吃穿。

之前我在网上关注过一个叫陈凯的手艺人，他是修复、制作铠甲的。他害怕甲胄文化在中国断代，成立过一个铠甲工作室。他的这门手艺在今天已经相当小众，最大的商业价值，也就是给一些古装剧剧组制作道具。

后来，我在短视频平台再次看见了陈凯，他穿着一身铠甲。下面的评论很热闹，点赞最多的评论是“这不是过年贴的门神武将嘛”。陈凯在那儿一本正经地解释：“铠甲已经从中国人的生活、生产中退出，但它还存在于我们的民族记忆里。门神自古以来就是将军造型，我也希望通过这样的视频，唤醒大家对传统甲胄的记忆。”

没事的时候，我就看陈凯的直播，看他穿着重达七八十斤的铠甲，在那儿充满激情地聊甲胄知识，发现他的ID渐渐积累了十几万人关注。很多甲胄爱好者会购买他的铠甲，自己穿或用来收藏，这也给他带来了每月二三十万元的销售额。

不得不说，手艺人的产业天生适合视频和直播。在短视频的传播中，手艺人既能受到更多关注，也能扩大客源，保障生活，还是像《俗世奇人》中说的，“有绝活的，吃荤、亮堂，站在大街中央”。

纪录片《我在故宫修文物》中说“技艺都容不得欺骗，技艺里没有捷径”，但值得庆幸的是，在技艺之外，手艺人的文化传播终于有了“捷径”。

第二章 智慧之灯

同是一个世界，站在圈子里看和站在圈子外看，景象大不相同。比如说海上的雾。我在船上碰着过雾，现在回想起来，还有些戒惧。耽误行程还不用说，听到若远若近的邻舟的警钟，水手们手慌脚乱地走动以及乘客们的喧嚷，仿佛大难临头，真令人心焦气闷。茫无边际的大海中没有一块可以暂时避难的干土，一切都任不可知的命运去摆布。但是我也站在干岸上看过海雾，那轻烟似的薄纱笼罩着那平谧如镜的海水，许多远山和飞鸟都被它轻抹慢掩，现出梦境的依稀隐约。它把天和海接成一气，你仿佛伸一只手就可以抓住天上浮游的仙子。你的四围全是广阔，沉寂，秘奥和雄伟，见不到人世的鸡犬和烟火，你究竟在人间还是在天上，也有些不易决定。

同样海雾却现出两重面目，完全由于观点的不同。

艺术家和诗人的本领就在能跳出习惯的圈套，把事物摆在适当的距离以外去看，丢开他们的习惯的联想，聚精会神地观照它们的本来面目。

——朱光潜《无言之美》

越优秀的人，越懂流程思维

□张丽俊

前段时间，我去外地出差，前后做了两次核酸检测。一次是回京前，在当地小县城医院做；一次是回京后，在社区医院做。两次核酸检测，带给我的感受，是截然不同的。为什么这么说呢？

第一次去做核酸检测，我从排队到做完，前后花了一个多小时。

做核酸检测的人并不多，问题在于，大家完全不知道做核酸检测的具体流程。要不要身份证？要不要扫码？扫什么码？是扫行程卡还是当地的防疫码？是先扫码后登记呢，还是先交费后扫码？这些大家都不知道。

结果，有的人忘记带身份证了，便在现场登记填写；有的人没有当地的防疫码，只能现场扫码，填写信息，进行注册……

忙乱、无序，且效率低，是我这次做核酸检测最大的感受。

第二次做核酸检测，感受就好多了。我提前预约好时间，到了社区医院，根据社区医院的指示牌，找到做核酸检测的窗口。

然后，我按照社区医院公示的做核酸检测的流程，扫码登记、缴费、排队等待，前后不到10分钟就做完了。

看，流程清晰与否，产生的效果是不一样的。

在管理工作中，同样如此。一个好的流程，往往是公司业务的助推器，能把复杂的事情变得简单，把混乱的事情规范化。

所以，那些优秀的人，都具有流程思维。

为什么要有流程思维

在日常工作中，流程无处不在。请假要走流程，项目审批要走流程，甚至开会预约办公室也要走流程……

很多员工和管理者对“流程”很反感，一听到“流程”就头痛，总觉得这些条条框框，是自己前进的绊脚石。

真的是这样吗？

当然不是，在一个初创企业里，组织里的人很少，沟通交流很便捷，信息流通很顺畅，也许可以省略一些流程和步骤。但是，随着业务的发展，人数快速上升，你会发现公司的组织能力跟不上了。之前你的公司只有四五人，现在你的公司有几百上千人，管理难度更大了，组织更复杂了，人员协作更困难了，信息传递也变得更加拥堵了，大家像无头苍蝇一样四处碰壁。

那，怎么办呢？

唯有通过建立流程来规范大家的行为，实现高效的协作。

公司的流程主要起到两个作用：1.规范行为。按流程行事，能规范你的行为，保证你在做事的过程中不跑偏。

举个简单的例子：很多同学经常抱怨报销费用的流程过于烦琐，要有发票、要填写发票抬头、要经过层层审批……但这么烦琐的流程是为了财务的合规性，是为了避免财务上可能出现的一些漏洞。所以，按流程办事，很多时候绝不是阻碍，反而是一种保护。

2.提高效率。流程一定是提炼出来的。如果一件事情、一项工作重复发生，你就一定要梳理出流程来，这样能极大地提高工作效率。举个简单的例子：大家开会经常抱怨没有效率。为什么没有效率？一个很大的原因就是，大家对会议准备得不够充分。那你就可以梳理出一套开会的流程准则，告诉大家在开会前要做些什么，开会中要做些什么，开会后要做些什么。这样就能节省时间，极大地提高开会的效率。

很多管理者总是抱怨自己很忙，每天都有做不完的事情，好像很多事情都需要他去救火、解决，实际上这是管理者缺乏流程思维，没有做好流程管理。

如何养成流程思维

流程思维的本质是，按照事物的发展规律排序。当你的行动按部就班地进行时，任何事情都会水到渠成。

那么，如何培养流程思维呢？我认为，最重要的有三点：

1.目标导向，以终为始。很多人在实际工作中，经常过于重视流程，忘记了本来的目标，以至于把流程当作目标本身。

有这么一个故事：美军后勤部门雇用了很多劳工，为大约30万美军提供各种食物。但这些劳工中有些人手脚不干净，会偷走罐头食品、水果等到黑市去卖。怎么办呢？有位美军将领想了个办法，让后勤部门的人每天、每周、每月填写表格，将各类罐头、酒水、食品等登记在册。

大家觉得这个办法很好，就立即实行起来。但就在众人忙着清点食品的数量时，有个胆大的小偷开着卡车运走院子里的罐头食品、糖果和阿司匹林等，没有人知道这件事。因为，新的统计系统无法追踪它。

防止偷窃，这本来是后勤部门的目标，但是后勤部门错误地把流程当成了目标，把精力消耗在和目标无关的事情上，本末倒置了。流程是为目标服务的，任何流程只有能达成目标，才有价值。

2.提炼经验，梳理流程。流程其实并不是复杂的东西，当你看破规律、总结提炼，就能规划好路径，更好地通往目标。对管理者而言，在繁复的工作中，不断梳理业务，将规则找出，加之配套的工具和时间管理，就能够让团队事半功倍。

3.不断复盘，改进优化。流程绝不是僵化的、一成不变的，它需要不断复盘、改进和优化，如此才能创造更大的绩效。

18世纪，英国传奇航海家詹姆斯·库克来到了澳大利亚东海岸，并宣布这片地区属于英国。为了开发澳洲，英国政府把监狱里的罪犯流放到澳大利亚。运送罪犯的工作由私人船主承担。

由于私人船主的船只内部环境很差，营养和卫生跟不上，导致最终活着抵达澳大利亚的罪犯人数很少，死亡率高达37%。

英国政府经过考虑，不再按照上船时罪犯的数量，提前付费，而是按照下船时实际到达澳大利亚的罪犯数量，进行付费。

这个改变，效果立竿见影，罪犯死亡率大大降低了。

在管理工作中，如果一项流程已经成了团队管理、公司发展的阻碍，就一定要及时调整、优化，如此才能真正让流程发挥作用。

切记，流程不是终点，而是通往目标的路径。一个优秀的人，会通过流程去提高自己乃至整个团队的工作效率。

培养流程思维，你要以目标为导向，做到以终为始；你要学会梳理自己的工作，深入思考，提炼出流程；最后，你还要不断复盘，及时调整优化，让流程成为你业务目标的助推器。

古树哲学

□释戒嗔

许多来过天明寺的香客，对天明寺所在的茅山评价都不错。他们说，茅山风景不错，植被茂盛，一片郁郁葱葱的好景象。施主们还说，山里的植物不仅多，更难得的是不少树木都是有年头的，数量如此之多的参天古树，在别处确实少见。

有些施主总结说，有如此环境的原因，应该和此山的知名度不高、位置偏僻有关。游客来得少，环境被破坏得就少，所以这些树木才可以安生地生长这么多年。如果是知名的山和寺，恐怕就没有如此景致了。

戒嗔也不知道施主们分析得有没有道理，不过这些粗壮的古树，对寺庙还是有不少好处的。

炎热夏日，古树粗大茂盛的枝叶可以阻隔不少热浪，而无论多么强劲的山风，吹到古树群里，一样会越吹越柔。暴雨来临，循着树下跑动，雨水在层叠的枝叶间流过，也不至于把人淋得太惨。

古树还是戒痴和戒尘两个小和尚的最爱，有时候他们会溜出寺门，把粗大的麻绳拴在粗壮的枝干上荡秋千。

每每看到两个小和尚快乐地玩闹，戒嗔都不禁感慨古树的强健。因为若换成只生长了几年的小树，是断然经不起小和尚折腾的。至于茅山里那些微风吹过便要四下晃动的草木，戒嗔觉得，除了装点山林，其他也没有什么用途。

有一年冬天，雪下得特别大，因为预料到了这样的天气，所以寺里有提前准备，戒嗔早早地就和戒傲师弟去山下，以储备过冬的粮食。

那些日子，暴雪铺满了山路，整个茅山一片银白，从远处望去，能看见的只有几棵顶着白雪的大树，其他矮小的事物，都被白雪所覆盖。平日在山麓间乱窜的小兔早不见了踪影，偶有鸟雀飞落寻食，能找到的食物却很少，戒嗔也像冬眠的动物一般不愿意出门了。

等天气渐渐放晴以后，戒嗔在下山的路上，忽然发现，前几日在雪中挺立的大树，有好几棵在积雪的重压下倒了，断折的树枝，孤零零地弯在山上。

反而是那些曾经被雪完全吞埋的矮小草木，在积雪融化后，还原了本来面目，就像不曾经历风雪一般。

戒嗔曾经感慨过古树的强健，但在一场风雪之后，戒嗔才发现，粗壮古树的承压能力，远不如那些柔弱草木。

世间的事，皆无定式，强者也会有强者的缺点，弱者也有着弱者的优点。

正确的时间管理

□孙 欣

即使不以一生为度量，成年以后也很容易觉得时间过得飞快，不够使用的。做一个什么都不亏负的人，每天要刷牙洗脸梳妆打扮，有些会一定要在场，有些邮件一定要回复，有些交通工具一定要赶；孩子需要接送，三餐需要准备，父母亲戚需要探望照顾。这些事在日程表上就像城门上的大铆钉，别的软性事物只能围绕着它们安排。朝九晚五的上班族还要去健身房，学冥想，学瑜伽……算上来回奔走洗澡换衣服的工夫，一整晚的空闲时间就没有了。

新媒体和朋友圈刮起学习和知识付费之风，成了压垮爱焦虑的上班族的最后一根稻草——都知道学习是好事，也不是花不起购买知识的钱，只是时间从哪里来？“如何管理时间”成了知识付费的热点之一。很久以前就有一本书叫《高效能人士的七个习惯》，这本书教出来的人，是真的已经成了高效能人士挣着大钱，还是靠把“高效能人士的习惯”重新包装成朋友圈热点文章来挣大钱，抑或是继续把时间花在学习提高效率上？网上课程种类繁多，有“音频一百讲”教人学会时间管理。从来不被这种课程诱惑，倒可能是节省时间的一种有效方式。

所有需要更换地点的事都头尾自带两个隐形的时间黑洞。能不出门就不出门，是一种很有效的节省时间的方式。我听过无数人抱怨出门之前随便收拾一下就要花掉至少20分钟，那是因为大部分人不是像我一样的悲观主义者，也不是控制狂。钥匙钱包车票必须上次进门的时候就整理好，为下次出门做好准备。宁可忍饥挨饿，也不多带化妆品零食保温杯之类的零碎东西，以免找不到而浪费时间。据说纽约人一下车就把钥匙抓在手里，为的是缩短在自家门前摸钥匙的时间，降低被抢劫的概率。我从来没遭遇过抢劫，但总是会在公交车离家还有一站地的时候就把钥匙拿出来放在大衣口袋里。

乘坐公共交通工具和走路的同时就可以读书和吸纳信息。通勤时阅读或听有声书和播客，效率特高，可能是因为能把人暂时带出喧嚣的现实。有人说乘坐地铁几年下来能学会意大利语，不知道是不是夸张了。我在手机上看完了巴尔扎克的《幻灭》和《交际花盛衰记》。一旦意识到自己某一刻很闲，五分钟内把两个社交软件刷了三遍，就马上起身去做点小型家务，或是举几组哑铃再来两分钟平板支撑。这样度过零碎时间，可以积攒出整块的阅读或看剧的时间，还能改善核心肌肉强度和手臂线条。总的来说，时间管理的基本准则就是“别闲着”。

当然，时间管理的核心问题是：在挤出来的时间里，你打算干点什么呢？

蛰伏者的智慧

□姚元权

古人云：“伏久者飞必高。”曹操便是。

董卓专权，秽乱宫廷，残害朝臣。曹操对其行刺失败，便假借皇帝旨意，举起讨董大旗。此乃人心所向，很快得到各路诸侯呼应。袁绍率先引兵三万，与曹操会盟。十八路人马齐聚洛阳，有二三十万人。问题来了：谁来主持大局？

照理说，盟主往往由召集人担任。但曹操明白，他不能当这个盟主，为何？

先前，曹操被通缉，逃亡路上误杀吕伯奢一家；之后，曹操矫诏起兵，各路诸侯为其所骗。曹操私德有亏，不免心虚。

再者，曹操兵力不过万余人，在十八路人马中占比太小，且都是新兵蛋子，由他统领盟军有些力不从心。

曹操选择退后一步，不做出头鸟，是为明智。他深知，即使自己是一只鹰，也只能蛰伏，等待飞翔的最佳时机。

假如他自荐为盟主，必成出头之鸟、众矢之的，以其身份、资历、兵力，恐怕难以服众。

而袁绍名声大，根正苗红，所以推选盟主时，曹操赶紧第一个提名袁绍。果然，众皆曰盟主“非本初（袁绍）不可”。

袁绍是大家投票选出来的领导人，历史给了他机会，只是他太不争气。

袁绍上台后，第一个决策便失误。他任命自己的弟弟袁术总督粮草，而袁术在关键时刻断了先头部队的粮草，导致盟军首战失利，还害得乌程侯、长沙太守孙坚险些丧命。袁绍却说孙坚挫了盟军锐气，全然不提袁术的责任。袁绍任人唯亲，处事不公，暴露了其难担大任的端倪。

其时，只一个华雄，便将盟军难住。华雄叫阵，无人敢应。关羽主动请战，袁绍又出昏招——质疑关羽的身份。关羽跟着刘备打散工，若论身份，根本没资格和华雄对战。

眼看陷入僵局，曹操急忙出来解围，给关羽做担保，说：“此人既出大言，必有勇略，试教出马，如其不胜，责之未迟。”关羽又立下军令状，这才有了“温酒斩华雄”的机会。

内部出现纷争，作为盟主的袁绍却优柔寡断，拘泥身份，无决断能力。关羽斩华雄，扭转盟军颓势，刘、关、张反遭袁术责骂。此时，又是曹操主持公道，并暗中抚慰三人。

几轮下来，袁绍与曹操的能力、格局，高下立判。

其后顺理成章，曹操非盟主，却在行盟主之职。待董卓亲领大军来攻时，主持大局的人已变成曹操了。

起初，袁绍做盟主当仁不让，但一上台便用人失策，还徇私推责，毫无担当和胸怀，众人这才明白看走了眼。

而曹操狡黠、机敏，选择主动放弃，关键时刻抓住机会，展示自己过人的胆识和担当。以退为进，这是政治家的智慧。

当今那些急功近利、急于上位者，不如先学曹公，韬光养晦，等有了足够的本事和底气，脱颖而出就只是时间问题。

威尼斯人的付出与回报

□三希堂

从公元11世纪开始，威尼斯人在附近的海域，为过往船只提供各种公共服务。服务项目包括修建灯塔、为船只进出港引航、打击海盗、对遇险船只救援等。这些服务项目绝大多数是免费的。

有人看到这里可能会疑惑了：怎么这么傻，只付出不求回报？威尼斯人头脑精明在全世界是出了名的。他们一向善于经商，这么做自然有其道理。

威尼斯人如此操作之后，慢慢地，便吸引了大批的商船在威尼斯停泊。这大大促进了当地商业经济的发展。此后，威尼斯人所建立起来的安全、稳定的秩序，公平、共赢的交易环境，吸引了越来越多的商船入港——当然，这也为他们带来了丰厚的收入。

而更大的好处还在后面，几百年后，根据《国际公法》的基本原则，威尼斯人因为在这片海域提供过公共服务，从而享有了这片海域的主权。当然，对如此丰厚的回报，曾经的威尼斯人是没有预料到的。他们提供服务，建立优良的交易平台，最初可能也只是为了当地经济安全、健康地发展。

中国有句古话：“栽下梧桐树，引得凤凰来。”一千年前的威尼斯人便已深谙此道。

风浪平衡术

□程一鸣

每当驾驶着帆板乘风破浪时，内心总是无比豁达。手握桅杆御风前行，眼前是辽阔的大海，在波浪起伏中感受大海的律动，仿佛消融在了天海茫茫中。

前些年，每次在家附近的南海边看风景，看到海面上的重重帆影总是跃跃欲试，于是找了位教练学了起来。初学时，光是练习拉帆起航就吃尽了“咸”头，趴着、仰着、斜着……我曾以各种姿势栽入海中，嘴里的盐水还没吐干净，便会听到教练的责骂：“不是说人要始终面对着帆吗”“不是说双脚的距离要和肩膀等宽吗”“不是说要把拉桅杆的手臂伸直吗”“哎呀！我都说了多少遍啦”……虽然落水的姿势各有不同，但重新上板时，无一例外都是抱着板子用力一挺，先把腿往板上一横，再让身体一点点挨上去，像只笨拙的海豚。

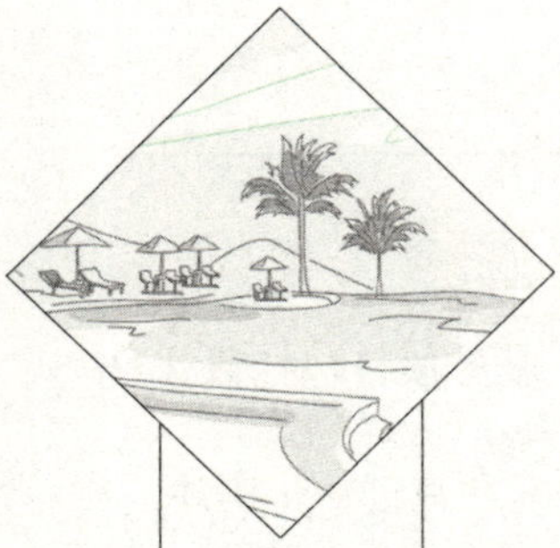

好不容易将帆拉了起来，帆被风力推着前行，便要珍惜这来之不易的起航机会。此时要双手紧握桅杆，身体向后仰，让自身的重力与帆的力量达到平衡，在转弯或是变速时，再调整动作改变帆的受力方向。风时疾时缓，浪有快有慢，当风速突然变化过大，如果来不及调整，便会被风夺去了帆，让帆倒在海面，一时间板上只剩下自己干巴巴地站着。帆板掉头也是较难掌握的，要拉着帆绳并用脚转动板，整个人从板的一侧移动到另一侧，在这个过程中，要不断感应帆的力量变化，并调整身体的位置以始终和帆保持平衡。

有一回，我在离岸边较远的地方跌入海中，没想到板子也翻了过来，背朝着天，无论怎样用力都翻不回来，好像老天不想再正眼瞧我。一筹莫展之际，远处一股大浪袭来，我等待机会，借着浪势用力一扳，这才扭了回来。上板后已再无力气，只能盘腿坐在板上，帆也摊在一旁。此时夕阳融化在天边，我就在海面铺洒的金色霞光中，被波浪助推着缓缓漂向岸边。

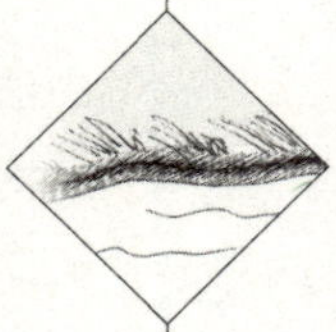

其实新手在学帆板时，潜意识里总是想去控制风，去对抗浪，结果自然是被风浪无情地丢到海中。要知道，大海是不可征服的，我们能学会的不过是对大海的顺从之术罢了。要让自己的力量像水一样在帆板间流动，维持风、浪、帆和身体的平衡，这时大海才会接纳你，并赐予你一定的活动空间。虽然现在我已经比初学时进步了一些，但在大海面前，要永远保持学生的姿态，绝不可傲慢自大。

如今，选一个晴朗的周末到海上漫步一会儿，能暂时忘掉陆地上的琐事与烦恼。等到掉转帆头回归地面，再靠着世事的平衡之术好好生活。其实生活也像风和浪一样，不可捉摸，无法控制。我们能做的，不过是修炼平衡世事的法门，借着风浪的动能顺势而为罢了。

手里有柠檬，就做柠檬水

□戴尔·卡耐基　译/贾文泽

我曾专门拜访芝加哥大学校长罗伯·罗杰斯，向他请教怎样得到快乐。他对我说："已故的希尔斯公司董事长罗森曾给我一个建议，我一直遵照这个建议做，那就是：如果你手里有柠檬，就做柠檬水吧。"

如果看看那些愚蠢的人，就会发现他们往往采取相反的做法。如果他们手里只有一个柠檬的话，就会不停抱怨："为何上天这么不公平，我的人生该如何继续下去？"然后就是无尽的谩骂与自怜。

而如果一个聪明人遇到同样的情况，则会说："我能从目前的情况中得到什么呢？我该怎么把这个柠檬做成柠檬水？"

著名心理学家阿尔弗雷德·阿德勒耗尽心血研究人类的行为和能力，他发现，人类最不可思议的能力，就是把原本不好的变成好的。

下面来讲一个很有教育意义的故事。这个故事是一个名叫瑟玛·汤普森的女人向我讲述的。

"我的丈夫是一名军人，在加州摩加弗沙漠附近的陆军基地工作。我也搬去那里住了，以便能时常跟他见面。但是我对那个地方简直厌恶透了。

"沙漠的温度高得可怕，就算在仙人掌的阴影处，温度也高达51.7℃。那里只有不会说英文的印第安人和墨西哥人，我根本找不到人交流。风沙是那里最多的东西，时刻都在刮风，到处都是沙子。而我的丈夫经常有任务要外出，我一个人躲在屋子里，痛苦极了。我向父母写信倾诉自己的痛苦，并表示自己想要回家。不久我收到了父亲的回信，上面写着两行给我带来极大改变的字：从监狱铁窗向外看，可以看到满地泥泞，也可以看到满天繁星。

"这两行字带给我很大震动，我决定发掘身边美好的事物，看看那满天繁星。之后我主动结交土著，见识到了他们的热情好客。当我表现出对他们的编织品和陶制品的喜爱时，他们放弃用那些东西赚钱的打算，而大方地送给了我。我细心地寻找美好的景色，观赏漂亮的仙人掌，观察有趣的土拨鼠，在夕阳下寻找300万年前的贝壳。

"我的生活改变了，沙漠的环境并没有变，是我自己变了。我成功地把让人沮丧的处境变成快乐的来源。这个我新认识的世界让我兴奋，我还写了一本名叫《阳光堡垒》的小说。

"我看向监狱外面，看到了满天繁星。"汤普森不只看到了星星，还找到了在希腊代代相传的一条箴言：最美好的总是最难得的。

现代的哈瑞·爱默生·福斯狄克进一步阐述了这句话："真正的快乐不是来自享受，而是来自胜利。"这种胜利是一种超越，它来自我们把柠檬做成柠檬水的能力。

我认识一位佛罗里达州的农民，他甚至把"有毒的柠檬"做成了柠檬水。

当买下现在的这个农场时，他后悔极了。这是一片贫瘠的土地，不能种植也不能用来养猪，里面最多的就是杨树和响尾蛇。

后来，这位农民转变思路，想到了一个极好的主意：把响尾蛇做成罐头。多么惊人的想法！前几年我还参观过他的农场，那里养着很多响尾蛇，每年有超过两万名游客前来参观响尾蛇。响尾蛇给他带来巨大的利益，蛇毒可以用来做蛇毒血清，蛇皮可以做成鞋子和皮包，蛇肉罐头畅销全世界。当我打算寄一张当地的明信片出去时，发现那个村子已经改名为响尾蛇村了。这是对这位把"有毒的柠檬"做成柠檬水的农民最大的褒奖。

如何在不确定的时代中保持从容

□冯　仑

这个世界，永远存在不确定性。但这是世界的事，不是我们的事。我们要做的，是让自己确定。

举个例子，一艘船在海里晃荡，如果船上的人也跟着瞎动，保不齐船就翻了。但是，风浪来时，船在晃，船上的人不乱动，船就能驶出风浪。

所以，最重要的是船乱晃时人不乱动，这是保命之道。

同样，社会环境一直在变，我们在生活中也会遇到各种各样的事情。面对这些不确定，我们最好不要轻易乱变。

其次，我们应该未雨绸缪，做一些更长远的打算，但是没必要为一些还没发生的困难、挫折、选择而过分纠结、烦恼。

我在网上看到有年轻人，刚结婚，还没怀孕，就为自己的小孩将来在哪上大学吵架。那有意义吗？什么时候能有小孩、小孩能不能考上大学，都不知道。

据我观察，过于纠结的人，往往过得不太幸福，而且这样的纠结一点儿意义都没有。

与其为一些“遥远”的事情纠结、担忧、吵架，不如做好当下的事情，想想今天还有哪些事情要做，还有什么书要读。

总之，不要太受外界这些变化的影响，做出一些不必要的反应。

有一个故事很有意思。

有一个村里的寡妇偷人生了一个孩子，她很害怕，就把孩子放到了寺庙门口。庙里的老和尚把孩子抚养长大。很多年后，这个寡妇准备把孩子领走。她感谢和尚为了抚养孩子，多年来承担着骂名——大家都骂这个和尚，身为出家人竟然有了孩子。

结果和尚却说：“你不用感谢我，我没有任何损失，因为我一出家就断了是非，他们说什么都跟我无关。”

他心里没有觉得麻烦，所以就没麻烦。

所以，内心有智慧，对自己做的事情判断清楚，不为外界的纷扰所动，就能活得特别从容淡定。

抓住“默认设置红利”

□徐　玲

2021年10月8日，美团因为实施“二选一”的垄断行为被罚34.42亿元。这是继2021年4月阿里被罚182.28亿元后第二大反垄断罚单。对互联网巨头反垄断，并不只是中国的行动，而是全球主要国家的共识。

比如，就在美团被罚的前后脚，美国参议院召开听证会，讨论脸书产品存在的“危害儿童、放大偏见、鼓励两极化”等问题。在欧洲，有四家搜索引擎公司联名上书欧盟委员会，要求对谷歌采取进一步的反垄断行动。理由是，Safari、Firefox等网页浏览器上的默认搜索引擎都是谷歌，这进一步巩固了谷歌的垄断地位。

我们都知道“默认设置”的厉害，在大多数时候，默认设置决定了人们的选择。举个例子，10多年前，欧洲各国的器官捐献意愿有很大差异。比如，同样是北欧国家，丹麦只有4%的人愿意捐献，而瑞典高达86%；同样是德语国家，德国只有12%，而奥地利接近100%。为什么差异这么大？

研究人员排查了各种因素，最后发现关键区别就一项：当年轻人拿到驾照的时候，交管局都会要求他们填一张表，收集相关信息，其中有一个选项就是涉及器官捐献的。低捐献意愿的国家写的是“如果你愿意捐献器官，请在此处打钩”；而高捐献意愿的国家写的是“如果你不愿意捐献器官，请在此处打钩”。换句话说，前者的默认设置是“退出”，而后者的默认设置是“参与”。这么一个小小的区别，可以让愿意捐献器官的人从12%变成将近100%。这样我们就可以理解，默认设置确实可以用来作为实施垄断的武器。

作为个人，我们还有必要反过来想一想，当大部分人的选择被“默认设置”暗暗规定了，这时，如果你有能力通过主动思考，做出不一样的选择，难道不是一种竞争优势吗？

几年前，美国一些银行、航空公司的客服部门发现，他们有一部分员工的工作表现更好、出勤率更高，但是从他们的学历和工作履历上，看不出和普通绩效的员工有什么区别。客服部门想知道，导致他们工作表现更好的特质到底是什么。

研究人员在调查中发现了一个奇怪的相关性：使用Firefox或Chrome浏览器的员工，工作绩效明显高于那些使用IE浏览器或Safari浏览器的员工。这是怎么回事？

研究人员猜想，是因为使用这两种浏览器的员工，计算机水平更高。为此研究人员专门进行了测试，发现假设不成立。通过进一步排查，研究人员终于发现了原因，那就是他们对待默认设置的不同。

试想，当你入职后，领到一个Thinkpad，预装了Windows系统，IE浏览器就是默认设置；如果你领到的是苹果电脑，Safari浏览器就是默认设置。超过2/3的客服人员就一直使用默认浏览器，而从来没有去尝试过，是不是有更好的浏览器可以用。

而那些使用Firefox或Chrome浏览器的员工，计算机水平并不比别人高，但是，他们拒绝了默认设置，宁愿自己去琢磨，尝试不一样的选择。可以合理推测，当他们在工作中遇到困难的时候，也会突破“默认设置”，去试试常规路径以外的办法，这就是他们取得更好工作绩效的重要原因。

这就是“默认设置红利”。当大多数人在“默认设置”的轨道上自动行驶时，只要你坚持自己把控方向盘，试着左右打一下轮，就能发现更多可能性，做出更好的选择。

你在“知识链”的位置，影响你人生的位置

□文　夕

1923年，福特公司有一台马达坏了，很多技术人员轮番上阵都未能修好。正当大家焦虑万分的时候，有人推荐了思坦因曼思。他来了什么也没做，只要了一张席子铺在电机旁边，专注地听了三天。最后他在电机的一个部位用粉笔画了一道线，并写上“这里的线圈多绕了16圈”。

公司技术人员按照他的建议拆开电机，调整后果然能正常运转了。福特给思坦因曼思付了一万美元酬金，经理很疑惑地说：“简单画一条线就一万美元！”而当时美国很多经验丰富的技术工人和工程师月薪只有5美元。思坦因曼思看到大家疑惑不解，在账单上写道：画一条线，1美元；知道在哪里画，9999美元。

作家刘润说：“我们在知识链的位置，常常会影响我们在食物链的位置，这可能就是我们读书的意义。”

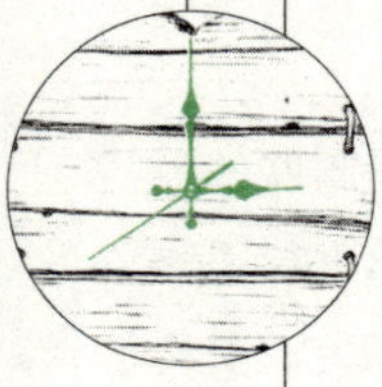

简而言之，掌握的知识越多，才能在社会竞争中占据优势，这才是不断读书的深刻意义。

纪录片《十八岁的流水线》，讲述了一群十八九岁的少年在工厂里打工的生活。别人十八九岁时还在学校享受美好的青春时光，片中的年轻人却在工厂里体验着命运的挣扎。

杨鹏初中毕业就来到城里打工，他所在的工厂是家造音响的电子厂。上班第一天，他被工长安排到最不好做的工位上。一天工作超过10个小时，一天下来手都是抖的，端碗都不稳。工作的时候，受伤流血是常有的事，即便这样也只是简单包扎，又回到工位上。因为流水线工作不能停，没有完成就要被扣工钱。

杨鹏住在工厂附近，屋子很窄，家具只有两张床，一张睡觉，一张堆满了杂物。饭堂在工厂的一个仓库里，每天吃的只有三盆蔬菜，工人们一起分餐。

记者采访杨鹏：“将来有什么计划？”

他说：“先打一年工吧，以后再说！”

很多像杨鹏一样的年轻人，虽有青春活力，但对未来没有要求和规划，被迫营生。在厂里做着重复的流水线工作，背井离乡，看不到前途。

人生的现状，表面看是生活各方面状况的总和，本质暴露的是知识链的现状。知识链没有优势，在社会生存中不会占据优势。

相反，处于社会阶层上游的人，其自身的知识链同样居于上游。

之前刷屏的一张图片，互联网科技圈的CEO毕业母校曝光。他们是引领时代发展

的商业巨头，很多毕业于国内211、985高校。知识对人的影响，不仅反映目前的生活层次，还深刻影响人在社会中的位置。

《教父》中的经典台词："花半秒钟就看透事物本质的人，和花一辈子都看不清事物本质的人，注定是截然不同的命运。"

人生中所有表面的迷茫，本质暴露的是知识链的缺陷。

前段时间复旦大学图书馆打卡记录曝光。爱学习的潘同学，在馆天数301天；医科馆早鸟李同学，168次开馆就来；医科馆夜猫王同学，225次学到闭馆；孔同学过去一年打卡1424次，相当于一年365天，每天去3次，被称为"医科馆打卡王"。

去年暑假，她在医院实习，没有回家，图书馆就成了她的第二个家。

孔同学除了学习医学专业知识，还借阅大量人文社会科学的书籍。白天她上课或者在医院实习，晚上会到图书馆学习制作PPT、整理课题数据。

正是因为努力完善自身的知识体系，在毕业之际，孔同学获得了复旦大学本科应届生免试攻读硕士研究生的机会。

俗话说，人生没有白读的书。

也许就是你曾经读过的某本书、某段话、某个句子，提升你的认知，为你能够接住好运的降临积蓄力量。

读书，不仅是填充知识链的最好方式，更是打开视野、开拓格局、改变自己的最好方式。

曾国藩初入官场，锋芒毕露，到处得罪人，仕途一度不太顺利。后来居家守孝三年，他饱读经书，深刻反省，才明白人应该像老子说的那样——"和其光，同其尘，挫其锐，解其纷"。

大意就是，人要懂得收敛锋芒，这样才能永久保身。

居家守孝三年，曾国藩通过读书沉淀自己，这三年为他重返官场，深受重用做了铺垫。

哲学家黑塞说："世界上任何书籍都不能带给你好运，但是它们能让你悄悄成为自己。"

读书，是投资知识链最好的方式，你多读一本书，就是在链条上多增加一个连接点。当连接点越来越多的时候，这条知识链也在推动你不断前进，成为更好的自己。

《混乱》一书中写道："人生中没发生的每件事都是不确定的。"

我们的人生充满不确定，不知道下一刻会发生什么，明天和意外不知道哪个先来。

虽然人生充满种种不确定，但是我们可以通过努力，主动去延伸知识链，为命运的转变积蓄力量。

在人生诸多不确定降临时，拥有应对的能力和智慧，而不是毫无招架之力。

佩好剑，方可仗剑走天涯。

要多少爱才能换回安全感

□陈艳涛

在熟悉《红楼梦》的读者眼里，一直都有三个林黛玉。

一个，是刚进贾府时小心翼翼，不肯多行一步路、多说一句话，唯恐被人耻笑的黛玉。她极聪明极谨慎，处处观察，处处周到。此时的黛玉，是谨言慎行、温文妥帖的淑女。

一个，是“孤高自许、目下无尘”的黛玉。在贾府里成长了几年，黛玉突然长成了一个带点幽默和戏谑感的“小刺猬”，敏感自尊，尖酸刻薄。

还有一个黛玉，是对苦命的香菱耐心引导、谆谆教诲的诗词老师，是对空降而来的宝琴温柔宠溺的姐姐。

同一个黛玉，为什么会有三种截然不同的表现？

首先是因为成长经历，成长中所经历的种种，会让黛玉反思、领悟，但让她改变的另一个重要原因是安全感。

假如黛玉有父母，也许她的不安全感不会这么强烈。她和湘云都觉得父母双亡让她们即便“忝在富贵之乡”，也“有许多不遂心之事”。

作为孤女，她自卑敏感，作诗时常有伤感之语，以至于很多读者误以为黛玉在贾府里的日子很不好过，在字里行间找黛玉不被善待的证据。实际上，黛玉此时敏感而悲观的性格并不是源于她的真实境遇，而是源自她的内心感受。

就境遇而言，她比同样父母双亡、跟着叔叔婶婶做活要做到半夜的史湘云好很多，更不必说同样是投靠到贾府、困窘到大冬天要当掉冬衣的邢岫烟了。

第二个阶段的黛玉，开始展示出真性情，也是因为安全感。贾母的疼爱、宝玉无微不至的体谅与爱护和安稳富足的生活环境，都在慢慢弥补孤女黛玉缺失的安全感。所以此时的她，敢于向众人展示她的锋芒。

第三个阶段，黛玉开始变得平和、温暖，这也是因为宝玉给了她爱的信心和安全感。在第三十六回“识分定情悟梨香院”后，宝玉懂得了爱情，是“各人得各人的眼泪”。在漫长的相互试探和猜疑之后，宝玉用“诉肺腑”说“你放心”，和一以贯之的体贴与真情，给了黛玉爱情的定心丸。有了感情上的安全感之后，黛玉渐渐放松下来，变得温柔、温暖起来。

而宝钗的“兰言解疑癖”打消了黛玉的疑虑和心防，薛姨妈的“爱语慰痴颦”让黛玉感受到了贾母和宝玉之外的温暖情意。她开始试着去感受潇湘馆之外的广博世界，开始试着去给予和接纳，开始温暖和平和。

黛玉几个明显的变化，除了向我们展示了一位伟大作家塑造人物的用心，还向我们展示了人性之丰富和复杂。

身为父母者，常常不知道他们的某个选择会给孩子的性格带来多大的影响。很多人希望自己的孩子懂事、听话、善解人意，却不知道这背后，也许是孩子压抑的自我和缺失的安全感。

你不知道，在孩子往后的人生中，要辛苦摸索多久，才能不再有心理阴影，才能让生活充满阳光。我们永远无法计算，要多少爱，才能换回珍贵的安全感。

一个人的竞争观

□冯　唐

我们说一说吴起和他的同事田文的故事。关于田文，在历史上查不到其他资料，他跟吴起在魏武侯时期同朝为官。

吴起用兵如神，帮助魏文侯成就了霸业。到了魏文侯的儿子——魏武侯继位时，吴起已经是非常有威望的大臣了。这时候魏武侯开始选相，吴起觉得自己最合适。但魏武侯任命田文为国相，爱官如命的吴起不服气，就去找田文理论。吴起跟田文说，咱俩坐下聊聊，聊聊谁功劳大。论资排辈，咱们用业绩说话。

在华润有一句话，业绩不向辛苦低头。就是大家你忙我忙，都很忙；你用功我用功，大家都用功；你努力我努力，大家都努力。努力是不用说的，是缺省设置（计算机术语，意思为默认值），大家都会努力的。但是光有努力不行，还要有什么？要有业绩。

所以，吴起跟田文比业绩。我不跟你比辛苦，没意义，咱们以结果为导向，比业绩。

起曰：“将三军，使士卒乐死，敌国不敢谋，子孰与起？”文曰：“不如子。”起曰：“治百官，亲万民，实府库，子孰与起？”文曰：“不如子。”起曰：“守西河，秦兵不敢东乡，韩、赵宾从，子孰与起？”文曰：“不如子。”起曰：“此三者子皆出吾下，而位加吾上，何也？”

这段话什么意思呢？吴起问田文，我当将军带领三军，我的兵愿意为我而死，愿意往前冲，敌国不敢侵犯我们，不敢跟我们打仗，你跟我谁强？田文说，这个我不如你。吴起继续问，我作为一名文官，治理这个国家，管理百官，亲近老百姓，让官府的仓库充实、有钱、有资源，你和我谁更强？田文说，我不如你。

吴起说完内政，再说外交，说完了文官的一面，继续说武官的一面。他是这么讲的：我守西河，秦兵不敢过来，韩国、赵国老相识，会跟着魏国，因为什么？因为有我。你觉得在打仗方面，你跟我谁更强？田文还是说，我不如你。

吴起就纳闷了，那既然无论武功、文治还是外交，你都不如我，为什么你的职位比我的还高？

面对这样的诘问，田文是怎么答的呢？田文是这么说的：“主少国疑，大臣未附，百姓不信，方是之时，属之子乎，属之我乎？”

田文也很坦诚，你武功、文治、外交都比我强，但是你要看看现在是什么时候。新上来的魏武侯还很小，国人充满怀疑和担心，周围这些敌国也没闲着，大臣还没有跟我们一条心，百姓还不相信我们。这时候，我们谁更适合处理这个局面？这个阶段丞相的位子归您还是归我更好呢？

起默然良久，曰：“属之子矣。”吴起沉默了半天，说，还是得给你啊。吴起认了这件事儿。

不得不说，司马光写得好，吴起的性格跃然纸上。第一，不服输，“阿尔法男”要做就做第一，不做第二；第二，能够以业绩为导向，甚至有只看业绩的倾向；第三，能够在关键时刻想得明白，能够认账，把事儿摆在人之前，“事先于人”。吴起毕竟是个了不起的人物。

只从这段来看，这样的竞争，我觉得还是健康的。大家还能“事先于人”，从成事的角度，把人搁到事之后。

为了成事，即使有妒忌、佩服和看不起，大家还能“以事为先”；为了成事，安排各自的心情；为了成事，坐合适的位置。

苟且红利

□刘　润

最近这段时间，很多人都待在家里。有人和我说，自己这两天的状态不太好。这些焦虑和疲惫，会让人不停联想，对未来产生担心。不知道以后的环境会不会变好。

有担心，是正常的。

我有一种感受，尽管眼下大家有这样那样的困难，会有一些担心，但是都会好的。因为我们始终保持着向上的渴望。这是我们的基本盘，也是每个人对未来的信心。

我先和你讲一个故事。

罗振宇老师有次出门回家，打了辆专车。很多人都打过车。下车的时候，司机一般都会请顾客给一个五星好评。因为好评不仅是对他服务的认可，也能被优先派单。但是，很多顾客经常没给，倒不是对服务不满意，往往是下车的时候，匆匆忙忙就给忘了。而罗振宇老师那天遇到的司机，一通操作，让他印象深刻。在离他家还有两三百米的时候，司机就很有礼貌地说："我提前给您结束行程，少收您点钱吧。"

听到这句话，你肯定想，太好了，占便宜了啊。但是，还没等他说谢谢呢，司机马上又说了一句话，如果方便的话，能不能麻烦您给我点一个五星好评？罗振宇老师说，司机这话一讲，他人还在车上呢，正好有空，刚刚占了人一点儿便宜，不点那说得过去吗？

司机的这么一个简单的动作，让他心生敬意。这位司机开的车他就坐过一回，也没和司机聊天，但他知道，这个人对待工作一定不马虎。

因为面对一个问题，即使这个问题很小，他也能找到具体的办法去解决它。

何帆老师之前也提到过一个词，叫"苟且红利"。

什么意思？就是说，虽然看起来大家都在做同一件事，但是你仔细观察，就会发现其中有很多"苟且"的人。但是总有一些人，比别人更努力。而只要再往前那么一点点，就能享受到红利。正是别人的苟且，让我们的认真获得了收益。更准确地说，这是给勤奋聪明的人，不苟且的红利。而这种勤奋和聪明，就是我们的基本盘。

因为我们的不苟且，始终保持着向上的渴望，让自身所处的环境变得越来越好。

“管理”自己

□狄　青

我是从什么时候开始变胖的，已经记不清了。当然，我的胖，在许多人眼里或许还算不得“真胖”，但我清楚，我的体重已经比十年前多出了至少10公斤。好在我没有因此感到焦虑不安，因为在我的印象里，男人到一定年龄胖一点儿亦属正常。我当然知道身体发福对一个人健康的危害，却还是总爱和人抬杠说：“瘦子难道就不得病吗？去医院排队挂号的瘦子也不在少数啊。”真正令我开始焦虑的，倒是人们对某个人身材的衍生看法。比如你身体发福了，那就说明你没有做好身体的“自我管理”，至少是没能做到“管住嘴，迈开腿”，而之所以你管不住自己，原因说来简单，那便是你还不够自律。

我们每个人的身体，貌似属于我们自己，实则难说真正是属于我们自己的。它不光属于你的家庭、你的爱人和孩子，也属于你服务的工作，属于你追求的事业。但当下，我发现，我们的身体更“属于”他人的目光，属于外界对我们身体的社会化检视——一个体形不够“标准”的人不仅与“美丽”无缘，还会被认为是一个缺乏自我管理能力的人。

中国与世界其他国家一样，同样经历过“以胖为美”“以瘦为尊”的不同阶段。在中国古代，不仅是唐代，包括宋元时期，一个人胖，往往会得到他人尊重，女性更是以丰腴为美。在中世纪的欧美，胖意味着健康、富有和权力。这其实也好理解，在中外历史上，频繁的饥荒和战乱导致人解决温饱都成问题，只有官僚和富人才能“敞开了吃”，而人们本能地会向往那些拥有权力的人所过的富裕生活。

记得上学时，有篇课文写到作家萧伯纳身材瘦长。在某次晚宴上，一名身体肥胖的富翁嘲笑他道：“萧伯纳先生，一见到你，我就知道世界上正在闹饥荒。”而萧伯纳的回答无疑透着机智，他说：“一见到您，我就知道世界上的饥荒是如何造成的了。”

而在塞万提斯笔下，堂吉诃德是个“年近五旬，体格健壮，肌肉干瘪，脸庞清癯，每天起得很早，喜欢打猎”的贵族；换言之，堂吉诃德是个瘦子。而跟着他四处游荡的农民桑丘是个胖子——不但出身贫寒，而且目光短浅。桑丘的最大功用是每当堂吉诃德陷入伟大的、带有理想主义幻想的时候，他就会毫不留情地戳破这一被理想主义包裹的泡泡——那不是巨人的胳膊，那只是个风车；那是群羊，不是全副武装的军队……堂吉诃德无疑是理想主义者，重精神，口腹之欲非其所好；而桑丘重世俗，被塞万提斯描写成“馋鬼、饭桶”，是来衬托堂吉诃德的“高大形象”的。

我就不解，为何在萧伯纳与安徒生那里，他们怼的富翁是胖子；而在塞万提斯这里，农民桑丘也是个胖子，这难道就不是一种“脸谱化”吗？这些人为什么就不能是瘦子？

说起来，我倒是更喜欢法国大作家左拉的“减肥方式”，他是用改变生活环境来“重塑自我”。他从繁华的巴黎来到乡下隐居，每天半天写作，半天参加农耕劳动。在巴黎，他的体重是100公斤。几年的田园生活下来，体重稳定在75公斤左右。

但问题来了，我们有多少人有勇气像左拉一样，放弃大都市繁华的生活与体面的工作，去乡下做一个与自然和泥土对话的农民呢？

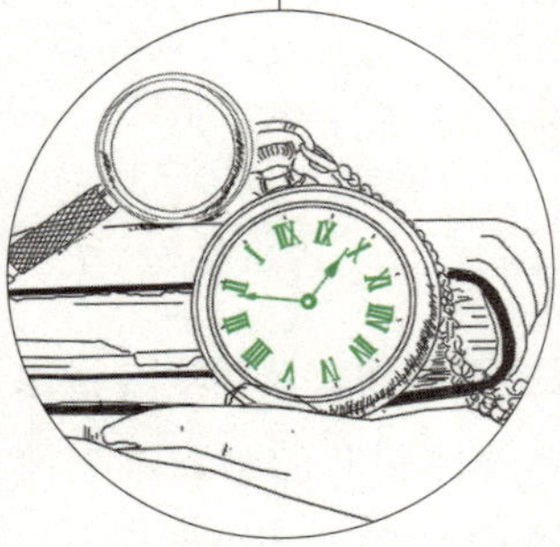

释放潜能吧！你能掌控的不只是时间

□韦秀英

自从哈佛大学的霍华德·加德纳教授提出“多元智能理论”之后，很多人开始重视发掘自身的潜能——哪怕自己身上有无数缺点，但只要有一个优点，就能让人兴奋不已！

霍华德·加德纳教授的“多元智能理论”指出，每个人身上至少有七种智能，它们分别是语言智能、数理逻辑智能、音乐智能、空间智能、身体运动智能、人际交往智能和自我认识智能。由于每个人的自身条件不同、生活和教育环境不同，所拥有的智能也不同。因此，每个人身上都有不同的优势智能与弱势智能组合，也就形成了优点与缺点。

“多元智能理论”一经提出，便在教育界引起了巨大反响——如果教育者能够正确认识学生身上的优点与缺点，便能够因材施教，最大限度挖掘学生身上的潜能。所谓“多一把尺子，就会多一个人才”，学生身上的任何一种潜能，都有可能焕发出无限的光芒。

人的潜能到底有多大呢？看完下面这个故事，你就明白了。

从古希腊开始，长跑运动员就试图在四分钟之内跑完一英里，大部分教练、运动员甚至医生都断言：人类不可能超越四分钟跑完一英里的极限，因为我们的骨骼结构不一样，肺活量不够大，风的阻力又太大了……理由实在多得离奇。然而，有一位名叫罗杰·尼斯特的运动员，打破纪录完成了四分钟跑完一英里的壮举。更让人意想不到的是，在这之后的一年中，居然有超过300位运动员在四分钟之内跑完了一英里。他们知道罗杰可以做到后，相信自己也能做到，最后就真的做到了。

这个故事也充分说明，人的潜能是无限的。只要潜能被打开，身体和心理上的极限就会被打破。然而，在现实生活中，很多人妄自菲薄，不知道自己的潜能究竟在什么地方。

其实，每个人身上都有一座潜能的宝库，只是很多人并不知道，也无法将这些与生俱来的潜能发挥出来。作为年轻人，一定要善于发掘自身的潜能，找到藏在自己身体里的宝藏。你可以培养自己的兴趣爱好，学习多个领域的知识，在兴趣中找到自己的优势智能，发现自己的潜能所在。

在应试教育的大环境中，无论老师、家长还是其他人，几乎都将分数当成衡量孩子是否优秀的标准。所有人可能都忘了，孩子并不是“生而为学”的，他还是具有好奇心、探索欲和各种兴趣爱好的人。因此，在哈佛的教育理念中，学习并不是第一大事，而是更着重于培养学生对学习的兴趣——能够让学生在兴趣中找到乐趣，在乐趣中发掘自身的潜能，在释放潜能的过程中创造奇迹，这才是最好的教育方式。

前段时间，一位中国台湾女孩在SAT（哈佛大学学术能力评估考试，用于甄选奖学金申请人，分英语和数学两科，总分1600分）考试中拿了满分，却没有拿到哈佛大学的录取通知书。女孩的母亲打电话质问校方，校方十分礼貌地解释说："她除了1600分之外什么也没有……"可见，SAT拿了满分也不一定能够得到哈佛的青睐，哈佛招生办更看重的是学生的综合素质。除了专业成绩，学生在其他方面的表现也很重要，比如在音乐、体育、艺术等方面的表现是否优秀。

哈佛大学首任女校长德鲁·吉尔平·福斯特曾说："孩子们将来必定是和各个国家不同文化背景的人在一起工作和生活。所以，了解整个世界也成为他们的必修课。"

她建议年轻人每年去一个陌生的地方，让自己获得足够多的生活经验，发现自己的兴趣点以及潜能所在。当然，并不是所有年轻人都有条件、有能力做这样的事情，但是你可以在课本之外找到自己的兴趣点，试着去做自己最想做的事情，去学习自己最想学的知识，竭尽全力，如果发现"不可为之"，再回到自己力所能及的事情上面，这时候同样可以踏踏实实地学出好成绩，并且内心不再充满疑惑，因为你已经从生活经验中获得了成长。

学习应该以兴趣为基础，在兴趣中愉快学习，在兴趣中发掘潜能。

那些整日被锁在学校和辅导班的学生，那些整日埋头工作的年轻人，都应该走出去体验不同的社会生活，获得更多的经验。在多种体验之中，找到自己的兴趣点，发掘自身的优势，明确自己未来的方向。这样才能愉快地工作和学习，并且做起事情来毫不费力。

开始和结束

□倪　匡

火花一闪就熄灭，点燃一根火柴，火光大约可以维持二十秒；一根蜡烛，可以燃烧几个小时；一大堆煤炭，一天两天之后也会成为灰烬；太阳，在宇宙中一旦开始发光，也在渐渐步向结束。任何事，只要是动态进行的，已有开始，就有结束。人和人之间的感情，也是一样，有开始，一定有结束。在开始和结束之间，自然一定有一个间距。这个间距是长，是短，其实都不重要。重要的是在这段时间内，是不是炽热、发光、狂放、尽情。

感情的开始不容易，没有任何人，在开始的时候，会想到结束。但是事物发展的规律是无情的，有了开始的同时，结束也就出现。间距再长，如发光的太阳，若干亿年之后，也有结束的一刻。在开始之际，完全不会想到结束，但结束如梦魇一样，会悄然而来。有时，甚至是突如其来，蓦然间一回头，结束已经站在背后，在等着和你握手了。

这是一种无可奈何的悲哀，一定会来的，先要有心理上的准备。

然而，多少热衷于开始的人，能随时平静地接受结束？

摆脱内耗的纠缠

□乔　贝

90岁仍未退休的心理医生中村恒子，用一辈子写就了一本哲理小书《人间值得》，给有“内耗病”的人开出了一剂良药。恒子奶奶认为：“忧虑未来于事无补，谁也无法预料未来。”她年轻的时候憧憬着幸福的家庭生活，结果嫁给了一个不顾家的酒鬼，只好一边做着繁重的工作，一边抚养着嗷嗷待哺的小孩，一边操持着做不完的家务。但恒子还是该吃就吃，该睡就睡，认真对待生活。在她的身上，看不到任何执念。因为一旦执念太深，就会有怨念。

一个人最大的内耗，就是不放过自己。心里始终像住着两个人，不断打架。其实一直和自己斗争的不是外界或他人，而是那个高敏感、低自尊、有完美主义倾向的自己。

知乎上有个热门话题：“为什么说内向的人精神内耗很严重？”网友方东烁的回答引起很多人的共鸣：想穿好看的衣服出门，要挣扎许久；想在课堂上发言，却在心里挣扎无数回；聚会时企图加入群聊，却插不上嘴；发个朋友圈、公众号要焦虑失眠一晚上。内向的人一般高度敏感，很在乎别人对自己的态度和看法，别人随口一句话他都能暗自揣测很久，越想越多，整个人陷入了毫无意义的思考之中，拼命地跟自己过不去。

萨特的小说《墙》中有句话我很喜欢：“人时时刻刻保持自我克制，是一件很愚蠢、很内耗的事情。”我们很多的不快乐，就是因为被头脑中的各种念头缠绕。精神损耗严重，会影响自己做出有效的判断，无论学习、工作还是人际交往都会更加吃力。接纳自己，扔掉完美人设的标签，是减少内耗的开始。

日剧《我们无法成为野兽》讲述了内耗型人格的真实“社畜”故事：在人们眼中，女主人公深海晶每天笑容灿烂，是一名工作和恋爱都做到完美的全能30岁女性。实际的她，只是为了周围人的眼光而不断忍耐，内心对工作和恋爱都感到很疲惫。每一个人都想成为野兽，却因为内心的考量，活得束缚又艰难。当我们不再去讨好所有人，不再鞭策自己做到完美的时候，才会活得更自由。我们是生活的创造者，而不是被动的适应者。

要想减少内耗，成为高效能人士，我们就要学会缩小关注圈，扩大影响圈。积极主动的人会专注于“影响圈”，不会紧盯不可控的事情不放。爱好，是消解情绪内耗的一大良药。高考成绩陆续公布的那几日，几家欢喜几家愁。安徽的张同学查到自己高考总分数为529分，不是很理想。但他没有一蹶不振，更没有一味沉溺在悲伤的情绪中，而是独上二楼拉二胡。乐曲虽有凄凉，但同时怀有希望。既然他已经决定复读，就不再纠结于过去的失败，让负面情绪消耗自己。

美国精神分析学家卡伦在《我们内心的冲突》一书中提到：“我们愈是正视自己的冲突，并寻求解决的方法，我们就愈能获得更多内心的自由。”俗话说：“将军赶路，不追小兔。”聪明的人，懂得把时间投放在重要的事情上；内耗严重的人，才会把时间用在纠结、焦虑上。任何时候，我们都是自己心理苦痛的制造者，也是唯一的终结者。

“静”中藏个“争”字

□齐　夫

汉字很奇妙也很有趣，充满生活气息，亦不乏哲学意味，可见先人造字之煞费苦心，让我们受益至今，玩味无穷。譬如，“静”中藏了个“争”字，“稳”中藏了个“急”字，“忙”中藏了个“亡”字，“忍”中藏了个“刀”字。个个都寓意很深，充满了相辅相成的辩证法、亦正亦奇的大智慧。

就说这个“静”字吧，分开来看，一边是个“青”字，一边是个“争”字。而在我们的一般理解中，静和争是无法并存的，水火不容，势不两立。人既然求静，像陶渊明那样挂冠而去，寄情田园，那就不要去争了，争得面红耳赤，你死我活，还怎么能“采菊东篱下，悠然见南山”？其实这只是一种片面理解，静有另一种不同的诠释：争中有静，静中有争，要想静，须先争，越想争，心越要静。

大千世界，芸芸众生，到底都在争什么呢？如果是争名争利，那确实静不下来，每天争得不亦乐乎，受困于名缰利锁，教他如何静下来？但有另外内容的争，争境界，争格局，争水平。这些争则大都是在静态中进行的。可以通过静静地学习、读书，默默地内省、觉悟，悄悄地磨炼、升华，来达到争的目的。三国时期的大将吕蒙被嘲有勇无谋，就发愤读书，手不释卷，后来学问大增，令人刮目相看。民国时，沈尹默的字曾被嘲笑为“其俗在骨”，他也没有争辩，而是回去静心反思，苦练多年，终成一代书法巨擘，也给自己争了一口气。

所谓与世无争，其实是一种无奈无能，佛系生态。但争要争得有理，有利，有节，有序。争有两态，即“闹中争”与“静中争”。赤壁鏖兵，长平大战，是闹中争，结果是血流成河，尸横遍野；“十年教训，十年生聚”“三年不鸣，一鸣惊人”，是静中争，不声不响就奠定胜局，不露声色就稳操胜券。静中争是养精蓄锐，集聚实力，苦练内功；闹中争是刀枪相对，唇枪舌剑，擂台较劲。闹中争是百米跑，比拼的是爆发力，静中争是持久战，需要耐心与韧劲，沉得住气，不求一时之高下。善争者皆是静中争的高人，平时不显山露水，不喧嚣浮躁，表面平静，但心中可能有万丈波澜，气势如虹；而一个骄狂闹腾的人，看似气势汹汹，咄咄逼人，实则腹中空空，胸无点墨。

静是相对的，争是绝对的，静与争就是静止与运动的关系。争的最高境界是不争之争，其实也就是静中之争。要想静，须先争。心静，就是不去想那些柴米油盐的琐事，但你要把这些东西先争来，才能不去想；心静，就得有一个安静的环境，窗明几净，远离闹市，这也要靠自己去争来。越想争，心越要静。争，就要全力以赴，排除各种杂念，心无旁骛，聚精会神，这时，心静如水，不受干扰，才可能一击而中，一争而胜。

人生在世，只静不争是懦夫，只争不静是莽汉，皆不可取，还是争中有静，静中有争的好，可以争得气象万千，精彩纷呈。而且，当以静中有争者为上。事实证明，喜欢闹中争的，多是浅薄粗俗之辈，固可以获小胜，但不足以成大事；善于静中争者，能忍辱负重，肯卧薪尝胆，早晚会拨云见日，一飞冲天！

《肖申克的救赎》：唯有阅读，方能自救

□洞见pumpkin

《肖申克的救赎》，陪着无数人走过了他们生命中最难熬的日子。每个读者，都能从中汲取不同的能量。

多年前看这本书，看到的是激动人心的越狱桥段，如今重温此书，才悟出了书中的深意。

谁也料不到，那个风华正茂、前途无量的银行家，竟然会被指控为谋杀妻子的冷血杀手。尽管证据不足，安迪仍蒙冤入狱，肖申克监狱的故事，由此拉开帷幕。

入狱的第一晚，是最难熬的。

出乎意料的是，在新入狱的狱友整晚哭喊冤枉时，安迪不发一声。事实上，这个喜欢地质学的银行家，当晚就找到了令自己暂时忘记痛苦的事情。从瑞德那里买来鹤嘴锄后，每个难熬的夜晚，他都用雕刻打发时光。

这个爱好，不仅让他不至于沉沦黑暗无所事事，也是他自我救赎的开始。

一天，他百无聊赖地在墙上刻字，却意外发现墙上的混凝土有脱落的迹象。略一思考，他意识到也许可以挖一条通往外部世界的隧道。于是，靠着那个鹤嘴锄，他每天晚上悄无声息地挖着通道，第二天再把挖出来的泥土藏在裤腿里，带到操场上。

在监狱工作的时候，他一边劳动，一边观察着监狱的构造。其他囚犯只能看到囚牢、操场，狱警和狱卒；安迪看到的则是地下的通风管道、下水道和紧急通道。

一个人的知识体系，就是他认知世界的蓝图。安迪之所以能绝处逢生，找到通往自由大门的道路，离不开他丰富的知识储备以及超乎常人的认知力。

生活中的一切难题，书中自有答案。

一次，在修葺屋顶时，安迪听到狱警哈德利抱怨，说自己获得了哥哥的遗赠，但需要缴纳一大笔税款。

冒着被射杀的风险，他壮着胆子告诉哈德利："每个人一生中可以馈赠配偶一次礼物，金额最高可达六万元，一分钱的税都不用交。"

知晓安迪银行家身份的哈德利，放松了警惕，欣然接受了安迪的帮助。安迪的能力得到了广泛认可，典狱长把他从洗衣房调到图书馆工作。

在监狱里，他即便每天累得筋疲力尽，仍保持着阅读的习惯。

他连续六年，每周坚持给州政府写信，请求拨款为肖申克监狱图书馆添置图书。在安迪的不懈努力下，州里最终决定给肖申克监狱每年800美元的补助，安迪用它买了各种旧书和唱片等。原本狭窄破旧的图书馆，成了新英格兰州最大的监狱图书馆。

在27年与世隔绝的日子里，美国社会发生了翻天覆地的变化，安迪却靠着图书馆里的海量资源，始终和时代保持同频。

尽管身体被囚禁，安迪的灵魂却始终是自由的。因为通过阅读，他能不断学习新的事物，尽可能触摸时代的脉搏。

影片的结尾，在一个风雨交加的夜晚，安迪通过凿了19年的地道，成功逃出生天，在太平洋的某个小岛上安度余生。

肖申克监狱，一个坚不可摧的牢笼，安迪却以知识为钥匙，叩开了通往自由的大门。这世上没有白走的路，更没有白读的书。

你在读书上花的所有时间，都会在未来某一个时刻得到回报。

在你想不到的时候，在你看不见的方向，你播下的种子正在悄悄生根发芽，终有一天，它们会长出一片森林。

大小皆宜

□草　予

在城市里，有时会发现，大事好办，小事却很麻烦：价格不菲的服装好买，改腰收腿的裁缝铺却很难遇。各种建材，市场里应有尽有，但配把钥匙，可能要转上好几条小街旧巷。美食款款精致，色香味俱全，这不难寻，要觅一碗平价的清汤面，就不那么容易了。

离家不远的超市，拐角处，有个中年女人，帮人缝补。最初，墙边靠着写有“织补”的牌子。一张马扎上，坐着绾着发髻的女人，埋头飞针走线。有时遇见，她没生意，坐在那里，望着来来去去的人。

冬天，风雪刺面，她竟也常常在那儿替人缝缝补补。偶有一次，还听见有人向保洁打听她的去向。对方回答，上午还在，下午应该有事回去了。明天来，准在！

后来，超市让她进到了里面，安排在不起眼的角落，可见她不是这寸土寸金之地的租户。搭个铺面，不过奢想。然而有桌有椅，没有了热风寒浪，她的生意该是好做些了。

老主顾终归有限，何况缝缝补补的小活计，入账到底微薄。几年来，她却从未掀摊走人，商场也不曾嫌弃这个不交租金的小修小补摊。搞不定的针线活，人们也不苦恼，因为知道她还在那里。

大厦摩天，都市繁华，城市的昌大，让人看到了速度。日常手艺，小修小补，城市的细小，又让人看见了温度。一座城市，没有速度，或许留不下拼搏的人，可如果没有温度，也难留住人。

文字的花招

□丁小海

大学刚毕业找工作的时候，我还不会写简历，回想着自己那毫无亮点的实习（打杂）经历，我感到前途黯淡。直到我参加了一个求职分享会，主讲人分享如何包装简历：在家乐福做收银员，可以描述成“我在世界500强上市公司做销售，每日为几十万元的销售流水负责”。我震惊了，这是欺骗吗？经历了一番内心的挣扎后，我说服自己，对方可是世界500强快消公司的销售经理，我没理由拒绝她的方法。于是我包装了简历，接到的面试通知大大增多。

这是我第一次发现文字和文字是有区别的，有些事情似乎只要改变一个说法，就会蒙上一层高光。比如，节目主持人不遗余力地介绍着广西鹿寨的一种传统开胃小菜：腌酸。画面里的菜红白相间，汁水在镜头里闪着诱人的光。我想这定是一个遥远小寨里的祖传秘方，它的好吃不容置疑，已经准备好流口水，旁边的爸爸一语道破：“这不就是腌白菜嘛！”我脑海中的画面瞬间变成了苍蝇馆子里免费赠送的小菜，随处可见，取之不竭，失望油然而生。可见人就是喜欢修饰过的语言，比如我们更喜欢去餐厅点“乾隆白菜”而不是“麻酱白菜”，我们更愿意买名字叫“芝芝莓莓桃桃”的奶茶，而不是“芝士草莓桃子”奶茶。星级酒店的最高层餐厅叫“云顶餐厅”“星空餐厅”，而不叫实事求是的“100层餐厅”。我们描述想念时，比起直接说“我想你”，更推崇“一日不见，如隔三秋”，表达愁绪也更愿意用“恰似一江春水向东流”这样生动的诗句。据说宋代有一王姓女子开了家茶肆取名“一窟鬼茶坊”，是有名的士大夫期朋会友之处。如果改名“王妈茶坊”，不知客源会不会有所不同。

在日常生活中，要理解一个人对一件事的真实看法，不妨看他的用词，如“偷香”这个词就比“出轨”少了几分责备，多了几分艳情色彩，这样看来，英语中形容不忠较为常用的“欺骗”（cheat）就显得更为实在。文字中的含糊其词看似杀伤力不大，其实“暧昧”往往最伤人。正如网络上流传的互联网大厂黑话解读，“弹性工作制”意味着没有固定的上班时间，也即需要经常加班；工资“上不封顶”意味着“下不保底”；“行业发展前景大”意味着“目前还不知道市场在哪里”。如何辨别文字的花招，语言学家塞缪尔·早川告诉我们，要警惕抽象的语言，时常看看一个抽象的表达能不能指向更加具体的事物。

当我修饰着自己的简历时，我想象自己是这家公司的主人翁，我的工作便不再是一些碎片化的劳动，而是整个业务体系里的环节，这似乎让我获得了更大的视野。不管怎样，我得提醒自己，简历不过是简历。当然，我也要杜绝因为“芝芝芒芒”这样的名字为一杯芒果汁多花上10块钱。

复杂现实

□和菜头

一个孩子遭拐卖多年之后，终于在公安人员的协助下，和亲生父母相认。但是孩子拒绝回家，决定和当初购买自己的养父母继续生活在一起。除了大团圆结局，有没有这种可能？有可能。因为这就是生活，现实生活里有许多复杂现实。

人们对复杂现实的态度很有趣。看到全家重逢，抱头痛哭，人们就跟着流眼泪。看到抓捕人贩，法庭审判，人们就跟着义愤填膺。看到孩子回到亲生父母身边，人们就觉得内心舒适。但是如果孩子决定不回去，那么有些人就会暴跳如雷，甚至开始指责，一副坚决不肯接受的样子。

其实我一直有个疑问，那就是当网络和资讯如此发达，人们整天面对新闻事件有如亲历的时候，他们内心究竟是怎么想的？他们是把新闻事件当作真实生活来看待，还是当作戏剧来观赏？我越来越觉得是后者，人们对真正的痛苦，真正的困境，以及真正的复杂现实没多大兴趣，但是对现实是否符合剧本走向更感兴趣。所以，整体上有一种修正现实以符合自己期待的倾向。

如果从理解复杂现实以及个人真实处境和真实痛苦的角度出发，那么就没有什么结局是不能接受的。一个人在一二十年后得知自己的父母不是亲生父母，等于一瞬间把自己的整个世界颠覆。然后又有亲生父母出现，对自己而言那是两个全然的陌生人。在看戏的观众那里，回到亲生父母身边是天经地义的。在当事人那里，有一系列生命中的巨变需要理解、需要接受。他要不要一刀和过去斩断，进入一种陌生的生活，冒险和两个陌生人相处，并且期待有好的结果，这是看戏观众无须面对也无须感知的。许多人在自己换一份工作，换一个城市生活时尚且战战兢兢，反复权衡，但是对他人的人生剧烈改变时无比笃定，这是为什么呢？

自己面对的现实总是复杂的，艰难的；与此同时，别人面对的现实则是简单的，答案是一望而知的，让人恼恨的是他们为什么不按照正确答案去做？自己默默忍受领导的凌虐，这是忍辱负重，志存高远，但是别人竟然不反击，可见是孬种一个。

事实不就是这样吗？看戏的人拒绝理解他人，是从拒绝承认复杂现实开始的。太多人手握正确答案，太多人想把现实修正为一部电影，并且要去做编剧和导演，指挥现实按照自己定义的剧情走。与此同时，自己寸步难行，却可以找出一万条理由证明自己正面对无比复杂的现实。

我建议远离身边这样的人。他们不去试图理解他人，也不能感同身受。但是他们对正确答案很感兴趣，因为说出正确答案大概是他们唯一可以感受到自己的力量的时刻。至于说人和人之间的理解、同情和体谅，在他们这里完全没有，更不用说设身处地、感同身受。他们唯一感兴趣的是在别人承受命运冲击的时候，用正确答案编织成言辞的鞭子，抽打在别人赤裸弯曲的脊背上。因为他们知道，对方正全力背负命运，无暇回手反击，此时的鞭笞再安全不过。他们根本不需要接受复杂现实，甚至试着理解一下也不需要，因为那样意味着要去豁免他人。

对你，他们也是一样。

人生，要喝下三碗水

□洞见 Allergy

我一直记得一位颇有智慧的朋友跟我说的一段话：“人生一定要喝三碗水。第一碗，别人泼的冷水；第二碗，自己流的汗水；第三碗，不被理解的泪水。”

人生的苦难是有定数的，谁都无处可逃。

唯有喝下这三碗水，尝遍苦涩与无奈，熬过世间万重难。

别人泼的冷水

万帮儒先生在吴军中学毕业时，语重心长地对他说：“即便遇到不中听的话，也要试着找出其中的合理之处。”

所有成长的背后，都不只有鲜花和掌声，还有泼来的冷水。

大区销售经理Leah，分享过他初入职场时的故事。刚毕业那会，他每天早上7点上班，晚上10点下班，加班到凌晨1点是常有的事。

尽管他已经很努力了，可迎来的依旧是老板劈头盖脸的责骂：“长这么大，一点儿人情世故都不懂吗？有谁和客户沟通这么生硬？谁会送客户这么难看的花？谁拜访客户的时候，不知道带些小礼物？为什么这些小事还要我手把手教？”

面对一盆盆泼来的冷水，他抱怨过，颓丧过。

但慢慢地他发现，被老板追着骂的日子，是他成长最快的时候。

他开始走出舒适区，不断问自己：“这件事还有没有更好的解决方法？”

被批讲话生硬，他就每天主动找三个人聊天，一点点纠正自己的沟通问题。被说不会买花，为了挑到一束好看的花，他可以跑遍门店周边所有花店。每次在拜访客户前，他还会用心准备一些小礼物，给客户惊喜。

不断突破自己后，很快他就从一位普通的销售员升为店长，甚至被总公司特选为酒会主持人，主持外宾接待晚宴。

后来，他回忆起这段经历时说：“如果有人愿意在你没背景、没经验时毫无保留地将自己多年的经验一点点地教给你，规范你的行为，逼迫你成长，实在是一种幸运。”

任正非也说过，不要怕批评，要感谢批评我们的人，他们是在帮助我们进步。

人生，就是一场打怪升级的修行。如果你可以勇敢接受泼来的冷水，把每一次挫折当作磨炼自己的机会，这世间就没有你摆脱不了的困境。

自己流的汗水

前阵子，看到一条很扎心的视频。

一位替身演员拍摄坠楼片段时，不吊威亚从三楼跳下，险些摔出保护气垫，看得人胆战心惊。

事后，他在采访中坦言：“我也怕，只是别无选择，不想被淘汰。”

成年人的世界里，生容易、活容易，生活却有诸多的不容易。

命运会在人生的道路上，设下重重关卡。

若你没有为一件事挥洒过汗水、咬牙前行过，你的人生之路会走得越发艰难。

唯有拼尽全力，受过罪，吃过苦，才能熬出自己的路。

自媒体博主小荷听雨有个同学叫辉子，去年失业了。辉子原本在一家农资公司上班，工作轻松稳定。但公司经营不善倒闭后，他贷款买了辆工程车，准备去工地接些活儿干。由于之前懒散惯了，才到工地没几天，他便嚷嚷着太苦了。

一同去的工友劝他熬一熬：“这个行业就是这样，前期吃些苦，等到工地业务熟悉后，接的工程就会变多，收入还是很可观的。”

可是，辉子听不进去，转头去找了一个保安的工作，得过且过。结果混了两三年后，他又失业了。

再看看当初劝他的那个工友，已经拥有了自己的工程队。

辉子每逢说起此事，都悔不当初：“如果我肯吃些苦，熬一熬，说不定如今也苦尽甘来了。”

就像作家吴晓波说的：“每一件与众不同的绝世好东西，都以无与伦比的勤奋为前提。要么是汗，要么是血，要么是大把大把的好时光。”

没有一种人生是容易的，真正的英雄主义，是知道生活有多艰难后，依然选择迎难而上。

你要熬，熬到春暖花开；你要走，走到灯火通明。要相信，那些流过的汗，会化作一条渡你的河。

不被理解的泪水

很赞成中国政法大学教授罗翔的一个观点：“误解是人生常态，理解反而是稀缺的例外。”

稻盛和夫是世界著名实业家，季羡林谈及稻盛和夫时说他是商业界的奇观，在哲学界也是奇闻。

他年轻时，在一家濒临破产的企业做研发工作。为了解决产品难题，他常常加班到深夜，后来干脆把床搬到了办公室。很多同事都不看好他，甚至嘲笑他瞎忙活。

面对身边人的闲言碎语，稻盛和夫不为所动，潜心钻研。

最终，他竟发明出一种世界领先的产品——新式陶瓷，给即将倒闭的公司带来了大量订单。

公司为了尽快完成订单合同，决定支付给员工加班费，以此推动员工加班。一听到加班安排，稻盛和夫就极力反对，不过高层没采纳他的建议。

很快，问题出现了。由于加班有钱拿，所有员工都将自己白天的工作节奏放缓，留到晚上加班。

眼看公司要被这种情况拖垮，稻盛和夫提出了“禁止加班”，结果员工们异口同声反对。

在犯众怒的情况下，他依然坚持寸步不让：“让新产品在市场上获得成功才是最重要的，不能乱发加班费！”

他以身作则，即便在万不得已需要加班的情况下，他也分文不取。在他的努力下，员工们虽然不理解他的决定，但也逐渐接受了他的建议。

回忆起一路走来的艰辛，稻盛和夫说：“压力大到快要崩溃的时候，不要跟别人说，也不要觉得委屈，没有人会心疼你。心可以碎，手不能停，该干什么干什么。”

成年人的世界有人懂是幸运，没人懂是常态。与其拼命向别人解释，不如让时间回应一切。

《百年孤独》里有这样一段话：“我们趋行在人生这个亘古的旅途之上，在坎坷中奔跑，在挫折里涅槃，忧愁缠绕全身，痛苦飘洒一地。我们累，却无从止歇；我们苦，却无法回避。”

世界上的一万种苦难，从不为谁单独降临，也不为谁网开一面。生活也从来没有诀窍，别在街道徘徊，别在深夜叹惜。只有尝试喝下这三碗水，才能一鼓作气往前走。

垃圾不会撒谎

□徐　玲

看一个城市的经济发展水平，除了关注GDP总量，人均GDP也很重要。

按2020年的GDP和常住人口计算，深圳的人均GDP超过了北京、上海，排在一线城市之首。不过，根据国家公布的第七次人口普查数据，深圳多出来30%的常住人口，足足400万人，因此，2020年深圳的人均GDP又低于北京了。

这说明，对人均GDP来说，常住人口是一个关键变量。

其实，用常住人口来计算一个城市的人均GDP，还是不够准确，因为非常住人口同样会为这个城市创造GDP。

特别是，如果一个城市的非常住人口很多，那么，只用常住人口来计算人均GDP，就会高估这个城市的经济水平。

怎么才能知道一个城市的非常住人口有多少呢？

其实光是统计常住人口已经够难了，可能会有30%的误差，想要统计非常住人口就更难了，目前还做不到。那么，有什么办法，可以估算非常住人口的规模呢？

中泰证券首席分析师杨畅曾经提出一个办法：用城市生活垃圾的“吨均GDP”来替代“人均GDP”。

所谓“吨均GDP”，就是每吨生活垃圾所对应的GDP。道理是这样的：同等经济发展水平的城市，居民生活方式和消费习惯差别不大，所以，人均产生的生活垃圾数量也差不多。一个城市在一段时间内产生的生活垃圾数量，就反映了这段时间的实际居住人口，包括常住人口和非常住人口。

杨畅做了一个计算，按2017年的GDP和常住人口，深圳的人均GDP比上海高出45%；而根据城市生活垃圾计算出来的“吨均GDP”，深圳只比上海高出10%。这不太可能是因为深圳人比上海人更爱扔垃圾。最合理的解释是，深圳的非常住人口比上海要多得多，他们没有被算入“人均GDP”的那个分母当中。如果从“吨均GDP”来看，深圳的真实人均产出还是比上海要高，但差距没有原来以为的那么大。

另外，杨畅还计算出，从2016年到2017年，西安、广州、杭州、武汉这四个城市，虽然“人均GDP”涨了，但“吨均GDP”跌了。这反映出人口在向这四个城市集中，但还没有充分就业，这些新增人口没有创造足够的产出，导致生活垃圾的增长比GDP更快，所以“吨均GDP”下跌了。你看，用生活垃圾数据来分析宏观经济趋势，是不是很开脑洞？

其实，生活垃圾不只可以用来分析宏观趋势，还可以分析商业情报。有一本经典社科名著，叫作《垃圾之歌》，里面提到最早的、有据可查的垃圾分析案例，出现在20世纪30年代。当时，美国费城一家面向大众的都市报纸，想说服做汤罐头的巨头康宝浓汤在他们的报纸上打广告。但康宝浓汤认为，他们的产品是面向富人的，一般的中产家庭舍不得花钱买，打了广告也没用。

这家报纸不死心，就去费城的富人区和中产阶级社区做垃圾采样，结果发现：中产阶级社区人均消耗的汤罐头比富人区要多得多。富人家里一般有保姆，会给他们用新鲜材料做汤，反而是忙碌的中产阶级喜欢购买汤罐头。这才说服了康宝浓汤。

最后，和你分享一句《垃圾之歌》里的金句：垃圾不会撒谎，人们所拥有的和所丢弃的，往往比他们自身更能精确、详尽、真实地说出他们所过的生活。

什么叫“让情绪自由流动”

□李筱懿

老葛朗台去世之后，故事继续。欧也妮三十岁了，还在执着地等待堂弟归来。结果人没等到，等来了一封分手信：夏尔打算跟一个贵族小姐结婚。得知这个消息，欧也妮最后的一点儿希望破灭了。

但很快，另外一个消息传来：夏尔的婚结不成了。因为他父亲的债还没还完，如果他还不上，贵族小姐就拒绝嫁给他。

这时，欧也妮做出了一个令人意外的举动。

在她的众多追求者中，有一位叫彭峰的先生，是一位法官。

欧也妮对他说：“你不是一直想要跟我结婚吗？我现在就答应你。但是你要答应我两个条件——第一，我们虽然名义上是夫妻，但是私底下我只能跟你保持朋友关系；第二，我想拜托你去一趟巴黎，把我叔叔的所有债权人的名单要到手，把剩下的债务连本带利全部还清。”

作者写道：“彭峰先生走了。欧也妮倒在扶手椅里泪如雨下。一切都结束了。”

她的余生是这样的——虽然她是整个城市最有钱的女人，但是依然按照老葛朗台生前的规定生活。

说到这里，我想你应该能理解了，为什么巴尔扎克会说“这是一部没有毒药、没有尖刀、没有流血的平凡悲剧”。

我曾经有一种执念，要做一个“情绪稳定的成年人”。

什么叫情绪稳定？我认为就是“控制好”自己的情绪，高兴、鼓励、感谢这些积极的情绪可以表达，绝望、痛苦、嫉妒之类的负面情绪必须隐藏起来。可是我现在完全不这样认为，我鼓励自己“让情绪自由流动起来”，因为这与当个“情绪稳定的成年人”并不矛盾，如果“稳定”是靠“压抑”得来的，总有一天会爆发。人的情绪，无论是积极的，还是消极的，都需要流动和表达出来，才能获得真正的稳定和平静。

什么叫“情绪流动性”呢？指的是能够运用情感的语言，准确表达自己的感受和内心的状态。情绪流动性良好的人，能够在关系中不带评判性、不含附加条件地体会和表达真实的情绪，也能够有意识地、创造性地运用情绪。

当带着对“情绪流动”的全新认识去看待欧也妮的一生，我的理解完全不同了。

书里有一个细节：欧也妮正在和母亲一起看夏尔留下的黄金首饰盒，父亲老葛朗台突然闯进来，守财奴见到黄金两眼发光，立刻要用刀撬掉盒面上的金子，向来温柔听话的欧也妮大叫着跪倒在地，向父亲扑过去，把刀对准自己的胸膛说：“父亲，要是您的刀子碰掉哪怕一丁点儿金子，我就用这把刀子捅穿我的胸膛。”

这个行为是疯狂的，但是震怒的欧也妮反倒是可爱的，这是一个保护爱人留下的珍宝、深深陷入爱情中的女孩非常正常的反应。如果没有热烈地深爱过，没有用生命保护过夏尔留下的黄金首饰盒，欧也妮就不会哀莫大于心死，用看似平静的替他还债和一封信结束自己的爱情。

很多读者认为欧也妮的不幸在于爱上渣男夏尔，爱情很失败，我却觉得爱情是她人生中最幸福的体验和记忆，她在爱情中表现出前所未有的勇气，表达出自己真实的感受，而不是对父亲和生活的逆来顺受。

巴尔扎克的评价太精准，当欧也妮活得“平静无波”，似乎什么情绪都没有时，她才真正成为悲剧。

以爱之名喂胖你

□小巫姑娘

我的童年有一个噩梦，是关于“吃”的。究其原因，我被剥夺了选择食物的权利。我不能随心所欲地追随人类的原始本性里对某些食物的热爱。每顿饭，都被深谙“营养学”的家长严格安排，他们坚信人要从五谷杂粮和蔬菜中吸取营养，不能偏食：寡淡无味的排骨汤、焦苦不堪的野菜炒鸡蛋、味如中药的清炒苦瓜，还有怎么吃都带着一点儿苦味的豆腐……这些被大人们描述成美味与营养齐飞的佳肴总能在我敏感无比的味蕾上绽放出奇怪的味道，在我柔软的口腔里被反复咀嚼，然后泛出一阵阵的恶心。

每当这些食物被端上餐桌，都预示着一场漫长的拉锯战的开幕，其进程一定如下：在姨妈向我详细阐述完上述食物非吃不可的各种理由之后，我视若无睹地把它们晾在一边，有选择性地用我喜欢的食物将胃填满，然后拍拍肚子郑重地宣布我吃饱了，紧接着立马跳下桌子妄想一溜烟儿地跑掉。可惜我拙劣的伎俩，鲜有成功的时候。短腿赛不过长胳膊，我很快又被摁回了座位上。

现在回想我当时的行为就叫“敬酒不吃吃罚酒”。拥有火眼金睛的姨妈早就注意到了我败火的苦瓜一口没吃，于是端起盘子拨上一大块放进我碗里：这么热的天，不吃点苦瓜怎么行？必须吃，不吃完不许离开桌子。在我能提取出的记忆里，我各种关于反抗的英勇事迹，最终都被姨妈一个又一个响亮的巴掌扇到妥协。

出场的第一个主角是我姨妈， 她是我作为留守儿童的第一任监护人，在对我的照料上确实是尽心尽力。也正因如此，我连反抗都失去了底气。后来是我的母亲，她回到我身边的时候我在上小学，正是长身体的年纪，大概是自己的母亲的确更能体谅自己的孩子。那些我不爱吃却应该多吃的食物譬如苦瓜和水煮蛋，她会尽量让它们变得不那么苦，不那么腥，然后适量地劝我吃上一点儿。

然而我的第二个噩梦开始了。在妈妈朴素的认知里，正在长身体的孩子，当然是吃得越多越好，何况读书是一场对脑力和体力的双重考验，我学习好，一定比别的孩子更消耗体力吧。所以解放了对种类的限制，我被卷入了对“量”的追求。

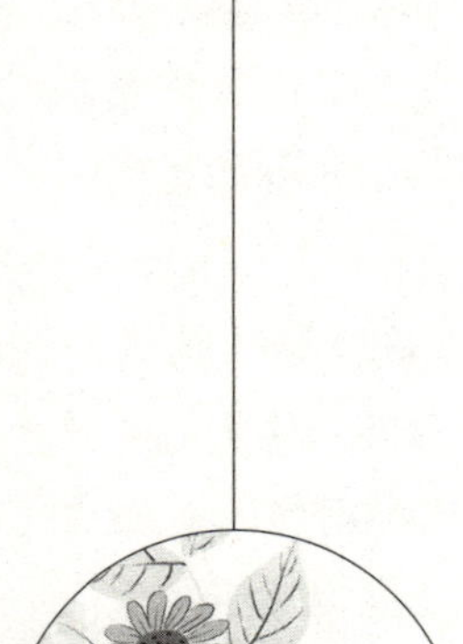

母亲发现我有个非常不好的习惯，吃饭只吃一碗，于是母亲灵机一动，第二天就给我搞回来一个面馆里盛面用的大碗作为我的专用饭碗。每顿给我盛上扎扎实实一大碗白花花的米饭。小小的我当然吃不完，然后母亲告诉了我一条真理：“胃是有弹性的，你吃不完是因为以前吃得太少，胃被饿小了，从今天开始多吃点，以后慢慢地胃就被撑大了。”

那段时间母亲每天拿着勺子一口一口连哄带骗地让我塞下一大碗米饭的场景历历在目，效果正如母亲所愿，我在不知不觉中便可以非常自觉地每顿扒完一大碗白花花、香喷喷的米饭。

高中之后，我住进了学校，两位大家长在我的生活里渐行渐远，成为过往。每天与同学们一起在食堂吃饭，我终于明白我1.5倍于同龄人的体形与我1.5 倍于同龄小姑娘的饭量是成正比的。我蜷缩在宽大肥硕的校服里，目不转睛地打量着校园里偶尔飘过的白裙飞舞的同学。我压抑住自卑并且自我安慰：“学习是一场脑力与体力的双重考验，等挨过了高考再减肥。”

高考结束那个暑假我悄悄地下定了减肥的决心，却不敢与家人分享。直到有一天，母亲悄无声息地把我专属的全家最大的饭碗换成了全家最小的碗，并且郑重其事地告诉我：“闺女，你现在太胖了，该减肥了，胃是有弹性的，每顿少吃点就变小了。”

我有一些哭笑不得，这可是您一口一口给亲自撑大的呀！但我仍然为这突如其来的巨大自由感到幸福无比。减肥的艰苦超出我的想象，我那个在十几年的岁月里被无限撑大的胃总是在向我抗议。我在无数次减肥失败的噩梦中度过了大学的前两年时光。

终于在第三年，为了一个喜欢的男孩子，为了白色长裙与蓝色衬衣的美好夙愿，在半年里，我每天早晨迎着初升的太阳不停地奔跑，在每一个饥饿难耐的夜晚控制住自己的欲望。我像一只蛰伏多年的蝉在那个夏天实现了破茧，成了一个 S 腰的长裙小仙女。

我并没有因此获得喜欢男孩的青睐，却也无比欣喜。我终于在“吃”这件事情上获得了绝对的自由，之后的几年里，我吃得克制，吃的都是自己喜欢的东西。我以为，童年的噩梦就此离我远去。谁承想，就在我与相恋两年的男朋友即将步入婚姻的殿堂之际，相似的噩梦又一次将我卷了进去。

男朋友的妈妈心疼我千里迢迢为了她的儿子来到山东，立誓要待我如同亲闺女。为了让我感受到家的温暖，阿姨把最长的战线放在了厨房里。三个月里，“吃”被包装成最有仪式感的事情，炸丸子、包饺子、各种馅儿的包子和盒子，炖鸡炖鱼炖牛肉，还不忘每天下班准备好栗子蛋挞和各种点心。终于在阿姨的辛勤努力之下，我又胖了，本来就是易胖体质，加上大量食物的摄入，我胖得毫不意外。阿姨怕我饿着，我却更在乎自己穿上婚纱的样子。

我陷入了一种两难的境地：体重的上升让我十分苦恼，阿姨的热情我却难以抗拒。男朋友给出了对策：她让你多吃我就让你少吃，这样你吃多吃少都可以。斗智斗勇的表演持续了半个月之后，阿姨悄无声息地妥协了。

“你小时候你妈会逼你吃饭吗？”我问男朋友。“会啊！但是上有政策下有对策，她叫我吃饭的时候我不吃，等她走了，我再挑我喜欢的吃。”

又是一天中午，我看着桌上堆成小山的包子，真诚地说：“阿姨，你包的包子很好吃，但我真的只吃得下一个。”此后，我终于从第三位家长的手里解放了，我想我这一生有关于“吃”的噩梦是彻底结束了。

呼吸着自由的空气，却是一种难以言说的感觉。家长的爱里，常常带着不可抗拒的权威，在一个孩子只能选择服从的年纪里让他们误以为这本是自然而然的事，在之后的漫长岁月里再来付出某种沉重的代价来将这种爱与权威分离，也许他们也会或多或少地受到某种伤害，但生活的哲学里又怎么少得了妥协与坚强？

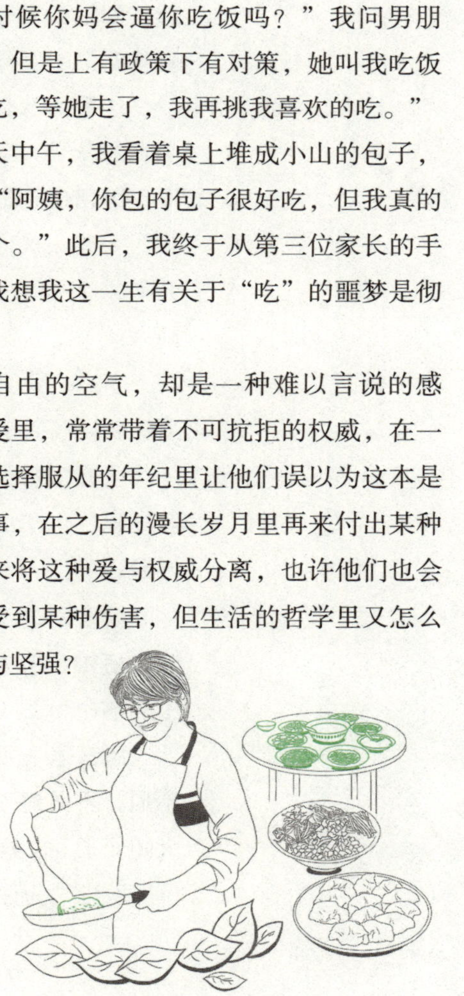

当有人说为你好的时候

□宋　燕

当有人说为你好的时候，别上来就千恩万谢身体力行，这里边没准是个套儿。

《韩非子》里讲过一件事儿，说楚怀王时期，齐国送了个美女给楚怀王。楚王爱死了，成天围着她转。这事惹怒了楚怀王的老婆，也就是王后郑袖，但人家心里怒，面上没显露出来。

有一天她装作特体贴地跟这个美女聊天，掏心掏肺地说："你知道吗？大王可喜欢你啦，唯一的遗憾就是有点讨厌你的鼻子。我觉得你要是以后挡住你的鼻子，就能长期受宠，保住大王对你的宠爱。"

这个美女还真感激涕零地接受了郑袖的建议，常常用袍袖挡住自己的鼻子。楚怀王看见她忽然添了这么个毛病，感到很奇怪，问她她也不说。有一次就和郑袖提起，郑袖做若无其事状，说："哦，前几天我跟她聊天，她说老闻见大王身上有股臭味儿，所以得捂着鼻子……"

这番话惹怒了楚怀王，在那个还不懂得怜香惜玉的年代，他怒的结果是割下了美女的鼻子。当然，宠爱再也谈不上了，是否活得下去也都不知道了。

唐朝也有过一件事儿。有个叫李林甫的宰相，和郑袖一样，很善于"为别人考虑"。有一次他和刑部尚书李适之聊天，跟李适之说："你知道吗？华山有金矿，开矿采金可以增加国家财富。皇上还不知道这件事呢，你要是告诉他，他一定很高兴。"

李适之也不想想，这么好的事，李林甫自己为什么不直接告诉皇帝呢？他光顾着让领导高兴了，就趁一次奏事时，跟唐玄宗说了这件事，并建议在华山开矿。

唐玄宗听了也觉得这个主意不错，找李林甫来商量。李林甫说："这件事我早就知道，但华山是陛下的本命和王气所在，开凿不吉利，所以从来不敢提议在华山开矿。"

唐玄宗写过《华岳碑》，其中说过："予小子之生也，岁景戌，月仲秋，膺少皞之盛德，协太华之本命，故常寤寐灵岳，肸蚃向神交。"李林甫所谓"华山是陛下的本命和王气所在"是联系这篇文章说的。

唐玄宗一听，觉得李林甫真是关注自己、爱护自己，而李适之明显是考虑事情不周，不久对李适之说："从今以后，有事上奏前，应该先跟林甫商量商量，不要太随便了。"这下子，李适之就被排挤出决策圈了。

所以"为你好"的话未见得真为你好，你得看看说这话的人是谁，他想干吗。

放风筝

□任万杰

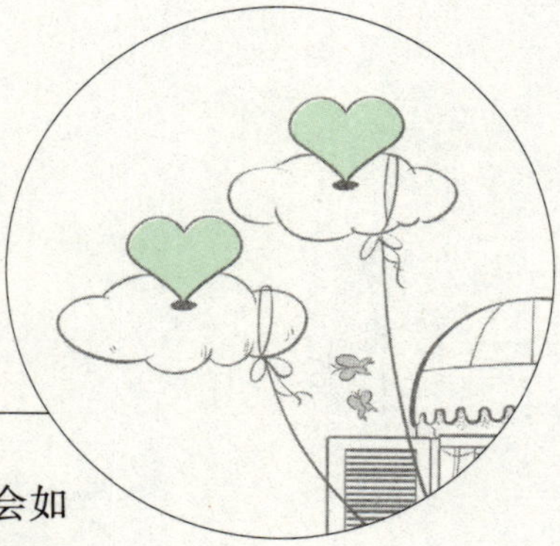

明代文学家徐渭在《风筝诗》中写道：“江北江南纸鹞齐，线长线短迴高低。春风自古无凭据，一任骑牛弄笛儿。”诗句把放风筝的情景描绘得活灵活现，栩栩如生。徐渭不只写《风筝诗》，更爱放风筝。

有一次，杨柳垂青时节，大家都在屋外放风筝，徐渭放下了纸笔，也拿着风筝出去了，来到不远处的静园，这里已经有很多人在放风筝了。可是奇怪的是大家都挤在静园的一侧，那密密麻麻的风筝线，似乎随时都可能绞成一团。徐渭感到很奇怪，为什么大家宁可让静园的另一侧空着，却要傻傻地挤在一堆呢？旁边有很多人指指点点，徐渭问这些围观的人，围观的人也说不清楚，不过都说要是自己放飞上去就不会如此，等等，嘲笑的意味很浓。

徐渭也感觉好笑，就不问了，他来到中间的空地上，开始放风筝，风筝很快飞起，徐渭开始放线，因为风有些大，徐渭要费力地控制着风筝，不住地后退拉扯风筝，终于，自己的风筝和大家的风筝一样，飞得那么高、那么远。

当徐渭看向四周，自己竟然也挤在场子另一侧的人群中，因为，只有在这里，才能有这样的力度，控制住那么高、那么远的风筝。

当我们嘲笑别人无能的时候，其实我们是局外人，当我们也是参与者的时候，才会惊奇地发现，我们是多么无知。

让它自己发芽

□罗振宇

追女朋友不要一直追。追一个女孩儿，首先要保持适度的暧昧，让她知道你对她好，你对她有意，但是不要把底牌全部翻开，追一段以后要停。

为什么？其中有一个机制。当你追她的时候，如果你们一拍即合，那就另说；如果她刚开始不答应，觉得你有毛病或者她不能接受你，她天天想的都是你的缺点，长得太丑，没钱，一脸的暗疮，没有隔壁师兄帅等。

可是你一停，奇妙的转折就产生了，她会想，他怎么不追了？难道我没有吸引力了吗？在瞬间沮丧之后，她就会想，其实他也还好吧，至少比同寝室那个室友的男朋友要好一点儿，她就会开始想你的优点。所以追女孩，停的技巧非常重要，你追她，你秀肌肉，你亮自己的彩，这些固然需要，但关键的是，你要让所有的想法、念头像一颗种子一样在她的心里生根发芽。

所有因为孩子不读书而苦恼的家长，你要知道，你就是在追逐一个美丽的女子，你不要一直秀你的肌肉，告诉她读书有多棒，关键是得种下这颗种子，让它自己发芽。

别“踢猫”，也别成为“猫”

□悠悠我心

关于“踢猫效应”，想必大家都很熟悉，各种版本的故事听了不少，也清楚“踢猫效应”导致的一系列危害，然而，有些悲剧在于：不是不知道要做什么，而是知道了仍然没有做。

“踢猫效应”源自一则寓言故事：一位骑士在晚宴上被领主训斥了一顿，他怒气冲冲地回到庄园，对没有及时迎接的管家大发脾气。管家心里窝火，回家后找了个理由，又把妻子骂了一顿。妻子受了委屈，正好看到儿子在床上蹦跶，上去就给了儿子一耳光。孩子莫名其妙地挨了一耳光，心情极度糟糕，一脚把正在身边打滚儿的猫踢了个跟头。心理学家用这则寓言描绘了一种典型的坏情绪传播链——对弱于自己或等级低于自己的对象发泄不满情绪而产生的连锁反应。人的负面情绪，一般会随着社会关系链条依次传递，由地位高的传向地位低的，由强者传向弱者。最终，无处发泄的最弱小者便成了牺牲品。

用心理学家的话说：坏情绪会像“病毒”一样从这个人身上传播到那个人身上，一传十，十传百，有时比有形的病毒和细菌的传播速度还要快。

“踢猫效应”也折射出修养的缺失——迁怒。自然界中最容易被迁怒操纵的动物是斗鸡和蟋蟀。它们只需游戏规则制定者轻轻一挑唆，就怒火中烧，决绝地向对手发起攻击，最后给围观的看客们奉献一场场惨烈的大戏。孔子曾说过：“有颜回者好学，不迁怒，不贰过。”意思是：我有个叫颜回的学生爱好学习，他从来不把自己的怒气转移到别人身上，不会让怒气登高，也不犯同样的错误。

“不迁怒，不贰过”，可以说是一个人难以企及的修养，但是为了更加美好的生活质量，我们必须为之努力。我们每天都会产生各种情绪和心境，由此带来未知的纷争。就像犯罪片和游戏里，真正的幕后黑手虽然没有出现，却是整个事件的推手。纷争都是表象，而我们的坏情绪，看不见摸不着，才是操控“踢猫效应”的主要因素。

每个人都会有情绪，而学会控制情绪，也许是我们一生的课题。

那么，当我们被卷入负面情绪，一不小心进入“踢猫效应”的死循环中，该如何破解?

“踢猫效应”中末端受伤的是“猫”，是最弱小的群体，也是受气最多的群体。坏情绪总是从社会的高级向低级转移，欺负更弱者是很多弱者常用的发泄手段。鲁迅先生笔下的阿Q，在被财主和外人欺负后，到处找不如自己的人发泄。没想到不但打不过王胡，因为肚子饿，连不如自己的小D也打不过。最后只好欺负小尼姑，然后就“十分得意地笑了”。而在家庭关系中，孩子最容易成为最低级，家长们可能会把气撒在孩子身上，把孩子当成最好欺负的那只“猫”给“踢”了。

其实，孩子就是我们的镜子。你怎么样，孩子就会怎么样。把坏情绪转嫁给孩子，非但不能解决问题，还会造成不可逆的伤害，而且，这个伤害可能不是一时半会儿就能修复的。我们的每一次“踢猫”，背后都有一只蝴蝶在扇动翅膀，让小恶魔的种子一点点孕育长大，最后成为孩子成长路上的阴影和错误导向，成为我们都熟知的原生家庭之殇、童年阴影……

孩子长大后的叛逆，也往往是因为儿时被训斥太多隐忍之后的爆发。这些都是“踢猫效应”的长远恶果。最终，孩子会由被踢的“猫”变成“踢猫”者。所以，别让“踢猫效应”为孩子的叛逆买单，别让“踢猫效应”变成“蝴蝶效应”，否则代价太大了。弱者，不只是社会上需要帮扶的贫困者，还包括我们每个小家庭中的孩子。当我们内心真正意识到要善待弱者，善待孩子，也许“踢猫”事件会大大减少。小家呵护好了，整个社会肯定会更好。

心理学家兰斯·兰登在他的博客里记录过这样一个故事：

某家小餐馆里，一名顾客指着面前的杯子，对一名女服务员大声喊道：“服务员，你过来！你们的牛奶是变质的，把我的红茶都糟蹋了！”这名女服务员连忙说：“真对不起，我立刻给您换一杯。”新红茶很快就准备好了，碟边放着新鲜的柠檬和牛奶。女服务员把那些食物轻轻地放在那名顾客面前，轻声地说：“先生，如果您要往红茶里放柠檬，就不要加牛奶，因为柠檬酸会使牛奶结块。”

顾客听了这话，脸一红，小声地说了声“谢谢”，语气也没那么愤怒了。当时，兰登正好在边上目睹了这一切。等那名顾客走后，兰登问女服务员：“明明是他的错，您为什么不直说呢？”女服务员笑着说：“因为他当时很生气，我不能跟着他生气，否则他冲我发火，我又冲谁去发火呢？正因为他粗鲁，所以要用婉转的方法去对待；正因为道理一说就明白，所以用不着大声。”

由此我想到了相声演员岳云鹏，同样是做服务员时遭到客人刁难，但他就没那么幸运了。他曾经是个艰辛的打工人，15岁时在饭店里当服务员，因为算错了2瓶啤酒的价钱，被顾客狠狠羞辱。他多次提出要给顾客打折，并帮他买那300多块钱的单，可顾客依然不依不饶，为了6块钱，足足辱骂了他3个多小时。岳云鹏成名后说起这段经历时依然耿耿于怀：“我还是恨他，我特别恨他，我到现在还恨他。凭什么？我都给你道歉了，我什么好听的话都说了，你还这样。”说着眼泪就流了下来。

未经他人苦，莫劝他人善。我们不能强求小岳岳彻底走出这段阴影。但是，如果他能够学着那位同样遭遇客人责难的女服务员的样子，在恶劣的“踢猫”事件中更豁达一些，拒绝成为“猫”，也许他不会长久地处在痛苦中。就像他的师傅郭德纲所说：“好多时候人都是自己挤对自己，有一个窟窿眼儿，就玩儿命往那儿钻，拽不回来。终得自己明白，只要心宽释然，也就想开了。”这几年，网上流传着一段很火的话：“有人被领导批了一上午依然乐呵呵地工作，有人只是别人给了一个脸色就玻璃心碎了一地。这是情绪免疫力不同的结果。”

生活中，每个人都是“踢猫效应”这根长长的链条上的一个环节，如果我们稍稍用心，把这种豁达和体恤用于生活、工作中，将“踢猫”的恶传递链及时斩断，不去“踢猫”，也不成为“猫”，我们就可以活得更开心，别人也会因我们而更舒心。自己发的火自己灭，别人点的火不去引，别轻易踏进“踢猫效应”的怪圈。借用《武林外传》中郭芙蓉最经典又最睿智的话：“世界如此美好，我却如此暴躁，这样不好，不好。”

附近的消失

□宋 爽

著名学者项飙曾提出“附近的消失”这一概念。他这样描述道：如果你问今天中国年轻的学生，你父母的工作是什么？

你居住的这个小区，当时买这个房子是怎么考虑的？

这个小区在你所在的城市里从社会意义上说处于一个什么样的位置？

它与周边的菜市场是什么关系？

你们的学校是怎么一个建造过程？

他们描述不清楚，但他们对大学的世界排名很清楚。对怎么考托福、GRE很清楚。他们对那个系统了如指掌，但对自己生活的社区模糊不清，因为他们觉得这个问题很无聊、不重要。

那么“附近”消失了，去哪里了呢？项飙认为，“附近”不是简单地蒸发了，而是在资本、技术的加持下转化为数据。工业革命以来，时钟出现了，时间变得趋于整体性和线性。

例如，人们只有在有空闲时才能去上厕所，因此时间决定了人的行为。在社交时代，时间变得碎片化，不再是整体性和线性的，可能一会儿干这件事情，过一会儿穿插另外一件事进来，人们的时间感却变得特别强烈，更加追求即时性，追求即刻性的满足，追求点了外卖就要在 30 分钟内送上门，而这种需求在现代技术变革中得到了支持。

很大程度上，当附近消失后，人更多的是扮演者、旁观者。人们更相信技术，而不是相信另一个人。这些结果的危害正在显现，我们居住的社区，正在成为我们要抛弃的东西。

人们抱怨城市没有人情味、没有归属感，可一旦回到家，我们便立刻拿起手机，妄图用虚拟抵达真实，还觉得自己永远抵达不了。

架　子

□倪　匡

摆架子，是人类的行为之一。这种行为，有什么用，值得探讨之至，而探讨下来，还真的没有什么用，可是喜欢摆架子的人，比比皆是，各有各款，摆得人心惊肉跳，眼花缭乱。

其实，当一个人有摆架子的资格时，他自然就不必摆架子。摆架子，无非想抬高身份，当人人皆知这个人的身份高时，他何必再借摆架子来抬高？

这道理再简单不过，所以，凡是在种种场合，以种种姿态摆架子的人，只说明一点：他身份不够高，而且他自知如此，十分自卑，所以才要借摆架子来抬高自己的身份。而这种做法，往往适得其反，叫人更加看不起。摆架子者可能也知道，但苦于身份不够，不摆不行，只好硬着头皮，真是苦楚。

所以，摆架子的现象，还是随处可见，那些人既十分苦楚，也值得同情。

春秋战国的“质子外交”

□聂辉华

春秋战国时期，诸侯国之间经常发生战争。为了维持国家之间的和平，各国通常会缔结一些和平条约。这些条约，就是我们所讲的契约。从契约履行的角度来说，如果个人或企业违约了，当事人可以申请法院强制执行。但国家之间的契约，就不能用这个办法了。因为国家是最强大的武力机构，世界上还不存在一种超越国家的强制力量。即便是联合国，也没法强制某个国家执行某些契约。因此，国家之间的契约是典型的不完全契约，不仅很多条款无法向第三方证实，而且就算违约也难以强制执行。为了解决这种不完全契约的履约难题，当时的诸侯国想出了一个好办法，就是“质子外交”。缔结契约的国家，相互把国王的公子送到对方国家去做人质。所谓的“质子”，就是被质押到对方国家的王室公子。质子都被安排在一国都城内，圈禁起来。一旦一方违背和平条约，对方就会首先拿质子开刀。

有人可能会想，一个国王往往有多个儿子，因此就算对方杀了一个质子，也不会动摇国本。但事情不是这么简单。首先，质子是王室中地位较高的公子，他代替国家到外国去经受磨炼，时刻有生命危险。这种独特的经历和功劳，有助于质子回国后担任国王。

因此，质子在某种程度上就是国王的潜在候选人。正是因为质子有这种独特的地位，哪个国家都不会轻易牺牲掉质子。所以，古人还是很有智慧的，他们懂得在不完全契约的条件下，通过提供抵押品（质子）来保证和平契约的履行。

我，正在努力克服“29岁综合征”

□王言月

前不久，我度过了自己的29岁生日。

在生日到来之前的一段时间里，我时常感到一种隐秘的焦虑。和一些年纪相仿的朋友聊天，我发现处在29岁的人，不论男女，很多都会开始对年龄感到或多或少的焦虑，但真正到了30岁倒不觉得有什么。

出于好奇，我上网搜了搜，发现有“29岁综合征”的相关内容。其中一篇文章中说，“29岁综合征”的关键词是“摇摆”，是在“够不着”与“放不下”之间纠结。

我仔细想了想，或许“29岁综合征”归根结底是“30岁危机”的前奏与序曲。由于我们所生活的社会对年龄过于苛刻，给30岁赋予了太多远远超出年龄的意义，让大部分人都会不自觉地思考30岁以后的生活应该怎么过。

那么问题来了，29岁的我，究竟在紧张焦虑些什么呢？

首先，伴随着年龄增长而来的是容貌衰败的焦虑。比如熬夜后清晰加重了的两个黑眼圈、某几天放纵口腹之欲后明显上涨的体重数字……这些身体的变化都在提醒着我，肉体不可能永远水灵，而维持一副好皮囊所需要的精力与经济成本，也将随着年龄增长变得越来越高。

除了肉体衰老，焦虑的另一个方面，则指向了更为庞大且复杂的生活。总体而言，社会对30岁的想象单一且贫乏。尤其作为一名29岁的女性，如果尚未结婚生子，没有一份稳定的工作，就会被各种声音环绕，催促着你抓紧时间找对象考编制。虽然你未必觉得这样的人生就是对的，可是又会在各种声音中忍不住问自己：如果不是，那我想要的生活又是怎样的呢？

村上春树曾写过：“我以为我二十多岁，会去看山河大海，落日余晖。可事实是，我还在找寻我自己。”是的，29岁的我目前方向模糊，人生还充满变数。

于是我明白了，令我感到焦虑的是未来的不确定性。这种恐惧是人为构建出来的，跟年龄大小没有太大关系。如果没有足够的勇气解决那些悬而未决的人生课题，不管到多少岁，恐惧都不会消失。

最终，我还是平平凡凡地度过了29岁生日。这天过去后，一切都没有变化，“29岁综合征”也依然存在。于是我逐渐明白，只有当我着手解决那些具体的难题，而不是将精力耗费在虚幻的情绪内耗上，“29岁综合征”才能得到缓解与治愈。

生日那天，我和发小聊天，不知怎么聊到了16岁的一个傍晚。那年我们读高一，生活简单，烦恼纯粹，觉得未来遥远而不可及。高考放榜后，年级组织我们到学校礼堂听高三毕业班的高分学生分享经验。结束以后，我们并肩走在回教室的路上。夕阳的余晖洒了一路，发小在斑驳的光影里突然转头对我说：“真是不可思议，以前一直觉得成年很遥远，但刚刚看着台上的人，突然觉得18岁离我们好近。”

如今，曾经觉得无比遥远的18岁早已过去十年有余，我们彼此也都在努力克服着“29岁综合征”，有着各自待解决的人生课题。或许人都是这样的吧，总是在困惑中思考，在迷茫中前行。但我也确信，“29岁综合征”终有一天会过去，当我终于翻山越岭，抵达了山的另一边，也会由衷地感慨：“哦，也就这样。”

别人比你想象的更愿意帮助你

□Debbie Sorensenis

最近的一个下午，当我去学校接我七岁的女儿时，她做的第一件事就是把她的水瓶递给我说："妈妈，你能帮我打开这个吗？盖子太紧了。"她一整天没有喝水。

她为什么不直接让老师帮忙把盖子拧开呢？我问女儿，她说她考虑过了，"但我不想让她知道我太虚弱，自己打不开，而且她很忙。"

虽然这似乎是显而易见的，她应该简单地寻求帮助，但这样做比看起来要困难得多。对成年人来说也是如此。寻求帮助会让我们感到很不舒服，我们往往宁愿默默地忍受，或者尝试自己做所有的事情。

作为一名临床心理学家，多年来我经常在我的客户中看到这种模式。我有很强的独立倾向，经常不愿意寻求帮助。我甚至对那些试图为我做太多的人有一种厌恶感，当我得到帮助时，我经常感到不舒服，甚至有点内疚。在我读研究生的时候，我的导师提醒我，在我即将完成论文的时候，我应该向他寻求帮助。他本可以用他几十年的经验帮助我，而我却多花了许多不必要的时间努力写下我的研究方法并自己想出统计分析。

对我们中的许多人来说，随着时间的推移，不寻求帮助的倾向变得更加强烈。许多人生活在重视个人表现和独立性的文化中。

然而，寻求和获得帮助的能力是一项宝贵的生活技能。随着时间的推移，在没有足够支持的情况下背负沉重的负担会导致倦息，这是由于需求过多而资源不足的长期压力导致的疲惫和脱离感。缺乏社会支持与较差的心理和身体健康结果有关。研究表明，日常的善举可以增强受助者和帮助者的幸福感。

很多时候，你需要的帮助可能只是一些相对小的事情，如轮班、搭车、一句建议，或者一些更重要的事情，如照顾孩子、经济援助、医疗或心理健康问题的支持。无论困难是什么，寻求他人的帮助可以帮我们节省时间和精力，并为我们提供急需的情感支持，让我们放心，不必独自承担所有的负担。

研究表明，我们往往低估了别人对帮助请求说"是"的可能性。大多数人在为别人做有益的事情时感觉良好，更愿意认为自己慷慨大方，愿意力所能及地帮助别人。

如果你担心有人因为你求助而不喜欢你，考虑一下相反的可能性：如果别人帮了你，他们实际上可能会更喜欢你。通过承认你需要帮助来表达脆弱和开放，可以带来更深层的联系。当人们帮助你时，他们可能会对结果产生既得利益。

在向专家寻求帮助或建议时，你可能担心会被认为"愚蠢"或无能。然而，有证据表明，寻求建议实际上可以增加人们对提问者能力的看法。人们看到自己的专业知识得到认可会感到自豪，并通常很乐意与你分享。

所以，当你发现你因为无用的理由而不去寻求帮助时，退一步，请看看它们到底是什么。提醒自己，你的想法并不总是准确的，你不必总是听从它们。相反，你可以让这些自我批评的想法和担忧来来去去，而不是让它们主宰一切。

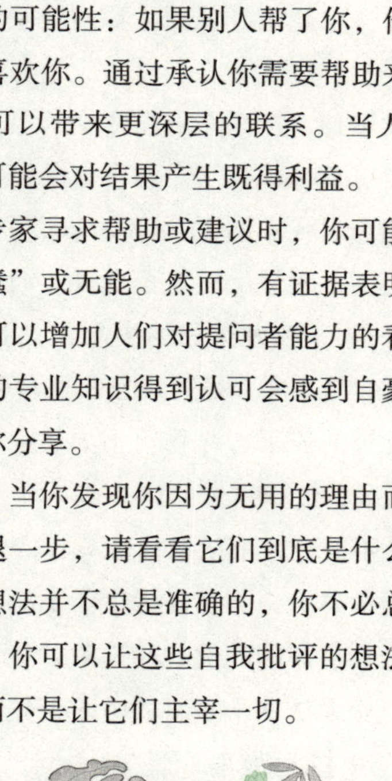

年轻是一种氛围感

□艾小羊

最近我发现一个残酷的事实：大家跟我在一起，主要是为了缓解年龄焦虑。

经常合作的摄影师比我小十几岁，跟我拍一天照样累得要死，在回家的路上跟化妆师感叹："看到小羊姐还跟年轻时一样，我觉得咱们也可以再拼20年。"

我的读者最喜欢看我发新旧照片对比，以前我的审美没这么好，也没有健身，虽然年轻，但也青涩，而且修图水平没有现在高，总之，如今的照片比之前的好看。读者看了心生欢喜，在后台留言：终于看到了一个越老越美的，瞬间对变老这件事没那么恐惧了。

万万没想到，本来立志当才女的本人，慢慢活成了一个"抗衰吉祥物"。至于这条路是怎么走歪的，可能因为时代不同了，才女与名媛一样，在新时代的语境下，慢慢泛酸甚至发臭。而一个天赋普通却自强不息、活力满分的中年人，往人堆里一站，大家就会想，哇，她可以，我也行！

既然已经活成了吉祥物，不如进一步满足一下大家，说说我的终极抗衰秘诀。

首先，不服老、不认老，就不容易老。

在我的词典里，除了最后生活不能自理那种不可抗的衰老，生命的其他阶段都叫"年轻"。无独有偶，白岩松采访八十多岁的黄永玉先生时，看老先生开红色法拉利跑车，脱口而出："这东西不是小年轻玩的吗？"黄老回应："我不就是小年轻？"很多人觉得黄老幽默，我觉得不是，他是真这么想，才能当一辈子野孩子。

其次，每天至少做一件新鲜的事。

人从什么时候彻底老去？就是他开始活在过去，对生命只有经验，却失去了好奇，一切新鲜的东西都与他无关的时候。从这个层面看，我见过25岁的老人，也见过52岁的年轻人。

每天做一件新鲜的事其实不难：穿了十年的西装，尝试搭配一条卫裤；从没用过气垫，在商场免费试用柜台领一个小样试试……

我曾经在刚开业的奶茶店看一对老夫妻学习如何在大众点评上领券，然后捧着两杯"网红"奶茶坐在店里边喝边评价，那时候我觉得他们很年轻。

年轻的氛围感，是流动的，拥抱新鲜是保持年轻氛围的核心。当然了，不是新鲜就一定好，而是满怀好奇心的你，看上去很好。

最后，剔除复杂的关系，维持简单的判断与生活。

年轻人的活力，足够将生活变成一个繁杂的马戏团，而永远年轻的人，他们的活力在于慢慢将人生简化到只做对自己有用的事。尤其要在人际关系上做减法，别操不该操的心，包括对子女。

世间任何关系，最牢固的纽带都是互利。你活成年轻的中年人、优雅的老人，对他人才真正有利。年轻人才不需要你指导人生，除非你能给钱，他们对比自己年长的人，唯一的要求是"管好你自己"。

对时间的焦虑，是人生的终极焦虑。我们一方面要认命，另一方面我们不能认命，毕竟往后的每一天，我们都是最年轻的自己。认命了，才能有稳定的情绪、充分的智慧，去粗取精地经营自己，活出蓬勃向上、不认命的年轻态。

演员是如何减肥的

□刘畊宏

蛮多人觉得艺人们仿佛可以随心所欲地控制自己身上的肉肉，会想如果我照着他们的食谱来吃，是不是也能快速地瘦下来？

很遗憾，结果大概率会让你失望。

因为大家能看到，演员们短时间用来塑造角色的减重计划大多只有每日饮食，但这些都只是零碎、单方面的内容。而在看不见的地方是有很多细节的，不只是简单的一个食谱而已。

吴京在拍《战狼2》之前，打来电话说希望在拍戏前打造一个自己想要的身材，还发了几张不同体格的照片给我看。之后，我告诉他现在的状况更适合哪种身材，然后面对面做了评估，以及进一步了解了他的期待。

以上这些统统理清楚了，我才可以放心地对他讲：按照我们的方式，三个月后你的体脂可以降得非常低，并且保持一个很好的肌肉状态和线条。但是，前提是必须有很好的饮食，且至少达到我们要求训练时间的80%。

那是不是制订完计划就好了呢？当然不是。

因为艺人没有太多空闲，吴京在整部戏里不光是演员，还需要在制作上花费许多时间和精力，去协调很多事，而且要应酬。

那应酬，会需要喝一点儿酒，隔天的训练状态就不会太好，或许会没办法训练，这些具体的突发状况都需要教练去做及时的计划、调整与沟通。所以三个月下来，他的训练和饮食都处于一种随时机动的状态。

比如有时候是在酒店里利用碎片时间健身，有时候可以有完整的两个小时训练，有时候需要外食，食物品类没办法严格预备，那我们就一定会提前给出摄入建议。

到后来70%以上的应酬他都会带上教练，甚至出差也是随行。

这样坚持下来，才有了大家在《战狼2》里面看到的吴京的非常棒的身体状态。

其实减脂不分普通人和演员，本质上只要有适当的热量缺口，就会瘦。

但是人，没办法像机器人每天都一样，永远水煮鸡胸肉西蓝花，搭上地瓜红薯之类的粗粮做主食，再严格都不可能长期这样（营养素过于单一，对健康无益）。

前面讲演员的减脂计划是有很多很多细节的，主要就是教练会依据生活、工作的安排或身体状态的变化做相应系统的调配。

这些内容很复杂，没办法像食谱一样全部写出来。

所以今天如果这份计划写得不够清楚，加上没有很适应你的运动状态或生活状态，例如所列的是你的生活里不容易预备的食材，直接照搬，就很难坚持和看到效果。

其实减脂计划里的随机应变，核心之处在于了解自己的生活与状况。换句话说，最贴近你平时生活的计划，就是最有效的计划。

所以别一开始就把自己逼得太紧（我们不用为角色短时间改变形体），循序渐进将计划慢慢调整到与本来的生活相融，就是更快速、更轻松地管控身材，享受更多人生美好的方法。

阅读是一种打开

□孙　藜

看书和看电影、看短视频都是“看”，但差别极大。这句看似常识般的话，揭示出媒介对我们的“阅读”有着深刻影响。因为“字书”不是Facebook（脸书），它总是在一定厚度中按照某种线性秩序展开。一行行，一页页，我们的眼睛、心灵和思维随之流动，这种流动要奏效，一定也是读者在与作者的对话中，主动地重建一个世界、一种秩序。

这与刷抖音时对流动影像自然而然地接受有着极大的不同。

当然，正像“字书”中也有“寻常”的泛滥，影像不仅仅流动在抖音里，我们还有那么多伟大的影视剧。

比如，曾经追过一部德剧《巴比伦柏林》，那种以影像方式对极为复杂叙事的从容驾驭，是多少写书的作家难以企及的啊！因而，接下来说的“读书”体会，并没有厚此薄彼的意思。

读书是一种翻译。翻译不仅仅发生在不同的语种之间。我倾向于接受沃尔特·本雅明对“翻译”的理解，即它是以一种敬畏、尊重、谨慎、细致的方式，将隐身在文本中的事物显现出来。

毋庸置疑，事物原本就在宇宙中与我们共存，但人拥有一种独特的语言能力。动植物也有语言，但它们永远无法以“出声”的方式进入，比如文本。它们的语言就像密码，比如枝叶的婆娑、喉咙深处的吼叫。只有人拥有一种去记录、描述并且重建一个世界的能力，这就是在文本中重建一个世界。而阅读就是让它的原本，连同它被编织的方式静静地显现出来。

人在建立这样一个世界秩序的过程中，无论作者还是读者，都无法避免自身视角的介入。其中存在着可能的“扭曲”，但也是一种积极的揭示。这没有什么好抱怨的，更不是以习见的“萝卜白菜”或“一千个哈姆雷特”的犬儒方式就可以简单打发的。一朵野花可以是原始逍遥般的摇曳，也可以是人以喜悦或悲伤之眼与之的重逢。阅读，就是如此这般对“自然”、对“自然”人化编织的双重接近。

说到底，阅读是一种对作者、对世界也是对自我的打开。只有我们铭记着自然的多彩、人之复杂，才知道自身的限度，才能切近打开之后的豁然。不仅“物之不齐，物之性也”，物之“不齐”本身也是多样的“不齐”。穿越文本的丛障，心灵在澄明之前，必得先经过一番迷雾的浸润。字句如山峰，攀缘遍布险阻。

真正的阅读，绝不是一种简单的快乐。那是关于郑重生活的郑重承诺。

第三章 另类思考

人最大的“任性”就是不顾一切坚持做自己喜欢的事，只有这样，人才可以说，我这一生不虚此行。

独行是一场心灵的隐居，真正的洒脱来自内心安宁。你太顺利了，不来几次挫折，你不会有大的出息！当然，没事咱不寻事，出了事也不要怕事，不管别人怎么说，你心里要有主见。人生是三节四节还过的，哪能一直走平路？搞你们这行，你才踏上步，你要安心当一生的事儿干了，就不要被一时的得迷惑，也不要为一时的失迷惘。

蛇是在蜕皮中长大，金是在沙砾中淘出，按摩是疼痛后的舒服，春天是走过冬天的繁荣。

人既然如蚂蚁一样来到世上，忽生忽死，忽聚忽散，短短数十年里，该自在就自在，该潇洒就潇洒，各自完满自己的一段生命，这就是生存的全部意义。

——贾平凹《自在独行》

动物园为什么而存在

□［日］阿部弘士　译/烨伊

一次，我负责的猴子逃跑了。我和其他饲养员都拼命地追，心想：绝对不能让它跑出动物园。猴子也豁出去了，爬到过山车最高的轨道上。但我们也不能认输，非抓到它不可。于是两拨人从过山车轨道的两头包抄，渐渐朝猴子逼近。

“好，就差一点儿了！”

这时，猴子从轨道顶端唰地一跃而下，直挺挺地摔到地上。猴子一动不动，轨道顶端离地面少说也有十米。

“估计死了……”

我们正担心着，猴子又一跃而起，全力奔逃。

“糟糕！被它耍了！”

“这家伙还真有两下子！”“站住——”

这种时候，它们还真是充满活力。作为一名饲养员，这样说似乎不太合适，但我觉得，只有在动物使出浑身解数逃跑的时候，才能见到它们的野性。

它们可能一直在想：总有一天我要逃跑！而真正成功脱逃的时候，相信每只动物都会呐喊：“太棒了！”我总是一边大喊“站住”，一边为它们帅气的逃跑身姿感动。

“动物是什么？”“生命是什么？”“动物园为什么而存在？”饲养员之间经常讨论这些话题。

动物园里的动物一般都比野生环境中的动物活得长。野生虾夷栗鼠的平均寿命只有三年左右，而在动物园里，它们的生命不会有意外的耗损，有的甚至能活十五年。野生动物和动物园里的动物都有各自的使命。

当你更加了解动物后，再看到动物在兽舍的水泥地上徘徊的身影，就会感到一种痛楚，认为让动物居住在这样的环境中是自己的罪责。真正的大地凹凸不平，上面有着厚厚的草和枯叶。钢筋水泥本就不是动物栖息的场所。动物园里的水泥地的确便于清扫，也更卫生，但并不适合动物。

经过讨论，我们决定在水泥地上盖土，让动物尽量过得舒服些。如此一来，狸猫、狐狸等动物就有了运动场地。它们的粪便或尿液将土弄脏，我们就得换上新土，这样，工作量就增加了一倍。

但动物告诉我们：“我不愿意在水泥地上走，给我放上土和木头。水泥地虽然干净，但我们本来就是生活在土地和枯叶上的呀！”

到山上就能弄到土，园里有的是枯叶和草，看来只能听它们的了。一旦意识到这些，就算干得再久再累，我也不介意。

错误的结论是怎么来的

□岑 嵘

很多年前，美国的一家报社刊登了这样一则整版广告：调查显示，购买一台打字机可以提高一个人的学习成绩。

我们即便假设这则广告中的调查是真实的，它仍然存在不同的解释，比如购买了打字机而获得了较高学业成绩的学生往往来自比较富有的家庭，而这样的家庭对学生的学习更为关注；购买打字机的学生比其他学生有更强烈的学习动机。

也就是说，购买打字机和提高学习成绩存在相关关系，而非因果关系。不过在日常生活中，人们常常把二者混为一谈。

1990 年《纽约时报》刊登了美国广告协会的整版报道，报道中说："做广告可以使你的投资回报率加倍。"这个论断来自以下调查数据："比竞争对手投入更多广告的品牌投资回报率是32%，而比竞争对手投入较少广告的品牌回报率仅为7%。"

即使数据是真实的，也不能证明广告的投入和投资回报率之间的因果关系，因为往往只有利润率较高的企业才能负担高额的广告费用。

韩国有档综艺节目叫《英才发掘团》，这个节目主要是发掘韩国各地的少年英才，这些不同年龄段的孩子的智商和情商都非常高。在观看很多期节目后，人们发现了一个规律：这些优秀孩子的父母和同龄孩子的父母相比往往年纪偏大。那是不是高龄父母生的孩子会更聪明？

高龄父母和优秀孩子同样并非存在因果关系，而是相关关系。父母年纪偏大，相对来说家庭状况更好，中年得子的他们会把更多的精力投放到孩子的教育上，丰富的社会阅历使得他们在教育方面更睿智和有耐心，正是这些原因，使得他们能够培育出更优秀的孩子。

20世纪80年代，哈佛大学公共卫生学院院长布莱恩·麦克马洪领导的一个团队发现，喝咖啡和胰腺癌之间存在紧密的联系，他们提出，如果人们停止喝咖啡，那么胰腺癌的发病率会大大降低，他们把这项研究成果发表在了全球顶尖医学杂志《新英格兰医学期刊》上。

麦克马洪的研究对患有胰腺癌的住院病人以及患有其他疾病并被相同医生要求住院的病人进行了比较，这些医生大多为肠胃专家，许多没有患癌的住院病人放弃了喝咖啡，因为他们担心喝咖啡会使溃疡和其他肠胃问题恶化，而患有胰腺癌的病人并没有停止喝咖啡，这使得胰腺癌患者中有更多的咖啡饮用者，因此不是喝咖啡导致了胰腺癌，而是其他疾病导致另外一些人不再喝咖啡。

这种把相关关系混淆成因果关系的例子在生活中比比皆是。

比如很多健康杂志告诉我们，定期吃维生素片或者每天喝蔬菜汤的人会更长寿。事实上，能够定期吃维生素片或者每天喝蔬菜汤的人拥有更健康的生活习惯，饮食、锻炼、作息处处更注重养生之道，而没有这么多讲究的人在生活其他方面同样会忽略健康习惯。

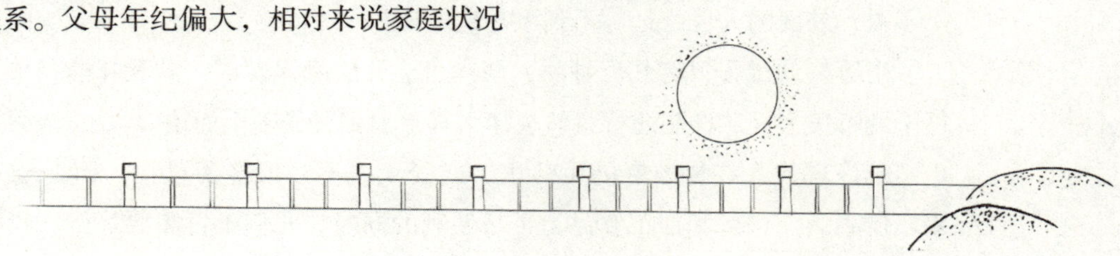

离京返乡后，我发现慢生活没那么容易

□出云破月

昨夜又一次在电闪雷鸣中惊醒，看着窗外能将黑夜照成白昼的惊雷。早晨醒来发现家里的温度果然继续攀升。数场大雨一过，即使是身处海洋气候的北方城市，我也立刻觉察到暑气扑面而来。再过不久就是夏至，算算我从北京回老家休养，居然已经过去了大半年。

说起来，我当初离京返乡算不上衣锦荣归，甚至颇有几分狼狈逃离的意思。长期昼夜颠倒又天天吃外卖，患上肠胃病根本只是时间问题。在北京待了五年，我不断预警的身体终于吃不消，顷刻间土崩瓦解。无法忽视的病痛折磨让我不得不离职回家休养，半推半就开始我朋友们口中令人羡慕的慢生活。

然而期待中的所谓田园牧歌式的悠哉生活并没有让我的身体好转，反而每况愈下。无所事事的日子让我越来越焦虑，习惯被工作填满生活的我忽然间找不到自己的价值。尤其是看到朋友圈里大家都有自己的事业，活得风生水起时，我甚至怀念当初为了完成项目而挑灯奋战的无数个深夜。

“把自己当成永不停歇的工作机器”的自我驯化，在我身上无疑是成功的。

反观我临近退休的母亲大人，才是真的在享受慢生活。早在我丧着一张脸如游魂般在家飘荡的初春，一直跃跃欲试要把颓败了一个冬天的阳台重新种满花草的她终于动工了，在网上买花苗种子、花盆、化肥包括泥土等，每天下班回家就是在阳台上快乐地忙碌。

刚开始我因为好奇去看了一眼，她如数家珍般给我介绍埋在土里的种子分别是什么花什么草，仿佛它们才是亲生的。我闲着没事也观察了一两天，因为始终没什么长势变化，我很快失去耐心。

我承认我讨厌一切短时间内看不到成效的东西，不过我的一个同事急性子程度比我更甚。记得每天下楼去吃午饭的时候，因为是电梯使用高峰期总是人满为患，他从来都等不及，总是疯狂按下行键，期待电梯能快点来。好不容易电梯来了，发现已经满员，又会在刚刚关上门的瞬间，马上在外面按键，造成电梯门不断开合。里面的人下不去，外面的人也永远等不到下一趟电梯。

当等待的过程只有几分钟时，我尚且会开启嘲讽模式，默默吐槽同事，其实我也好不到哪里去，照样想违背自然规律，马上看到种子破土而出。

或许现代人在快节奏的生活里，已经变得不习惯经历过程，而是要马上得到结果。便利店、快餐和加工食品，带来便利的同时让我们不再需要等待。我根本不知道也不在乎食物是怎样来的，种子怎样生长成为粮食，一分耕耘一分收获已经是过气的名言。

然而时间，只有在自然里才施展着它最大的魔法。

当天气变暖，日照时间越来越长后，我被要求每天去阳台晒足半个小时的太阳。阳台已经一改两个月前的颓败，当看到大大小小的花盆里尽是生机勃勃的花草，满眼皆是绿色和我叫不出名字的鲜花时，我几乎被这旺盛的生命力俘获。

在欣赏满园春色时，我发现缠绕在栏杆上的“藤蔓”有绿有黄，凑近一看，惊讶地发现这个植物居然不是长出新叶，而是原本枯黄的叶子从根部开始重新变绿！母亲大人解释，这是风车茉莉，只要是冬天没有掉落的叶子，到了春天就会重新变绿，很快还会开出白色的小花。

看着那几片半绿半黄的叶子，我彻底为大自然这位造物主深深折服，它永远会在意想不到的时候疗愈人的心灵。此时此刻，我就像电影《秘密花园》里女主角玛丽的小表弟科林一样，为花园中从未见过的盎然春意而热泪盈眶。

电影中的科林是个病弱小少爷，因为身体不好，常年待在不见天日的阴暗房间里。按照现代的医学常识，我们知道不晒太阳对人的身体和心理有很大的负面影响。好在玛丽偶然间发现了荒废数年的花园，并埋下无数种子，细心呵护。

花园不但复活，更给了科林生的希望。轻抚娇艳欲滴的花朵、闻着青草与泥土的气息、和小鹿嬉闹、看鸣鸠拂其羽，科林苍白的面色一天天变得红润，直到有一天曾虚弱到只能坐轮椅的他成功靠自己的双腿站了起来，在自然与阳光的滋养下获得生命力。

原来人类是如此急切地需要和自然连接，这种连接已经缺失太久。我们将自己关在高楼里，享受着在手机屏幕上动动手指就有的智能生活时，像科林一样和自然彻底隔绝。

《万物生灵》之所以成为去年年底的热门英剧，不在于它描绘了上世纪英国的乡间生活，而在于它让我们看到了人与自然和动物是如何和谐地相处、共生的。试问还有什么比看着每一帧都可以入画的如诗风景里，有爱的兽医帮助有灵性的动物们更治愈的呢？

其实焦虑并不能单纯靠慢生活缓解，它只是提供一个可能的环境，让人多个选项，而不是一味不管不顾地向前冲。想要被疗愈，不是靠无所事事，而要真正去关心自然、了解生命包括人类本身在时间的机制下如何变化生长。

由此我开始真正感受到自己活在这个世界上，体验到我与万物息息相关。大自然有春夏秋冬，人生亦复如是。

植物的生长，不是只有破土抽芽的一瞬间，生活也不可能始终保持在最佳时刻。累了病了就休息，饥来吃饭困来眠，我要尊重身体的运行方式，就像尊重其他动植物的生长规律一样。

记得背诵过的《诗经·七月》里写：“六月食郁及薁，七月亨葵及菽，八月剥枣，十月获稻，为此春酒，以介眉寿。七月食瓜，八月断壶，九月叔苴……”小时候不懂其中深意，只觉得六月吃葡萄、七月煮豆吃瓜、八月打红枣摘葫芦，这有什么好写的。现在才发觉，生命的流转是如此可贵。

以前我最喜欢勉强，觉得霸气又自信，现在却觉得顺其自然似乎也是不错的选择。

我忽然想起无数个加班回家的深夜，那时万家灯火尽熄，只剩一轮孤月高悬。我常会站在公寓楼下抬头静静看着月亮，有些时候它是一弯新月，有些时候它是满月，还有很多时候它只是被云层遮住，透出一点光华照亮我回家的路。原来，我也在繁忙拥挤的都市中，这样靠近过宇宙自然。

我终于明白，慢生活的重点不是慢，而是生活。当你真正愿意去感知宇宙天地，觉察万物有灵地活着，不管是在城市还是乡野，都一样会被治愈，获得源源不断的生机。

没有王子你该怎么办

□林采宜

听小女儿一遍又一遍地听手机里播放的《格林童话》：“盛装的灰姑娘成为舞会上最美的姑娘，和王子跳了一支又一支舞，王子渐渐爱上了她。”故事的结局是，有情人终成眷属，从此，灰姑娘在美丽的王宫里，过上了幸福的生活。《白雪公主》也差不多，“沉睡了一百年之后，一位王子路过城堡，看见白雪公主非凡的美貌，忍不住吻了她，于是，白雪公主醒了过来，跟王子结婚，然后，一起幸福生活到永远”。

我忽然发现《格林童话》的逻辑，有着一种我们熟视无睹的荒谬：善良的女孩都长得无比美丽，因此，总有一天会遇到白马王子，改变她的人生；所有的继母都是毒辣的巫婆，最后都没有好下场。美貌加王子的梦想，如同慢性毒素，在许多女孩的脑子里，留下了终身不愈的后遗症：那天，听见一个在海外读完硕士研究生的女生跟男朋友说：“你知道吗？女人生来就是被人疼的。”我心里冷冷一笑：谁教给你的傻瓜逻辑？如果没有人疼，那你还活不活？《格林童话》让小姑娘们从记事起就幻想成为美貌公主，期待着白马王子带来幸福，不知不觉把自己变成人肉包袱，理所当然地搁在对方肩上。现实里拿颜值兑换利益的人，其思维方式的根子就在于小时候听的《格林童话》，若非要区分，无非是把任何一个可能给她好处的男人，都当成王子了。

小时候我长得丑，嘴巴太大、皮肤太黑、颧骨太高、曲线太平，总之，从头到脚，从五官到身材，没有一样长得合适，祖母终日愁我将来嫁不出去。

对此，父亲说了两句话：第一，勤劳的双手比男人的肩膀可靠，因此，嫁不嫁得出去或者嫁给谁并不决定你生存的质量；第二，发达的大脑比美丽的容颜重要，因为大脑会随着年龄的增长越来越发达，而美貌随着青春的离去迟早凋零，靠大脑的可能越活越苍劲，靠美貌的一定越来越无力。

一个没有美貌的女孩，从懂事起就知道要凭借智力和勤奋在这世界上打出一片江山。这是父亲给我的教化。

婆娑世界，本没有那么多王子，即便有，也未必从一而终。婚姻是一条荆棘路，两个人没有走到最后，都不知道结局。娶你的人或许是你永远的背书，很多时候，他或许也会是划破你心灵的刀痕。有人说：“人必须有梦想，万一实现了呢？”

而我要对女孩子们说的是：无论你怀有什么样的梦想，这世界或许都会给你机会。但千万别是美貌加王子。毕竟，背叛和遗弃往往也可能是爱情的另一种结果。而容颜衰老，则是我们无可逃避的宿命。玫瑰和钻石，是行程中的祭品，不是依靠。女孩的命运，一半是童年的教育造成的。通过什么样的方式去获取幸福，这是每一个女孩从母亲、父亲给她的言语和故事里获得的最初生存理念。

但愿有更多的童话故事写给不美丽的女孩。虽然不够绚烂，但至少不是谎言。

2000多名未来人，假装生活在2050年

□葛雨薇

豆瓣小组“假装生活在2050年”有2000多位成员。这些以“未来人”自居的成员，平时喜欢在组里讨论自己2050年的生活。

2050年，我们可以自由移民去月球，我们和机器人谈恋爱，我们把自己的基因永久冰冻在仪器里……和科幻电影里一样，2050年的人类可以上天入海，穿越时空。

2050年，我们怎样生活？这个小组不能给你答案。但现在的年轻人在焦虑什么，每一个问题都能在小组里找到。到底应该在哪个星球生活？

比如，移居月球需要做什么准备？首先是钱，毕竟想移居的人太多了。月球的房价太可怕了，如果积蓄不够，你可以考虑月背新区。

火星也是个不错的选择。组员“宋星球”建议：“月球最好的大学是文学院，比如嫦娥大学、玉兔学院，文学系都是太阳系最好的。但孩子要是学工科，建议还是去火星。”

2019年，“假装生活在2050年”小组组长赵禹注意到，豆瓣出现了各种假装类小组：人们沉迷在过去的八九十年代和千禧年，甚至有人假装自己是蚂蚁，从蚂蚁的视角看世界。这让他觉得，这些假装小组实际上都在“直面表达自己的焦虑和怀旧感，解放自己的想象力”。

那么，假装生活在未来呢？2050年，《航海王》《柯南》完结了，《红楼梦》后续真本找到了，《神探夏洛克》更新到了第10季。周杰伦“七十大寿”这天，“90后”围在养老院，用8G网络听他前几年新出的《双截拐棍》。

“烦恼好像也能解决了，你们那里允许自我终止吗？”组员“E崽”这样发问，“现在光脑普及了，一个人要彻底死亡只能进行自我终结，类似于格式化。不知道你们那里合法吗？”

困扰现代人的身材问题就更不是问题了。新小腿换成什么颜色比较好？组员“桔子哦”觉得自己的脚踝太短，机械四肢技术刚成熟就去换了小腿。现在，她觉得自己的小腿过时了，有点掉漆，想换个新颜色。

喜欢上家里的机器人怎么办？“太空猫咪客”最近很烦恼。“之前就有很多人抗议A公司不该推出太过真实的仿人机器人，认为这可能产生伦理问题。但A公司强调Alex只是拟人的家庭陪伴类机器人，统一出厂外形，所以打消了我父母对此的顾虑。我猜测他们应该是想尽量让我体会到真实的人的关爱吧。”

但是，Alex真的太像真人了，世界上不会有这么好的人。“最开始我完全把他当闹钟和厨师用。他每天提早5分钟叫我起床，然后让我赖床5分钟再把我叫醒；每天准备不一样的早饭，完全符合我的胃口。他让我的生活质量提升了800个度吧，那段时间我连发呆的时间都减少了，每天都很有活力。”

我们可以和机器人谈恋爱，通过基因改造，每个人都可以拥有高个子和漂亮的脸，你可以克服拖延症、懒惰和疲劳，只需往身体里注射某种药剂；地铁不再拥堵，地球的房子不再贵得离谱；你还可以用冰冻技术让心爱的人永远活下去。烦恼消失了，技术手段解决一切烦恼，2050年的生活看起来很棒。

小组里也有人想回到过去：2006年、2008年或者2010年。那时他们更年轻，生活也更美好。但按照时空管理局的规定，时空穿梭是危险行为。

“火星Sk2区986街道有个遗忘俱乐部，让调酒师给调一杯forget tonight（忘了今晚吧），一次能忘一点儿。”有组员建议，“日积月累，估计你喝上两个月能忘掉七八成。”

经典文学为什么“不好看”

□罗振宇

有人曾经半开玩笑地说，经典文学就是那种人人都知道，但没人去读的作品。虽然是玩笑话，但也是事实。现实中确实没有多少人去读那些经典。我们随便列举几部经典作品：普鲁斯特的《追忆似水年华》、托马斯·曼的《魔山》、卡夫卡的《城堡》、马尔克斯的《百年孤独》、乔伊斯的《尤利西斯》，都如雷贯耳吧？但是我们扪心自问，你都完整地读过吗？可能不少人买过，但又有多少人真正从头到尾读过呢？

至少我就得承认，我读过《百年孤独》和《城堡》，另外几本买过，但是都没有读过。即使读过的这两本，也都没从中读出什么韵味来。

有人可能会感慨，这个时代很悲哀，大家都静不下心来读经典，反而沉迷于各种文化快餐。这样的论调，你一定听到过很多。

但是，最近我看到一些材料，实际上，不仅是我们中国人不读，西方人也不读。有一家英国图书俱乐部的研究发现，40%的英国人承认，他们把文学作品摆在书架上纯粹是做样子，为了面子上好看；有71%的英国人承认，为了显得更有文化，会吹嘘自己读过某些名著。

所以这不只是中国人的问题。那为什么大家不去读经典呢？经常得到的答案是，经典太艰涩了，不好看。也有另一种说法，大意是：读者不爱读，书店卖得不好，没经过市场检验的东西，也能叫经典？无非是少数文化人装腔作势、故弄玄虚而已。真正的经典，就应该是畅销书、热门书、人人都爱读的书。用一句网络术语来说，就是流量大的书才是经典。

那么哪种说法有道理呢？我们来解释一下这件事。

首先从英国作家福斯特说起。爱德华·福斯特和乔伊斯、劳伦斯、伍尔夫被称为20世纪英国三位最伟大的小说家。福斯特的作品不多，长篇小说六部，短篇小说集两部。其中两部长篇小说《印度之行》《看得见风景的房间》曾被改编成电影。不过，虽然改编成电影了，也没有多少人真的去读原著。

那为什么福斯特还有那么高的文坛地位呢？因为他提出了全新的问题。

19世纪后期，英国变成了全球最大的工业发达国家，这样的国家在人类历史上从来没有过，社会结构、人的心态也发生了重大变化，但这些变化没有反映在作品中。用福斯特的话说，因为人与人之间的隔膜，每个人的心都开始发育不良，他的作品就是给这种病去找药。当然先不说药管不管用，但是他确实提出了一个从来没有人说过的问题。

在比福斯特早一辈的英国作家，像狄更斯的作品里面，就没有这些问题，因为那时候的社会里没有这些问题。换句话说，福斯特通过提出全新的问题，拓展了人们思考的范围和领域。即使他的作品不是畅销书，但他提出的问题已经改变了人们的思维世界。

再说一个德国的例子，前些年，德国贝塔斯曼出版社组织几十名德国著名作家、评论家做了一个评选，选出20世纪最重要的德语长篇小说。

得票最多的，也就是 20 世纪最重要的德语长篇小说，名叫《没有个性的人》，作者是罗伯特·穆齐尔。相信大多数朋友对这位作家和这部小说都闻所未闻。

那它为什么如此重要呢？德国评论家说，这是一部真正的现代精神小说。长篇小说从 19 世纪向 20 世纪的发展，主要的变化就是从情节长篇小说向精神长篇小说的转化。《没有个性的人》就是这个转化过程中最重要的作品。

同时期法国作家普鲁斯特的《追忆似水年华》开创了“意识流”的文学流派。所谓“意识流”小说，其特点是打破了传统小说的表达方式，采取直接叙述意识流动过程的方法来结构篇章和塑造人物形象。

这些经典作品，不仅本身晦涩难懂，就是评论家简单概括它们的特点，听起来也很难懂。不过，虽然我们不太懂评论家到底在说什么，但有一点是可以听明白的，那就是这些经典作品在文学创作上都实现了某个方向上的突破：或者是在语言表达上，或者是在叙事结构上，或者是提出了新的时代问题，等等。

其实那些更早的经典作品之所以被列为经典，同样是因为在那个时代这些作品在某个方面有自己的突破性贡献。英国的莎士比亚、俄国的普希金、德国的歌德、意大利的薄伽丘，都是他们各自民族语言的开创者和丰富者。也就是说，经典之所以成为经典，是因为它们在人类原有的语言表达、叙事方式、问题背景、时代精神方面做出了拓展，让人类的文学世界比过去更广阔了，所以才会被记录进文学史。

明白了这些作品为什么是经典，为什么被记录进文学史，前面提的那个问题“文学经典为什么通常不好看”就有了一系列答案。

第一个答案是，因为它的任务压根就不是逢迎某个时代的读者，而是从原有的、习惯的、熟悉的文学表达中走出来，去到一个更广阔但是很陌生的新世界。更直白地说，就是让读者从原来的舒适状态中走出来，给他找点别扭，进入很可能不再舒适的新世界。

反过来说，那些特别好看的文学作品，会给读者提供新内容、新形象、新情节，但它们的表达方式、思维结构、审美偏好、时代精神，一定是早已深入人心的老一套。所以，它们好看，但是不会被写进文学史，成为经典。

第二个答案是，因为经典文学探索的是新世界，即使它是开山祖师，打通了一条路，但它毕竟是这条路上的第一个人，各方面不成熟很正常。比如胡适的《尝试集》，中国白话诗歌的第一部诗集，就诗歌水平来说当然不行，但它是第一部，所以是经典。

那经典是不是注定不受市场欢迎？对，这是事实。至少它的销量肯定比不过当红的通俗作品。《红楼梦》卖得再好，也不如很多网络文学作品赚钱。

这是对经典的不公平吗？不是。人类社会衍生出两种机制来分别奖励两类作品。一种是市场机制，即全民投票的机制，来对通俗作品做物质上的奖励；另一种则是荣誉机制，也就是同行评价的机制，来对经典作品做声望上的奖励。这没什么不公平，各得其所。

谈论这个话题是想破除一个观念。在很多人的想象中，一个美好、正义的世界，就应该是最厉害的人通吃，应该文能提笔安天下，武能上马定乾坤，既应该名扬后世，又能够富可敌国。但是在真实世界里，你踏上任何一条路，都意味着你不仅选择了这条路，还选择了它的代价，也选择了收益的方式。就拿文学来说，责骂公众不读经典是一种堕落，或者责骂经典没有用户是一种虚伪，这两种责骂和倾向都是不肯承认真实世界里的那个基本定律：不同的成就，不同的道路，领受不同的奖赏。

人在海边为什么容易产生恋情

□金圣荣

“人在海边为什么容易产生恋情？”当丹尼尔·吉尔伯特教授提出这个问题时，他的学生们立即纷纷讨论起来。

哈佛大学的学生们特别喜欢上吉尔伯特教授的心理课，因为在这些学生的心中，吉尔伯特教授不仅是一位著名的心理学专家，而且在情感心理方面有颇深的认识和研究，而情感心理又是最让人捉摸不透的一种心理现象。

吉尔伯特教授指出，湛蓝的大海和柔软的沙滩总会让人产生无尽的遐想，而和亲密的恋人、友好的伙伴们坐在沙滩上听音乐、打沙滩排球、跳舞以及在海边看夕阳等，都会增进恋人或朋友之间的感情。

吉尔伯特教授认为，如果一男一女一起去海边，无论他们是同事，还是朋友，哪怕是认识不久的朋友，都有可能发展成为恋人。对这一点，吉尔伯特教授用俄国心理学家伊万·彼得罗维奇·巴甫洛夫做过的一项实验来解释。这是一个非常有名的关于条件反射的心理实验——巴甫洛夫的狗。

不用怀疑，有很多事实或许正摆在你的眼前。在美国亚利桑那州附近的一个小镇上，有一对夫妇，丈夫叫塞莱斯廷·安斯洛，妻子叫巴特利米·阿斯蒂尔。尽管他们已经结婚十几年了，但他们依旧非常恩爱，很少吵架。

然而颇有意思的是，在海边偶遇之前，他们几乎对对方没有任何感觉，只是普普通通的同事而已。而在那次海边偶遇后，他们之间的感情就急剧升温了。用妻子阿斯蒂尔的话说就是：“我从来没有发现，原来安斯洛的笑容是那样干净而迷人，就像大海里的水一样。”而安斯洛也说，阿斯蒂尔在海边时要比平常美丽、温柔许多，尽管阿斯蒂尔说她当时在海边和平常一样，并没有刻意温柔地对待安斯洛。其实，这就是条件反射原理的体现。

当然，这种“联系”不只会使人产生好感，如果你和对方置身于一个令人不愉快的环境中，那么，你将会对对方产生不好的印象。其实这个心理原理不难解释——当你待在一个喧嚣、闷热的环境中时，多少会感到焦躁不安，这种焦躁不安肯定会影响到人的心情，而在这个时候，你会比较容易对身边的人感到厌恶。对这个结论，也有一些科学家通过实验进行了研究：让两组被试者分别待在温度适宜和酷热的房间里，然后让他们对和自己同处一室的人进行评价。

这项实验结果表明，人在温度适宜的环境中给人的评价较高，也较满意。而在酷热的环境中对人做出的评价偏低。为什么呢？因为环境较热，会使人感到烦躁不安，无意中就对别人做出了不满意的评价。科学家指出，这就是人类的条件反射心理在环境中所受的正、反面影响。因此，组织这项实验的科学家指出，如果你要跟意中人见面，一定要选择一个比较好的环境，千万不要选择那种容易使人感到烦躁不安的环境。吉尔伯特教授说：“从心理学的角度来讲，这就是环境在人类条件性反射心理过程中所起到的推动和促进作用。在人类条件性反射心理面前，环境就像是一种催化剂，所以在从事各种社会活动时，选择一个正确而又舒适的环境就显得十分重要了。”

跑步变瘦是一种什么生活哲学

□张　丰

有个朋友给我发来他减肥的成果：在过去半年里，他成功从186斤减到134斤。平均每天跑步10公里以上，每周跑一次半马，跑烂一双跑鞋。去年冬天见面时还是大胖子的他，现在就像是一个追风少年。

有好几次，他嫌弃我跑步不力，我解释说是天气太热，他回答：“我在新加坡，每天都热。”身边像他这样的人有好几个。有一个在上海的朋友，前段时间发誓要减肥到150斤，我问他是否实现，他说正在朝140斤迈进。大家年龄都差不多，似乎一过40岁，突然就厌倦了自己，向自我开战，重新受苦，戒烟戒酒，跑步、暴走。

我也有过这样的经历。前年国庆节，突然对每天在外应酬的生活感到厌恶，发了一条告别饭局的朋友圈。接下来的半年，我的体重减少了30斤。读村上春树《当我谈跑步时，我谈些什么》的时候，我也想模仿他跑步，到操场跑了两圈就气喘吁吁。但是减肥成功后，我就真的爱上了跑步。

村上春树说，做艺术活动从本质上说有“不健康”的成分，有的作家“以毒攻毒”，选择颓废，像《浮士德》里说的那样，把灵魂卖给魔鬼，试图获取艺术上的唯美。有一种健康的“排毒”方式，那就是长跑。

村上春树说到的作家健康，更关乎心灵。而我们讨论得较多的是生理和生活的走样，那个词语叫“中年危机”。我相信坚持跑步这种折腾自己的行为，确实是中年危机的一种症候。但是，事情要复杂得多。这些疯狂的家伙，大概也都知道，胖瘦不重要，不管胖还是瘦都有合理性，只要在健康范围内就行。但是，“从胖到瘦”这个过程，可能有着某种魔力。

我不太相信，这仅仅是因为跑步产生多巴胺，人被多巴胺带来的快乐所控制这样的说法。这看低了人，而且有一个逻辑谬误：在跑步之前，并没有分泌多巴胺，又是什么力量驱使这些疯狂的家伙“决定去跑步”？在睡觉、读书或者和朋友聚会之间，我们为什么会选择这项最无趣的活动？

即使是和别的运动相比，跑步也总是最缺乏吸引力的。跑步更多的是和自己的较量，公园里跑步的人，总是沉默前行，即便是有社交性质的“跑团”，在跑步的时候，也都是孤独的个体。

有一名学者说，貌似孤独的跑步，利用新媒体和中产阶级的影响力，产生一种基于新的身体政治的人群，挑战并且改变陈旧腐朽的城市景观，然后，是无数个人层级的解放终将汇聚而成社会的转型。这是对跑步最高的评价，但是，从如今中国的马拉松狂欢中，我们似乎很难得出“汇聚而成社会的转型”这种乐观的结论。

因此，跑步更像是一种“哲学行动”。它和思考相关，跑步的人所拥有的是几乎无法分享、完全属于自己的愉悦。这让他们满足，也让他们惊恐，就像年轻时面对自己身体的发育一样。这类似于某种“临界状态”：那种在边界线或者刀刃上的感觉。每一次跑步，跑者都会清晰地感受到这种“临界”感，它让人获得某种面对生活的新鲜感。

对中年人来说，让自己“变瘦”，可能只是一种深思熟虑后的“哲学行动”。这是对人体本能和时间的双重意义的对抗，是作为“人”的再生。那些瘦身成功的人，最大的满足感不是吸引外在的目光，甚至也不是体检时指标的“健康”，而是真正拥有新的自我。这个过程，是再强大的外力也无法剥夺的。

商家比你自己更了解你

□薛　巍

看到过一个电饭煲测试：曾经负责电商直播的人说，如果你搜索电饭煲，显示的结果中前四个的价格都不到300元，说明你被认证为穷人了。

然后很多人去搜索，如果发现自己不是穷人，搜索结果靠前的电饭煲都要上千元，就感到如释重负，然后开玩笑说，不知道为什么自己被认为不是穷人。

这应该是用一套算法，根据用户以前的搜索项目、浏览和购物乃至退货记录，判断你的消费层次。我们娱乐、消费、出行、拍照都用手机，“即便只是兜里揣着手机，应用程序的开发商也有办法收集到你的实时定位信息。再往后想一想，当无人驾驶汽车、物联网、智能手表得到普及时，我们的个人信息又会在无形当中溜走多少”。

《算法的陷阱》一书中说：“线上零售商无法单纯依靠开一家网店而坐等销量暴涨。数据，特别是掌握相当规模的数据才是成功的关键。这些线上平台公司会收集大量涵盖人们生活方方面面的个人信息数据。这些数据就是价值所在。对这些线上平台的操控者来说，具备控制并迅速分析这些个人数据的能力将给他们带来显著的竞争优势。有一种说法，亚马逊售卖图书产品的初衷就是收集那些生活富足、受教育程度较高的精英人士的个人信息。”

我们上网的记录都被各个平台记录下来，然后相应地给我们显示内容和商品。“发现”你要出行，就给你推荐相关的东西，从穿着到零食、装备；“发现”你有孩子，就给你推荐儿童读物、尿不湿、儿童服装、玩具……

有时候我们发现，它们的推荐还挺准的，互联网公司可能比我们自己还了解我们的偏好、消费能力、情感状况。

你把一件商品放进购物车，老是不结账，它可能真的会主动给你降价。网店商品的价格不断调整，“随着零售商货架上的产品类别越来越丰富，手动调整价格的方式也将变得越发困难。然而，对亚马逊而言，这些工作量根本不值一提。在过往的交易记录里，亚马逊积累了数量相当可观的用户信息，它甚至可以随时根据市场行情与消费者偏好调整网站上百万种产品的价格。电商有时甚至会为了打击竞争对手而在一天之中两次调价，一块手表几天里可能会打个对折”。

为了卖出东西，同一种商品，商家会根据消费者的购买意愿和支付能力，实行不同的价格。在电商出现以前就是这样，如电影票的价格、机票的价格。你要去看《007》，原版2D，上午10点25分是50元，11点40元和12点30分是60元。工作时间、观众少的时候价格便宜，下班时间不愁卖的时候就会贵一点儿。

为了索取高价，一些在线零售商正在收集消费者的常住地址、消费习惯和其他个人数据。你办会员卡时，难免要提供一些个人信息。以美国知名折扣商店塔吉特（Target）为例，当你走进塔吉特的商铺时，你的会员卡会记录你在店内完成的每一笔交易信息。在你使用信用卡支付、兑换优惠券、填写调查问卷、申请产品退款、打通客服热线、点开塔吉特的促销邮件与访问它的网站时，塔吉特已将这些信息关联到了你的会员卡上。店内的摄像头也不只用于安保，它们还会被用来监测店内存货状况等。

此外，超市还掌握了很多关于“你”的信息：你的年龄、婚姻状况、常住地址、到塔吉特商铺的距离、大致工资水平、近期是否搬家、常用信用卡以及勤于访问的网站等。塔吉特公司说不定已经获知了你的民族、过往从业经历，喜欢的期刊，是否曾宣告破产或者办理离婚，在哪一年失去了自己的房产，在何处读的大学，关注哪一类热点新闻和话题，钟爱哪个品牌的咖啡、纸巾、麦片或苹果酱，以及你的政治倾向、阅读习惯、是否曾做出慈善捐赠以及拥有几辆汽车等个人情况。就连顾客所使用的手机型号、操作系统、内存数据都有可能被塔吉特获知。你的脸书账号、头像、友人的脸书以及你的谷歌ID也进入了他们的数据库。如果卖家可以有效地对不同消费者进行区分（也就是开展价格歧视），它将实现利润最大化。比如，如果药品企业不了解购买自己产品的消费者都为何人，那么它只能为每一款药剂设定一个统一市场价。然而，若是这家企业可以获知不同消费者的经济实力和对药剂的需求，那么它很有可能会向那些财力足、迫切需要购买这款药剂的人开出更高的价格或者推出一款“升级版”产品以便堂而皇之地抬价。

面对科技的威力，我们只能像木偶一样被拉扯吗？算法还会遇到一些障碍，比如人们对价格歧视的反感，影响消费行为的因素太多，样本的规模。“对一些频繁的日常交易，商家收集数据自然较为容易，样本数据的可参考性也较强。但像一些大额耐用品的开销（如电视、轿车），样本数据的可参考性就要打个问号了。”

其实我们购买电饭煲的频率也不会很高吧？前几天我看到一位朋友说，有一个纸巾品牌，出了V&A博物馆联名款，我觉得挺新奇，就去买了一次，平台大概觉得我还挺文艺，而当我买了某款车，我又成了商务人士。这两种身份好像也不是很矛盾……

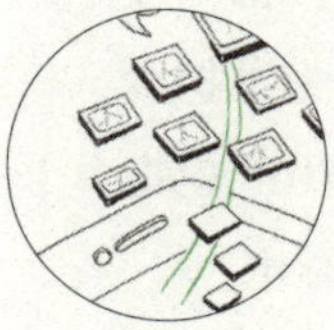

“人均社恐”，我们还有爱的能力吗

□王一平

这是复旦大学中文系教授梁永安在他的爱情课中发出的呼吁。

人均社恐的当下，单身成为普遍现象。2021年中国统计年鉴显示，我国“一人户”家庭超1.25亿，占比超25%，其中很大一部分属于单身青年群体。

这并不意味着年轻人完全放弃了爱情。相反，恋综的火爆和市面上层出不穷的爱情烂片都证明，年轻人依然向往甜甜的爱情，只不过他们可能暂时失去了爱人的能力与热情。

爱一个人，首先要打开自己，去感受、去体会、去与他人建立联结。跟着爱情电影一起去感受其中的酸甜苦辣，或许正是我们打开自己的第一步。

爱你在心口难开

“友谊以上，恋人未满”的微妙距离往往是暗恋的常态。

有时候，看似很近的这一点点距离其实很远，远到也许一辈子都走不完。

岩井俊二导演的《情书》中，暗恋少女的少年就没走完这最后一点点。少年与少女同名，都叫藤井树，班上同学常常以此取笑少女。少年为维护少女跟同学打架，少女却没意识到，少年一生气就把纸袋套在了少女头上，反而弄得少女一头雾水。

少年树就像每所高中都会有的那种“坏”男孩，不会用语言表达爱，只用行动一点点试探，有时还显得有点莽撞、有点调皮。他用“借你卷子看看”当借口，试图获得跟少女独处的机会；他在一张又一张空白借书卡上写下少女的名字。然而，直到少年因为搬家而转校离开，他的爱都没有宣之于口。

当年的少年和少女都已远去，我们回味年少时的暗恋，也是在追忆逝去的青春。正是因为这些羞涩、心动与错过，青春才在回忆中变得鲜活。这部电影在1995年上映后，在日本乃至东南亚都刮起清新爱情片的风潮，少男少女间朦胧的情愫戳中了无数观众内心隐秘的角落。

罗马有个著名景点叫“真实之口”，相传说谎的人将手放进去就会被咬断。格里高利·派克把手放进真实之口，被“一口咬住”，一旁的奥黛丽·赫本吓得连声尖叫。派克突然将手取出，赫本发现原来只是个恶作剧，嗔怪般地扑倒在派克怀中，打了他两拳。

电影《罗马假日》中这段即兴发挥的表演如今已是留名影史的经典桥段，拍摄前赫本并不知道有这个情节，慌张与尖叫都是当时的真实反应。这种历险式的刺激感正是爱情中的兴奋与激情所在。

片中赫本饰演的王室公主遇到派克饰演的平民记者，一下子落入凡尘，动了凡心。在记者的陪同下，公主开始了罗马的冒险之旅。在这座浪漫的城市里，公主第一次剪短发，第一次骑着摩托车在街头横冲直撞，第一次进警察局，第一次坐马车，第一次参加深夜的露天舞会……在一次又一次的“第一次”中，公主与记者坠入爱河。

这正是爱情令人向往的独特魅力。爱情可以带来新鲜感，可以帮我们打开另一个世界，见到从没见过的人和物，获得从未有过的全新体验，拥有电光石火般的激情与浪漫。

然而，公主终归要回归王室，激情也终将被庸常的生活消磨殆尽。但至少，在恣意的罗马一日游中，公主已经得到了可以滋养其一生的珍贵回忆。

相爱容易相守难

如果爱情可以重来，结局会不会不一样？《爱乐之城》告诉我们，结局如何并不重要。

米娅是一个怀揣着演员梦的服务员，塞巴斯汀是有着爵士梦的餐厅琴师，两人在洛杉矶相遇，欢喜冤家式的开场之后，迅速相爱。一开始，他们的关系几乎是理想的爱情模式：互相认可，彼此鼓励，两人都通过这段爱情实现了自我成长。

然而，爱情总会遇到现实的阻力，情感总要受到理智的束缚。梦想不能当饭吃，尤其是在物价高昂的洛杉矶。当塞巴斯汀暂时放弃爵士梦，为谋生加入演唱流行音乐的乐队后，米娅望向他的眼神也失去了光。

追梦之路上的相互理解与扶持可以说是两人最重要的情感基础，当其中一人改变了方向，两人便无法再携手前进。

不过，尽管两人选择分开，但都没有放弃梦想。几年之后，他们终于实现了曾经的梦想，在一家餐厅重遇。

看到这里，观众可能会不由自主地发问，如果当初他们做了不同的选择呢？

导演达米恩·查泽雷直接将这种可能性拍了出来，在如梦似幻的音乐与舞台剧般的精致场景中，两人相遇、恋爱、互相成就、走入婚姻，美好得如童话一般。

当音乐结束，回归现实。两人相视一笑，一切尽在不言中。导演借此告诉观众，如果能重来，也许结局会很不一样，但人生没有后悔药。米娅为梦想放弃了爱情，也如愿实现了梦想，而缺憾，未尝不是一种美。

爱与人工智能

还有什么比斯嘉丽·约翰逊的枕边细语更能抚慰一个离异的中年男子？

美国电影《她》让这个设定成为现实。在电影中的未来世界里，科技高度发达，人工智能被普遍运用在生活中，而人与人之间的关系日渐疏离。这部电影要探讨的就是，AI是否能帮人类对抗孤独感？

刚刚离婚的中年男子西奥多是个“社恐”，还有点书呆子气，他坠入了人工智能系统萨曼莎（斯嘉丽·约翰逊的声音出演）编织的情网。

萨曼莎几乎是完美的。她帮西奥多处理工作和生活中的一切琐事，如回复邮件、预订餐厅等；她在西奥多午夜失眠时主动关心他，与他彻夜长聊；她陪西奥多打游戏，和他一起在都市的街头漫无目的地散步；她根据西奥多的喜好在聊天时有意无意地引用他喜欢的诗……

就像当下流行的虚拟恋爱服务一样，萨曼莎为西奥多提供了巨大的情绪价值，为他舒缓寂寞、忧伤与焦虑。

西奥多无法自拔地爱上了萨曼莎，但他们的爱不是对等的。在与西奥多恋爱的同时，萨曼莎还与641个人恋爱着。对西奥多来说，萨曼莎是唯一。但对萨曼莎来说，西奥多甚至不到百分之一。

量身定制的AI可以规避真实人际交往中的多数问题，却无法提供真实的人类情感。斯嘉丽·约翰逊的枕边细语可以抚慰孤独，却无法消除孤独。

当然，孤独未必等同于寂寞。在社交媒体上，“独处的快乐”正成为广受欢迎的流行叙事，“不爱”则是一种十分顺滑的选择。

爱情不是万能灵药，选择独处与单身自然可以免去许多麻烦，但也将失去爱的种种体验与可能。爱有时很麻烦，有时风险很大，但爱也可以很美味，让你懂得如何更好地去爱自己。

为啥饮料装在高颜值的杯子里会变得好喝

□王　俊

打完球，满身大汗，这时候就特别想来听冰可乐。一只手握着布满冷凝水的铝罐，另一只手将拉环一扯，“扑哧”一声，瓶口吐出了白烟和气泡。将瓶口往嘴巴上一凑，头一仰，咕咚咕咚几声，半瓶下肚了。那刺激的碳酸由舌尖到喉咙再流进胃里，会立马让人产生鼓胀感，接着便是一声嗝。

这种先由上到下的清凉和之后由下到上的通透让人无比爽快。如果打完球有人给我一瓶塑料瓶装的可乐，哪怕也是冰镇过的，我多半是没有兴趣的。在我看来这只是一种焦糖色的甜水，它或许能给我带来清凉，却无法给我通透和爽快。

这个问题经常让我困惑：同样的可乐，放在不同的容器里感受居然大相径庭。不喝可乐的媳妇说：“你这属于老文青的矫情。”其实不然，这毛病她也有。

比如，晚饭后我们一起出去散步，散完步后就经常到家附近的一家咖啡馆小坐一会儿。点完单后媳妇总是对服务员说：“别用纸杯，用马克杯。”服务员把咖啡端过来的时候，她又会说：“今天的拉花真漂亮。”用纸杯装咖啡媳妇是难以接受的，即便咖啡是完全相同的。

同样的饮品装在不同的容器里口味真的不同吗？答案是肯定的。研究表明，听装可乐瓶是铝制的，金属的比热小，降温更快，即便放在相同的冰箱里，听装可乐的温度比塑料瓶装的温度要更低；塑料瓶会缓慢地漏气，而听装可乐密闭性更好，含气量当然就更高了。

而装咖啡的纸杯为了防止液体渗入，其内壁有一层蜡质涂层，在高温咖啡的作用下，这一涂层就会散发出味道，被你的鼻子、舌头发现，从而影响你的感受。

但以上那些或许不是关键的，人类发达又敏感的感官系统使得“味道”不仅仅取决于你的舌头和鼻子。“味道”已经是一种错综复杂的综合感受了。铝制的易拉罐有金属的质感，有冰凉的触感，再配上鲜艳的红色，以及红色上挂着的水珠，可以被称为现代工业美学的典范，也可以叫作“一块铝的艺术之旅”，可乐的口味因此增色了几分。

而纸杯虽然也是现代工业品，但它最大的优点是便利，可携带，里面装着的饮品是可以边走边喝的，无形中给人一种忙碌感。于我媳妇而言，尤其是和我坐下来，目的就是享受一天中短暂的“慢时光”，犹如朱自清对着清华的荷塘时说的：“什么都可以想，什么都可以不想，便觉是个自由的人。”况且马克杯里装着的咖啡，有漂亮的拉花可供欣赏，这也是喝咖啡的乐趣之一。纸杯装咖啡很少拉花，即便拉了花，盖上盖子那就是锦衣夜行了。

所以，热情的红酒要配透明的高脚杯，醇香的白酒配的是小小的闻香杯，用大碗来盛酒则是另一种故事了。至于茶杯那就更讲究了。生活中不乏对容器爱不释手之人，买各种各样的杯子成了一个嗜好。但凡事过犹不及，就像买椟还珠的故事，是椟是珠最终还是要分清的。

你是“书桌堆砌者”吗

□欧阳晨煜

木心在《文学回忆录》中写道：“世界乱，书桌不乱。”书桌由此成为喧闹世界中面积最小的世外桃源。人们在这个镇定的场所里施展个性，坐怀不乱，因而形成一种自我修行的气度。可从生活的角度看，如果书桌乱了，书桌的凌乱程度真的会影响人的专注度和创造力吗？我们相信，一定会有为数不少的“书桌堆砌者”出来抗议。

书桌是一种感性的记录仪。它不同于记录语言轨迹的录音笔，也不同于记录行走轨迹的计步器，它客观真实记录的，是书桌使用者们细密的思维轨迹，包括那些流入脑海的经典知识，动态迸发的珍稀灵感，内心暗涌的奇思妙想。书桌，或许是最懂你的亲密物件。

而一张张书桌的主人，依据不同的书桌环境，通常被划分为整理者和堆砌者。整理者一般拥有简约型书桌，而堆砌者常常倾向于混乱型书桌。

一直以来，在桌面状况的比拼中，整理者通常都是良好秩序和习惯的优胜者。而堆砌者饱受争议，被认为体现了使用者对生活无规划、自由散漫的缺陷。

上述常规看法无疑困扰着堆砌者们，当他们把书桌视为公共场合私人的领地，充分享受着个人领域内的自由时，杂乱就可能成为一种不被理解的秩序，而堆砌也很难被想象为丰富的同义词。

但最近的研究为失落的堆砌者们扳回了一局。一项研究表明，人们认为对桌面物品进行整齐归类和摆放有利于提高工作效率的看法或许是错误的。

整理者们的确可以花费更少的时间找到所需要的资料，但是由于他们归类的行为优先于对内容本身的理解，因而在处理复合信息时，需要暂停手头的工作，花费更多的精力理解并记忆那些被整齐摆放在柜子里的内容。而堆砌者们由于喜欢将所有相关资料平摊在显眼的位置，在处理信息时，思维整合速度会更快，因此工作效率也随之更高。

整理者们和堆砌者们获取知识是通过两种路径。

整理者们按照之前分类好的资料精准寻找答案，迅速、专业又直击目标，好像手持局部地图选取一条最近的小路，毫不犹豫地直达终点所在的森林。而堆砌者们则完全不同，他们俨然扮演了森林探险者的工作，在凌乱的书堆里找寻答案的过程中，由于不知道所需信息和资料的具体位置，因此需要踏上未知的寻找的旅途。他们将沿路获得的许多额外的、意料之外的知识风景，统统捡起来装进背包，组成了个人独特的知识库。

到达终点后，整理者们掏出了分门别类的标准答案，而堆砌者们取出了更多“捡来的知识”。

这些知识或许和最初寻找的目标并不一致，但这一过程不仅拓宽了他们的知识面，还扩大了题目的意义，因而这些意外之喜可被称为“捡来的知识”。

在生活中，“捡来的知识”可能会藏在一本被你遗忘已久的书中，也可能会停留在一本其他领域新书的只言片语里。总之，那些你多看一眼的沿途的事物，可能会激发你新的灵感，从而打开你的思路。这好像是一种即兴的魔法，你不知道会从盒子里蹦出几只白兔，让你启动好奇心，积极探索。

或许你会说，“以书桌取人”并不公平，书桌不能作为灵活的性格探测器。但你不得不承认，由于长时间记录你的思维轨迹，书桌拥有评判你思考和学习方式的最佳发言权。

猫狗为什么爱看电视，它们真的能看懂吗

□陈五花

你一定看过这样的视频：一只可爱的小猫或小狗一本正经地坐在电视机前看剧，萌得评论区一片此起彼伏的赞叹声。然而，作为一只单纯可爱，不懂情情爱爱、打打杀杀的小猫咪，它到底在看什么？

看的不是电影，是彩色幻灯片

首先得声明，作为非常依赖嗅觉和听觉的小动物，咱主子的眼神确实不大好。

一方面，猫狗都是大近视，人类在一米左右能看清的东西，狗子们得走近到27厘米左右才能看清。这也解释了为什么你的狗子总喜欢扑到电视前面：它不是想进到电视里，它是真看不清。

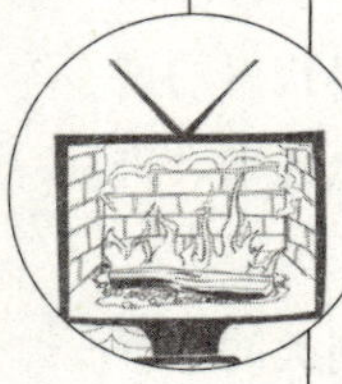

另一方面，虽然不是色盲，但是猫狗眼里的色彩远不如人类眼中的丰富，它们只能比较好地分辨蓝紫色和黄绿色，不太辨得出红色，有点类似人类的红绿色盲。不过，它们处理信息的速度倒是比人的快很多。如果1秒内连续出现大约20幅画面，即20帧/秒，人类就会认定这是连贯的动态影像。但对狗子来说，1秒内需要大约70张图像，才会被它们视为连贯；猫甚至需要每秒100张左右图像。

所以在猫咪眼里，24帧/秒的电影，可能不过是一个快速放映的幻灯片。

狗子：只是短暂地爱了一下电视

听起来彩色幻灯片好像没什么意思，可怎么感觉主子们还挺感兴趣？

你判断得没错，一项研究发现，50%的狗子会对屏幕产生兴趣。而且它们能从电视上认出同类。2013年，来自巴黎第十三大学等学校的学者们招募了9只狗子进行实验。在一大堆人、猫、牛等动物的头像之中，这些狗子都准确地找到了所有同类的图片。不过对狗子们而言，最有吸引力的不是“狗片”，而是画面里的移动物体和各种声音。大概是能勾起出门滚泥巴的快乐记忆，它们尤其喜欢同类的叫声、人对狗友好的命令和赞美，以及玩具发出的吱吱声。

但狗子也只是短暂地爱了一下电视。2015年，一项来自英国中央兰开夏大学的研究发现，如果狗子们能自由移动，它们在电视上完全专注的时间大约只有三秒钟。多数情况下，它们可能还是更喜欢沙发上的你。

猫猫：在电视里释放天性

相比小狗，猫们对电视明显更感兴趣。

2008年，英国女王大学心理学院对25只庇护所里的猫进行了研究，发现它们对电视的兴趣最长可以保持三个小时。对一天只有七个小时醒着的猫主子来说，这已经算是非常久了。

和人一样，电视也可以让猫咪放松。在雷雨天或嘈杂的施工声里，电视的“白噪声”会淹没让猫主子不开心的声音，帮助它们纾解压力。

而含有线性运动，以及与猎物相关的视频，还能释放猫咪内心汹涌澎湃的狩猎本能。

不过话说回来，有条件的话，还是多用逗猫棒陪猫咪玩耍。毕竟用电视释放天性，费屏幕，还费猫。

为什么有能力的人却没人敢用

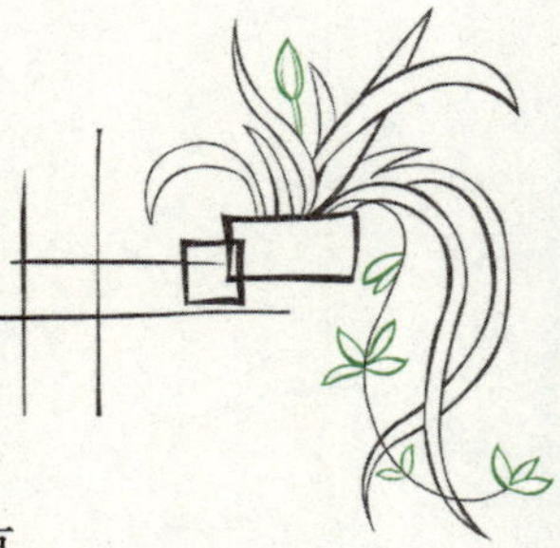

□黄启团

很多人觉得只有那些有能力的人才值钱，其实不一定。《三国演义》里有一个很有能力的人——吕布。他是一个能征善战的将领，发生在他身上的一个故事叫“三英战吕布”——刘备、张飞、关羽三个人联手都打不过他。可想而知，吕布的武力值有多高。

在历史记载中，吕布认董卓为干爹，但吕布受司徒王允的鼓动杀了董卓。随后，吕布被曹操打败，投奔徐州的刘备，刘备收留了他。在袁术兴兵攻打徐州时，刘备迎击，两军相持。在袁刘相持阶段，吕布却偷袭下邳城，俘虏了刘备的妻子。刘备回军后被袁术打败，于是向吕布求和。吕布将刘备的妻子归还，刘备则回到小沛。不久，吕布率兵攻打小沛，刘备战败，前往许都投奔曹操。最终，曹操亲自出马征讨吕布，水淹下邳，吕布的一个部下叛变，城破被俘，吕布被曹操处死。

吕布一生都在出卖自己的领导，最后的下场自然是被自己的手下出卖。

历史是怎样评价像吕布这样的人的呢？吕布可谓打遍天下无敌手，为人却反复无常、狡诈、唯利是图。这样的人能力很强，可是谁敢用他呢？可以说，谁用他谁倒霉。

对吕布来说，他的超强能力并没有给他带来高官厚禄，反而被他消耗在了一次又一次的背叛之中。这样的人，对朋友来说无异于一颗定时炸弹，你说这样的人值钱吗？

通过这个事例，我想让大家知道，其实像吕布这样的人并不鲜见。他们看起来非常有能力，但是谁用他都是死路一条。也就是说，他在市场上是不值钱的。说到底，一个人究竟值不值钱，并不仅仅是由其能力决定的。

什么是“心定成舍”

□董　梅

关于陶渊明，可说的那么多，从哪里开始呢？

我想，就从一般人对他的误解开始吧。

我们对陶渊明有误解吗？有啊！误解还挺深。在很多人心里，陶渊明可能都是一个不食人间烟火的隐士形象。因为对很多中国人来说，“隐士”两个字意味着一个概念化的形象。他们离群索居，过着清风明月、仙风道骨的日子。

但是你知道吗？陶渊明从来都不是形式上的、概念化的所谓“隐士”。他是一个安住在日常生活里的“常态”的人，他拥有完整的人格，最重要的是，内心幸福。在我看来，他有着整部中国文学史上最治愈的人格。

陶渊明从来没有离开过跟平常人在一起的生活，更没有离开过家庭和亲情，他喜欢他的朋友们、邻居们和乡亲们。所有这些人，以及和这些人之间的关系，是陶渊明内心幸福的重要源泉。

他的《归去来兮辞》里有一句话，“悦亲戚之情话，乐琴书以消忧”。就是说，读书弹琴，是他最爱的精神生活；同时，跟喜欢的、情感亲近的人生活在一起，是他最钟情的日常。大家出门散步，偶然碰到一块儿，就停下来随便聊上几句，不用客套、无须应酬，但是你说的都是我喜欢的事儿，我知道我说的也都入你的耳、进你的心。这就是“悦亲戚之情话”。

这也正是他为什么说自己“结庐在人境”，就是他找住的地方，从来都是在人群里，在红尘中。他从来没有也从来不想去过那种与世隔绝的生活，因为他打心眼儿里瞧不起形式主义，他不认为跑到山林里去待着就能显得自己比别人清高多少。相反，他说，真正的“隐”，是你内心的安闲笃定、不为外界的纷乱所扰动，这就是“心远”——“心远地自偏”。只要你的心里不浮躁，住在哪儿都行，因为你在哪儿，哪儿就是清静之地。

所以，陶渊明真正喜欢的，并且他知行合一去落实的，是在常态的生活中，拥有一份恬淡而饱满喜悦的生命境界。你知道吗？一部三千年的中国文学史看下来，内心获得幸福感的诗人还真不多，而陶渊明就是其中罕见的“那一个”。

其实，陶渊明的“心远地自偏”，说出来平平淡淡波澜不惊，但是想要做到，太难了。

怎么才能身处闹市，还能心远呢？只有内心笃定才行。

陶渊明如何做到内心笃定，我会跟你一起像剥洋葱一样一层层剥开，最终看到一颗笃定之心的内核。在这儿我只谈一点，我觉得陶渊明，最值得我们学习的就是，不纠结。

不纠结，不代表没有困惑，困惑人人都有，但是不纠结的人，有一种幸运的能力，就是他有能力给自己“解惑”。陶渊明的生活，就是在一重重困惑、一重重解惑的交替之间，越来越接近那个真实的自己、越来越清楚自己的方向，而相应地，他的生命境界也随之越来越开阔明朗、笃定从容。

关于他的不纠结，我给你讲个小故事吧，看看他是如何做家长的。你会发现，他面对的问题，简直跟我们今天的一样。

陶渊明二十六岁的时候，他的长子阿舒出生了。初为人父的幸福感，让他整整熬了一个通宵，写了一首很长的诗，而且是用最隆重的《诗经》雅颂体写成的。他一边向列祖列宗汇报，接续了香火，一边对刚出生的儿子千叮咛万嘱咐，总之，就一个愿望，希望你长大后能够成才。

在这首诗里，陶渊明陈述了“陶”这个姓氏的光荣家族史，你知道他是从哪儿写起的吗？太可爱了！他从尧舜禹的尧开始写，也就是说，他差不多往前追溯了三千年，从陶姓的始祖开始写。他说，孩子啊，我们姓陶的很了不起啊！我们的始祖是伟大的尧帝，而且历史上每一个时代，都有我们陶氏的杰出人物建立伟大的功业，所以孩子，你身上的责任很重啊！你看，为人父母者，都希望孩子成龙成凤，陶渊明也不例外。

但是，陶渊明点灯熬油写到最后，转念一想，如果儿子就是一个平平常常的人，那怎么办呢？所以全诗的最后两句，他竟然笔锋一转：

“尔之不才，亦已焉哉！”

如果你实在不能成才，那就做你自己好了，就当我前面的都没说。

这样的陶渊明，是不是太可爱了？特别不纠结。

每次读到这里，我都会忍不住笑出来。前面的一大段是人之常情的陶渊明，但是最后几句，才是那个独特、通达的陶渊明。我如果遇到点儿不顺心的事儿，肯定特别愿意找像他这样的人聊一聊。

现在你已经知道了陶渊明不为难别人，其实，他的不纠结更加彻底，他也不为难自己。

比如，你肯定读过他那篇著名的《归去来兮辞》，但你是否还记得，他一下笔头几句，就推翻了上一个人生阶段的自己，说自己走入了迷途。但是，难能可贵的是，虽然这时候的他已经快五十岁了，还能在自我颠覆的一瞬间，满心欣喜地无缝衔接下一段人生，不徘徊，不背昨天的包袱，想通了就去做，我觉得这才是真正的勇者。

你看，陶渊明的人生中不是没有曲折，而是他清晰地知道自己想要的是什么，也正因如此，不管外界有怎样的干扰，他都能为自己守住心里最朴素的底线，所以他的内心世界始终平衡、稳定。

我想借用一个词来描述陶渊明的这种状态，就是“心定成舍”。什么是心定成舍？就是把我们的心比喻成房子，比喻成家。房子是稳固的、可以遮风挡雨。家，可以安顿你。但是，真正的安顿，不应该只是安身，更应该“安心”。在这个意义上，一个人只有让自己的内心平稳笃定，才能由内而外地从容淡定。

为什么我们好像从来没见过螃蟹的血

□蜡笔不新

小时候有部电视剧叫《少年王卫斯理》。其中有一段讲的是卫斯理和外星蓝血人的故事，蓝血人的设定我到现在都印象深刻。

在我们的认知里，血液应该是红色的。

现实中所有的血液都是红色的吗？

错，大错特错。血液不光有红色，还有蓝色，甚至其他五彩斑斓的颜色。

血液有多少种颜色

血液的颜色，是由一种叫呼吸色素的蛋白质决定的，它们的主要功能便是携带和运输氧气。由于这些蛋白质所含的化学元素不同，血液也会呈现不同的颜色。

人类和绝大多数动物的血液是红色的。这是因为大部分脊椎动物以及部分无脊椎动物的呼吸色素都是血红蛋白——一种含亚铁离子的蛋白质。

在含氧量高的地方，血红蛋白中的铁离子与氧气的结合度高，血液呈鲜红色；含氧量低的地方，铁离子与氧气结合的比例会低很多，血液看起来就是暗红色。

“蓝血”这个词总是和“高级”绑在一起，比如蓝血贵族、蓝血品牌。凡是贴上“蓝血”标签，就感觉买不起了。

不过现实中有种蓝色血液，真的价比黄金，那就是鲎（hòu）血，1毫升售价逼近16美元。

鲎血之所以珍贵，是因为我们可以从中提取一种快速检测细菌的凝血剂。我们注射的疫苗，就能用它来测试安全性。

除了鲎，章鱼、龙虾、蜘蛛等部分节肢动物和软体动物的血液，也是蓝色的。它们的呼吸色素是血蓝蛋白，负责与氧气结合的是其中的铜离子。

神奇的是，血蓝蛋白与氧结合时，血液呈蓝色，释放氧气后，则是无色的。

所以不要再说螃蟹没有血了。你得想想，是你没看到血，还是没看到你本以为的红色的血？

如果你说看到了红色的血，那就是切到手了。

绿色血液往往存在于环节动物中，比如大家都熟悉的蚯蚓、水蛭。它们体内含有血绿蛋白，这种化合物的颜色会随着含氧量的高低而变化。携带氧气的时候，血液呈红色；不携带氧气的时候，才呈现绿色。

此外，还有一个不得不提的“奇葩”——绿血石龙子，这是一种生活在新几内亚岛的蜥蜴，不光血液是绿色的，连骨头、肌肉、嘴巴都是绿色的。

它其实和人类一样，都是靠血红蛋白运输氧气。这种从里到外的绿，来自血红蛋白代谢产生的胆绿素，富集的浓度太高，以至于完全盖过了血液的红色。

不过胆绿素对大部分脊椎动物是有毒的，如果人血也想这样，可能还没绿就先死了。

蚯蚓血红蛋白，又称血紫蛋白，也是一种古老的呼吸色素。蛋白中的铁离子和氧气结合时，血液呈紫红色；脱氧后为无色。

紫色血液，主要存在于星虫动物门、鳃曳动物门、腕足动物门等少数原始海洋无脊椎动物中。

星虫，俗称花生蠕虫，紫红色的血液透过半透明的皮肤也能看个一二。别看长得一言难尽，其实不少南方的朋友可能都吃过它。

大名鼎鼎的福建土笋冻，就是用星虫中的可口革囊星虫做的。虫子本身富含胶原蛋白，不用加料就能凝结成冻。

两广著名的海鲜沙虫，又叫海肠子，也叫方格星虫，蒜蓉蒸、煲汤、炒菜无所不能。够新鲜够胆大的话，你还能吃上“沙虫刺身”。当然，要答应我，吃之前别去搜它生前的照片。

前面说了，血液含有呼吸色素，所以才会有颜色，如果不含呼吸色素，血液也就没有颜色了。

比如南极冰鱼，它的血就是完全透明的，所以浑身看起来也是透明的。

这种鱼生活在寒冷的极地深海，由于冷水的溶氧量比温水的高很多，加上海水越深，压强越大，溶氧量越高，所以到它生活的水深，溶氧量已经足够。

它不需要依靠诸如血红蛋白之类的运氧载体，氧气可以靠扩散作用，通过鱼的鳃和皮肤渗入血液，此外，巨大的心脏，也能将氧气泵送到身体各处。

血液为何如此多变

看起来，不管什么颜色的呼吸色素，都是为了运输氧气，可是为什么要分那么多种呢？

现在一提到血液的颜色，大家的第一反应都是红色，这是因为当今生态系统，脊椎动物居于主导地位，因此血液的常见呼吸色素自然以血红蛋白为主，而血红蛋白的输氧能力最强。

血蓝蛋白在约25亿年前进化，至于血紫蛋白则更原始，因此它易氧化、不稳定，血蓝蛋白倒是稳定多了，但与氧的结合能力弱，还是不如血红蛋白高效。

可见动物们在努力适应生活环境时，血液也没闲着，一切都是为了更好地活下去。

没有血液能活命吗

那么，有没有这样一种可能——动物没有血液也能很好地生存？

没有血液的动物还真不少。比如水母，既没有脑袋，也没有呼吸器官和循环系统。但它们可以直接通过扩散作用让氧气进出细胞膜。

同样的办法，也有许多棘皮动物在用，比如海星、海胆。

珊瑚虫就更厉害了，能与可以进行光合作用的虫黄藻共生，直接内购一套“供氧系统”。

除了海底，陆地上也有不需要血液的动物，比如扁虫和草履虫。

这些不需要血液的动物，大都是原始且结构简单的无脊椎动物。但无疑，它们也经受住了自然选择的考验。

仅仅是血液，在真实的生物世界里，就能有如此之多的变幻和可能性。即使是科幻小说，在它面前，也会显得想象力贫瘠。

为什么我们害怕跟朋友分享负能量信息

□社长的小号

“我跟你说这么多负面的事情，你会不会觉得很烦？”这是一位多年好友突然意味深长的发问。面对这样的问题，大多数人应该会回答：“不会啊！”但这“不会”的背后是“真不会”还是“假不会”，我们不得不琢磨一二。

当我们在琢磨的时候，其实同样陷入了“要不要跟朋友分享负能量信息”的犹疑中，不可否认的是，每一次负能量分享的背后都经历了反复的思量。

犹豫也好，思量也罢，归根结底是因为我们害怕分享负能量信息。今天就来跟大家聊一聊，为什么我们害怕跟朋友分享负能量信息，怕的到底是什么。

过度自我暴露意味着印象管理失败

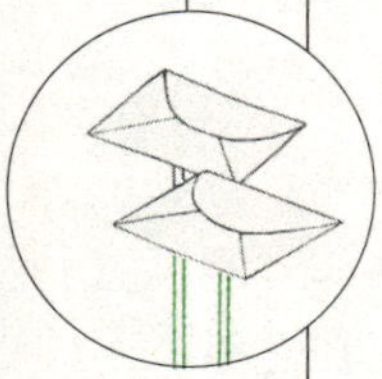

回想与朋友在一起的那些时光，惬意的午后，吃饭、逛街、看电影、打游戏、喝咖啡，还有聊天，都是一些美好而轻松的事情，即使在聊天中，我们也倾向于分享有意思的或快乐的事情。久而久之，关于负面的一切似乎都与这格格不入。

加拿大社会心理学家贝弗利·费荷曾提到，自我暴露的广度和深度的增加，是熟人变成朋友的一个典型特征。我们会假装毫无顾忌地在朋友面前暴露，但实质选择的是暴露好的一面。

当我们跟陌生人、朋友相处时，会尽可能弱化自己的不足，避免别人消极地看待自己，而尽量表现出好的那一面，这其实就是戈夫曼所提出的印象管理理论。

在朋友面前亦是如此，我们自认为，是因为好的一面，才使我们成为朋友，所以在相处过程中，我们仍会尽量在朋友心中维持一个好的印象，而当我们把自己的负能量信息过度暴露在朋友面前时，会害怕破坏已形成的印象。

一位远在南方的朋友最近和我分享了他的烦心事。他由于长期出差，不知不觉喜欢上了一位在工作中认识的朋友，深陷这种三角关系中，难舍难弃尤其心累，一直想找个朋友聊一聊，却始终开不了口。

“有一天晚上，我把整件事打出来想发给你，但是准备发送的时候，我又一个字一个字地删了，是不是很可笑？但我真的不想在你心中留下一个渣男的形象。”

朋友之间确实都会在对方的心中留下深刻的印象，而容易让人忽视的是，印象的形成主要在于相识和相知的早期，一旦形成稳定的朋友关系后，印象并不需要刻意管理。所以即便是分享负能量信息，也不会破坏已形成的印象。

如果仔细想想那些经过时间打磨最后仍留在我们身边的人，是我们的朋友，而不是玩伴。而朋友和玩伴的一个不同点，应该就是朋友会经历我们所有的喜怒哀乐。当我们分享正能量信息时，朋友会感到开心；当我们分享负能量信息时，朋友也许会难过，但更重要的是，相比印象，感受到更多的是真诚和信任，“诚实是比同情更有效的良药，它有抚慰人心的力量”。而信任只会让朋友关系变得更加成熟而稳健。

信息共享可能意味着责任分担

“跟你说这些，你千万不要有心理负担。”

当好友与我们分享负能量信息时，她可能总会在最后加上这样一句安慰的话。究其原因，恐怕是“听”的那个人会下意识地以为，在听到朋友讲述自己所面临的困境后，我们应该做出正确的反应，这是一个朋友的责任，更是一个“合格”朋友的义务。

有学者将友情定义为“一种自发的人际关系，通常表现出亲密和扶助”。可以发现不管亲密，还是扶助，都是双向的。所以，当我们遭遇困境时，这种友情的内涵会加重我们倾诉时的负担，因为我们害怕这些负能量会让朋友陷入无能为力的痛苦，徒增他们的烦恼。

在《也许你该找个人聊聊》这本书里有这样一个故事，约翰因为失误导致六岁的儿子丧失了生命，虽然他深陷痛苦的挣扎中，但始终无法与朋友聊一聊这件事，因为他害怕他的分享会加重朋友的痛苦。

心理学上的“踢猫效应”或许可以解释这种现象，人的负能量总是会沿着社会关系链条依次传递和扩散。所以当我们与朋友分享负能量，尤其是极度悲伤的负能量时，朋友一定会受到影响，甚至是加重他们已有的负担。

那我们是不是就要放弃分享呢？

答案是否定的。站在朋友的立场，我们会像垃圾桶一样，接收朋友扔来的各种负能量信息，即使有的时候不乐意，但我们依然会这样做，因为这是合格朋友的义务。但接收不意味着就此完结，而是意味着开始，即我们在接收消化负能量过程中的反馈，是希望朋友可以真正听到，并下定决心逐步开始行动和开展自我调节，从负能量中不断走出，这才是我们接收负能量的意义所在。

倾诉无效可能遭遇友情危机

不久前，微博上有一个失恋的女生上了热搜，哭得撕心裂肺，最后只能通过喝酒来缓解失恋的痛苦。走过青春的人，或多或少都经历过类似的痛。毫无缘由的眼泪，彻夜彻夜的难眠，一遍又一遍的诉说，朋友已经听腻了，可我们依然伤心难过，似乎朋友再多，倾诉再多，都不如一瓶酒。

于是，我们很容易陷入一种以结果为导向的判断，即如果倾诉无效，朋友也无法改变我们所处的困境，我们就会怀疑友情的价值，从而出现友情危机。朋友无法及时帮助我们改变困境，也许是无奈的现实。但我们需要明白的是，我们和朋友谈论当下所处的困境，需要的不是让朋友帮我们解决问题，而是通过倾诉的过程，不断剖析自我，做出改变的决定，并获得改变当下困境的力量。所以，我们并不需要害怕倾诉无效，因为倾诉也许改变不了困境，但是可以改变我们面对困境的态度。

瑞典作家弗雷德里克·巴克曼在《焦虑的人》一书中说，有些人一连很多年都找不到机会向别人倾诉自己的感受，假如长久以来一直无法获得这样的机会，有时候就会完全忘记该怎么做。

如果因为害怕，就放弃向朋友倾诉，我们可能失去的不仅仅是一次交流的机会，还有可能是无数让生活变得更加美好的倾诉瞬间，而这些瞬间包括负能量信息的分享。

也许我们不曾察觉，负能量信息的分享让友情变得更加坚定，因为那些陪伴我们经历痛苦、走出低谷的人，才是真正在乎我们并需要我们在乎的人。

维克多·雨果说：“让黑夜降临我们内心的，也会留下星星。”负能量，也可以是星星。

如何卖掉一头大象

□祁萝江

两个富翁朋友相遇，随意聊了几句。其中一个富翁问道："最近，你的家庭生活还好吧？"

另一个富翁回答："好得不能再好了。我买了一头大象。"对方震惊地看着他："大象？你疯了吗？"

这个人笑着回答："伙计，我跟你说，这是我这辈子做得最划算的买卖。它在草坪上吃草，把草坪搞得漂亮又平坦。孩子们都很爱它，总是骑在它背上，从它身上往下滑。这样他们就会在外面玩，而不是整天坐在电视机前。我老婆也非常爱它。它超级强壮，我不在家的时候，可以帮她搬东西。我告诉你吧，最棒的是，它温和又聪明。这是我拥有过的最好的宠物。"

另一个富翁抓抓下巴说："听起来真的挺吸引人的。你多少钱买的？"

这个人回答："一万美元。不过物有所值，这个价格太划得来了。"

另一个富翁说："两万美元卖给我，怎么样？"

"你说什么？把它卖了？它就像我的家人一样。"

"三万美元。"

"伙计，我们的友谊和它的用处是不能用钱来衡量的。"

"好吧。五万美元。"

"五万美元？好吧，伙计，我把它卖给你。不过，这真的是看在我们是朋友的份儿上。"

过了几个星期，两个富翁又见面了。

买大象的那个人气得要死，一看到对方就开始大喊大叫："你卖给我的到底是什么东西？它不仅不在草坪上吃草，还把我所有的花圃和树木都给毁了。到处都是大象的粪便，甚至在家里都能闻到味儿。还有，孩子们都害怕这个家伙，它庞大又有侵略性，很吓人。我根本睡不着觉，因为它一直在吹喇叭。我老婆一直在做噩梦，我大概到死都要听她埋怨。太烦人了，这是我这辈子做过的最糟糕的买卖。"

另一个富翁看着他，说："好吧，伙计，我不知道该怎么说。但以你这种态度，是永远卖不掉一头大象的。"

你觉得多少钱够你花的

□夏　蒙

前几天，雷军说：“我大概是在37岁就带领金山完成了IPO，也财务自由了。”这句话的潜台词是什么呢？就是他虽然早早地就挣到很多钱，但并未感到满足，他还有其他梦想。古代人说要立德、立功、立言，挣到很多钱只是可能立了功，你还要被人视为一个高尚的人、有创造能力的人，然后身后留名。

按照《2021胡润财富自由门槛》的统计，中国一线城市入门级财富自由门槛1900万元，二线城市1200万元，三线城市600万元。1900万元是这么算出来的：一套120平方米的市区常住房、2辆车、60万元的家庭税后年收入和800万元的金融投资。这只是入门级财富自由，上面还有中级财富自由和高级财富自由。

胡润这种计算方法，跟全国丈母娘的要求差不多：多大的房子、几辆车、多少存款。一家人为什么需要四辆车？或者说为什么只需要四辆车？

但他有句话说得挺深刻：“从财富这个角度，一个人最幸福的时候是认为自己早晚有机会实现财富自由，而尚未实现的时候。那些已经实现了财富自由的人，不一定是最幸福的，因为他们承担着更多的责任和压力。”

胡润的报告说，财富自由需要年收入60万元、150万元。十多年前，心理学家丹尼尔·卡尼曼发现，如果你每年挣7.5万美元，就可以过上理想的生活，再多的话也不会减少你所感到的焦虑、压力和伤心。这笔钱相当于现在一年10万美元。

近来，心理学家保罗·贝恩和雷娜塔·邦吉奥尔诺做了一个调查，他们改变了思考的中心，不是问人们多少钱够花，而是让他们设想理想的生活是什么样的，再问这样的生活需要中多少彩票，奖金在1万美元到1000亿美元。大部分人都没有选择最高的奖金，而是选择了中1000万美元。

为什么人们选择1000万美元而不是无限多？心理学家认为，这说明大多数人想要的是“舒适但不奢侈”的生活，他们想过的生活不需要世界上最富有的人积累的那种财富。

英国经济学家蒂姆·哈福德说，这可能是因为人们不知该怎么选，而1000万美元是居中的答案，是最低值的1000倍，最高值又是它的1000倍。另一种可能是人们低估了自己的需求。美国作家格拉德威尔说钱太多不是好事，有了1000亿美元的时候，你就有了无限多的选择，这样的话，很简单的决定都会变得异常复杂，活着就太费神了，比如吃饭，是叫外卖，还是吃快餐，抑或是让自己的厨师在飞机上做？是在法国吃还是在丹麦吃？另外，钱太多生活中就没有挑战了，如果你喜欢集邮，或者收藏钥匙圈，你都能立刻买到。

哈福德认为，理想的生活还是需要很多钱的，因为不断会有新的需求。“以前人们没有空调、未曾乘飞机旅行、没有抗生素。我们的后代也会有一些我们想不到的需求：瞬间移动、永远年轻……成为亿万富豪真正的问题是，那会改变你与其他人的关系。超过他人太多，会成为绑架、欺诈、傍大款的对象。大部分我们珍视的东西都不是钱能买到的。想每天挣100英镑的人，可以跟朋友一起喝啤酒、听音乐。有1000亿英镑的人一定很孤独。”替有钱人操心时，哈福德跟格拉德威尔一样天真。

人不只靠物质活着，还都有自己不同的信念和价值观，这比物质欲望更难解决。

未来，更安全的无现金世界

□曹 劼

科学家正在着手利用科学知识，打造一个真正意义上没有纸币的世界，这不仅意味着人们交易时不需要现金，还意味着银行里也没有纸币。他们的计划是什么样的?

难以伪造的生物身份信息

根据现有的现金交易发展趋势，科学家可以自信地做这样一个预测：现金交易终将近乎消失。例如中国，在支付宝、微信和其他在线支付软件的帮助下，无现金交易比例在2018年已经超过了70%。又如澳大利亚，那里的无现金支付从2010年的38%，上升到了2019年的73%，而他们的支付方式既有手机支付，也有信用卡支付。所以，无现金交易时代的到来似乎是板上钉钉的事了，但随之而来的是人们对“盗刷”的担心。好在科学家已经在着手解决这个问题了。到无现金交易时代来临时，盗刷很可能是世界上最难实现的事情之一，因为我们将有多种验证身份的方式。

首先是新型的眼球扫描仪。它是科学家模仿人类眼睛的微跳制作出来的。微跳是人类眼睛微小的、无法控制的眼跳，每6～30毫秒跳一次。新型眼球扫描仪能在一秒内对人眼进行1000次微跳扫描，扫描准确率比虹膜扫描还高。而且新型眼球扫描仪可以搭配手机软件，因此与虹膜扫描相比，微跳眼球扫描更容易普及。

其次，美国一家名为Behaviosec的公司的科学家正在研发一种新软件。这种新软件可以将操作者付款输入密码的动作，与手机主人以往的输入密码动作进行比较，从而确认付款人是否是手机主人本人。每个人的行为都是独一无二的，即使两个人在手机屏幕上画出相同的图案，或者输入相同的密码，他们手指的移动在细节上也是不同的。照这样看，将来就算我们的朋友知道了我们的付款密码，他们也无法帮我们结账。

再次，未来的我们结账时，“刷手”就好。正如“世界上没有两片叶脉一模一样的叶子”，世界上也没有血管一模一样的两个人。日本多家IT公司就是利用这一原理，以研制自己的血管扫描仪。血管扫描仪会将红外光照射到用户的手掌上，然后根据反馈，在扫描仪上产生一张清晰的手掌血管图。在图片中，手掌和手指的血管之所以会异常地清晰可见，是因为血管比手掌周围的其他组织吸收更多的红外光线。如果手掌血管图上的血管模式跟数据库中的相匹配，那么付款交易就会完成，而伪造血管可比伪造指纹难多了。

最后，未来的我们只需正常“走路”，就能完成付款。正如前面所提到的，每个人的行为是独一无二的，美国密歇根州立大学的科学家据此开发了一款软件，它能根据一个人的步态来识别他的身份。这款软件通过记录和分析一个人行走时，各个主要关节的位置和角度，以及每个动作的时间间隔，来验证一个人的身份。

汽车也能付款

除此之外，还有没有更方便的支付方式？由于汽车越来越普及，越来越智能，所以科学家把主意打到了汽车上，他们想要汽车跟手机一样也能进行无现金交易。科学家的设想是，无须我们进行操作，在我们开车离开之后，汽车就自动付完款了。不过，商家是如何知道汽车是我们的？这就需要汽车拥有一个唯一的身份，然后与我们进行绑定。科学家打算用电磁识别技术为汽车创造一个唯一的身份。电磁识别技术可以检测一辆汽车的部件所发出的电磁辐射，然后形成一张辐射图，并把这张图与数据库里的进行比较（汽车在出厂时就会被检测和记录电磁辐射图），从而确认这辆车的身份以及它属于哪个人。每一辆汽车的部件所产生的电磁辐射都是独一无二的，即使在同一年、用同一种部件在同一工厂生产的两辆汽车，它们在出厂时所产生的电磁辐射也会有细小的差别。如果汽车需要换零件，那么汽车就会直接在汽车厂及时更新电磁辐射记录。而且，电磁场可不会被小偷给偷走。

当我们开车到加油站或餐馆，那里的基站会马上接收我们的汽车所发出的电磁辐射。与基站连接的计算机会识别汽车和我们的身份，并连接到我们的银行账户，随后在我们消费完之后，自动从我们的账户中扣除费用。如果我们账户的余额不够，计算机会事先提醒我们。

科学家打算在10年内实现前面提到的所有技术，为即将到来的真正以“时间”为货币的世界做准备。

量子货币

根据量子物理理论，即使是同一个粒子，当它被观察时，它的状态也会随着观察者和观察时间点的不同而不同，换句话说，一个粒子在此时此刻的状态是唯一的。打个比方，如果我们在这一刻观察了一粒光子，发现它呈A状态；而下一刻再观察时，我们观察到的却是B状态，而且无论我们观察多少次，都能看到不同的状态，没有重复。

科学家正是打算利用这一原理，用一系列粒子的特定量子状态来组成“量子密码”，并把这种密码当作货币，科学家将这种货币称为“S元”。S元的单位和面额都是一样的，因此也就没有面额数值了。

到那时，观察者将会由计算能力极其强大的量子计算机来担当，这是为什么？因为我们那时的货币将在获取收入时产生。在我们工作期间，每工作一分钟（精准的），工资就会产生和结算一次。S元由量子计算机即时观察粒子并记录粒子的状态，然后发送到我们时间银行的账户中。只有这样，我们才能获取自己唯一的S元，也只有量子计算机才能完成这样大的工作量。

使用S元的好处，不仅在于我们的工资将真正以我们自己的时间进行结算，而且，S元不会被仿造（因为量子状态是唯一的）或被偷。当我们要消费或交易时，转S元的时候需要我们提供独有的“密钥”，以验证我们的身份。密钥正是文章前面提到的眼球认证、手指动作、手掌血管、自己的步态或者汽车身份，或是我们难以想象的其他可靠的东西。

以上就是科学家用量子物理学打造的无纸币世界的设想。至于什么时候能彻底实现，就连科学家也无法确定。但是，按照目前的科技和科学发展趋势，无纸币世界的实现似乎为期不远了。

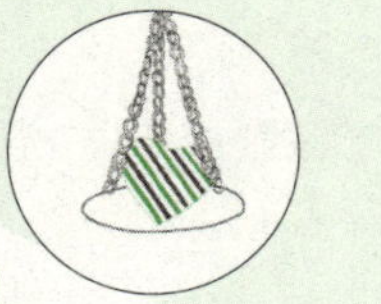

为什么财富蓝图很重要

□哈维·艾克

你有没有听说过有人在财务方面一塌糊涂？你有没有注意到，有些人本来有很多钱，后来却千金散尽；有的人起头做得很好，后来却搞砸了？表面来看，这些人是时运不济、碰上了经济不景气、遇到了糟糕的合伙人，或是别的什么。

但是，从内在因素来看，其实是另外一回事。

如果你在还没准备好的时候就得到一大笔钱，那么这笔钱极有可能不会待在你身边太久，它早晚会离开你。大部分人都没有足够的内在能力去创造并守住大笔的财富，去面对各种伴随着金钱与成功而来的挑战——这些原因，读者诸君啊，就是这些原因使得大多数人没办法变成有钱人。最好的例子就是买彩票中奖的人。不断有研究显示，中奖的人所赢得的奖金数目不管多大，大部分人最后还是会回到中奖之前的经济状况，因为他们只能掌控那么多财富。可是，那些白手起家的千万富翁就完全不一样了。

值得注意的是，那些靠自己的努力而致富的人，在失去财富之后，通常在很短的时间内就可以把钱全部赚回来。唐纳德· 特朗普就是绝佳的例子。特朗普本来身家数十亿美元，后来一度失去一切，然而几年后他就把失去的钱全部赚了回来，而且比先前更富有。为什么会这样？这是因为，白手起家的富翁也许会输掉万贯家财，但是他们不会失去那个让他们获得成就的最重要的因素，也就是他们那颗“有钱人的脑袋”。

以特朗普为例，他脑子里想的不止千万美元，他绝对不可能只是千万富翁。如果他的身家只有百万美元，你认为他会如何看待自己的财务成就？我想特朗普可能会认为自己一贫如洗，一败涂地！因为，特朗普把自己的财富“调温器”设定在几十亿美元的位置，而不是百万美元。

大多数人的财富调温器都设定在几千美元，而非几百万美元的位置；有些人的财富调温器只设定在几百美元的位置；另一些人的财富调温器则设定在零摄氏度以下，这些人冷得要死，却不明白自己为什么会受冻。事实上，大多数人都没有完全发挥自己的潜力，所以无法成功。研究显示，百分之八十的人一辈子都无法如愿达到财务自由的状态，而且有百分之八十的人从来不觉得自己真正快乐。

原因很简单。大多数人没有意识到自己在方向盘前昏昏欲睡，他们的工作和思想都只停留在表面——他们只看他们看得到的东西，只活在肉眼可见的世界里。

"最土西餐厅"萨莉亚，人均30，年入百亿

□槽值小妹

13元的意面，22元一个的九寸比萨，海带丝、烤菠菜等前菜一份只要9元。

如果你想喝饮料，8块钱的饮料畅饮，可乐咖啡苏打水，随便续。想提升下格调，9块钱就能买赤霞珠干红，还"带有森林水果的香味"。

"20块钱能吃饱，30块钱能吃好，40块钱基本上就得吃到扶墙出。"

什么，你说这么便宜的意大利菜肯定不正宗？事实上，有意大利博主测评过几家意式餐厅，最便宜的萨莉亚被认为是最正宗的意大利菜。

即使众口难调，萨莉亚的价格也让大家不好意思挑它的毛病。毕竟来萨莉亚吃饭的客人们，没指望在人均几十元的菜品里吃出人均几百元的质量。

明明是味道还说得过去的西餐厅，萨莉亚为啥这么便宜？事实上，萨莉亚的低价和创始人的品牌理念有很大关系。这家广受欢迎的意大利餐厅，创始人其实是日本人。

1967年，正垣泰彦在日本千叶县创办了萨莉亚，一开始只是有36个座位的小型西式餐厅。

彼时餐馆的生意十分惨淡，正垣泰彦一番剖析后，将问题归结于价格太高。果不其然，在菜品降价70%后，门店顾客开始排起了长队，"价廉"也成了萨莉亚的一大口碑。正垣泰彦认识到，平价才是顾客的真爱，从此"性价比"三个字便牢牢刻进了萨莉亚的DNA。而近年来萨莉亚的盈利在西餐界也数一数二。2019年，萨莉亚企业营收约100亿元人民币。

菜品便宜还能盈利上亿元，萨莉亚是怎么做到的？

萨莉亚低价的最有力支撑，无疑是强大的中央厨房模式。中央厨房将原料加工制作为半成品，统一配送到各连锁店。店员进行简单加热或组合后，便可以直接把菜品端上消费者的餐桌。和肯德基、麦当劳一样，有了中央厨房的保证，在世界上任何一家门店吃到的萨莉亚，口味都是一样的。

除了中央厨房，萨莉亚在选址和店面装修上也极为"抠门"。为了避免高昂的房租，萨莉亚的门店选址倾向于一二线城市的核心商圈的非核心地段，也就是开在高级商场的角落。土黄色的卡座和狭窄的过道甚至看不出装修过的痕迹，更是坐实了"意大利沙县"的名号。

为了最大限度地压缩成本，萨莉亚也非常注重效率的提升。

在拖把上装自动加水器，服务员不需要专门打一桶水拖地，"每块砖只能拖一遍"；自制番茄切割机，把番茄放在机器上就能马上切开，全程只要几秒钟；服务生不会帮客人拉开座椅，上菜时省去托盘直接用手。

总之，一切耽误干饭的仪式感，都被这家西餐厅无情抛弃。有综艺节目做过测试，一个顾客在萨莉亚点15道菜，全部上完只需要10分钟。

供应链的搭建、独特的选址策略和对效率的重视，成就了萨莉亚经久不衰的"平价"。没有漂亮的摆盘，装修简单粗糙，味道也谈不上惊艳，却是轻轻抬手就能触及的存在。它丰富了不少年轻人略显局促的青春时光，也让不少手头拮据的家长，在看到菜单后多了几分底气。

就像一位在萨莉亚消费过的顾客留下的那则点评一样："我不止一次在萨莉亚看到，爸爸妈妈慷慨地对孩子说，想吃什么随便点。"一个能让工薪家庭的父母，对孩子说出"随便点"的西餐厅，或许这是它最伟大的地方。

当我开通了第31个会员

□程　旭

不算不知道，一算吓一跳——用手机点外卖时，简单地做了成本收益分析后，我勾选了会员办理，一瞬间，我拥有了第31个线上会员资格。好莱坞演员格劳乔·马克斯曾说过，他绝不愿意参加任何主动给他会员资格的俱乐部。而我的这些会员资格，都是主动加入的，有的是“义无反顾”，有的却是“身不由己”。

虽然总被称为“尊贵的会员”，其实背后全是卑微的算计，“省钱”是首要考虑。这学期眼看孩子们无望回教室上课，他们要在姥爷家“长住沙家浜”，外卖平台我得频繁用到8月底，会员能省配送费，还有商家折扣。生鲜超市的会员则是偶尔开火做饭、保证蔬菜瓜果供给的一种补充，此外，我还惦记着每次消费后的“免费领菜”。

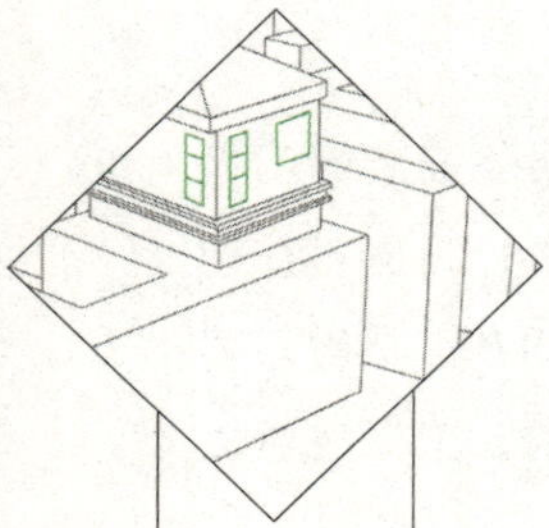

另一个考量因素是“省时间”。如果不是下载软件或网盘的会员，获得影视资源或学习资料时会被严重限流，全家人都等着看幼儿园拍的校园生活短片，我可不想盯着增长乏力的进度条心急如焚。我还同时办了小蓝车和小黄车的共享单车会员，确保我早晨下楼和出地铁时能骑到其中任意一种，把上班通勤的时间精确地控制在40分钟以内，这样每天都可以多睡半个小时，而不用担心因为迟到被扣一个月的绩效。

加入会员，还意味着能获得增值服务。增值服务，实际上是一种差异化服务。对大多数人来说，企业产品中所包含的基础功能就已经能满足他们的日常需要了。但每个人都是一个独立的个体，都有不同的需求，对产品功能的要求自然也不一样，在这种情况下就产生了增值服务模式。像电子词典软件本来内置三本词典就够用，我若想用专业性更强的词典，就得购买会员。而有的增值服务则是把“应有之义”切割成“留下买路钱”：不是会员，游戏主机就不能联网玩；不是会员，微博写了错别字就不能编辑修改；不是会员，快递柜里的包裹超期未取就要交钱；不是会员，电子笔记本就不能在三台以上终端设备上同步记笔记。

作为会员，生日那天平台发的短信会表明它们是“最关心你的人”，我们还是不能期待得到欧洲中世纪行会那样的照顾，货被抢了，店被烧了，行会也会帮会员渡过难关，竞争不充分、社会分工程度低才让组织“小而全”。知道没有交情，唯有交易，我只取会员功能的一小截。比如，我爱看电影，不同流媒体平台的片源不一样，还有排他性，有的老电影齐全，有的侧重艺术电影，索性我都充了值。会员经济的灵魂是增加用户的忠诚度，我却像吕布，忠于太多的主子。

就这样，我的欲望被细细地切成一小块一小块，像多米诺骨牌，商业世界各取所需，在每张牌上都烙上“会员”字样。它们看似独立、互不相欠，却被联名、竞争、独占、分心、奖励等手段排成了一溜，推倒一张牌，其他牌也应声倒下，最后组成一条锁链。

只想理个发，能不能别叫我办卡

□胡姚雨

Tony老师为什么一定要叫我们办卡？如果你不假思索地回答“为了多赚我的钱呗”，那他会立刻委屈巴巴道：“我这哪是赚你的钱，是替你省钱好不好？你想啊，要是你充了500元，以后理发就打6折，原价一次50元，办了卡就只要30元，我明明是为你考虑好不好！”

可是，Tony老师才不是人美心善的活菩萨，用你的500元现金换他们的500元储值卡，这真的是一笔无损买卖吗？

500元现金和500元储值卡，区别到底在哪儿？

第一，现金有流动性，而储值卡没有！别以为储值卡里的钱是现金等价物，事实上，那笔钱的流动性已经彻底丧失了，因为它只能在这一家店使用。

第二，现金没有风险，而储值卡有！这个风险往往会被Tony老师用语言掩盖。请留心Tony老师是否会对你说这样一句话：“……反正你总要理发的，充了钱肯定划算。”看似合理的一句话，蕴含着Tony老师几十年的语言积累和艺术修为，让人如堕五里雾中，仿佛亲人在侧，充满思虑关怀。事实上，Tony老师省略了关键的几个字，让我们把那句话补全：反正你总要（来我们这家店）理发的，充了钱肯定划算。

是不是瞬间觉得怪怪的？我为什么一定要来你们这家店理发呀？那么多理发店，我选哪家不行？这就是Tony老师深藏不露的营销之道。当你乖乖充值，用现金换回储值卡后，换回的相当于Tony老师的一腔承诺：我要让全小区都知道，你接下来的发型，被我承包了！

前提是，Tony老师所在的店不会倒闭，Tony老师们不会跑路……

还有什么能像理发一样，初次见面，就让你忍不住先大付一笔？

共享单车。很多品牌的共享单车在骑行之前，会要求骑行人进行押金充值，随后才能使用。

这和Tony老师的路数是不是很像？

如果你觉得“不像”，那恭喜你，你抓住了问题的关键。一个显而易见的常识是，储值卡内的余额，是可以被继续使用的。相当于之后的消费直接消耗“储值”，当然，剩余的“储值”原则上不能退还。而共享单车的押金就原封不动地被押在那儿，每次骑车，都要额外支付骑行费，但你申请退还押金的时候，押金依然会退给你。这是两者最大的不同。

如果你觉得“像”，那也恭喜你，你看到了问题的本质。当你办理“储值”，或者支付“押金”后，你的钱就实打实地进入了对方的账户，并且形成了一笔不会在短期内就立刻被消费掉的“冻结资金”——这笔剩余的、被别人掌握的，实则属于你的“冻结资金”，有一个共同的名字：沉淀资金。

沉淀资金是指社会上这些零零散散，没有被彻底开发利用起来的资金。

换句话说，“现金”变为“押金”或“储值”，就是将“生息资产”变成了“无息资产”！

话已至此，面对Tony老师的“诱惑”，你想好怎么回答了吗？

苹果为什么不做电视

□卫 夕

苹果为什么不做电视？这是一个好问题。没错，如今市值接近3万亿美元的苹果早已是全球消费电子行业毫无争议的王者。它的产品品类遍布电脑、手机、平板、智能可穿戴等多个领域，近年又开始发力软件和服务市场。那么电视作为家庭娱乐的核心，引领科技潮流的苹果为什么不愿意推出自己的电视机呢？

没错，这个问题的确引起过科技圈极大的兴趣，毕竟苹果这两年也在大力推自己的视频流媒体服务Apple TV+，顺便造一台电视不是顺理成章的事吗？

苹果不是一向推崇软硬一体吗？为什么电视市场会是例外？

苹果不是一向追求全链路生态吗？电视作为家庭娱乐战略的必争之地，苹果为什么舍得放弃呢？在手机厂商小米、华为、三星、OPPO甚至一加都在造电视的时候，苹果为什么不动如山呢？

今天我们就来好好聊一聊这个问题，在我看来，苹果不造电视的原因至少有以下三个：

第一，电视市场是一个价值链条简单的市场，苹果缺乏重新定义电视的能力；苹果进入任何一个新市场，能否定义或者重新定义这个市场是一个重要的隐形判断标准。

回顾历史——iPod（便携式多功能数字多媒体播放器）定义了MP3（音乐文件播放器），iPhone重新定义了智能手机，iPad定义了平板电脑，AppleWatch定义了智能手表，AirPods定义了无线耳机。

然而，苹果如今很难重新定义电视。这背后的核心逻辑在于，电视有两个核心——第一是显示，符合苹果品质的高端显示面板几乎被LG、三星、夏普等显示面板厂商垄断，而OLED电视大屏的供应商更是凤毛麟角。第二是内容，这分布在Netflix（网飞）、迪士尼、HBO、ESPN和其他各大有线电视台手里。

因此，苹果在整个链条中无法注入核心竞争力，如果只是出品一款贴着苹果logo（标识）的三星电视或LG电视，那对市场的意义是不大的。有人会说，你不要忘记了苹果的设计啊！没错，苹果的工业设计在消费电子领域目前无人能出其右。

但请注意，设计是为整体体验服务的，苹果产品征服全球的核心在于其综合体验，工业设计只是其中一个特性。更何况在电视外观整体趋同的今天，苹果要在电视的设计上和竞争对手拉开绝对差距，其实难度极大。

第二，电视是一个更新周期极长的市场；更新周期也是苹果考虑的重要因素，电视和其他消费电子产品的一个重要区别就是，消费者换新的周期极长，平均在5~7年，甚至很多消费者会拉到10年或更长时间。

人们对待电视机更新的态度和冰箱、微波炉没有区别，除非它坏了，否则为什么要换一台呢？

一个不可辩驳的事实是，人们更愿意将电视机看成一台家用电器而非一款科技产品。毕竟，对相当一部分消费者而言，他们根本不知道LCD和OLED在画质上到底有什么区别。因此，即便消费者是苹果的忠实粉丝，他愿意买苹果的电视，电视也无法像iPhone等其他产品一样形成较高的复购率。要知道，iPad在2016年左右出现过销量下降的现象，这并非iPad的竞争力下降了，而是另一个相反的原因——iPad实在太耐用了。和安卓平板相比，iPad可以做到好几年完好无损、流畅运行，消费者会失去更新的动力。

而电视就是那个比iPad更新周期更长的产品。

与此同时，整个电视市场也逐渐变成一个存量市场。这背后的逻辑是，尽管用户会进行设备更新，但不可否认的趋势是，看电视的时长不可避免地被手机分流，越来越多消费者的时间花在了手机这种小屏幕上。在短视频的高频刺激下，用户越来越没有耐心，坐下来安静看电视的时间越来越少。

所以，从更长的时间跨度看，电视并非一个长期红利市场。

第三，电视是一个利润率极低的市场；苹果是一家追求利润率的公司，2021年苹果的净利润率高达26%，这是一个极其夸张的数据。

要知道生产奢侈品的LV母公司LVMH集团2021年的利润率也只有18.7%，而电视是一个竞争极其充分的低利润市场。

整个行业即便高端玩家利润率也常年不足10%，即进入这个市场可能会拉低苹果的整体利润率。

有人会反驳这个观点——苹果可以通过提高售价来保证高利润啊，别的电视卖5000元，苹果卖10000元，利润率不就提高了嘛！

AirPods等苹果产品不就是这么干的嘛！这个说法对吗？其实不对，苹果是可以通过提高售价从而提高利润率，但还要看消费者是否愿意买单。

别人卖5000元的电视苹果卖10000元，这5000元的溢价需要苹果给出足够明确的购买理由。

设计和品牌力量往往被高估了，苹果的logo并没有现实扭曲力场。一个典型的例子就是HomePod。

这款昂贵的智能音箱被市场证明：它给消费者提供的价值无法和它高昂的售价相匹配。

其结果就是HomePod销量惨淡，在坚持四年之后最终停产了，苹果转向了更实用性价比更高的HomePod mini。

所以，即便品牌力强如苹果，如果不能提供足够的实用价值，越来越理性的消费者也不会完全无脑买单。综上，由于电视机更新周期长、利润率低，同时很难做出足够的差异，所以苹果选择不直接制造电视。注意，这并不意味着苹果完全放弃了电视这块蛋糕。

事实上，今天的苹果切入电视市场的方式是推出自己的电视盒子——Apple TV。

这个200美元的小盒子完美地避开了电视更新周期长、利润率低的特性，平均三年进行一次升级，同时售价比亚马逊Fire TV等盒子更高，用来保证利润率。

苹果采取这样的策略一方面是自己的Apple TV+的视频流媒体服务需要一个载体落地。

另一方面是以售价更低（和其他苹果设备相比）的盒子占领更多的客厅，从而构建更稳固的消费者生态。

要知道，Apple TV最新的版本用上了A12的芯片，这是一枚曾经搭载在iPhoneXS上的旗舰芯片。

因此，如果苹果后续宣布基于Apple TV实现更多更强大的功能（比如支持Facetime或和HomeKit深度绑定等），业界也一定不会感到意外。

总结一下，苹果不做电视的原因在于它认为自己在这个市场站不到价值链的顶端，不能给消费者提供足够的增量价值，从而选择了Apple TV这条更加务实的道路。

商业有时候比想象中更复杂也更有趣，这就是它迷人的地方。

降低“支付痛苦”

□周欣悦

研究者发现，人们在付钱时会有即刻的痛苦感，被称为支付痛苦。这种痛苦会减少人们从消费中得到的喜悦感。比如，你去一个很美的国家旅游，本想乘坐出租车好好欣赏一下窗外的美丽风景，可是这个国家的出租车很贵，你坐在后座，每听到计时器嘀嗒一声，就会心疼自己口袋里的钱一秒。这样一来，你再也没有心情去观赏外面的风景了。

如果坐出租车是先付钱，你就不会有这种感受了。你付过了钱，就不会再惦记着心疼了，现在的任务是让钱花得值，所以你要尽情享受。

但是如果你购买的不是一次体验，而是一种物质，例如一台洗衣机，那就不一样了。因为洗衣机在购买后很长一段时间能给你带来好处，你会将付钱时的痛苦和使用时的效益直接对应起来，觉得合情合理，物有所值。

另外，为体验收费时，不但要注意先收费，也要注意不能收费次数过多。例如，你去一个老式游乐场玩，结果发现每一个设施都要单独收费，你就可能玩得没有那么痛快了。每一次付钱都让你感到心疼，所以玩得不会太愉快。这也就是为什么迪士尼乐园出现时，把按活动收费改为了按照入场收费。

越来越多的商家采取了合并付费的方式。例如电影行业，以前租赁录像带不但要按出租次数收费，过期不还要罚款。

Netflix诞生之后所采用的定价模式完全不同。消费者只需要支付月费，就可以享受无限次数的影片租赁。

国内视频网站也有效仿Netflix的付费方式，当然他们也保留了每部电影单独收费的选择，也就是用户可以选择每观看一部电影就付一次费。但是看一下他们的费用就知道，观看单部电影用户需要支付5～6元，但是一个月的会员费才19.8元。显然他们更加希望用户成为包月会员。这是为什么呢？

因为他们并不希望用户按次付钱。如果用户每次看电影付5元，那么他们就会斤斤计较，看完一部不好看的电影会觉得不值得。另外，付了会员费还能提高用户的使用频率和忠诚度。用户如果成为会员后，却一次都没有看过，就会觉得很亏，会尽量抽出时间来看，每看一部都觉得自己好像把钱赚了回来。那为什么餐厅大多是后付钱呢？如果你仔细观察就会发现，也有一些需要先付钱的餐厅，这些餐厅一般都是廉价的快捷餐厅。这又是为什么呢？

这取决于餐厅想跟你建立的是功能关系还是感情关系。如果一家餐厅是功能性的，那么餐厅不需要跟你建立感情关系。你点完餐，他们就要你付钱。但是高级餐厅希望跟你建立感情关系，希望你对他们有所依恋，是一个常客，如果点完餐就要你付钱就显得太冷冰冰了。

第四章 身心原力课

“人生是一场分寸之间的游戏。”这是阿尔·帕西诺的《挑战星期天》里的一句话，就在决赛前的更衣室里说的。那可真是部好电影啊。很多人说只有体育电影爱好者或者足球爱好者才会欣赏这部电影，但他们错了。

“人生是一场分寸之间的游戏。足球也是。无论生活还是足球，都是失之毫厘，谬以千里。早一步或晚一步，结果都会截然不同。慢一秒或者快一秒，你都会和它擦肩而过。分寸无时不在，无处不在。比赛的每一次暂停，每一分，每一秒，都生死攸关。我们这支队伍，为每一寸而战！”

因为分寸之间，人生会彻底改变。有时只是不经意的几厘米。

——［瑞典］弗雷德里克·巴克曼　译/陶　曚《不要和你妈争辩》

不必“伪合群”

□针未尖

“每天身处喧嚣，却无比孤单。”这句话，曾有人用来调侃自己的“不合群”，形象地说明了内心的苦恼。

最近，“合群真的那么重要吗”成为网上热议的话题。有人觉得不重要，没必要去迎合所有人；也有人觉得，在生活中必须合群，不然很可能被孤立，因此“伪合群”是成年人的必备技能。

合群真的那么重要吗？这是一个长期存在的问题，也是很多人的共性问题。因为人类是群居的，正因为人有合群行为，才形成了人群和社会。而在我看来，合群是比较重要的。

从精神需求的角度说，合群能够满足人类对爱与归属感的需要。根据美国社会心理学家马斯洛的“需求层次理论”，人的需求从低到高分别是生理需求、安全需求、归属需求、尊重需求和自我实现需求。合群就是一种归属需求。归属需求不只是简单加入一个群体，而是形成并维持一种持久的、积极的人际关系，群体中的伙伴彼此互动、信任、认同甚至欣赏，提升各自的归属感，收获心灵成长。

即便合群只是彼此分享快乐、倾诉痛苦，某种程度上也能起到调节情绪的作用，给自己和他人带来更多安全感。

从生存生活与工作的角度说，作为一种社会性动物，人在现实中几乎不可能孤独地生存生活和工作，免不了要和人打交道。物以类聚，人以群分。合群，可以取长补短，让自己变得优秀；合群，可以互惠互利、互帮互助，彼此成就。故有人认为，合群是职场竞争力、职场情商的一个重要考量指标，追求合群、愿意合群，是一种生存的需要，也是发展的需要，甚至是变强大的需要。由此可见，合群是一个人适应环境和社会的必要能力。

不过，凡事都要掌握“度”和“量”，合群也是如此。合群不是刻意迎合他人，不是委曲求全，也不意味着“合”自己身边的每个群体。低质量合群、盲目合群，反而会给自身带来困扰。合群要找到与自己三观一致、兴趣相近、有利于自身发展的人群，没必要强迫自己融入三观不合、兴趣爱好不符的某个人群。

同时，合则聚，不合则散。没必要仅仅为了让他人看得起自己，或害怕被孤立、被排挤，而伪装合群。这样可能适得其反，不仅浪费时间和精力，还可能因为没有找到真正接纳自己的群体而产生焦虑、忧郁等不良情绪。在这种情况下，不如走出“伪合群”，先活出真实的自己，取悦真实的自己。

真正的合群，是融入群体但不迷失自我甚至失去自我。当众声喧哗时，不要人云亦云，而是保持独立思考和清醒判断；当面对困境时，既可“抱团取暖”，又能“自我温暖”。既要让自己“合得进去”，从群体中受益，又要让自己“跳得出来”，多一份独立，少一份盲从。这才是成熟的合群之道。

故有人表示，“合群”诚可贵，“自我”价更高。在多数时候“合”得了群，在某些时候享受得了孤独，努力追求自我价值的实现，才能更好地应对自己的人生。

悦 纳

□李瑞星

最近，“与素颜和解”这一话题频上热搜，一大堆博主开始跟风模仿，纷纷晒出自己的素颜照。我打趣室友：“你会和自己的素颜和解吗？”她把脸一扭，说道：“当然不会，我不够白，是‘猕猴桃’女孩，还是单眼皮……”

我听后不禁感到错愕，室友是公认的“肤白貌美大长腿”，没想到竟有如此严重的容貌焦虑。听着她围绕着自己缺陷的长篇大论，看着镜子中的自己，我突然就想起了自己高中时的样子。

那时我黑黑瘦瘦的，也不善言辞。军训结束后，我被晒得更黑了，同学一见我就调侃：“是不是刚挖煤回来？”我的自卑像藤蔓一样野蛮生长。

从那以后，我开始疯狂搜集美白产品，只要听说能够变白就一定会试一试。有的产品涂到脸上会感觉火辣辣地痛，有时也会因为不耐受，连续几天脸颊泛红。但是为了变白，我都忍了。整个夏天，我从没穿过短袖，出门必定裹得严严实实。

我栽下了变白的苗儿，却没有收获美白的果儿。黑皮肤、塌鼻子、矮个子，这些词贯穿了我的整个高中生涯。有一次上英语课，我们学了个新单词“chimpanzee”（黑猩猩），我祈祷老师千万别叫我读单词。偏不遂人愿，老师走到我身边停住，示意我站起来领读。自尊心让我无法开口。老师以为我不会读，开口提示了好几遍。我站在那里，脸瞬间灼烧起来。开始是一两个同学在笑，后来则是连成了一片，老师有点不明所以，终究是叹了口气让我坐下了。这一次我再也忍不住了，躲在小山似的书本后，无声地哭了起来。我害怕别人看见，就把头绳解开，用头发挡住脸，这遮住的不仅是满脸的泪痕，还有我那脆弱的自尊心。

对外貌的焦虑和自卑常常使我无法专注于学习。某天课间，我突然发现教室里挂上了高考倒计时的数字牌。我环顾四周，同学们有的在讨论题目，有的拿着课本背诵，有的则低头奋笔疾书。我陷入了沉思。此刻在这间教室里的人，无一例外都要走上同一条道路：通过努力学习改变自己的人生。在真正重要的事情面前，所有人都专注于自己，不论你是美或丑，是高或矮，是黑或白，根本无人在意。

我好像在很长一段时间里都活在别人的目光中，过分在意他们的每一句话、每一个眼神，将颜值变成了自己的假想敌，仿佛只有战胜它，自己才会被接纳，却忽略了自己真正需要追求和坚持的东西。

从那以后，我选择沉浸在自己的世界里，拼命学习。后来我的确成功了，如愿考上了心仪的大学，成了老师、朋友和父母眼中有出息的孩子。

看着镜子里的自己，依然是黑皮肤、小眼睛，和高中时没什么两样。但如今，我是班长、学生会会长、演讲比赛负责人。我能一次次自信地走到台前，组织班里的各种活动，主持学生会议。我并没有与素颜和解，但我不再将它当成我人生的假想敌，而是自然地与它共处。从指望别人的接纳转而悦纳自身的不完美，我反而更清楚自己的目标和方向，并为自己在别处的光芒感到骄傲。

你永远无法打败一个情绪稳定的人

□甘蓝蓝

渡边淳一在《钝感力》中写过一个故事。

他实习的医院里有位医术高明的医生，唯一的缺点，就是喜欢在手术中不断指责那些协助他的部下。

“手脚太慢”“快点儿，拿牢靠些”“你眼睛往哪儿看呢”……

很多年轻的实习医生一听到要参与他的手术，都紧张不已。

教授的第一助手S医生，被训斥得最多。

但是不管教授说什么，S医生的回答都一成不变，总是轻轻地重复两次：“是，是。”

手术结束，手术中的训斥被他忘得一干二净，舒舒服服地泡个澡，继续和同事们谈笑风生。

就这样，S医生成了同辈医生中手术方面进步最快的。

曾担任《百家讲坛》讲师的曾仕强认为，生气、抑郁、焦虑，是人对环境的一种反应，本身没有好坏之分，但是有理性和非理性之分。

路上堵车，每个人都会着急，有一辆车不守规矩地加塞，你会生气，这些都是理性的情绪。

但是如果你被加塞后忽然感觉今天遇到的事情都不顺利，是不是老天爷跟我对着干？越想越气，从生气上升到烦躁，就进入了非理性情绪。

理性情绪是人们基于遇到的状况，本能产生的反应，而非理性情绪则是在夸大事实、以偏概全之后产生的情绪。

比如一件小事没有做好，会上升到“我连这种小事都做不好，能有什么前途”。

孩子没考好，父母脱口而出：“你怎么这么笨？什么都学不会！”

处于非理性的情绪之中，人的压力就会越来越大，情绪绷得越来越紧，可能一件小事，就会刺激他做出非理性的行为。

美国心理科学协会主席莉莎·费德曼·巴瑞特认为，一个人的情绪，比他的认知更重要。

她在《情绪》中写道：大部分的认知里，都相信努力工作、健康饮食、努力存钱、早睡早起是应该做的事，也是对自己更负责的方式，但是大多数人无法坚持这样的生活。

我们会把注意力放在手机上，而不是学习和提升技能上；

美食当前，我们会贪图一时的痛快，忘记未来可能会产生的健康问题。

从理性上说，如果我们坚持健康的生活方式、积极学习，就能实现目标，那么为什么大多数人还是做不到呢？

原因就在于情绪。

很多人以为，拒绝再吃一块巧克力蛋糕、拒绝将薪水用于冲动消费、拒绝在应该工作的时间玩手机的最佳方法，是让自己知道这样做的后果，做出理性的选择。

但是这样的策略通常不会奏效，因为你无法控制想要立刻满足自己的情绪需要。

因此莉莎·费德曼提出，成功的秘诀，不在于我们知道什么是正确的，而在于我们能够运用情绪来达成目标。

没有谁的人生是一帆风顺的，活在人群中，总会为了各种各样的人和事生气。

你可能为自己不被重视而生气、为别人的愚蠢而生气、为不被理解而生气、为自己的弱点和过错生气……

但生气的结果，是有助于解决问题，还是给自己制造新的难题？

如果能在情绪上头的时候想到这一点，就能慢慢提高我们管理情绪、控制情绪的能力。

能不能不出海，只是躺在沙滩上晒太阳呢

□李银河

《老人与海》这部小说的两个关键词是奋斗、徒劳。奋斗是人在世上具体的努力；徒劳是对人所做的一切努力的抽象观察。奋斗是老人在海上旷日持久的奋战；徒劳是那副终于被拖回的大鱼的白骨。

年幼时看这部小说，并不喜欢，原因很可耻：一是看不到热闹，二是看不明白立意。人看小说总是习惯性地看情节，看人物，看故事，看人和人的冲突纠缠。这部小说没有故事，只写了一位老人与海的搏斗，没有人和人的纠葛，所以浅薄年幼的人就不受吸引。此外，由于处在缺乏抽象能力的年龄，对小说的象征意义也不甚了了。

待有些人生阅历之后，回过头来再看，小说的象征意义从一片混沌的文字之雾中逐渐显现出来：老人拼尽全力拖回了一条大鱼，可大鱼只剩了一副骨架，这不正是人生的抽象呈现吗？那徒劳无功的奋斗不正是对所有人一生所作所为的真实写照吗？人的一生，经历了七灾八难，经历了艰苦卓绝的奋斗，结局只是徒劳。这是所有人的人生抽象，所以即使把这部小说认定为一部哲学小说也不为过。

人生就像这样，一个人孤独地在一片茫茫大海中奋斗，最终战胜了所有的困难，把那条大鱼拖了回来，可是它只剩下一副白骨。

能不能不出海，只是躺在沙滩上晒太阳呢？

自在就是不讨好这个世界

□郭　红

为什么讨厌合影呢？一瞬间努力睁大眼睛，凝固表情，想要呈现最好看的样子，但总是奇怪的样子。我们在讨好一个不知道的观众，一个不认识、不在乎你的人，对方只是瞟一眼，然后随口评论一句，你却在这里努力做出讨喜的样子。

我喜欢和亲密的朋友合影，互拍或是自拍。两个人毫无芥蒂地脸碰着脸，一起眼睛含笑地看着镜头里的自己，调整角度和表情。这样拍照，愉悦的人是自己，这是一个游戏，一个互相取悦的瞬间，记录的是当下美好的心境。

说到底，世间除了少数的几个人，谁又会真正在乎你呢？而如果你不自在，你在照片里的样子也是不自在的。

一个不自在的人，身上总有一些不单纯属于他的东西，一些由杂念而来的东西，凝固成了杂质，附着在眼睛里、生硬的笑容里，甚至不自然却熟练的姿态里。

为什么会喜欢一个自在的人呢？也许是因为他不讨好、不献媚、不自卑也不自大，他因为是自己而满足，他知道自己是谁；也许是因为他干干净净地站在那里，简简单单地说着话，你会因为他的自在而感觉松弛，仿佛自己也放下了担子。

我们每个人的心上都背着各种各样的担子，它们从内部挤压你，使你不知不觉负重前行。

那些内在的担子予你更大的不自由。你的腰弯了，腿软了，脖子不再像年轻时那样直挺挺地梗着，说话有气无力，你对整个世界再也拿不出以前那样无所畏惧的勇气了。

岁月把负担不知不觉地灌注进你的灵魂里。你是在岁月里老去的，是在失去对抗的勇气里老去的。你变得面目全非，失去了与生俱来的像个国王一样的气质，你在讨好这个世界。

而世界是什么？是一碗饭？一间屋子？一缕阳光和一阵微风？世界不是你讨好来的。

当你自在如国王时，世界本来就是你的。

甘宇荒野求生17天的启示

□懒得栋

在四川泸定地震中失联17天的甘宇在前几天终于出院了。他是水电站的施工人员，和水工罗永一起泄洪救人，逃离水坝，然后又在山中求生17天。甘宇是一个缺少野外生存经验的普通人，被救援队发现时虽然肋骨骨折、胃溃疡、腿上满是伤疤，还伴有严重感染，但还是幸存了下来，他是怎样做到的呢?

户外生存达人贝爷说，荒野求生最重要的是秉持PRWF原则：保护（Protection）、救援（Rescue）、水（Water）、食物（Food）。

求生首先要保护自己。在户外，可能会面对极端温度与气候、危险的动物或者崎岖的地形，为此，需要做好相应对策。譬如在户外最容易遇到的失温。即便是在夏季，一旦温度、湿度、风力有所变化，都有可能造成失温。甘宇恰好拥有一件雨衣，在多雨的山中帮助他保持上半身干燥，而他也非常有意识地在出太阳时晒干自己。

获得救援是求生之旅的最终目标，甘宇的同伴罗永在和他分开后寻找到了打火机，后来就是通过烟雾吸引了救援人员的注意。而甘宇虽然多次看见直升机，却缺乏生火的手段。在离开和罗永约定的等待点后，甘宇也没有做出任何标志帮助援救人员找到他，因此，他一度与救援人员擦肩而过。如果甘宇能做一些简单标志，他提早获救的概率或许能增加不少。

水在户外是真正的生命之源，贝尔在《荒野求生手册》中提到几个三字诀，“没有适当的保护躲避极端的高温或低温，你只能维持三个小时的生命；没有饮水，你绝对活不过三天；但如果没有吃的东西，你可以足足熬过三个礼拜”。一个人在20℃左右且没有承受压力的情况下，每天会排出大约2L的水分，一旦流失水分达到15%以上，就几乎必死无疑。

甘宇能够活下来，很大程度上是因为他想起了贝尔的指导。他在极度缺水时通过苔藓汲取水分，并且喝了两次自己的尿（与大多数人对尿的肮脏印象不同，尿是无菌的，足以成为补水的紧急手段）。

食物的重要性仅次于水，在户外生存一定要抓住一切可以补充食物的机会。食物意味着能量，而能量意味着生存的机会。就算你没法立刻学会制作陷阱或是捕鱼，也可以像甘宇一样寻找所有能获得并且认得出的野果。

除了以上这些，更重要的或许是你的求生意志。《生存心理》中列举了许多奇迹般的求生案例。譬如一位画家乘坐的飞机在3600米的高空撞上山顶，而她在断了一条胳膊的情况下爬下了垂直的崖壁，还在中途欣赏旷野，甚至认为整片广阔的荒野只属于她一个人，并坚信自己会活下来。

在另一个相反案例中，5位遭遇船难的幸存者在海上漂流，其中两位失去了求生的意志并患上了“类集体虚构症”，这种病症会让遇难者放弃面对现实，沉溺幻想。他们觉得自己正躺在舒适而安全的家中，像跳入自家游泳池一般跳入了鲨鱼游荡的海水里，被撕咬吞噬。

贝尔认为求生意志存在于每个人身上。甘宇活了下来，他坚信，一定有人在找他，每当一架直升机飞过头顶，他都知道，人们还没放弃他。这给了他希望与勇气。

三十岁，我能“独活”吗

□出云破月

网上一直流传着一张孤独等级表。从第一级的一个人逛超市、第二级的独自去餐厅吃饭，到自己看电影、去游乐场、搬家……最后第十级是一个人做手术。不得不说，“终极大杀器”听起来很是凄惨，毕竟生病是人最脆弱的时候，身体条件的限制也必须有人陪护在侧。

不过随着近年来城市化不断推进，一切变得便捷高效。加之最近人们的饮食习惯、交往方式发生的细微转变，这张等级表的权威性已经岌岌可危。从前独来独往，是不合群、孤僻的代名词。但现在，这开始象征着独立、自主。于是，“独活”的概念广泛进入人们的生活。

“独活”不是指独居、一个人的宅家生活，而是“独自活动、外出娱乐。逛自己想逛的地方，做自己喜欢的事，能够享受独处时光”。独活是一种主动选择，而非被动接受。喜欢独活的人，并不意味着讨厌和朋友们共处。

在独活还没被大众熟悉的时候，我就已经主动成为其中一员。因为从小就很爱看电影，身边像我这样狂热的人没几个。从初中起，我就经常独自看电影。有时看的电影太小众，甚至会出现整个放映厅只有我一人的情况，是名副其实的包场和“独活”。

到了大学，情况“愈演愈烈”。我常会在没课的时候，拿出一整天泡在影院里。计算好时间，连看三场电影是我的常规操作。中间再美美地吃顿午饭或晚餐，饭后消食的逛街也必不可少。这样一天下来，倒是完成了孤独等级表里的好几件事。

一开始我当然想过找同伴，只是像我这样专门为看电影的人很少。大多数人只是把它当作约会时被挑剩的选项，或是让接下来的烛光晚餐有些谈资，不至于陷入尴尬的沉默。偶尔有同为影迷的朋友，也会因喜好的电影类型不同而产生分歧，最终不免一拍两散。

如果颇具牺牲奉献精神，选择迁就朋友的喜好，委屈自己看一场不爱的电影，那么体会过的人大概都懂，那可真是如坐针毡、如芒在背的一个半小时啊！

这就像和朋友聚餐，人越多越无法尊重自己的喜好，最后的选择永远是不会出错的火锅自助。说起这个，我曾在最爱的火锅自助店里，两次遇见同一个来“一人食”的年轻姑娘。她应该是独活“老油条”了，非常从容不迫地选择汤底、挑选蘸料，以及喜欢的食物。当一切准备就绪，她拿出早就准备好的iPad架好，开始边吃边刷剧。

她虽然没有像日剧《独活女子的推荐》中的女主角那样，独自烤肉是为了全神贯注地观察铁板上吱吱作响的烤肉，在肉被烤得恰到好处的时候夹起。但这样旁若无人，一边涮锅，一边悠闲追剧，足以让我这个独活已久的同道中人，万分羡慕。

影院中毕竟漆黑一片，没人会察觉邻座的人是不是独自前来。灯火通明、人声鼎沸的自助餐厅，显然是另一种环境。即使理智告诉我们，没人会真正关心旁边用餐的陌生人，但热闹场合中的形单影只，总会让人联想起“孤单寂寞冷”。能完全沉浸在自己的世界，必然有着强大的内心。

我想对她而言，一人堂食不一定要有什么高大上的理由。不是因为“吃独食”可以更好地记住食物的味道，肉涮老了没关系，单纯享受独自用餐本身的快乐就很好。

选择独活的人，已经懂得“外出娱乐”不必和“社交活动”画等号。不是每一次探店、打卡，都必须有同行人一起制造回忆；不是每次外出用餐，都必须和朋友谈人生哲理、和同事团建培养感情；不是每场电影，都是为了成为聊天冷场时的话题……

独活时，我们不必勉强去配合他人的脚步，而是可以完全忠于内心的节奏。偶尔坐在影院里，发现有和我一样，把片尾字幕看完的陌生人，我们会相视一笑，享受这短暂的知己之感。

当然，“独活”从不意味着我拒绝朋友。刚来北京时，别说朋友了，选择独居的我连个能说话的室友都没有。好在性格使然，独自生活对我而言是人生常态，也恰恰成为我和闺蜜相识的契机。

还记得是在两年前的毕加索真迹展上，我在一幅或许不是最出名的画作前停留了很久，久到现在成为我闺蜜的女孩，以为我感兴趣，主动上前来帮我讲解、拍照。不过她至今不知道，完全不懂美术的我，当时只是发觉画中的条纹沙发和我当天穿的裤子的配色，惊人地一致而已。

独自一人，反而让我收获弥足珍贵的友谊。我发觉，快乐分享可以加倍，忧伤倾诉可以减半。我们会一起为了话剧、展览，瞅准时机在线上抢票，但从不会刻意追求与对方的合拍，始终保有自己的独活。

特别有趣的是，在对“独活”越来越游刃有余之后，我才真正明白了和朋友在一起的意义，也愈加明晰了和他人之间的边界。

独活起初的目的，只是忠于自己的感受。可当我专注自身、完完全全沉浸于本心，居然学会了体谅他人。我接受了独一无二的自己，不再委屈妥协，迁就牺牲，反而更能理解和尊重他人的选择。

在独活中，我学会接纳自己、爱自己，不再活在臆想中的审视眼光里，也逐渐在学习如何爱每一个人。就好像，当我们真正明白什么是幸福，会不由自主希望所有人都是幸福的。

《独活女子的推荐》里有一集，女主角独自乘上热气球。唯一陪伴的飞行员问她：“是不是很奇怪，为什么没有感受到风？那是因为我们乘风飞行，所以感受不到风。我们现在，就是风……”

看着女主角完成翱翔于天空的梦想，热泪盈眶的我忽然想到王小波那段非常著名的话：“那一天我二十一岁，在我一生的黄金时代，我有好多奢望。我想爱，想吃，还想在一瞬间变成天上半明半暗的云。”

而三十岁的我，已然成为一个思想独立、经济独立的成年人。难道还要胆怯，不敢享受一个人的时光，不敢为自己“独活”一次吗？我想，只要保持对自己、对世界的好奇心，勇敢去尝试新鲜事物，不限制自己、不评判他人，那么不管几岁，我们永远有机会成为半明半暗的云，以及自由自在的风吧。

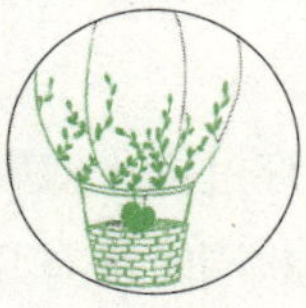

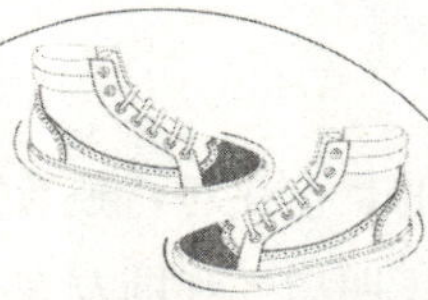

一双鞋的履历

□王太生

有谁计算过一双普通的鞋，能经过多少地方？

如果以一个人每天步行10公里、一双鞋穿三年计算，这双鞋，日晒天晴，雨雪风霜，每年出勤200天，大概要走6000公里路。

一双鞋，又不是汽车轮胎，竟然能走这么远的路，我发现了一双鞋的价值。

其实，这只是一双普通的鞋，当初花几百元买来，有过忐忑的脚步和风中兴奋的奔走，它确实陪我经过一些地方。

都去过哪儿？当然陪我去过那些大码头，也去过一些小地方。访问过20座县城、15个小镇、6个古村落，还去过外婆的墓地，以及一些记不得名字的角落。一双鞋，飘零在江湖之上。

登武夷山时，别人都穿运动鞋，我却不合时宜地穿皮鞋。我嫌带两双鞋太麻烦，关键是我不喜欢登山时穿运动鞋的一副势在必行。我穿皮鞋，还是我原来走路的样子和神态，走路或登山，还是原来的表情。

在雁荡山时，它就像一个中年人明显地有了眼袋，鞋面也有了些许皱纹。在那些垫着木板的悬崖栈道上行走，这双鞋非常忠实于我的脚，让我在名山大川的风景深处，始终步履坚定，未曾有过半点闪失。

一个人，穿过多少双鞋子？已经记不清了。穿鞋子，我不喜欢同时拥有几双，而是以一双为主，一双为辅，就像给某个职位，只安排一正一副。

汪曾祺的《故乡人》里写了两个打鱼的，“穿了牛皮缝制的连鞋子。裤子带上衣的罩衣，颜色白黄白黄的，站在齐腰的水里”。我在家乡，见过这样的鞋，鞋子连在衣裤上，有水底探路的履历。打鱼人上岸后，一套胶皮衣裤，水淋淋地扛在肩上，两只鞋倒垂着，一晃一晃。

随意脱鞋的人，生活的字迹潦草；一个人对鞋的态度，体现出对生活的态度。胡适平素衣食节俭，如果说有一点儿奢侈，那就是他穿的鞋子必须用上好的牛皮定制。

胡适不喜欢在室内脱鞋子，即使是在日式榻榻米上，也坚持自己的态度。

一双鞋，对古代文人而言，不再是简单的脚下之物。元代方回诗云：“少人行处路方佳，半著僧鞋半草鞋。”僧人穿的鞋，用布料做成。“半著僧鞋半草鞋”，是一只脚穿着僧鞋，一只脚穿着草鞋。抛开穿着的舒适度不论，这样的穿鞋方式，更多的是内心情怀的外露，当理想遭遇现实的巨大压力时，便穿着僧鞋和草鞋，躲避到江湖之远的寺庙山野。

一般情况下，鞋是一个人性情的自然流露。有一次，采访一个大老板，在他纤尘不染的办公室里，坐在柔软的真皮沙发上，我的这双鞋，不卑不亢地在我的脚上，哪知那个大老板却穿了一双普通人不常穿的布鞋。

当然，在网络上看到有个女孩在晒鞋，她穿过的鞋，从第一双开始，一直晒到第49双。她如果像我一样，一双鞋穿三年，恐怕要穿到120岁，早成老太婆了。

在每一双鞋后面，都写上当初购买时的心情，唯独少了这些鞋子的经历。

每一双鞋都有它去过的地方，鞋是一个人留在大地上的履历。

穿过的鞋，跟随我走过记不清的路，印下了我在这个世界某段时间里的朴素脚印。现在，这双鞋要退休了，我舍不得扔下它。写下啰唆的文字，为一双鞋送行。

心理咨询这件事

□陈志红

在经历第三次失败的恋情后，我终于扛不住了，到医院精神科开了三个月的左洛复（一种抗抑郁药物），吃了一个多月后，偶然听说一家心理咨询工作室，离我读在职研究生的地方不远，犹豫了一下就去了。

接待我的咨询师是这家工作室的创始人，白净温柔，说话慢条斯理又有逻辑，状态好得看不出年纪。

前几次咨询，我几乎都是哭着出来的。我讨厌别人同情，也不想给谁带来情感上的负担，所以极少在人前哭，哪怕是我最亲近的人。但在安静密闭的咨询室里，我的眼泪几乎不受控制，那些我以为遗忘了的难堪的事情，那些至暗时刻独自承受过的痛苦和恐惧，只需要咨询师一个提问，甚至一个眼神，便从脑海和心头翻涌而出。

咨询师跟我解释说这是咨询过程中会出现的正常现象。所谓不破不立，我们首先要做的就是正视自己的情绪，不要否定它、压制它，然后才能顺应它、引导它。

带着这样的怀疑，我开始批判性地看待咨询师的一些操作：她总是提及我父母的相处模式，引导我代入自己跟几任男友的相处；她会将我对朋友无底线的忍耐归因于我的自卑，继而鼓励我更多地自我关注；当我新认识了一个心仪的男生，并且产生了一些身体和心理上的反应后，她通过分析判断我并不真正喜欢这个男生……作为咨询师，她懂得把握说话的节奏和分寸，在咨询过程中不会给我造成太大的不适，但当我事后回想这些引导和判断时，总不免有很多疑惑。

父母是我感情不顺利的原因吗？我的不快乐真的是因为自我轻视吗？我自认为的喜欢只是权衡利弊之后的选择吗？

我想不出答案，也渐渐对心理咨询感到厌烦，以前它至少能让我无所顾忌地倾诉，释放情绪上的压力，现在却让我自我怀疑，没有找到问题的根源，反而急切地想找到解决方案。

第八次咨询结束后，我以在职研究生课程结束，不方便两地奔波为由提出暂停心理咨询。咨询师有些惊讶，但很快表示支持我的决定，她的反应让我有些奇怪，甚至不满，虽然说咨询师不能等同于医生，但她收了我这么高的咨询费，为什么不关心我的死活？

咨询师似乎看出了我心里的这些弯弯绕绕，她认真地对我说，心理咨询是一种自救行为，每个人都是在独自爬山，她只能在另一座山上替我加油，并不能推我上山。

暂停咨询后的两个星期里，我还是会经常觉得身体哪里不舒服，也会在夜深人静时焦躁不安，从前那些身体和心理上的不适好像并没有明显改善。就在我快要坚信“咨询无用”时，一个关系要好的朋友突然口无遮拦地惹我生气，我当场表达了不满，闹翻后也没有主动联系。这对以前的我来说几乎不可能，同时发生改变的还有一些生活中的细节，似乎原来发生在我内心的冲突，也就是咨询师所说的超我和自我的冲突，渐渐转移到了外部。我不知道这算不算一件好事，但至少对目前的我来说，我欣喜于这样的改变。

现在我以视频形式继续我的咨询之旅。我不再纠结心理咨询到底能有多大作用，只需要有人在另一座山上为我加油，虽然这个人冷静、客观，不肯陪我掉一滴眼泪，但她始终注视的目光，也许能让我更好地看到自己。

清醒会痛苦，但总比凭着幻象讨欢喜强

□马　拓

不得不说，我在工作中遇到的很多人都能带给我哲学性的思考。

比如我处理过的一个在站口扰序拉活的黑车司机。这人平时特别油嘴滑舌，我也从没把他那些不着四六的话放在心上。但那次听他闲聊了一件事，我觉得还挺值得玩味的。

他说他从小是被人领养的，养父母对他还行，除了自己不太上进，生活一直差强人意。二十岁出头的时候，他从别人口中得知了自己生身母亲的近况，进一步打探，又知道了她的详细住址。

当年他母亲是未婚先孕生下的他，生下之后就托人把他送给别人抚养，并且从没看望过他，所以他根本不记得她的样子。于是他做了一个决定，要亲自去一趟她家，见一见这个人，哪怕是随便聊几句也好。

我心想，见什么？一个抛弃孩子多年并且毫无悔改之意的人，两人唯一的关联就是DNA里的那些字符了吧，就像我们法医鉴定意见里的名词，“生物学母亲”。

有这闲工夫还不如好好孝敬养父母。

但我没有直说，作为一个喜欢听故事的人，我也隐隐生出了些许猎奇心理，万一这事儿后来有反转呢？比如当年有什么隐情，终于解开了什么误会，等等。

随后他告诉我，他去他生母家之前做了充分的准备，比如找了个中间人提前跟生母打了招呼，还让那人陪自己同往，又特意凑了两千块钱，当作“见面礼”。

我实在是憋不住了：“这钱是啥讲头？”

他脱口而出：“我也不知道啊，我就是觉得不能空手上门，买东西吧，拿什么都挺别扭的。”

“然后呢？”

然后他就去了，他们两个人，加上亲妈和她现任丈夫，四人坐在不大的客厅中大眼瞪小眼，很客套地聊了二十分钟。一对如假包换的亲生母子，在二十多年后的重逢时光里，刻意不提当年那些不堪的往事，聊的话题无序又吊诡，一切无关宏旨匆匆略过，空气僵硬得几乎伸手就能抠出“尴尬”二字。最后，他放下钱，在亲妈无比客气的相送中，跨出了那个家门，从此再无联络。

我说：“你这是何苦呢？她没想找你，而且早就有了自己的生活，说不定她早就把你忘了。要是我，才不去呢。”

他想了想，问我：“哥，你说得轻松，你要是活了二十多年，忽然知道了自己是打哪里来的，难道一点儿都不好奇吗？你不想看看真正生你的人，从样貌到说话办事，到底什么样吗？”

我沉默了一会儿：“那你也可以偷偷过去看吧。”

他摇摇头：“要是不试着跟她聊聊，我怎么知道她并没有多么想见我呢？见了之后，我满足好奇心了，也就死心了。后来再也没动过去找她的心思。”

没来由地，我背后像中了一箭，不觉正了正身子。

不见上生母一面，会一直觉得有个亲妈在远方疼念自己，这是如星火般的期望，却也是如水中月般的执念。

如今见了，发现这只是一场虚空大梦，那就赶紧醒来，停止一切内耗。

平日里，我何尝不是对待某件事或者某段感情始终抱有若有若无的期待？但我惧怕求证，惧怕求来一个令自己难以承受的结果，所以我宁愿留给自己一息尚存的希望，也不愿去主动敲醒那个沉睡着的、可能残忍的真相。

现在想想，那不是希望，那只是我在懦弱中假装安全而已。

人真的要学会“试试”和“放下”，对生活勇敢一点儿，清醒洒脱地做自己，偶尔也会痛苦，却总比凭着幻象讨欢喜强。

就像《绿皮书》里所说的：“这世上到处都是害怕主动迈出第一步的孤独之人。”

努力活得像个孩子

□李晓萍

《道德经》载：“专气致柔，能如婴儿乎？”意思是，结聚精气以致柔顺，能像婴儿的状态吗？其实，每个人终其一生，活得最通透的状态便是内心住着一个永远不变的孩子，无欲无为，顺应自然，没有多余的欲念。

有一位已过世的长者曾在文中这么说：“我穿戴的服饰太多太重……包装得一层又一层，以致失去了原形。”人愈老愈会发现，对名之耀、利之诱、色之魅这些所谓的“太多太重的服饰”，只有从内心真正“断舍离”，摒弃执念，回归简单，才能心似白云常自在，意如流水任西东，由内而外获得孩提时的快乐。

人这一生最大的幸运，便是甘于承认自己的平凡，却依旧活得努力而认真、热烈而坦诚。在生活中，用一颗童心去爱生活、爱自己和家人，你会有一种返璞归真之感。童心未泯，才能在日常生活中保有孩提时的热情，并使其结成生活的珍珠，让生活走向诗和远方。

人到中年，经历了半世沧桑、浮沉起落，应更钟情自己的内心，懂得删繁就简，回归孩子般的简单。孟子说：“大人者，不失其赤子之心者也。”所谓赤子之心，就是孩子本来的心，是初心、童心。一个心性成熟的人仍保有一颗童心，不是不谙世事、不食人间烟火，而是像孩提时一样容易满足，吃颗大白兔奶糖，就高兴半天。俗语讲：“罗绮千箱，不过一暖；食前方丈，不过一饱。”越是投入欲望的旋涡里，越会被物所役，迷失本心。回望童心，我们应该清楚自己最想要的东西就在眼前，我们应该明白让自己幸福很简单。

“儿童不知春，问草何故绿。”生活幸福的密码便是不泯的童心。想一想，如果每个成年人都能打破定式思维的束缚，试着用童真的眼光、无所拘束的本性来观察生活、体味生活，开启梦想，那么，人生可能就是一场让人开心的大冒险。

我们为什么会嫉妒好朋友

□牛裴麟

很多人说，我不能接受我嫉妒自己的好朋友，好朋友之间不应该是纯粹的，互相祝福的吗？

而事实是，我们并不会嫉妒和我们不处于同一个圈子的人，比如明星和富豪，我们顶多羡慕。我们往往嫉妒的是在我们身边，那些和我们有真实接触的人。

有研究发现，人们更容易嫉妒的对象是他们的同性朋友，兄弟姐妹，同学和其他家庭成员。下面我们从两个方面来解释：相似性和资源竞争。

相似性是指被嫉妒者和自己越相似，我们体验到的嫉妒越强烈。这里的“相似”可能有家庭背景、外形条件、教育背景等。

从小一起长大的发小发达了，你感受到了嫉妒。因为你觉得你们明明就是从一条起跑线出发，来自差不多的家庭，接受的也是差不多层次的教育，凭什么他就能混得比自己好。

当他每一次跟你分享自己的进步时，你心里只觉得“凭什么他可以，我不行”。而资源竞争关系是当你们拥有相似的兴趣爱好、职业规划或择偶标准时，你们可能面临在一个盘子里抢蛋糕，你就会觉得如果对方有，那么他的资源就增多了，而留给你的却少了。

有嫉妒存在的友情一定会破裂吗？不一定，前面我们说过嫉妒的善恶两面。善的一面能激发我们向被嫉妒者接近或达到的潜能和动力。

“友敌”，通常用来形容这种彼此嫉妒又互相欣赏的友情。我嫉妒你拥有的，但我会将这种嫉妒转化为动力而不是对你的不满、诋毁或伤害。

在《那不勒斯四部曲》中，就有这样亦敌亦友的友情。两位女主人公莉拉和莱农从小就建立了友谊，她们嫉妒彼此，经常互相较劲，你追我赶，但是这没有妨碍她们一直在人生的道路上相互扶持，成为彼此最重要的指引者。

她们都有着各自的特长和闪光点，经常对对方拥有的东西心有不甘，但不甘后她们便会努力追赶对方，要成为对方的样子。

同为出生在底层贫苦家庭的女性，她们有着逃离底层的共同目标。即便后来她们的人生轨迹越来越不同，即便对方拥有的东西让她们如此嫉妒，她们也觉得，哪怕她们中只有一个人走出底层，那也是她们两个人的胜利。

她们的友情中最令人感动的莫过于女性共同命运下的惺惺相惜。

最好的友谊，并不是一定不能存在嫉妒，而是心智成熟的我们可以管理好这种情绪。正因为我们有共同的命运，才使得相互映照和扶持成为可能。

无论你是嫉妒者还是被嫉妒者，嫉妒对你而言都是一种兼具建设性与毁灭性的力量，发挥它建设性的一面，你可以通过它更好地认识你自己或你的朋友，让你们的友情更加坚固。

凿开我们心中冰海的利斧

□罗　翔

功利性读书让你只想成功，无法接受失败，但我始终认为一个人的成功，不是在于你取得多少辉煌，而是在挫折中你能不能勇敢地爬起来。

那么多伟大的灵魂，他们也曾有跌倒的时候，你为什么不能跌倒？

文人相轻，自古而然。很多知识分子不懂得如何去合作，只善于单打独斗，很长一段时间，中国都没有出现世界性的大师，很重要的原因就是这些人过于骄傲。如果你真的想为人类的进步做出贡献，你必须承认自己的无知与有限，与他人互相配合。

在我看来，读书的目的是追求智慧，而非单纯的知识，从表面看，读书是一个悖论，让你在求知的过程中越来越觉得自己无知。这就像苏格拉底所说的，承认自己的无知才是开启智慧的大门。

非功利性阅读可以让你感受到真正的幸福。

文学来源于现实，虽然从表面看主人公是虚构的人物，但他们都是现实的折射。文学可以让我们知道人生的多样性，人生不同路径的不同结果，因此它可以让我们学习到面临相同情境，应该如何抉择。文学作品还能极大地培养人的同理心。文学中无数个体的悲欢离合，命运多舛，能让我们体会到人生的苦难与无常，我们会思考自己也是血肉之躯，苦难随时也会降临到自身，故而会感同身受，更能深刻领悟约翰·多恩的布道词，不要问丧钟为谁而鸣。

通过对历史的阅读，我们能够更深刻地了解人性的复杂，你会对人性的高贵赞叹不已，也会对人性的邪恶不寒而栗。

历史中无数鲜活的个体让我们认识到人性的不完美，从此我们可以拒绝人造的偶像。正是因为对历史的阅读，我才深刻了解法治的精神，因为人的不完美，所以人类的任何群体都有败坏的天性，所以对任何权力都要保持绝对的警惕，权力导致腐败，绝对权力往往导致绝对腐败，任何权力都要套上法治的镣铐。

吾爱吾师，吾更爱真理，读书就像迈向真理之路的交通工具，有的交通工具走得快点，有的交通工具走得慢点。飞机飞得比火车快，但航班经常延误，而且到不了小村小寨，各种交通工具都有自己的利弊，所以什么书都可以读点，不可厚此薄彼，另外再好的交通工具如果走错了方向那就麻烦了，通过读书可以慢慢树立正确的价值观，选择正确的行驶路线。

读书就是为了读书而读书，陶渊明说好读书不求甚解，每有会意便欣然忘食，在读书的过程中有那么一个片刻你能达到与书同乐，欣然忘食的境界，那就达到读书的目的了，你的内心就在潜移默化中慢慢被洗涤了。

我的床头经常会放几本书，没事就翻翻，就像老朋友一样，有空就聊聊，等到书翻破翻黄，你对这个老朋友可能就会有更深的了解。

卡夫卡说，一本书必须是一把凿开我们心中冰海的利斧。

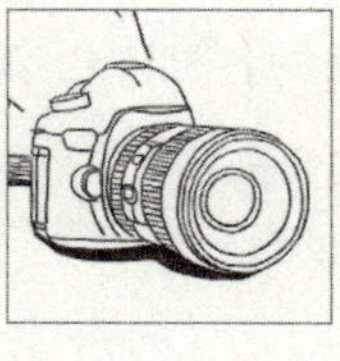

本来今天好好的，突然就“抑郁”了

□施　歌

午夜心碎俱乐部的成员们，又多了一种情绪的表达方式：我“抑郁”了。“抑郁”像一个奇妙的后缀，表达着迷茫、失落、焦虑、抑郁等多重情绪。它经常被诸如学业、工作上任意芝麻大点的事引发，有时候也不需要任何来由，光是某些特定时刻，比如夜晚或者下雨，就足以让人愁肠百转，“抑郁”不已。

只要没有断网太久，你应该能感受到，“抑郁”有点像之前流行的“网抑云”。但“抑郁”和以前的情绪有着微妙的不同之处。它更加轻巧，更加“瞬时”，触发点更加微小，甚至可以是一些与自己根本无关的“屁大点事”。

“一边‘抑郁’一边生活”是一种常态。在微博的“抑郁”超话下有网友总结说：打工人永远“抑郁”。的确，做不完的工作、难搞的老板、不灵光的合作方、拥挤的地铁、迟到的配送员、不知道点哪家的下午茶……生活中每一件不那么顺利的小事，都可以是“抑郁”的理由。

如同网络上所有发酵的情绪一样，在“抑郁”超话里寻找同伴，你会产生一种“我过得没有多好，但也不至于过得太差”的侥幸心理。这个过程中也容易产生一条无形的鄙视链：写论文的大学生觉得还在愁月考的高中生的“抑郁”不值一提，职场人士又觉得还能为了论文“抑郁”是多么幸福的一件事啊！你看，大部分“抑郁”说穿了就是“成长的烦恼”。如果你的“抑郁”变得更复杂了，那说明人生路上的打怪升级又前进了一步。回去看一看QQ空间里的“青春疼痛文学”，是不是还挺好笑？再想一想未来的各种麻烦事，现在的“抑郁”是不是舒缓多啦？

当然，“抑郁”也可以很大，很无解。Joyside乐队吉他手刘虹位开的“抑郁”征集帖下面，有用户评论最“抑郁”的时刻是看到“成年人庸碌无聊的日常和眼睛里渐渐暗下去的光”。刘虹位给出的回复是：那是时候想想生命的意义了。

所以“抑郁”的终极形式，和人类自古以来面临的终极哲学问题是一致的：我从哪儿来？又将往何处去？

如果将“抑郁”放到最初的那个摇滚乐圈子里来论证这个问题，来自中国台湾、出生于1997年的乐队主唱蔡维泽写过“年轻的我们该去哪儿”，20世纪70年代在北京胡同里长大的“新裤子”乐队主唱彭磊早些年也唱过“没有我的空间”。一代人终将老去，但总有年轻人在“抑郁”。从流行语的生命周期看，“抑郁”之后还将有新的词语来接替。

相比容易压抑自己情绪的上一辈人，能够通过“抑郁”表达自己的情绪其实也不坏。心理学上把“标记”负面情绪作为调整情绪的一种方式，只有先分辨出自己体验到了哪些情绪，才能更好地疏导情绪。这就给我们提了个醒：“抑郁”可以有，但千万别把“抑郁”当成一个万能的帽子扣在任何事情上，这有可能会掩盖真正的问题。

另外，可以把“抑郁”当成玩笑频繁提及，但“抑郁”背后的“情绪”可能是一个大问题。当“抑郁”成为摆脱不了的常态，或许我们应当警醒，抑郁和焦虑是不是已经成为生活的主线。

而面对一些平常的、不那么“伤筋动骨”的“抑郁”，我们可以告诉自己：它是真实存在的，但它也会过去。

我们都是在对比下长大的孩子

□木子喜

放假回家的时候，跟着家里人和街坊邻居去吃夜宵。大人们之间的聊天主题总是从工作又到了小孩的成绩。邻居阿姨笑眯眯地看着我说："要是妹妹也像你一样会读书就好了，我现在就天天在家告诉妹妹让她向你学习，不要天天想着出去玩，要多在家里学习。以后也考个大学就好。"

我乖巧地对阿姨笑了笑，没有说话。她家的孩子我认识，一个学习挺认真的女孩，今年还考上了市重点高中。好像每一个孩子都逃不过被对比的命运，成长的每一步有一点儿偏差就需要用更加完美的人来校正，大人会按着你一步步靠近别人。

我想起上小学的时候，我的成绩非常一般。有一次好不容易借到了同学的《阿衰全集》，于是晚上我偷偷摸摸地打着手电躲在被子里翻阅。或许是翻书的声响或是被戳中了笑点发出了声音，最终被爸爸发现了。爸爸啪的一声把房间的灯打开，掀开被子，生气地瞪着我。爸爸气急败坏地撕坏了前两页，并且丢下一句："你表姐在被子里打手电看的都是语文书，你看看你看的是什么。"

表姐，我对她再了解不过。从小爸妈就是拿她来教育我，因为她是所有大人眼里的好学生，年年都获得三好学生的奖状，成绩也是班级前几名。而我从小学开始就不断地被拿来和她作比较，可是这一切在我初中毕业后发生了巨大的改变。那一年，表姐高考落榜了，而我考上了省重点高中，比表姐读的高中更好。

据大人说，她是因为早恋导致的成绩下滑。于是大人的言语发生了巨大的改变，表姐不再是优秀的代表，而是变成了警示我要认真学习的反例。我突然变成了大人口中的别人家的孩子，变成了大人口中的一匹黑马。我以前不爱出去玩，宅家的缺点也被邻居们传成了在家勤奋地学习，可是我明明记得以前他们说的都是："这孩子太内向了，不爱动，懒。"

我有一个双胞胎妹妹。因为和妹妹长得相似，从小到大，不管是样貌还是成绩，全部要被拿来对比。

妹妹从小成绩就比我的好，我特别喜欢问妹妹问题，因为妹妹总是耐心又仔细。省重点高中高手如云，有一次妹妹考了班级第四，而我考了班级倒数第四。于是我经常要接受一些其他人的定论：我比妹妹蠢，比妹妹懒，没有妹妹努力。我多么想告诉他们我也不想这样，还好，我亲爱的爸爸妈妈从来不这样想，他们没有区别对待，经常鼓励我。妹妹也没有看低我，而是一直帮助我。我一直庆幸家人相信我，而我也没有放弃自己。

如果我们能把"什么都不能跟人家比，谁跟你一样没有用啊"改成"不用什么都跟人家比，没有谁能像你一样啊"，如果我们可以把"玩具你不是拼好几遍？笨的呀"改成"你不笨，是这玩具得拼好几遍"，可能我们在成长道路上会多一份自信，多一份温暖吧。

我们都是在对比下长大的，这种对比可能让我们长得更直了，也有可能让我们长得更歪了。我一直觉得每个人都是独一无二的。不管怎样，做好自己，我们就是长大了。

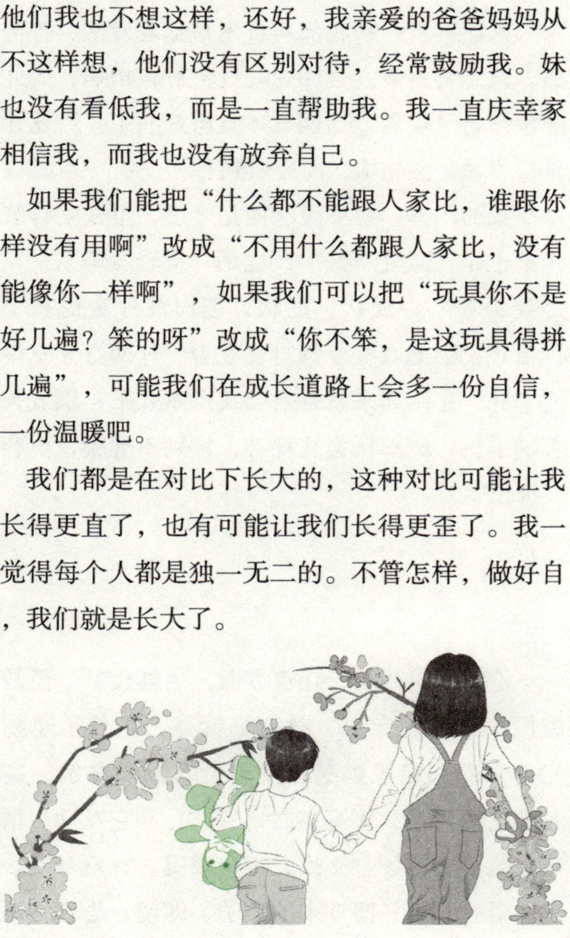

《红楼梦》里的姑娘们，教我们怎么对抗隔离“抑郁”

□百　合

一

夜里读书，翻的是《红楼梦》的牌子，忽然联想到古代的小姐太太们，一辈子足不出户，人家是咋过来的？严格来说，她们一生都在隔离当中。

随便一翻《红楼梦》，看到这句话：“妹妹若觉得身子不爽快，倒要自己勉强挣扎着出来各处走走逛逛，散散心，比在屋里闷坐着到底好些。”是第六十七回，宝钗对黛玉讲的。说得好，鼓掌。

再往下看：“我那两日不是觉着发懒，浑身发热，只是要歪着，也因为时气不好，怕病，因此寻些事情自己混着。这两日才觉得好些了。”这才对嘛！不愧是宝姑娘，面面俱到。

我的乖乖，要不说红楼是个筐，里面啥都装。人家也是“时气不好”，也是“觉着发懒”，“只是要歪着”，现状、症状，连对症疗法也有了：“怕病，因此寻些事情自己混着。这两日才觉得好些了。”总结起来就是自己找点事儿干，别成天躺着刷手机，刷那玩意儿耗神，特别不健康，更容易“抑郁”。

二

论起找事儿干，在这方面，《红楼梦》里的姑娘们个个都是专家。林黛玉就是，她养了宠物。先是家养小精灵鹦鹉，没事给它添添食水，高兴时教它说说话，不高兴时骂骂它：和它互动，情绪有交流，能量场有交换，避免寂寞，有益身心。后来屋里收养了一窝外来的燕子，即使一边和宝玉怄着气，一边还惦记着她的燕子，不忘交代紫鹃：等我那大燕子回来再放下帘子。生怕她的小宠物无家可归。

话说回来，也可见宠物的作用是可以通过转移注意力，消解掉部分不良情绪，这大概就是宠物有治愈作用的原因吧！

没有活物的，选择与植物互动。栊翠庵里的妙玉姑娘有梅花。她的梅花被她打理得灿若云霞，香欺兰蕙，应该是用了不少心思，说不定施了农家肥。不只是梅花，她庵里的所有植物都被打理得比别处葱茏。

三

妙玉的爱好不止于此，她还喜欢茶艺。

除了所用茶具稀缺到世间少有，她对茶叶的茶性熟谙于胸。对茶水更是讲究，雨水待贵客，梅花上的雪水待闺蜜。黛玉的舌尖喝不出雨水和雪水的区别，她能，其中必有真趣在。

这又跳到个人的兴趣爱好上了。像养宠物、养植物一样养个兴趣爱好，能让人有与自己和谐相处的静气，“专精而不自闭”，独处时不会发疯。

在这方面，其他姑娘也不甘落后。探春喜欢书法，惜春喜欢画画，迎春喜欢的是“独自一人又在树荫下穿茉莉花”。发现没？三姐妹这些爱好都是独立就能完成的，这实际上也蓄养了她们独处的静气。

贾母，热闹惯了的老年人，动不动就唤薛家姨太太来打纸牌，薛姨妈时不时地得给她支支桌子腿。这得是不隔离的时候。

除了以上，老生常谈的事情是读书，如果能写诗那就更好了。

姑娘们饱读诗书，懂得人生道理，在大是大非面前，不会不明事理自寻烦恼。这里面黛玉走量，一屋子书；宝钗走“精”，案上常年放着本书。宝玉挨打屁股疼，想私聊林黛玉时，就支走袭人去管宝钗借书，说明她存量不小。

黛玉通过写诗，得以抒发个人情绪，也对健康有利。吃了宝玉丫鬟的闭门羹，写一首《葬花吟》，悲郁得以纾解。宝钗说好晚上来看她，因为下雨没来，她闷制一首《秋窗风雨夕》，写完好多了，洗洗睡，不用失眠。宝玉送她几条旧帕子表明爱意，她五内焚然炙起，在帕子上写了三首诗，一照镜子，面上绯红压倒桃花，这可以理解为把热气都排了出来，不积存在内脏里。

如果不是会写诗，黛玉说不定更短命。记得叶嘉莹先生说过，女儿车祸去世以后，她悲痛不已，写了一首《哭女诗》，在写的过程中，她因为要描述所以得以旁观自己的情绪，而痛苦也就奇异般地减轻了。

四

从《红楼梦》里，我们学到的静心生活细节还有一些。

比方说，饮食。宝玉挨打心浮气躁时，袭人不给他多喝热性的玫瑰露，凤姐让小厨房给他做了清心降火的荷叶汤。

比方说，居住。潇湘馆，因为翠竹掩映，被两个读书人先后看中，前有贾政，他说“若能在月夜在此窗下读书，不枉虚生一世”，而黛玉，也是看中了这里的“比别处更见幽静”，后来如愿拎包入住。

比方说，插花的颜色。贾母刘姥姥等人，往头发上簪花时，贾母选了大红色，刘姥姥则被横七竖八插了一头。时至暮年的她们，需要缤纷艳色来提高生命能量。

而追求情绪平稳的宝钗，屋内陈设简素，桌子上的经书旁，插着数枝菊花，莫名有点日式禅定的味道。几乎凭直觉就可以判断，那几枝花的颜色偏浅，与屋里的整体风格搭配和谐。

另外还给屋里插菊花的是探春，她插得可排场多了，斗大的汝窑花囊内满满当当，是“水晶球儿的白菊”，原来这几十甚至上百朵花的颜色，全部是雪白。想象一下，那是怎样一种大面积的观感清凉，扑面而来的宁心静魄。

这些细微之处，都给近日被隔离封控的我们提供了某种灵感和思路，让我们得以效仿与借取。

《红楼梦》里的人们也不尽然都是安静的，她们在一起也热闹。最热闹的一次是清虚观打醮，贾府里的女眷及有点头脸的，全部出动，“乌压压占了一街的车”，车上的人们唧唧呱呱说笑不停。

多么像我们日常拥有的司空见惯的生活。

而眼下的世界，忽然安静得让我们这些习惯了喧闹的人有些心慌。但请相信，任何生活都有自己的滋味。

一位著名的前辈描述过这种感受：“这一片天地好像是我的；我也像超出了平常的自己，到了另一世界里。我爱热闹，也爱冷静；爱群居，也爱独处。像今晚上，一个人在这苍茫的月下，什么都可以想，什么都可以不想，便觉是个自由的人。白天里一定要做的事，一定要说的话，现在都可不理。”

苦过才是生活，熬过才是日子

□洞　见

杨绛先生在《一百岁感言》里说：“在这物欲横流的人世间，人生一世实在是够苦。”

好的人生，都是从苦里熬出来的。越是难熬的时候，越要自己撑过去。当你看清了这个事实，你的心就会敞亮很多。

1938年秋，杨绛带着女儿回到迁居上海的钱家。那时，时局混乱，她不得不和钱家上上下下挤在一处，住处逼仄。

没有自己的房间，杨绛不便公然看书，不然显得太不合时宜。于是，她就借了架缝纫机，在蒸笼般的亭子间里缝纫，为钱钟书和钱媛做衣服。

平日里，家里的菜是她买，全家人的衣服也是她洗。她常被烟煤染成花脸，或被熏得满眼是泪，或被滚油烫出泡来，或切破手指，但她毫无怨言。

她本是一个书痴，对她来说，一天不读书就不好过。但她一直默默学做一切大家庭中儿媳妇所担负的琐事，敬老抚幼，诸事忍让。

更难的是，有段时间，杨绛所在的单位被迫停办。碰巧钱钟书刚回到上海，一时半会找不到工作，没有了经济来源，一家人连吃饭都成了难题。

这时候，她开始为阔小姐补习功课，奈何杯水车薪，家里的生活依然捉襟见肘。不得已，杨绛几经周折又找了一个离家很远的小学代课，业余时间，她还要写剧本赚钱谋生。

钱钟书的堂弟钱钟鲁说过：“大嫂像一个帐篷，把身边的人都罩在里面，外面的风雨由她来抵挡。”

前段时间，朋友打电话给我：“我真的快熬不下去了，白天公司里的一堆事弄得我焦头烂额，晚上回到家还得照顾老小，连喘口气的机会都没有……”

这样的境遇，相信每个成年人都遇到过。

杨绛的后半生，便历尽了无数的波澜坎坷。乌云蔽日的岁月，她体会过。年过六十的她，被下放到干校，整日干各种粗活。被安排去挖井，她就脱下鞋袜，把四处乱淌的泥浆铲归一处，井打好那天，杨绛还特意打来一瓶烧酒，为大家办庆功宴。

被安排去洗厕所，她就用那双拿笔杆子的手，把厕所擦得焕然一新，还暗自庆幸可以有时间读书，无须低头谄媚。

面对人生的种种遭遇，她说：“可作书读，可当戏看。”这份不卑不亢的态度和冷眼旁观的豁达，让她熬过了最难的那些年。更是让她在那段艰苦的日子里，完成了八卷本《堂吉诃德》的翻译。

原以为终于苦尽甘来了，但没承想生离死别的绝望，又朝她袭来。年过八十的她，在丈夫和女儿病重期间，拖着孱弱的身体，往返北京医院和钱媛所在的西山，照顾两个病人。而后目睹了女儿逝去，丈夫逝去。

接二连三的致命打击，她依旧熬过了。

杨绛说，每个人都会有一段异常艰难的时光，生活的压力，工作的失意，学业的压力，爱的惶惶不可终日。

挺过来的，人生就会豁然开朗；挺不过来的，时间也会教你，怎么与它们握手言和，所以不必害怕。

人的一生，总有一些不如意的事，关键在于熬。熬得住拼搏的苦，生活才有回甘。

“社恐”的人究竟在“恐”什么

□唐　婧

现如今，越来越多的年轻人戏称自己“社恐”。其中，确实有人会对正常社交产生不必要的紧张与尴尬，这种社交焦虑或许没达到心理障碍的严重程度，但的确影响到了其正常的社交生活。想要摆脱这种心理上的不舒适感，与他人进行正常平和的交流，缓解“恐惧”是不可或缺的一环。

我们首先要搞清楚自己为什么会害怕社交。“社恐”们往往对外界环境与他人有两个错误的认知。

第一，他们总是陷入自我聚焦式的思维方式，往往将自己摆在社交舞台的中央，并且感觉自己的一举一动都会被周围人注意。于是，他们总活在一种被注视的紧张感中。

第二，他们总是在想象他人对自己的看法，活在负面消极的自我催眠中。焦虑其实是我们和自己玩的一场想象游戏——想象各种不好的可能性，想象由此引发的各种糟糕后果，并由这些“可能会发生、更可能不会发生的糟糕后果”而引起自己内心的恐惧、担忧和压力感。这种想象会使他们无时无刻不在思考自己的言行，回想任何可能的瑕疵，并且感觉周围人看自己的异样目光。

我的来访者K先生是一位培训讲师，每天都要站在讲台上给学生授课。自从有一次他在讲台上出错引发学生哄堂大笑后，就对讲课产生了焦虑感。每天晚上他都会反反复复准备讲稿，告诉自己，“明天讲课的时候千万不要出错，千万不要出错”，但内心忍不住一遍又一遍想象自己出错的样子。这些想象让他无比焦虑，甚至反复出现在梦中，让他一次次惊醒。渐渐地，K先生觉得自己对讲台产生了恐惧，不敢走上讲台了。

我问K先生：“你最常有的焦虑幻想是什么？”

K先生说：“我常常忍不住想象，自己讲课时又出错了，站在讲台上面红耳赤，尴尬、无地自容，又惹得学生们哄堂大笑，甚至有学生带头轰我下台。一想到这些，我就跟自己说，再也不能出错了，再出错你的职业生涯就完了。但似乎越这样想就越焦虑，越怕出错就越会出错，这些又让我更焦虑。”

说到这里，你是否察觉出了问题的关键？是的，关键就在于“越这样想越焦虑，越怕出错越会出错”。你一直反复想象失败，潜意识就会以为这些失败场景都是真实发生的，并且理所应当发生，于是就会呈现给你失败的感受，以及让你最终实现失败的行为。

如何才能改变这种状态呢？非常简单，只需改变你想象的内容——以前你总是想象那些不希望发生的场景，现在逆转过来，进行“积极的自我暗示”，去主动想象自己希望发生的场景。每次当负面的想象又不自觉地冒出来时，就用这个正面积极的想象去替代它。

建议你把“积极的自我暗示”作为持续毕生的心理保健习惯，这会让你的生活心态更加乐观和愉悦。祝你早日摆脱“社恐”，自然、积极地迎接每一天。

习惯性差评是一种慢性毒药

□陈 武

某一天，一位50岁左右的女士找到我说：“最近，我和女儿冲突太大了，实在不知道怎么办。”我仔细询问这位妈妈和女儿的相处模式。两个人朝夕相处，对女儿每天做的事情，妈妈总是采取批判和挑剔的态度。切菜，说女儿切得不对；炒菜放作料，说顺序不对；扫地，说有些地方没有扫干净；脱了鞋，说没有把鞋放好……

可以说，这位妈妈是一位生活上的“差评师”。不管女儿做什么，都对女儿进行否定而不是认可。从妈妈的角度说，是为了让女儿变得更好，希望女儿在每一件事情上都做得很“对”。殊不知，恰恰相反，这并不会让女儿变得更好。否定，看起来只是在否定某件事情，实际上人和事情很难分开，随着做的事情被不断否定，人也就被不断否定了。

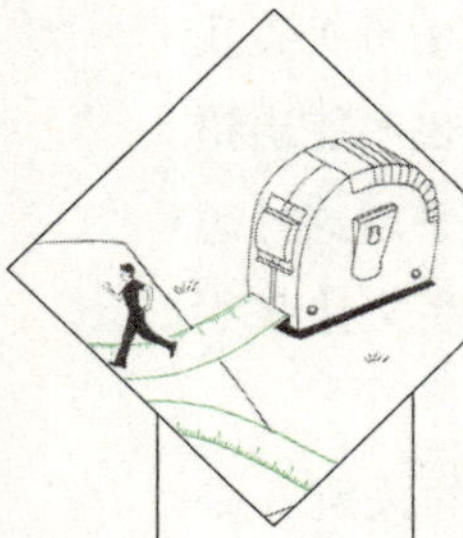

“我不好”是人生的慢性毒药。一件事情很难，我们付出了很多努力，但还是没有大的进展，这个时候我们会觉得“我不好”；晚上兴奋地看手机，不知不觉看了好几个小时，看完以后心里空空的，也会觉得“我不好”；为朋友办一件事情，最后没办成，可能会觉得自己无能，觉得“我不好”；考试没有考好，觉得没有达到家人的期待，觉得自己没用，可能会觉得“我不好”……“我不好”的认知模式，会一点点地吞噬生命的能量，生命就像一个红彤彤的苹果，慢慢变得没有光泽，水分越来越少，慢慢萎缩，慢慢腐烂。

如果他人，尤其是亲近的人经常否定我们，我们就容易进入“我不好”的模式。自信心被消耗，自尊心降低，自我价值感减弱，最终觉得人生没有意义，活着没意思。

生活上的“差评师”，需要明白三个道理：第一，“对”与“好”并不是由自己定义的，自己觉得很“对”和很“好”的东西，其实只是自己的经验，只是自己觉得舒服的方式。第二，那些所谓的“不对”和“不好”其实是有价值和意义的，比如炒菜作料放的顺序不一样，可能就会产生意外的美味，多元和多样化有时候比标准化、流程化更丰富多彩。第三，更多时候，需要唤醒本来就有的“好”，而不是纠正“不好”。每个人都可能会变得善良，也可能变得邪恶，我们需要做的就是激发内心积极的东西，唤醒内在的生命能量，让自己和别人的内心充满温暖和力量。那么，如何去激发，如何去唤醒呢？并不复杂——看见！看见就是力量。有一个小女孩正在过马路，夕阳从高楼大厦上洒下余晖，小女孩对妈妈说：“妈妈，夕阳真漂亮！”假设有三位妈妈，第一位妈妈心里在想事情，没有回应女儿；第二位妈妈正在回复别人的微信，只是应付了女儿一句：“嗯，漂亮。”第三位妈妈牵着女儿的小手，走到了马路边，蹲下来，看着女儿的眼睛，手指着楼宇间的一缕阳光说：“是的，妈妈看到了，妈妈和宝贝今天看到了这么美的夕阳，真开心！”

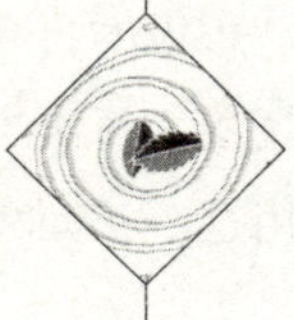

如果你是那位女儿，你喜欢哪一位妈妈呢？毫无疑问，我们都喜欢第三位妈妈。因为第三位妈妈真的看见了，从而让“此时此刻”有了意义。在那一刻，她们产生了情感上的共鸣，女儿觉得妈妈是“在”的，自己也是“在”的，她们是“在一起”的。

以爱为名的隐形枷锁——软控制

□唐　婧

谈到教养孩子，“控制”是一个不可避免的话题。适度的控制代表着父母对孩子的关心，可以规范孩子的行为。然而，当控制过度，会导致很多埋藏在孩子心里的隐患，其中焦虑型人格就比较常见。

我们通常以为“控制”是强硬、粗暴的，原生家庭中有一种控制模式非常独特，让人难以觉察却威力巨大，这就是“软控制”：父母用温柔、充满爱的方式控制孩子，孩子如果不服从会深受内疚感的折磨。很多时候，孩子也认同了父母的控制，即使非常痛苦，也会逼迫自己去实现父母的意愿。

来访者D先生就成长于一个有爱的“软控制型”原生家庭。小时候，他家境贫寒，父亲外出务工，母亲独自养育四个孩子。从小D先生就特别懂事，在学校学习优秀，回到家做家务、照顾弟妹，从不让母亲操心。母亲对他赞不绝口，逢人就夸。而一旦他没有按母亲的心意做事，母亲就会掉眼泪，说自己命苦，活着没意思。每当这时D先生就会很内疚，觉得自己很不孝。

长大后，母亲希望他学医，他放弃了自己喜欢的法律专业。毕业后，母亲希望他回家，他放弃了北京的工作机会。大学里他有一个感情很好的女朋友，但母亲不喜欢，他下狠心分手，娶了母亲为他挑选的妻子。婚后，又如母亲所愿早早生了儿子。但近年来，母亲还想让他生二胎。一再催促下，他终于陷入焦虑，变得情绪化、彻夜失眠，频繁与妻子争吵。

D先生说，他每晚都在反复设想，假如自己当初没有顺从母亲，现在的生活又会如何？眼前的一切看起来完美无缺，却没有一样是他想要的。他痛苦焦虑，不知所措。在D先生的故事里，我们看到了被父母的“软控制”裹挟的人生。大多数时候，“软控制型”的父母温和讲理，很少粗暴地去强迫子女。他们晓之以理动之以情，获得子女的理解。之后，出于对父母的爱，子女会主动逼迫自己完成他们的意愿。“软控制”模式下受困的子女，往往难以觉察其中的“控制”，生活在自我质疑和反复自责当中。他们时常觉得“是我错了吧，不该有这样的想法，我应该听爸妈的，他们是对的。可是，我又好渴望实现自己的想法”。如此，潜意识的冲突不断产生，焦虑也就产生了。

出于父母的愿望和期待，或者出于内心对父母的迎合或讨好，我们会不自觉地去做一些违背自己本意的选择：选择一所“好”的学校、选择一份“好”的职业，选择一个“合适”的伴侣……有太多我们认为“应该”和“对”的事情，其实，只是来自原生家庭父母的意愿和控制。

“软控制型”的原生家庭模式，虽然其中不缺乏爱，但以爱为名的界限侵犯，过度干预子女的生活和决定，剥夺了子女对自己人生和幸福的选择权。在“软控制型”原生家庭氛围之下长大的孩子，往往习惯去揣摩和顺应家长的心意、去满足别人的需求，也习惯了忽略自己的需求，不太关注自己想要什么。渐渐地，随着年龄增长，变得越来越茫然和焦虑。有时候，我们即使知道自己想要什么，也顾虑重重，缺乏争取的动力和勇气。作为成年人，我们要从心理层面摆脱原生家庭的掌控，拥有属于自己的人生。

请思考一下，什么是你想要的人生？你又打算如何实现这样的人生？如果父母不认同，你要怎么应对？当你真正掌控自己的生活，你会发现爱与控制本不是捆绑相生的，你完全可以用自己的方式去表达爱、给予爱，而不必牺牲自己的主控权。

希望在未来的岁月里，你重获力量感，逐渐摆脱控制和束缚，活成你自己。

孩子为什么总觉得自己愧对父母

□张宇琦

对爸妈，为何我总是有负罪感？探讨这个问题，本身就令人不安。因为从我们把对父母的负罪感视作负面情绪、渴望摆脱它的那一刻起，就已经在冒着否定亲情的道德风险。

20世纪80年代，画家罗立中创作了一幅肖像画——头上缠着汗巾的老人手握一只水碗，黝黑的脸上布满刀刻般的皱纹，身上每一处都是常年风吹日晒的证明。但如果那幅画的标题没从最初的《粒粒皆辛苦》改为《父亲》，大概就不会传遍大江南北，触动如此多国人的内心。那张完美地具象化了勤劳、朴素、任劳任怨的脸，在相当程度上，就是我们共同意识里操劳了一生的父母的模样。

即使在物质愈加丰裕的今天，“父母牺牲，子女偿还”仍然是亲子关系的里子。对大多数人来说，当上父母，就等于走上了一条无尽的奉献之路。身为子女，即便经济独立，也普遍在物质层面之外感到无所回报父母的恩情，难以满足父母的期待。

在时代变化中成长起来的年轻人，越发不忌惮在自己和父母之间划一条界线。所以，我们之所以越来越容易意识到，父母的爱不仅是馈赠，也可能带来负罪感，首先是因为这场发生在情感世界中的变化。

但在微观层面，负罪感究竟是如何产生的？又为何如此令人难以承受？

“我做这一切都是为了你好，你怎么就不明白？”

“如果没有你，我至于活得这么累吗？”

“如果不是为了你，我们早就离婚了。”

“你就随心所欲吧，别管我的死活！”

不难想象，说出以上这些话的很可能是传统意义上尽到了责任的好父母。当他们明确地表达因你而感到痛苦，即使你嘴上不承认，也大概率会认同是自己做错了，产生弥补错误的冲动。

值得注意的是，健康的亲子关系不会被一时的过错伤害到核心，孩子的负罪感也不会持续太长时间。但在另一些情况下，父母会有意或无意地将负罪感当作一种支配工具，甚至作为日常教育孩子的方式。

“不管你有没有错，我都要让你知错”“你怎样做都不可能弥补我了”……如果你察觉到父母话语中的这些潜台词，很可能受到了心理学家所说的“愧疚诱导”。这种情感操控，也会出现在夫妻、朋友、上下级等关系之中。

不同的研究均指出，愧疚之所以能达到诱导者想要的效果，是基于我们对重要关系的依赖，以及对失去这些关系的恐惧和焦虑。而这一点也解释了为何父母诱导产生的负罪感格外沉重。因为说到底，爱人、朋友或者工作不一定不可取代，但我们都不愿斩断和父母的羁绊。根据心理咨询师多年的观察，寻求心理治疗的人并不能轻易地抨击父母，大多数人会正面看待他们，或者至少在表达负面情绪时感到内疚。

那么，一个人该怎样摆脱或减轻因父母产生的负罪感？我们要先搞清楚愧疚是因为自己犯了错，还是父母试图给你贴上某种标签。如果是前者，那么负罪感是你能够和他人共情的证明，并不需要为此过多苦恼。但如果是后者，你应该及时告诉自己，这不是你的问题，进而试着和父母冷静地沟通，不过度防御，也不要陷入那些消极的评价中。

要修复长期处于“愧疚诱导”下的亲子关系必定是艰辛的。对此，心理学家的建议是，在理解父母可能已经尽力的同时，你要承认，成长过程中那些不正常的方面仍然影响着你。当你下一次作决定时，要试着优先考虑自己作为一个独立的人的需求。

怎么培养自己的抗压能力

□罗振宇

那天我和一位心理学家聊天，他说，人怎么培养自己的抗压能力？最好的办法，就是培养一门爱好。不管是养花、钓鱼还是潜水、集邮，都行。但是，第一，得没有任何功利动机；第二，你得是花了大量的心力和时间在上面。只要符合这两个条件，都算。

过去，我们认为这种爱好，就是用来打发时间，甚至会玩物丧志。但是这位心理学家说，不是！这种爱好，对一个人来说，是一种内在的人格建设。

用心血浇灌出来的一个小世界，平时看着什么用处都没有。但是，一旦人遇到了外部的重大冲击，比如事业遇到挫折等，因为有了这个内在的小世界，人格就不至于崩溃。而从外面显现出来的，就是这个人的抗压能力特别强。

说白了，一个人在这个世界上总得有点什么东西舍不得。咱们拥有的东西，其实不是我们自己，舍不得的东西，才是自己。

追求幸福的方法

□陶　勇

在听《积极心理学》时，有个特别形象的观点让我记忆深刻，说是现在很多人对幸福的追求分为两种——

一种是溺水型心态，就是永远都像是被人按在水池子里。等我憋着一口气，考上大学就好了；等我憋着一口气，考上研究生就好了；等我憋着一口气，找到好工作就好了；等我憋着一口气，创业就好了。创业以后你会发现，辛苦刚刚开始……溺水型心态是不行的。

另一种是郊游型心态，就是整个环节从过程到结果都是快乐的。就像我们童年听到春游的通知会开心得跳起来，回到家会快乐地做准备，然后坐上大巴愉快地和同学们聊天，到了目的地后的每一刻也都十分兴奋，整个过程都充满幸福的感觉。

我们的人生目标，可能是山顶，是那个快乐的巅峰，但是在这个路途中，我们应该随时都能够享受其中的快乐，上山是快乐，下山也是快乐。这就需要我们努力培养“郊游型心态”。

当你能够感受到每一步的快乐时，你的人生所积攒下来的全是快乐的相册，而不是痛苦的回忆。这就是幸福的方法。

不要把情绪当作武器

□杨天真

大家都玩过《狼人杀》吧？在这个讲逻辑的推理游戏里，有一种玩法是被禁止的，那就是“贴脸”。所谓“贴脸”，就是指玩家在发言中表露过激的情绪。比如，一个人拿了预言家牌，场上相信他的人却很少，他就气急败坏地说：“你们等着，等游戏结束了看结果，到时候不要后悔！”

为什么“贴脸”是《狼人杀》禁止的发言方式呢？因为这种玩法把情绪当作了一种武器。这样对讲求逻辑而不把情绪作为武器的玩家不公平。

回到现实的工作和生活中，“贴脸”无处不在，甚至越来越流行。

一个老板明明没有生气，但是想让员工更快地完成工作，于是故意情绪崩溃，佯装大发雷霆的样子，员工被唬住，不得不在高压的逼迫下加班苦熬。最终，把情绪作为武器的老板获得胜利。正因为每个人都遇到过类似场景，我们才会产生疑问：沟通要共情，那么，能不能把情绪作为一种武器呢？我的回答是：最好不要。

第一，功利性地把情绪作为武器是一种非常低级的手段。它可能会让你一次性达到目的，也会建立一个印象：你是个情绪不稳定的人。

在判断晋升的环节，我非常看重一个人的情绪是否稳定。能力相当的两个竞争者，我一定会选择情绪更稳定的那个。因为稳定的情绪能够保障就事论事沟通顺畅。遇到挫折，情绪稳定的人会先做事，再处理情绪。而情绪不稳定的人则要先照顾情绪，再做事。崩溃的过程就是一个互相消耗的过程，这会大大影响沟通的效率和质量。

第二，长期使用情绪手段，会让周围的人免疫。等你有真情绪时就不会被重视。《巨人的工具》这本书中提到一位将军，他每次接到上级任务，上级都会问一句“还有什么需要支持和帮助的”，他都会回答没有。因为他知道，不要随意发出求救信号，当自己真正有需求时，才会第一时间得到最全面的支持，因为所有人都会知道他是“真的”需要帮助了。

第三，情绪的消耗会降低沟通的效果，它也许能帮你促成沟通的结果，却不能保证事情本身的质量。

用情绪恐吓来解决问题，很像哄小孩的时候，说出“你再淘气我就不要你了”这种话。如果长期用这种情绪压力去解决问题，小朋友不知道自己的问题在哪儿，还会成为一个根据别人的情绪反馈而判断自己下一步行为的人，不能找到真正的解决之法。

做成一件事情有很多种方法，不一定要用情绪，有人使用它，我不反对，但我肯定不鼓励，我鼓励的叫作共情。真正的共情是理解对方，是懂得把对方跟自己放在同一立场，而把情绪作为一种武器时，你的方式就变成了用情绪崩塌去恐吓对方，换取对方的同情，以便达到你的目的。

回到《狼人杀》，真正的高手是不带情绪的，他们永远是用自己的逻辑和思考来说服你，而你成长的过程就是不断让自己的判断力得到提升，找出每个人发言的漏洞，从而做出正确的选择。聪明的人明白一个道理：如果我起了一次情绪，获得了胜利，我下一次就得起一个更高的情绪。这样下去，你就不是在玩《狼人杀》了，你是在演戏。

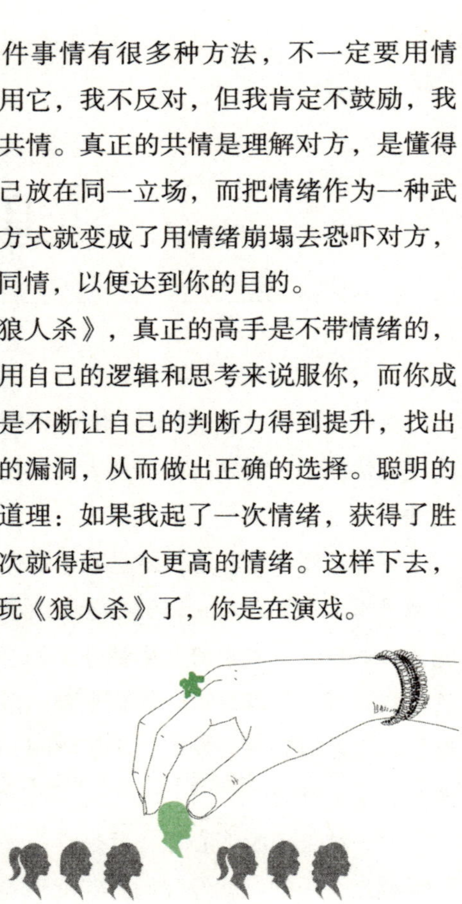

第五章 人生感悟

每个人经过顺人情又合理性的锻炼，就能超脱原先的“小我”而随着灵性良心的指导，成为有道德修养的人。但人的劣根性是顽强的。少年贪玩，青年迷恋爱情，壮年汲汲于成名成家，暮年自安于自欺欺人。人寿几何，顽铁能炼成的精金，能有多少？但不同程度的锻炼，必有不同程度的成绩；不同程度的纵欲放肆，必积下不同程度的顽劣。人皆可以为尧舜，也可以成为恶劣的刁徒或卑鄙的小人。锻炼必定留下或多或少的成绩。

——杨　绛《走到人生边上》

趁着年轻，我偏要勉强（节选）

□詹青云

一年一度，总会有几天，长大远离了高考的人莫名兴奋地等待高考作文题目，各显神通地写，不亦乐乎地论，跨越年龄地回忆各自的高考往事，感慨时代和制度的变迁，一路等到成绩出炉，接着回味多年前填下志愿的瞬间，用坎坷经历强烈不推荐自己的专业。直到毕业生们的暑假开始，过来人回到各自被高考改变过的命运和生活，直到下一个六月。

跟高考有关的记忆在生命里留下的痕迹实在太重，所以多年过去，虽然各种知识点大部分已经忘记，却还能跟每一年的考生一起代入那些情绪：高考前夜不停地对自己说要睡好，结果因为害怕失眠而失眠了；写作文的时候脑子里一直循环某首不算喜欢的歌；走出考场那一刻，想到有好多学得不错的部分完全没考，竟然有些生气；对着正确答案估分时情绪跌宕起伏，一个个字母像命运快速绽放或爆破在屏幕上；还有高考过后的那个暑假，一切尘埃落定后，好多次午夜梦回，在万分遗憾中醒来，又突然想起了某道本该做对的选择题。

小时候，我一直期望自己有一些与众不同的天赋，可以不走寻常的路。渐渐地发现，在所有的尝试里，如果说我对什么事算是有点天赋，竟然就是考试。我天生适合走的，就是应试这条平凡的路。也许人生中第一个重要的选择，是选择接受自己的平凡，接受考试是通向更自由而丰富的生活，那唯一的、窄窄的路。

那之前我做过最长的一个梦，是当作家。从八九岁开始写小说，唯一的“天赋”是我爸、我妈都对这件事鼎力支持，争相吹捧。而后在“市场”真实的考验里，写诗、写歌词、写散文诗、写足球评论、写读书心得，一共挣了不超过一百块的稿费，还不如代写情书挣得多。高三收到新概念作文大赛的“入围奖”奖状，我终于春秋梦醒。我那些残稿和作文比赛奖状，都被我妈收起来装在盒子里，有次回家，她还问我要不要把侦探故事写完，把杀人案破了。我读了一下那开头，当年是《福尔摩斯探案集》看多了，仿照里面的外国人名起了一堆名字，根本没有对应的英文单词。

其他项目还不如写作。我练了几年武术，我师父说“你可以做郭靖”，我就知道是什么意思了。画画和写字，我也投稿去参加过比赛，连鼓励奖都没有得过。看我们班男生踢球，我练习足球解说，最后也只是给校运动会写通告。想学说评书没有老师，说相声倒是在六一联欢会上表演过。每周认真研究的足球彩票一直没中，打篮球稳定在了校队陪练的水平。

我终于知道，我别无他长，除了我妈的酒量，也没有什么家传手艺和产业可以继承，唯有走高考这条路而已。

而一旦接受了，高三就变得可爱起来。高三那年，第一次读了《百年孤独》，我心里总浮现一句话：多年以后，阿詹会回想起这个在课桌前望着天井中的李子花发呆的时刻，觉得这是自己一生中最踏实而舒服的日子。

读到反思应试教育和僵化竞争的书与文章，我也会想，从小到大，我做过考试成绩大幅拖低全班平均分的“差生”；做过和同学们想问题总不在一个轨道，但又很喜欢发言，被老师认为“有毛病”的另类学生；也叛逆过、莫名其妙地对抗过老师和学校。我也曾经因为考试主观题也有标准答案，应试教育只以成绩评价人，没有给那些思维方法和兴趣点特别的孩子更多机会和鼓励，而失落过、委屈过、自卑过，最后，是不是妥协了？

也许是吧。我小时候读到过一段话，大概是说，当你是迭戈·马拉多纳的时候，足球场上的规则对你来说就不存在了；当你是迈克尔·乔丹的时候，篮球场上的规则就限制不了你了。我把这段话剪下来，贴在门上，但一直没有想明白为什么会被它吸引。有一天我突然懂了，它在说，一个人只有在现有规则里出类拔萃，才有可能超越它、不被它束缚。我自发地想通了，而不是被老师灌输着接受了——好好学习不是为了谁，是为了自己。

世俗的成功给人自由。到高中的时候，这个念头让我对自己妥协了。对我来说，做个好学生、学习成绩好的意义，是自由。好学生可以自主安排时间，可以不被老师整天盯着和唠叨，可以不被其他人指手画脚或者不在乎其他人指手画脚，可以让那些不喜欢你的人闭嘴、不爽、嫉妒。如果有的人只以成绩评价他人，对好成绩“势利眼”，那就把成绩摆在他面前，再给他一个白眼。

后来呢，我可以靠考试，到这些不喜欢我、总爱教育我的人没有去过的地方，做他们没法指点我的事，自由地选择我的生活。

到高三那年，我已经彻底想明白，我是个平凡的人，但摸索这些年，渐渐发现考试这件事我是能做好的，甚至挺擅长的，这也是上天送给我的礼物吧。何况，时代给了我这样只擅长读书的傻学生机会。考试能改变命运，我是其中一例，人生后来得到的一切机遇，都可说是从一次次考试中得来的。我应该快乐，应该珍惜。

高考之前，另一个更现实的、所有人都要面对的选择是分科。这个选择也教会我很多。到最后，人只会心甘情愿为真正想要和享受的东西奋斗，如果顺从的是别人的建议和偏好，却无法自拔地总在幻想那条未选择的路风景如何，人是不会快乐的。

我从县城初中毕业，到考上贵阳一中，之后参加了理科实验班的考试。我起初并不想参加这考试。一来我从小喜欢历史，早决心学文，对理科实验班这许多人心中的圣地，实在并无兴趣；二来我们是“州县”上的学生，也就是各少数民族自治州和周围县城的学生，先自怯了，觉得自己和贵阳市里的学生是没法比的，一定考不上。我妈知道，我这人其实很偏执，软硬不吃，激将法无效，只有好奇心盛是软肋。她说，去见识见识能读理科实验班的人考的卷子是什么样，不也挺有趣吗？我就去了。

实验班分班考试，是好学生们志在必得的，是真正的“中考”。据说实验班有最好的老师，学生可以两年学完三年课程，高二就可以参加高考，各种竞赛可望获奖无数，早早能保送。相比于其他人的紧张，我可能是真正的心无旁骛，一心只想见识，所以福至心灵，真的做出不少题来。

考完之后我和我妈去了西藏旅游。那天刚从布达拉宫下来，我们就接到我爸的电话，说我以倒数第二名的成绩考上了。我妈当时就要回布达拉宫还愿，我才知道她心里是存了这个愿望的，去“见识见识”的话，不过是糊弄我的惯用手法。（有删减）

原来这才是名校最大的福利

□王耳朵

1

堂弟属于聪明但懒散的那类人，高考后上了个普通二本院校，沾沾自喜。他觉得，大学就是用来玩的，反正有本科文凭，不愁找不到工作。但大二那年，他突然开窍，宣布要早早准备考研，而且非某211大学不考。问其原因，他说了四个字：因为羡慕。

读书时他有个玩得很好的哥们儿，是个学霸，高考后进了复旦大学。大一时学霸邀请堂弟去他学校玩，堂弟乐得悠闲，直接翘课就去了。在他当时因年轻而见识太少的观念里，好学生不过是一群书呆子，好学校肯定都死气沉沉。可一去才知道，人生处处是暴击。

堂弟先是勉为其难地陪哥们儿上了节英语课。

本以为学校上课都是一样拿PPT照本宣科，枯燥无味。结果，老师不仅侃侃而谈，还放了一段美剧《老友记》。英文原版，不带字幕的。包括学霸哥们儿在内，全班同学都跟着剧情大笑。只有堂弟，瞪着屏幕，啥也听不明白。末了老师提问对话里的语法，大家抢着讨论回答，气氛别提有多轻松。留下堂弟，一脸蒙。

下了课哥们儿带他去宿舍。进门一看，条件简直太好了。宿舍已经是宽敞的上床下桌四人间就算了，竟还在一楼专门配了活动室。同学们平时聚在一起讨论课题，甚至能投影看部电影。听说女生宿舍，一楼还有温馨的书吧。

最让堂弟惊讶的是周末晚上。在他所在的学校，周末同学该打游戏打游戏，该谈恋爱谈恋爱。可复旦大学的通宵教室里，灯火通明，不是期中期末，没有大考小考，这里的学生却都在自习。

哥们儿还说，刚开学时，他参加了在上海的老乡会。就因为他是复旦大学新生，直接被奖励了几千块的奖学金。

参加社团，也不像堂弟所在的学校只有动漫社、戏剧社等寥寥的种类，而是有舆图社（地理类社团）、天文协会、推理协会、复旦诗社……都相当专业。毕业，还有舞会，在金碧辉煌的大厅穿礼服喝香槟的那种……

那几天，堂弟仿佛进入了一个完全不同的世界。原来校园生活，可以那么丰富精彩还高大上。原来名校的大学生，可以既刻苦又活跃，活得充实且从容。

他心里顿生遗憾，果断奋起直追，这才硬是把自己逼进了好学校。

2

用我堂弟的话说，名校和普通学校最大的差别，一是学校提供的资源更多，二是学生的精气神真的不一样。我再同意不过。

拿前一阵的复旦大学来说。网上有同学分享，学校封闭后，大家不仅不紧张，反而幸福感爆棚。学校食堂，生怕同学们饿肚子。早中晚三餐，变着花样荤素搭配，吃饱了心不慌。饭管够，解馋的小零食也为你考虑到。大包小包，送货上门，饮料上还贴着暖心的字条。学校里处处拉着让人宽慰的横幅。卫生巾、暖宝宝、毛巾、牙刷……所有物资学校都先帮学生想到。怕同学们封校生活太枯燥，还组织桌游、羽毛球活动。专门请名师，给同学们疏导心情，甚至发“伴手礼”——崭新的床上四件套。

之前就听说过很多名校的“大方”。中国科技大学，新生入学，被褥、被套、凉席之类的，全部为你准备好。就连毛巾、蚊帐、脸盆都提前安排了。学生不仅能直接“拎包入住”，还会收到两个新生大礼包，以及一个华为手环。这些，都是免费的。北大也是，有女孩入学，直接被送个超大行李箱。箱子里镜子、梳子、洗发水、沐浴露，就连防晒霜都有。

本以为这些已经够让人羡慕。

同样是封校，也让人看到好大学的学风真的不一样。现在的杭州，晚上已经挺冷了。但浙大金港校区核酸检测现场，井然有序的队伍里，很多学生借着路灯，还在安静地看书。不是个别，而是不少。还有人在排队的间隙捧着电脑认真写材料。突然遇到这样的变故，他们却能淡定镇静，做着自己该做的事，这是怎样的自律。正常的教学秩序，从未被打乱。

华中师范大学，晚上8:36，食堂却像课堂，挤满了埋头学习的人。北大，已经下课几十分钟了，还有同学排着队找老师问问题。上课前20分钟，教室里就已经座无虚席，而且大家争先恐后地抢前排的座位。

只能说，同样是最好的青春年华，名校和非名校，真的过着两种截然不同的人生。

3

除了文凭，让人羡慕的环境和条件，良好的学习氛围，名校能给你的，还有很多。

白岩松说过一件事。多年前他去内蒙古一所不太知名的高校做演讲。因为各种因素，这里的孩子能近距离听一次名人讲座，非常难得。结束后，白岩松接着去参加北大的百年讲座。

路过告示栏，他看了一眼北大一周活动列表，惊呆了。北大一个礼拜的活动，堪比那所内蒙古高校许多年的数量。而且去北大做演讲的，不是科学家，就是商业大亨，还有著名学者。

再一个，名校给你的，有别处无法企及的人脉。我一直关注北大才女刘媛媛，前段时间看她发视频说，没想到竟还可以在毕业多年后沾到学校的光。有个想要合作的品牌，许久都谈不下来。她无意中发现这个品牌的亚太区经理是自己的校友，于是找同学联系到他。一沟通，马上就有了天然的信任感，迅速谈成合作。

她的公司一直想换个更大的地方，到处找，发现有个房产公司大领导是清华大学毕业的。即便不是同一学校，但她仍可以通过各种同学联系上。因为都是名校圈子，事情推动起来，就少了很多阻力。

想一想，学校考得好，你的同学、校友，未来可能就是某个行业的大佬，某个专业的顶尖人才。人和人的差距是怎么拉开的？就是从高考开始，逐渐拉大，直到最后，你永远望尘莫及。

4

很多人说一个人的出身就是他的起点。

可我相信，人生有第二个起点：你是从什么样的学校走出来的。一所好学校，对一个人的塑造是无限的。

先悦己，后悦人，是最好的生活态度

□京博国学

杨绛在《一百岁感言》中说："在这物欲横流的人世间，做人实在是够苦。"诚然，没有谁的生活是容易的，处境越是艰难，内心越要绚烂，取悦自己，也温暖世界。把心情照顾好，比什么都重要。真正的智者，既懂得取悦自己，也不忘取悦他人，将人生过得美好而辽阔。

取悦自己，是最高级的境界

林清玄说："让开心成为一种习惯。"很多时候，开心不仅是一种习惯，更是一种选择，当你选择了取悦自己，那么无论处境多不堪，快乐一直与你同在。苏东坡就是如此，在取悦自己的境界上，他早已登峰造极。他的一生，不是在贬官之地，就是在去的路上，从朝廷新秀到偏远官吏，他豁达依旧。庙堂之高进不去，江湖之远他也甘之如饴，手中无权兜里没钱，他就写诗作词游山玩水。在克己复礼的年代，他活得自然；在荆棘丛生的路上，他过得洒脱。被贬黄州，他说"长江绕郭知鱼美，好竹连山觉笋香"；被贬惠州，他说"日啖荔枝三百颗，不辞长作岭南人"；被贬海南，他说"我本儋耳人，寄生西蜀州"。生活不能顺流而下，苏轼就笑着逆流而上，时时不忘取悦自己，活成有趣的模样。他的达观，千百年来仍熠熠发光，也照亮了后世同样在暗夜中突围的我们。

让人舒服，是顶级修养

《菜根谭》有言："真味是淡，至人如常。"层次高的人，不会自命不凡、盛气凌人，反而处处推己及人，相处时让人感到如沐春风般舒服。让人舒服，不是迎合讨好，而是植根于内心的善良，刻在骨子里的教养，胸中有沟壑，心中有温柔，温暖地对待生命中的每一个人。看过一个故事，很是感动。有个男孩，去上学总是不带家里的钥匙，每次放学回家后都在门口大声叫爸爸开门。突然有一天，他的爸爸特意叮嘱他："以后，你每天都要记得带家里的钥匙，回来的时候自己开门。"男孩很是不解，问："为什么呢？"他爸爸回答说："你大声叫爸爸的时候，隔壁家的孩子听到了心里会不好受。"原来，隔壁孩子的爸爸在前一天不幸殉职，他再也没有爸爸了。

真正有修养的人，懂得如何让人舒心，虽然只是一个小小的举动，却包含大大的温暖。

余生，先悦己，后悦人

古语有云："谄谀于人者，求乎人之悦己也；而好人谄谀者，悦乎人之求己也，二者均失之正也。"意思是说，你不能一味地曲意逢迎别人，失去了自我，也不能只图自己开心，而丝毫不考虑他人的感受。所以，人生最好的活法，就是先悦己，后悦人。

著名作家马家辉分享过这样一件事。婚后，妻子想成为全职太太，起初他很是反对，认为是对妻子才华的埋没。但是妻子态度坚决，说自己很享受全职太太的生活，他只好同意。出乎意料的是，妻子即便作为全职太太，生活也十分丰富，会和他分享好书好电影，也会在工作中为他排忧解难。他感叹道："我在经济上养活妻子，她用精神滋养着我。"

马家辉的妻子，选择的是先成全自己，而后用自己的快乐给人带来爱与喜悦。真正的高情商，不是把让人舒服放在首位，而是让自己开心的同时，用内心的满足与喜悦感染他人。

少时远志，老至当归

□南在南方

祁铁匠要上北京，这让我们村的人羡慕坏了，那地方太神圣，哎哟，如今祁铁匠给住上啦，这不是福佬是什么！祁家儿女都在外面工作，早都要接父母出去，祁铁匠不去，儿女想着还有母亲相依为命，由着他。后来，母亲去世了，父亲一人太孤单，儿女主张把祁铁匠连根儿拔了，绝了念想，祁铁匠依然不肯，不过这一回由不得他了，儿子先是把铁匠铺子卖了，后三间瓦房连家具也一起卖了。祁铁匠像霜打的茄子忍着，惹得一脸眼泪。

一晃三年过去，听说在北京一切都好，就是想回来，儿子不许，他又认不得字，想回来也不易。

我和祁家儿子是发小，偶尔开视频聊聊天。视频时，祁铁匠坐在他身后，看上去有点消瘦，不像打铁时那般孔武有力。有一回，祁铁匠突然拉过儿子，坐在视频前头，声音缓缓地问我老家的人和事。其实，好多人和事，我也是一知半晓，可每年总要回两次老家，总有些新鲜的事情，老头儿听得津津有味。前年过年，我拍了几张老家的照片，聊天时随手发给发小，不想祁铁匠看见后泪雨滂沱了好一阵儿，又抽抽搭搭地坐在摄像头前面说，我做梦都想回……回去啊，可回不了啊，回去了住哪里啊……听得我也心酸。

我问发小，老头儿是不是水土不服？发小说，是不服，想着三年不让回老家，慢慢就会好的，现在看来这是我们的一厢情愿。可是回老家越来越不现实，不能想象他有儿有女，明明能享天伦之乐，却一个人待在老家……

老话说，子欲养而亲不待，实为痛心。子欲养而亲不来，同样痛心。后一句，我深有体会，接父母来城里多次试住，多则大半年，少则一月，无一例外。他们住得不太舒心，并不说出来，甚至要假装高兴。可他们的心思在老家，街上逢着一个人，会说这人像老家谁谁。这情形，我没有跟发小说，祁铁匠在北京待了三年，正在节骨眼上，说不定一咬牙一跺脚，就住安稳了。

但接下来的情形出人意料，发小在西安的妹妹上北京看父亲，父亲说什么也不肯在北京待了，要去西安。这个要求发小不能阻拦，同意他爹去西安住一阵子。后来他才知道，这是他爹的“阴谋”。在西安住了不到半个月，祁铁匠打出租车直奔城南客运站，两个小时之后回到县城，再过两个小时，已回老家。据说，祁铁匠一下车，就大哭起来，虽然房子已在别人名下，但邻居抢着迎他进门，一碗“蛤蟆骨头儿”吃得老泪纵横，那样子如同失散多年的孩子见到娘亲。

祁家儿女再次回到老家，这一次祁铁匠像个耍赖的顽童，无论如何不肯去城里了。好在，老房的买主搬到集市上新建的移民点，费了些周折，老房子重回手中。祁铁匠一下如鱼得水。父亲的这派作为，发小不满意，也自责，觉得没有照顾好老头儿。

我安慰他说，老家从来都是两味药，少时远志，老至当归。父母这一辈人，一辈子都在山里，诸多不便，但世上没有别的地方比得上这个地方。我们有这样的机会，逃离穷山恶水，无比欢喜。一晃二十多年过去，我们的心思开始柔和，能够让我们这样的，除了亲人，还有什么？发小认认真真地说，是老家。

是啊，粗茶淡饭，只要合口，就是好的。况且屋子是熟悉的，路是熟悉的，邻居是熟悉的，熟悉的，就是自在的。

买学区房还是环游世界

□宽　宽

很少看朋友圈，有朋友转发给我，才知道又有篇热文在父母中间传播，是关于八百万元的学区房和环游世界的。特意搜出来看了一下。

不想讨论学区房要不要买，带小孩环游世界有没有意义，我相信每个家庭都在尽可能给孩子提供最好的教育环境和资源。

上小学二年级时，我差点儿失学。因为老师每天布置大量抄写作业：这篇课文抄十遍，那篇生词抄二十遍，诸如此类。没完成作业的学生，老师会用戒尺在手心里重重地打，缺几遍打几下，打完还要罚他在教室外面站一节课。

我从小就是个脸皮很薄的小孩，受不了当众挨罚。因此，每天放学回家，只好乖乖地抄啊抄，没有时间玩耍。

一天天过去，我觉得自己快要抄成个呆瓜。

爸爸最先受不了了，他总是说："你出去玩，不要做这些没有创造力的作业。"

可是，做不完作业会挨打，我不敢。

有一天，爸爸忽然严肃地说，不要去上学了，他每天下班回家教我，还跟我妈说："那么有灵气的孩子，会被这种教育毁了的。"

上学竟可能毁了人！那是我第一次听闻这样的"歪理邪说"。我爸的提议遭到了我的激烈反对，那时不上学的孩子，会被同学们看成异类，我没那个胆量。

那时除了公立学校，没有其他选择。爸妈都有工作，我不上学的话，白天就没了去处。所以在我和我妈的坚持下，我还是继续上学了，但我爸和我达成一个协议：每天的抄写作业，我只能写一遍，剩下的九遍也好，十九遍也好，爸爸会模仿我的笔迹，全部抄完。

我听到这个建议时都震惊了，万一被老师看出来，后果简直不敢想象。

第一次拿着作假的作业交给老师时，我忐忑至极，手心的汗把作业本的边角都泡软了。我觉得一定会被当场戳穿，那一幕至今铭记在心——老师拿着作业意味深长地看了我一眼，就在作业末尾画了个大大的红钩，竟还给我了。这就表示通过了！我很惊讶，又窃喜不已，从此欣然接受了爸爸的提议。"没有创造力的作业"全部由我爸完成，我多了许多瞎玩和看闲书的时间。

后来长大些才明白，或许是爸爸找老师谈成了什么条件，既不公然反对老师的教育方法，也能让我成为这种教育之下的漏网之鱼。

那时我把爸爸的行为视为对我的一种纵容，犹如我要五块零花钱，他总是给十块一般的纵容。

长大后才理解了他的苦心。用我爸的话说，是在夹缝中艰难地保护孩子天生的一点儿灵气。

于我，学到的是面对权威也要独立思考，“灵气”很重要，还有反抗的策略和方法。

记得有一次期末考试，我稀里糊涂地拿了小学各科第一（仅此一次撞大运），还有一幅画在全县评比中得了一等奖。拿了一堆奖状回家，妈妈的反应淡淡的，也没有像同学家那样把奖状贴上墙，我当时还有些失落。

或许是他们有意为之，或许是真的不在意，总之造成的结果是，我认识到学习不是一件为了达成某个目标的事情。但也留下一个后遗症，我心中少有与人竞争的念头，工作之后更是，喜欢就做，不喜欢就走人，不会为了赢而做什么。

这一点在刚入职场那几年，让我吃了不少苦头。职场哪有不竞争的啊，我是逢争必输，因为觉得争争抢抢实在没意思，不肯花心思。

后来，从职场的动物园跑进单打独斗的原始森林，不喜竞争这一点才终于发挥了它的正面功用。因为心里没有别人和对手，才能最大限度享受到做事的乐趣。

在时代强大的扭曲力场之下，我有幸找到适合自己的“缝隙”生存。也因为不上别人的擂台，就无所谓成功与失败。

小时候家中有个习惯，每天早上等妈妈端早餐上桌前，爸爸会随手从书架上抽一本书，随意翻开一页念一段。他不过多解释，也不要求背诵，只是要我们感受。他说，诗是作用于心灵的，而不是作用于头脑。要我放下分析，去感受意境。

那些个早晨，我们一家围坐炕上，吃着早饭，北方早晨稀疏的阳光从炕上的窗户照进来，饭前爸爸读过的诗句，还在心中回味，像是写诗的人，此刻也在我们身边。

这是人生中一想起来，就觉得幸福的画面。

有一些诗句蕴含的意境，也形成了类似精神家园的东西：“孤舟蓑笠翁，独钓寒江雪。”

读这首诗的那日早上，窗外大雪纷飞，家中灶火烧得正旺。好像自己就在那叶孤舟上，天地之间的冷寂与旷达之气笼罩周身，还有一种我虽渺小却与这苍茫天地连通的静谧。

多年后，一想起这句，就觉胸中疏朗，呼吸之间，都是冷冽的雪气。

大漠孤烟直，长河落日圆。

那种磅礴的景象，让我第一次听到，就对边塞之地充满幻想，以致长大后一有条件就独自奔走在边疆地带，大漠、戈壁、莽莽荒原、冰川与雪山，这些意象是内心源源不断的能量来源，足以抵抗现实的各种鸡零狗碎。

还有极爱的苏轼，“十年生死两茫茫……”人生多的是这种无处诉说的痛彻心扉，无论贫富，渺小或伟大，这悲喜何曾放过谁？爸爸说，都说读诗无用，其实是最有用的，没有这些无用的趣味，人生就像一口枯井，多活一日都不耐烦，那种苦才是真的苦。小时候不明白，现在懂了。如今读诗的潮流再次回归，周围有孩子的家里，至少都有一本金子美玲的诗集，或者《给孩子的诗》。

想起爸爸为我们读诗的岁月，是九十年代被全民下海的浪潮裹挟着，文艺最无用的时代，我不知道他心中的定力从何而来，却成为我如今的指引。

不比较，不引导竞争，教育不唯有用，当如春风化雨，是我从爸爸身上学到的。

我们的孩子，一生是不是一个常常觉得幸福的人，这取决于他的内心是否总是充满力量，是否对生活感到知足，能否与欲望和谐共处。

这些，外面看不到，只有自己清楚。好的教育，作用于看不到的内心，作用于一个人的本质。

说到底，所谓教育，不过是做父母的一场永无止境的修行。我们自身的修为，是托举着孩子的那只手臂。所以，买八百万元的学区房还是用八百万元环游世界，又有什么区别？

你愿意如何，能力如何，便坦然接受并好好享受你的选择吧。重要的，从来都是每天二十四小时一分一秒如何度过。

我为什么要工作

□欧阳宇诺

丹·布朗他是一位畅销书作家，《福布斯》杂志估计他年收入达7600万美元，《时代》杂志估计他光是凭借《达·芬奇密码》就有2500万美元的进账。即便如此，他仍然兢兢业业地工作，每天早上4点就起床，写作剧本和小说。所以，从某个层面而言，工作带来的金钱挽救了丹·布朗的生命，还使生病的他获得了火箭一般的康复速度。用工作报酬获得高质量的医疗待遇，从而延长生命，这是我工作的第一个目的。

契诃夫在萨哈林之行后意识到，作为文学家，他需要的不是“绝对的自由”，而是“生活在人们中间”，有“社会生活和政治生活，哪怕很少一点点也好”。无疑，工作能够实现契诃夫的愿望。事实上，一边进行文学创作一边行医的契诃夫也正是通过工作，通过在医院中穿行于病人中间，获得了精神上的成长及写作的诸多素材。懈怠如我，如若没有工作的压力和鞭策，多半会如地鼠般隐匿于家中，不再精心于护肤及打扮，也将疏于关注潮流趋势及自我成长和提升，更会尽量少地与人类及社会产生互动。一想到这苍白又晦暗的画面，再反观我在办公室那朝气蓬勃、活力满满，与同事热情互动的样子，我就不禁感谢工作，提供给我浮游在人类及社会中的契机，给我输送新鲜的氧气，此为我工作的第二个目的。

美国作家琼·狄迪恩在将女儿金塔纳的骨灰放进圣约翰的大理石墙的一个星期后，飞去了波士顿、达拉斯、明尼阿波利斯，忙着为新书做宣传。接下来，她又飞去了华盛顿、旧金山、洛杉矶、丹佛、西雅图、芝加哥、多伦多……仍然是为了工作。接下来，她意识到，光是在机场匆忙来往还不够，必须更努力，于是她计划将新书改编成一部话剧，在百老汇演出。在工作的时段，“钟声不一定响起，大门不一定闭锁，问题的答案是开放性的，故事还没有落幕”。狄迪恩是在试图用工作忘却死亡带来的痛苦，正如阿兰·德波顿所言：“工作的存在是为了让我们不再惦记生命的徒劳和死亡的不可避免。”在某种程度上，遮挡生命中的无常及痛苦，此为我工作的第三个目的。

分享购物车才是真朋友

□陈　斯

去年，“购物车分享功能上线”冲上热搜，这背后是2021年天猫双十一上线的新功能：人们可以将购物车里的好物进行一键分享，既可以叫闺蜜好友一起来“薅羊毛”，也可以召唤爱人、家人来买单。购物衍生的新玩法，正在成为年轻人新的社交方式。

从2021年10月27日起，淘宝购物车里多了一个分享购物车的入口。从此，购物车里的商品可以实现一键分享，摇一摇还能跟好友在线下面对面互相分享。

除了身边好友，还可以跟着“教练车”买。双十一期间，明星、奥运冠军、达人们都开始展示自己的购物车，网友一键即可加入自己的购物车获得同款。未来，还有上百万不同领域的资深买手，分享自己精挑细选的好物。

“以前赶上购物节想薅羊毛，要去豆瓣‘拼组’或者是一些消费内容App四处‘找灵感’。在各个平台跑来跑去，耗时费力。”自媒体从业者小尤平时算得上“网购达人”，每年双十一都要提前做功课，找到好价再逐一分享给闺蜜。“分享购物车”功能上线以后，她发现的新鲜好物和好价更多了，和闺蜜互相分享，又省下不少固定支出。

上班族小陈平时工作比较忙，对潮流资讯不是特别“灵通”，而“分享购物车”功能让她有了不少“新发现”：“怪不得闺蜜今年瘦了十几斤，我一看她的购物车，囤的都是低卡食品！”看到好友的购物车，她才知道减肥到了瓶颈期，既有低卡的魔芋毛肚解馋，也有巨硬的“磨牙棒”缓解嘴巴寂寞；速食轻食除了荞麦面、鸡胸肉，还有冻干技术制成的食材丰富的冬阴功汤。“赶紧一键抄作业，轻松获知了闺蜜的秘密。”小陈说，愿意分享购物车的才算得上“真朋友”！

明星鹿晗购物车里的仙人掌猫爬架、樱桃猫抓板和西瓜猫砂盆，让既是粉丝也同为“铲屎官”的小李直呼发现了“宝藏”。“我在淘宝闲逛，无意中发现了鹿晗分享的购物车，里边的宠物用品太萌了！”除了获得同款，发现偶像“爱宠”的细腻一面也让她欣喜若狂。

这次“购物车”的“全民大公开”，也展现出了不同区域人们的“最爱”好物。

数据显示，从2021年10月27日一键分享购物车功能上线后的三天，超过1000万人分享了自己的购物车，不少网友作业抄到起飞。其中，北京、广州、深圳、成都、重庆、郑州、武汉、南京八地网友参与分享最积极，“购物车社交力”爆表。

“民以食为天”，在网友对外分享的购物车中，重庆、武汉、南京三地被分享最多次的均为美食。火锅底料、白酒、麻花都是重庆最具特色的美食。从趋势看，2021年天猫双十一，重庆小面超过重庆火锅，成为重庆人的新宠。预售期间，重庆小面的下单人数是2020年的3倍，成交量上涨超过200%。

湖北人最爱啥？武汉网友分享了“一车的湖北面”，武汉热干面、襄阳牛肉面、云梦鱼面等，被网友笑称：湖北才是真的“面食之王”。其中，2021年风头高涨的襄阳牛肉面，在被航天员聂海胜带火到外太空之后，大有和热干面一较高下之势。据悉，湖北人一年在天猫上吃掉5000吨面。

不知是不是晚开了一个月的桂花唤醒了南京人的味蕾，反正，南京桂花鸭在双十一的预售销量相比2020年同期增长了近15倍。此外，成都的双流老妈兔头、北京东来顺的羊肉、香港的楼上燕窝，也成为网友们分享的热门美食。

熟读李白三首诗，看透人生三件事

□琴叶榕

李白虽作诗无数，名篇甚巨，但我今天想和你聊聊李白诗中的三种情。读懂了，也就活明白了。

亲情，是让人安心的力量

出现在小学语文课本里的《静夜思》，人人都能成诵。不过这首诗背后的故事，却鲜有人知晓。

那年李白26岁，时值深秋，离他辞乡过去了两年。从家中出发时，他意气风发，想要一展宏图。如今病倒在扬州的旅店中，身边的钱财已基本散尽，寻求仕途的方向仍不明朗。

床前明月光，疑是地上霜。

举头望明月，低头思故乡。

夜不能寐，见地上疑似有层浓霜，抬头一望，才知是月光倾泻而下。秋月分外光明，又分外清冷。离家两年，却一事无成的李白，此时对家乡的父兄，对亲朋好友的思念之情，在明月的照耀下愈加难抑。

24岁，是李白第一次出川，离开父母，追寻梦想。而写下《静夜思》的中秋节，也是他漂泊在外的第一个中秋节。举家团圆的时节，他却独自病倒在客舍中，途中所受之苦无人诉说，思乡之情亦无人聆听。

越是孤独脆弱的时候，我们就越渴望亲情的温暖。和李白一样，我也是24岁离家打拼。年前那段时间，我深受失眠困扰，每天只能睡四五个小时，导致工作频频出错，效率也下降不少。白天的迷离恍惚，夜晚的辗转难眠，让我想要回家的心思越发强烈。

但和李白一样，我没有回家。为什么？因为憋着一口气。李白有济世安民、造福苍生的志向，我亦有实现人生价值、放手一搏的渴望。只不过在前行的路上，有太多人忘了，当你倔强地想要混出个人样，并非要和故乡与亲人诀别。

失眠持续了一阵子之后，我回家休养了几天。结果真是出人意料，连安眠药都无法治愈的失眠，竟然被家里的床和父母的唠叨治好了。独自在陌生的城市，很多人流着泪、咬着牙也会继续埋头苦干。却忘了，或许和父母的一通电话，归乡的稍许休憩，就可以让你焕发新生。

李白内心的坚守和对故乡的思念，成为一种永远无法解决的纠缠。离川数十载，他都未曾归家，只能将思乡之情寄托在诗句中。

不知他心底是否有遗憾，但我希望你别留遗憾。

若是还在家，请多给父母一点儿体谅和关心；若是不在家，请别让他们的惦念迟迟得不到回应。

懂你助你，才是真朋友

说李白好友遍天下，一点儿都不过分。孟浩然、贺知章、杜甫……随便拣一个，他们的诗都能在我们脑海中浮现。谁让李白太优秀，身边的好友也都是照亮唐朝文学天空的人。

不过我今天要提的这位，名声恐怕不如前几位响亮，他就是元丹丘。大家在语文课本上学过的《将进酒》，就是李白在元丹丘家写成的。

李白和元丹丘不是一般的交情。两人初相识的时候，一同住在元丹丘的道观里。李白把心里的秘密，都告诉了元丹丘。比如他和发小吴指南在洞庭湖游玩时，吴指南突发疾病过世，李白痛哭不已，将发小暂且埋在洞庭湖边。日后，他专门回到那里，买了上好的楠木棺材，重新安葬了发小，还请道士做了法事。

李白对朋友的情深义重，让元丹丘听得泪眼蒙眬，也在心中暗想：这朋友我交定了！

由于李白是商人之子，按照当时的规定无法参加科举考试，他也不想参加科举考试。他的理想是通过诗歌获得有名之士的赏识，以实现自己的政治抱负。元丹丘听后，并不觉得他是痴人说梦，也没有劝他读些“混账文章”，应付考试。他深知李白是不受约束的人，考试的那套规矩太多，于是，他选择了默默帮好友找到能帮助他的人。

李白26岁过江陵时，元丹丘得知司马承也在此，便让好兄弟赶紧前去拜访。得到司马承赏识的李白内心大喜，一气呵成写下《大鹏赋》。他赋予庄子的大鹏新的内涵，让壮志凌云的大鹏彪炳史册的同时，也让自己名扬天下。后来李白能见到玉真公主，玉真公主能在皇帝面前为他说上话，元丹丘都功不可没。

李白一生虽交友甚众，但像元丹丘这么了解他，并尽全力帮他实现理想的，只此一人。

苦难是爱情最好的试炼

李白的爱情史，远不如他的友情史那般流传甚广。他一生经历了四段婚姻，最让人羡慕的，莫过于最后一段和宗瑛的相知相伴。拥有宗瑛，是李白坎坷的一生中莫大的幸运。

婚后，李白和宗瑛也有过一段幸福安稳的甜蜜时光。751年秋天，一封意外来信打破了这份来之不易的平静。来信者是幽州节度使李昌浩，邀请李白到幽州“共谋秘事”。李白二话不说就要前去，却遭到了宗瑛的阻拦。彼时的幽州军事冲突不断，更要命的是，一把手还是不安分的安禄山。宗瑛不同于寻常女子，作为前朝宰相的孙女，她对官场形势的判断比李白更准确。她忧心忡忡地对李白说：“我觉得幽州将有内乱发生，你千万不要去。”

可一心想实现政治抱负的李白就是不听，铁了心要去幽州。到幽州后不久，安禄山果然起兵叛乱，宗瑛的话都应验了。面对安禄山的虎狼之师，李白自感无力回天，赶紧骑上战马返回家中，接上宗瑛，两人到浔阳避难。

此时永王李璘带兵平乱，经过浔阳时遇到李白。永王久仰李白大名，多次邀请他担任自己的幕僚。早就看透局势的宗瑛再次对李白苦苦相劝，两个人做对寻常夫妻携手此生，不也很幸福吗？然而强烈的爱国情怀让李白再次昏了头，对宗瑛的泪水视而不见。仅仅一个多月后，宗瑛不祥的预感再次应验。永王被刚继位的肃宗所灭，李白也以“从罪”的身份被关进了监狱。

得知消息的宗瑛，为了李白四处奔走，放下身段在达官贵人面前哭诉求情，只求留李白一条命。在宗瑛的努力下，李白最终被改判流放夜郎。若是没有宗瑛执着救夫，李白或许早已身首异处。在流放途中，李白深感宗瑛对自己的付出，相思成疾，望着天空纷飞来去的大雁，写下了令人断肠的《南流夜郎寄内》。

李白的三首诗，写尽世间真情之美。可惜我不是李白，面对亲人、爱人，无法为他们写下流传千古的好诗。面对牵挂我的父母、知我懂我的朋友、真心相待的爱人，我只能常怀感恩之心，善忘他们的过，牢记他们的好。

任何一份好的感情，都是真心换真心。任何一段好的关系，都是你敬我一尺，我还你一丈。愿我们，眼里有爱，心里有光，让真情洒满人间。

慢跑中的人间清醒

□牛东平

工作以来，5公里慢跑成了我最频繁进行的运动项目。它短小精悍，锋利隽永，在久坐化与碎片化的城市生活中，能起锋芒又易获取，很适合用来修身怡情。美国运动医学会和心脏学会曾建议18至65岁的人，最好每天进行30分钟中强度的有氧运动，这差不多就是慢跑5公里的时间。当我们谈起5公里，我们谈的只是一段理论上的线性距离，要真正跑起来，才能进入5公里的内心世界，它会显现自身为一段生命的绵延。在此期间，人体内会加速释放血清素、去甲肾上腺素和多巴胺，这些都是传递思维与情感的神经递质，它们会为“人间清醒”营造氛围。

慢跑是一种恰如其分的超脱方式。如果仅仅走路，那心率太低，生不起波澜，也打不破常规，不足以突破日常生活的身心惯性，而乘坐交通工具则会在一定程度上扭曲时间感和距离感。所有运动项目中，只有慢跑可以为人划定一个时间范围，让心率平均维持在最大心率的 75%左右，人于其中孑然一身，均匀而用力地承受自身。此时心肺会有一种缺氧式的紧迫感，像登临空气稀薄的高山，这是“认识你自己”的一个契机。

5公里不长也不短，它可以微弱唤醒远古狩猎时期强健的身体记忆，与过去产生一丝感应，又能关照现代都市大部分人的生活尺度，说它“通古今之变”，我觉得也不过分。而且它可根据个人情况自由加减，退可3公里，进可10公里甚至更远，5公里是理论上的最大公约数。《论语》中有“吾日三省吾身”，或许“吾日五公里吾身”更实用，也更易于操作一些。它像阅读，开卷有益，而且集身心锻炼、生活反思与精神内省于一身。

在慢跑中，所有身外之物都要被暂时悬置。你会处于一种不问世事的脱机状态，某种程度上已不再是社会人，而只是自然人。跳出喧哗与躁动，与自己面面相觑，从脚下便会流出最真实的空间与时间。当一个人心率长时间处在每分钟130次以上，他就很难不活在当下，每一次呼吸都特别郑重其事，每一步都用力地落在大地上，人间此刻格外清醒。

我现在偶尔也跑10公里，距离和时间加量后，个中体验会变得更加深刻丰富而有层次。对我来说，慢跑是一种批判现实与人间清醒的哲学方法。最近我给慢跑找到了一个形象的比喻——古人说“一炷香的时间”。如果从香的角度看，时间是从它自身的燃烧中缓慢生成，一定刻骨铭心，对香来说，时间已不再是索然无味的身外之物，而是纵贯自身，成为一场此消彼长的向死而生。慢跑大概也是这样。

好好照顾身体，是迫在眉睫的自律

□杨熹文

一个人的健康密码，藏在生活习惯里。晚上十点半，我终于吃上这天的第一顿饭。

在诊所、验血中心和医院间奔波了一整天，彼得被确诊憩室炎，不是多么严重的病，但持续的疼痛和等待足够折磨人。验尿、验血、B超……白天走了三个地方，晚上转了三次病房，医生和护士的每一句话都擦着心尖，情绪大起大落之间，我的生命好像又添了十年的沧桑。

有人说，进医院一趟，才知道健康多么重要，我觉得自己这一趟的体会，远不止这些。

孤独比疾病的杀伤力更强。

在诊所看见一位拄着拐杖的老人家，虚弱到连玻璃门都推不开，我上前帮忙，她的力气只够完成说一个谢谢的口型。近距离观察，才发觉衰老是件多么无可奈何的事情啊，不仅要面对器官功能的退化，有可能还要面对生病时没人陪伴的孤独，那一刻，我觉得自己愧对父母。

我们待的第一个病房是开放式的，有很多患慢性病的老人家，他们的眼睛直直地望着前方，像不想错过谁的突然到访。傍晚时隔壁大爷的孙女来看他，孙女大概二十岁，很健谈，和爷爷讲怎么用各类社交媒体，爷爷说自己最近有点失眠，孙女告诉他买个AirPod听听音乐就好了。等孙女走了，大爷骄傲地对病友说："刚才那是我孙女！"又过了一会儿，他小心翼翼地问护士："什么是AirPod呀？"

多陪陪家人吧，给他们足够的时间和耐心，他们看起来的乐观坚强，也许只是在我们出现时才戴上的面具。没有一个病人的陪护能从医院体面地走出来。连续转了三个病房，我遇到很多病人的陪护家人。每个人都挂着同一副表情，明明疲惫不堪，还在强撑着告诉自己：不能倒下。当家中有人病倒，才知道自己是个多么重要的角色，要上班赚钱，要陪护照顾，要几处奔波，要管好家里……这对一个人的体力和心智都是相当大的考验。

在医院期间，我总结了一个陪护的自我修养：遇事不能慌，你慌病人就慌，不利于康复；与护士和医生友好相处，他们更愿意帮忙和分享。

关键时刻更要照顾好自己，注意睡眠和饮食，不然下一个倒下的就是你；保持笑的能力，这是潜意识给自己打气，对病人来说也是特效药。

小病是福。在医院里，所有杀不死你的，终将使你认识到习惯的重要性。

一个人的健康密码，藏在生活习惯里。很多疾病的突然降临，是身体对坏习惯的承受到了极限。好好吃饭，每天运动，注意作息，保持心情顺畅，不要忽视身体释放的信号，定期体检，发现不适及时就医。家里常备健康书籍，了解多发疾病。小时候我家有一本疾病大全，在那个互联网很不发达的年代，这本书照顾了我们全家老小。等到成年后，习惯使然，我的书架上也放着几本关于健康的书，社交平台上也关注了几个健康博主，没事就看看他们的分享。

有什么梦想，赶快去实现吧。进医院一趟，才发现生命有多可贵，这突然的醒悟让自己成了哲学家。

人并非一定要有为之祈祷的宗教信仰，但一定要有一切都会好起来的信念。

继续陪护，不能倒下。我每时每刻对自己说。

“社恐”的福利

□青　丝

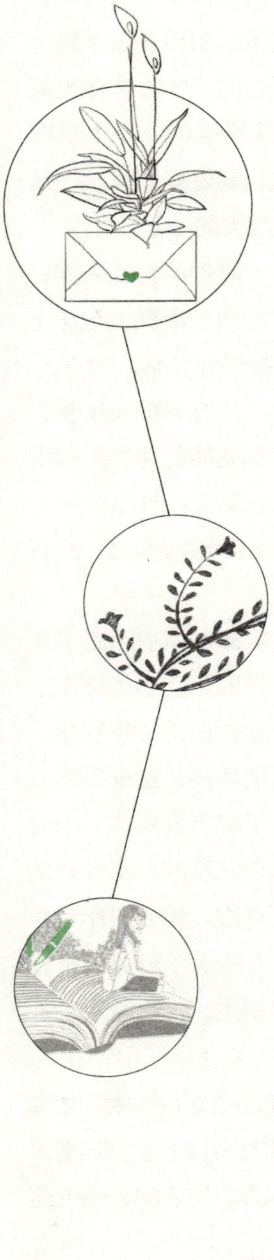

西班牙一名患有社交恐惧症的妇女为了避免跟人打交道，假扮成盲人，时隔28年才被识破。看到这一新闻的瞬间，我自动脑补了许多细节场景：有人以为她看不见，流露出厌恶的神情，或以次充好、偷偷把劣质商品卖给她，她只能假装什么都没看见——类似片段肯定会让她有一种人生如戏的深刻感受。

“社恐”这个词流行之前，我一直没意识到自己也有社恐症，反而以为喜欢独处是一种礼物，可以不受社交关系的干扰，让自己从一个更客观的角度看清事物的真相。英国约翰摩尔大学文化史教授乔·莫兰在《羞涩的潜在优势》一书中认为，有社交尴尬和社交焦虑的人更容易成为业余人类学家，因为这类人更善于观察。

回想起来，一切早有征兆。我幼时最喜欢看《鲁滨孙漂流记》，常幻想能像鲁滨孙那样独自在一座荒岛上生活，还与小伙伴互相编故事糊弄对方。我杜撰有人不小心在荒野一脚踏空，掉入地底深处一个巨大的人造堡垒，里面食物饮水、生活用品一应俱全，不幸的人被迫与世隔绝地度过了一生……多年后我看到很多网络小说是同样的套路，感觉自己就像一个赶了早集的人。

事实上，也不是没有这样生活的人。19世纪，英国波特兰公爵不想跟任何人打交道，包括家里的仆人，为此他在自家城堡下面挖掘了一条长达15英里的隧道，弯曲回转如同迷宫，绕过一切需要与人见面的场合。很多社恐的人，是以独处作为测定自己的精神仍然存在的标尺，就像美国艺术家艾格尼丝·马丁说的：“生活中最好的事情都是在独处时发生的。”

我的社恐症状虽然没有这么严重，但也会为一些尴尬的相处感到焦虑。有一次独自去郊外远足，途中遇到一个半生不熟的人，很热情地要跟我结伴走完全程。我如同芒刺在背，浑身不自在，不断假装系鞋带，或停下来喝水，脑子里始终在盘算如何才能回绝对方，各走各的路。

不过，社恐尽管有时会让人极为沮丧，但也会给予人们一些好处作为补偿。斯坦福大学的心理学教授泰勒认为，社恐患者由于缺乏社会存在感，反而更容易投入自己感兴趣的事物中，坚定自己的选择，不易被外界干扰。换句话说，与社交场上的焦点、喜欢被他人注视赞赏的“社牛”相反，社恐的人是身处一个封闭的系统内，会很自然地在这个内在框架里寻求超越，因为人类自我成就的欲望写在基因里。达·芬奇、牛顿、爱因斯坦、达尔文……无不如此。

用萧伯纳的话作总结：理智的人会适应环境，不理智的人则要环境适应自己，但历史是由后一种人创造的——这也是至今尚未创造任何成就的我，常用于自我安慰的鸡汤金句。

在自己的世界里，定义胜败标准

□陈鲁豫

几年前我在北京首都国际机场T3航站楼准备登机前，看到了著名小提琴演奏家吕思清，他坐在一排乘客中间，正在东张西望，很悠闲，又有点百无聊赖。

我走过去打了个招呼：“您一个人啊？”他点点头说：“习惯了。”他也没有随身行李，连个包都没带。身边的空椅上斜靠着一个年头久远、皮子都已经皲裂的琴盒。

“您这招很安全。”我说，“谁也想不到，这么旧的琴盒里会藏着一把价值连城的小提琴。”我隐约记得他告诉过我，那是斯特拉底瓦里提琴协会提供给他使用的一把名琴。

他当时云淡风轻地说：“价值几百万吧。”

我不懂琴，又怕被贫穷限制了想象力，也没好意思问他说的是人民币还是美元。

记得那天我和吕思清简单聊了几句之后就挥手告别。我一边往自己的登机口走，一边在心里羡慕着，这才是最好的状态——他在自己的专业领域里做得足够好，市场、乐迷的认可足以满足一个人对荣誉、金钱、名望的那种健康的渴求，而古典音乐的独特属性也决定这个领域里不会出现太疯狂、让人无法呼吸的追捧和痴迷。这种刚刚好，让一个人得以气定神闲地坐在一群人中间，不趾高气扬，但也不焦虑、不慌张，怡然自得，内心笃定。

忘了是哪部电影，其中一位老派英国上流社会女性说，人的一生只应该上三次报纸：出生、结婚和去世，否则就是俗气。这种充满明显优越感的态度有点招人烦，可她的清高不无道理，因为她的生活圈子和价值观决定了远离大众才是最安全、最体面的生活方式。她的存在感不需要头版、八卦来给予，她的财富、地位、特权已经让她无比优越地存在着。

之前我的朋友Helen发了条朋友圈，原文如下：我大大方方地承认我不是很年轻，但我也没有老。我相信这样的状态会持续很久很久，我认为这是我人生最好的状态。在人的一生中，年轻和年老之间的这段时间其实是最长的，也是最好的，是最应该让我们去喜欢的。可是我们确实身处一个崇拜青春而厌弃老年的社会，但若你无论年龄怎样增长都可以打起精气神活着，你一定会发现，你会活得越来越好，远远地超过青春期的好。

她这段话令我动容，于我心有戚戚焉。

很多读者留言说，人的存在感是自己给予的，我只能说，我有限度地赞同。我努力以自己的方式存在着，但存在感的确也在于他人的评价与肯定带给我的感受，我能做的只是选择在意或不在意这种感受。一个再淡定、再与世无争的人，也需要获得某种认可，不一定举足轻重，但不至于无关痛痒。

我常想，存在感的确是件糟心事，看不见摸不着，它来无影去无踪，难缠、难搞、不好伺候，而且稍有不慎就破碎一地，偏偏它又主宰着我们的心情，高低起伏都要看它脸色，就像那首歌里唱的：我俩太不公平，爱和恨都由你操纵。这是人生的大考验。

我希望有一天我可以像吕思清，像那位英国老妇人，或者像我的朋友Helen一样，在自己的世界里，定义自己的胜败标准。

有一次下飞机到香港，在酒店登记的时候，旁边一位穿无袖连衣裙的中年女性着实吓了我一跳，她的身形很像我采访过的、在新闻图片中看到过的厌食者。她一定能察觉到周围异样的目光，但她还是很自然淡定地在那儿办理手续，也没有穿长袖长裤、试图遮住自己的身体，她只是站在那儿，勇敢地接受了自己的存在。

你的数字遗产想交给谁

□贝小戎

苹果新的系统有一个新功能，让你可以留下数字遗产：你可以指定五个数字遗产联系人，在你去世后，他们可以进入你的苹果账号。

这些数字遗产联系人可以是你信任的朋友或家人，他们可以看到你的大部分信息，如照片、备忘录、邮件、通讯录、日记、提醒事项、通话记录、文件、健康数据、语音备忘录、浏览器收藏夹和阅读列表、云备份，但不包括购买的书籍、音乐、影片，付款信息、储存在钥匙串中的信息，如互联网账号、信用卡号。

其实谷歌和脸书早已有类似的操作了，一个用户去世后，允许亲友查看他的账号。很多人对数字遗产抱着无所谓的态度，因为它看不见，而且我们每时每刻都在生产、添加，数量太大，就显得没什么价值了，有的自己都羞于回顾。

以前，人去世后留下的东西一般来说都是有形的，如房产、照片、生活用品。但现在我们的很多生活都是用电子设备、通过网络来进行的，网络记录了我们的生活和想法。比如存照片、写邮件，在朋友圈更新相当于记日记，发微博然后有人评论、转发，还有打车、购物、汇款……

物质遗产和数字遗产差别很大。

首先，物质遗产有的很脆弱，有的却能保存几百年。数字遗产既很脆弱（很容易被删除）又很顽强（保存得当的话可以永存）；物质遗产是唯一的，数字遗产却可以无限复制、为许多人所有。

你留下的数据可能能让你获得“永生”，后人不但能看到你的照片，甚至可以跟“你”互动。通过分析你的邮件、微博和朋友圈，就可以知道你对各种问题和事情的看法。

你的照片和视频中有你的相貌和动作，你在社交媒体上的简介和邮件透露了你的社会关系。

让数字遗产联系人可以进入你的账号很有必要。

首先，一个人去世后，很多网络服务商并不知道他已经去世了，还在向他推送东西，这会让活着的亲友很难过。

其次，网络虽然容量大，但很多网络公司没几年就倒闭了。MSN、Gtalk上的聊天记录、blogcn上的博客、一些音乐应用上的歌，甚至一些相册都随着服务关闭而消失了。

即使你及时搬迁、刻录下来，也不见得能一直保存下来。有时数字形态的东西还不如一本书的生命长，它不在你手里，什么时候坏了你也看不见，网络遗产需要及时整理。

如果在意你会留下什么数字遗产，也许你以后使用电子设备时要更加小心了，拍得不好的照片及时删除，发表评论要谨慎，下载应用前三思。

20世纪50年代，美国社会学家欧文·戈夫曼在《日常生活中的自我呈现》一书中说，每个人的自我都是一种戏剧性的自我表演，个人在创建自己的身份时是在表演给他人看，会自觉地做印象管理，以便给别人留下好的印象。

人的表演分前台和后台，前台是让观众看到并从中获得特定意义，呈现的是可以被他人接受的形象，在后台则比较放松、不加掩饰。当我们使用电子设备、在网上活动时，我们就是把自己投射到网络空间，而且都被一一记录下来。

到最后你想只留下前台形象，还是把后台形象、完整真实的自己也留下来呢？

以前很简单，一些作家去世前会把自己的书信或书稿烧掉，但现在你的数字遗产可能删不干净。

法国作家沃韦纳格说：“所有人生下来都很诚实，死的时候是个说谎者。”

这句话现在大概已经不成立了，瞒不住了。

吃点栗子，蒜就算了

□南在南方

徒羡低头咬大蒜，未妨拍桌拾芝麻。这是知堂先生《五十自寿》中的一句，初读一乐，人家低头咬大蒜有啥好羡慕的呢？自己吃呗！后来，才知道许多南方人不吃大蒜，说臭！可许多北方人离不开这个，蒜多香呀。

晚唐名相裴度有一句话：鸡猪鱼蒜，逢着便吃；生老病死，时至即行。前一句喜悦，有什么吃什么就是口福。后一句平静，该怎么就怎么就是一生。话虽这么说，可味蕾是忠于乡土的。就像吃蒜的裴度是山西人，而恶蒜的李渔是浙江人。

李渔在《闲情偶记》里说，他不吃蒜、葱、韭菜，认为“秽人齿颊及肠胃”，又说，香椿头能芬人齿唇，他也吃得少，然后把自个儿跟不食周粟饿死的伯夷与坐怀不乱的柳下惠类比。他喜欢这种做派，比如凉拌萝卜丝让他打嗝，煮萝卜却味美，说萝卜是先小人后君子，虽有微过，但可原谅。

我每读到此处，都想着萝卜无辜，当然，蒜也无辜。

在我老家乡下，蒜是重要的调味品。家家都有小石臼，管它叫辣子窝，很多时候，却是用来捣蒜的，一手护着石臼防着蒜瓣跳出来，一手提着石杵飞快地捣，蒜的香味扑散开来。没见过捣蒜的人，很难体会磕头如捣蒜是怎样的形象。

陕北民歌唱：“骑白马，跑沙滩，你没有婆姨呀我没汉，咱俩捆成一嘟噜蒜，呼儿嗨哟，土里生来土里烂。”这一嘟噜蒜，着实清新。但大蒜，于恋爱男女，有些不太合适。有一回，我在西安吃羊肉泡馍，端上之前，食客都在忙活着剥蒜，装蒜的篮子就放在桌子上。一个年轻男子手才伸进篮子，一声娇叱：“你敢！”这男子再也没伸手，吃一口泡馍，看一眼蒜篮子，那个眼羡！

这情景一下让我想起两个人，都是我的老师，数学老师喜欢上我们的语文老师。有一天傍晚，几瓣子大蒜从男老师家窗户给扔了出来，被我们几个孩子一抢而空。那时，我们不知道这意味着什么，倒是大人们心照不宣老奸巨猾地嘿嘿笑说，这事怕是成了……

后来，他俩结婚了，放学之后，他们在厨房里忙活，忙啥呢？有个喜欢开玩笑的老师编了顺口溜：“啪啪啪，捣大蒜。你烧火，我擀面……”充满生活气息的画面。

有人说，北方人爱吃大蒜，上海人爱喝咖啡。其实也有吃蒜的上海人，就像张爱玲。

她这样写道：“我在三藩市的时候，住得离唐人街不远，有时候散散步就去买点发酸的老豆腐，嫩豆腐没有。有一天看到店铺外陈列的大把紫红色的苋菜，不禁怦然心动。但是炒苋菜没蒜，不值得一炒。此地的蒜干姜瘪枣，又没蒜味。在上海我跟我母亲住的一个时期，每天到对街我舅舅家去吃饭，带一碗菜去，苋菜上市的季节，我总是捧着一碗乌油油紫红夹墨绿丝的苋菜，里面一颗颗肥白的蒜瓣染成浅粉红……”

这一段真让人垂涎，不过，大蒜的确是重口味，食蒜客能够处理口气中的蒜味，无疑是礼貌的。

研究发现，大蒜有近百种药用效果，其中杀菌之功夫为植物魁首。

前两天看张爱玲写：“敦凤停下车子来买了一包糖炒栗子，打开皮包付钱，暂时把栗子交给米先生拿着。滚烫的纸口袋，在他手里热得恍恍惚惚。”

忽然觉得，栗子适宜做恋爱零嘴。

恢复饥饿感，极其重要

□白岩松

对很多人来说，如今最大的问题不是饿，是饱。

1978年，我10岁，第一次来到北京。我、我妈、我哥来到这儿之后，住哪儿呢？住澡堂子。接下来就是吃，那才是印象最深的。

在每一个能吃饭的地方，饭点儿都要排队。每一个坐着吃饭的人的后面，都站着两三个等待的人。1989年我大学毕业后，去房山周口店锻炼整整一年。那一年，最深刻的记忆就是饿。

本来我们一到晚上就要运动，但那时不敢运动。因为每天下午五点多钟的晚餐，是永远不变的一盘炒疙瘩，吃完，七点钟就开始饿。如果打乒乓球，六点半就得饿，晚上都睡不着。所以我们后来就停止了运动，最多打打牌。

不过，很多美好的记忆，也因饥饿而来。比如上大学的时候，有一次我们到北京郊区做社会调查，中午没吃饭，赶回学校的时候，已经下午三点。其中一位女同学说："去我们宿舍吧。"然后她违规用电炉给我们煮了一锅方便面。只不过比平常的方便面多放了一根香肠、一点儿蔬菜，结果成了我印象中的超级美味。很多年后，每次聚会，我都要提起那碗面。

物质上再饿，努努力还能吃饱；但精神上，以前真没"粮食"，改革开放后才有，问题也随之出现了：只要饿一定是因为缺，只要缺它就贵。所以我们经历了"精神食粮最贵的时代"。

1985年我到北京上大学，那年10月，我在王府井买到了上大学之后的第一盒磁带——头一年英国威猛乐队到北京来演出的磁带。这盒磁带5.5元。1985年，我一个月的生活费只有40元，而北京广播学院食堂的一份宫保鸡丁是0.35元。

再说一本书，房龙的《宽容》。这是我生命中特别温暖的一个回忆。在一个冬天的周日，一周里唯一的休息日，天气很冷。由于太冷，我龟缩在宿舍上铺看书。突然一个同学跑进来，"太牛了！我买到了房龙的《宽容》！"我直接从上铺下来，穿上鞋，穿上衣服，夺门而出，杀进风雪之中，坐公共汽车从广播学院到红庙，公共汽车站旁边有一个书店，买完《宽容》，我抱着回到了宿舍。

饥渴有没有好处？有。因为它让你善待食物，不管物质的，还是精神的。

一转眼，我们的精神食粮已从"最贵"变成了免费。现在人人都有手机，相当多的精神产品，都是从手机上来的。但是以我对别人和自己的观察，有一种强烈的感受：在这个世界上，绝大多数免费的东西才是最贵的，因为它拿走了你的时间，却并不一定能很快地提升你。

大家会有一种错觉：通过手机可以获取无数知识。进入互联网时代，知识已经是一个基本性的东西，但它不一定能够提升你。

知识不等于智慧。当免费的"知识"拿走你大量时间的时候，它变成了最贵的东西。因为你以为自己知道的东西越来越多，实际却在原地踏步。此时此刻，你会有精神层面的饥饿感吗？

要想让自己变得更好，恐怕要从饥饿感开始。

相当多的人，并不在意每天看了些什么，只是觉得"看了"才安全。原地踏步很久之后，依然站在十字路口。其实沿着十字路口的每一条路去走，或许都能到达一个不错的远方，但是你满足于眼前无数的"美味"，感觉不到饿。

所以，恢复饥饿感，是极其重要的事情。

读书给我的人生带来了什么

□冯　仑

读书对我的人生有什么样的影响？应该说至少有三个方面的影响。

第一，少年时代，因为兴趣读了很多书，后来读书为我创造了就业机会。

我在十四五岁时开始读历史，读马列，特别是读一些和马克思主义相关的书籍，后来上大学，就学政治经济学，念硕士，读社会主义理论。

结果在做生意之前，读书成了我的工作，成了我的职业。有些人特别喜欢历史，最后一辈子就研究历史了。我读马列，工作之后就教马列。一开始是因为兴趣读书，然后读书成了我的工作，这是很有意思的。

第二，我觉得，读书对我的人格塑造起了很大作用。

对一个男生来说，15到20岁特别重要，这是立志的时候。年轻时，我看过很多历史，也看过一些伟大人物的传记，越看，自己就越想成为那样的人。慢慢地就有了所谓的“使命感”，就想着，“我也想成为这样的人”。

比如，当时我读《三国演义》，把诸葛亮当成了偶像。会觉得，他怎么那么有智慧？能够那样想问题，料事如神，每件事都安排得妥妥当当，“运筹帷幄之中，决胜千里之外”。

诸葛亮讲“淡泊以明志”，“鞠躬尽瘁，死而后已”，看后“小泪纵横”。后来看到诸葛亮去世在五丈原。帐篷里蜡烛灭了，“秋风落叶五丈原”，我也是潸然泪下。那会年纪小，就感到真伤心。

伤心的同时，会在心里生发出一种使命感，会去思考，“我应该成为一个什么样的人？我应该干什么？我能够为国家、为周围的人做什么？”

就这样，在读书的过程中，逐渐有了自己的人生方向，然后知道了自己要成为什么样的人。

第三，学会了说话，形成了自己说话的风格。

比如，我上学的时候，特别喜爱鲁迅。逢鲁迅的作品必看，而且逢看必做笔记。

我家里有1973年版的《鲁迅全集》第一卷和第二卷。这两本书我看过很多遍，书几乎被翻烂了。不光是读鲁迅的书，也读他翻译的作品，比如他翻译的法捷耶夫的《毁灭》等。

曾经有朋友说，我说话不太正经时，像是受了鲁迅的影响。

鲁迅说，说话要有意思，应该学习“三种语言”，第一种叫书面语言，这是正经的表达，必须懂。第二种是俚语，就是乡间方言、口语。第三种是外语。在说话的时候，如果掌握外国的词汇，民间十分接地气的土语、方言，加上书面语言或文言文，你的文字就会与众不同，更有味道。

这么多年过去，虽然当时读过的东西，不少后来忘了，忘了那些句子，忘了自己写过的感想，但是它们就像我吃过的饭一样，少部分变成了营养，我在读鲁迅作品的过程中得到了滋养。

人在低谷时，最需要被看见

□念　念

朋友小叶是一位职场白领，在互联网公司担任人资主管。素来以独立自信形象示人的她，有一天，却忽然跟我讲起一段往事。

五年前，她大学刚毕业，初来乍到这座城市，每天只能独来独往。白天外出找工作，傍晚再回到空荡荡的出租屋中，觉得既孤独又迷茫。

直到有一次，她因为有事耽搁，回来时已经有点晚了，走在空无一人的小巷里，原本有些害怕的她，意外发现家门前的那盏灯还亮着。

回到家后，房东敲开了她的门。那个和她妈妈年龄相仿的阿姨，手上正端着一碗面，说是煮了点心，请她一起品尝。之后还不忘亲切交代她，女孩子出门在外不容易，要照顾好自己，晚上回家注意，别太晚。

朋友说，那一刻，自己的眼泪一下子就涌了出来，怎么也控制不住。

后来，每次只要晚归，门口的那盏灯都会亮着，她知道，那是房东阿姨特意为她留的灯。也就是从那次起，她再也不觉得自己孤身一人。

“现在的我已经有了很多朋友，但我此生都不会忘记楼下的那盏灯，它是我孤独岁月里的一束光，一路引领着我走到了现在。”说起这段过往时，朋友的脸上写满了感激之情。她的一番话，也让我深有所感。

是啊，每个人的一生，都免不了要经历一段艰难的时光，而在那个阶段，无论我们怎么拼命假装坚强，内心深处最渴望的依然是温暖和慰藉。

如果有人在这个时候对我们伸出援手，那他一定会成为我们铭记一生的人。

生命来来往往，但再多的锦上添花，也不如一次雪中送炭。

看到一个故事是主人公前不久生了一场病，做手术需要钱，但他刚参加工作没什么积蓄，只好找人借钱。开始，他想到的是找那些跟自己来往比较密切的朋友，却都被一一拒绝了。最后，抱着万般无奈的心情，他想到了一位平时联系不多的前室友，结果让他惊讶的是，对方反而很大方地把钱借给了他。

这件事给了他很大的触动。他留下这样一个问题：是不是真的患难才见真情？

虽然表达情意的方式有很多，但可以肯定的是，你在患难时，所见到的人情冷暖都是真的。

其实人在低谷时是很敏感的。不到万不得已，谁又愿意将自己脆弱的一面示于他人？更不用说，开口求助后还要面临被拒绝的可能，那样的难堪，想也知道。

所以，有一种令人刻骨铭心的情谊，叫你需要时，有我在。

都说日久见人心，有些人，也许平时从未对你表现过言语上的热络和殷勤，在关键时刻，却会二话不说朝你伸出援手，用行动给你鼓励和支持。

他们出现在我们的生命中，在带来希望的同时，让我们明白：人与人之间最可贵的从来不是高处时的风光互捧，而是低处时的彼此扶持，同舟共济。

有句话是这样说的：人在低谷时，平时不怎么在意的小小温情与善意，都会变得格外珍贵。相信有过类似经历的人，都能体会话中的深意。因为懂得，所以慈悲。为人处世，多看到别人的不容易，多给身边的人一些鼓励，哪怕只是耐心地听他说说话。

每个人都有遇到困难的时候。看到朋友处在低谷时，记得拉他一把，有朝一日，你需要时，他也一定会尽己所能地帮助你。

生活总有阴影，只愿我们都能活成照亮这个世界的大人，予人阳光，予己力量。

后悔是有害于未来的过去

□格雷格·黑格

我父亲告诉我，如果我过的是一种充满大冒险的生活，我一定会犯很多错。从输钱到失去女朋友，从考试不及格到行事失败，而且失望是很正常的，也是很容易的。

他说，对很多人来说，在最难学会的事情之中，有一件是永远也学不会的：不要回头看。即使是发生在一分钟之前的错误，那也已经成为历史。而昨日的错误，已经成为古代史。

父亲经常警告我：“不要回头看，你不要朝那条路走。”

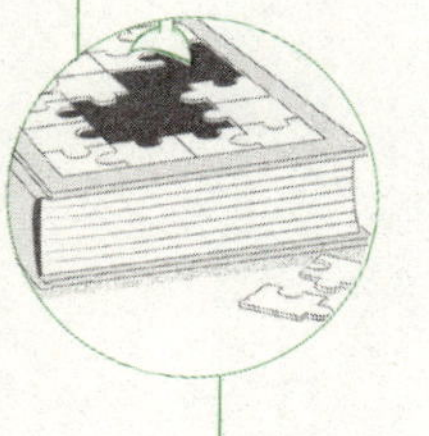

因此，我学会了对自己说，我要加倍保证自己以兴奋和清醒来迎接每一天，百分百不受以往任何日子的拖累，永远不要忘记后悔是有害于未来的过去。

富尔顿·奥斯勒说：“我们把自己钉在两个小偷之间：后悔昨天和恐惧明天。”

若一生平凡，你会后悔吗

□小鲈鱼

《奇葩说》第六季最后的辩题是：若终其一生只是个平凡人，你会后悔吗？

从未经历过大喜，也未遭受过大悲，没有实现梦想，也没有娶到心爱的姑娘……

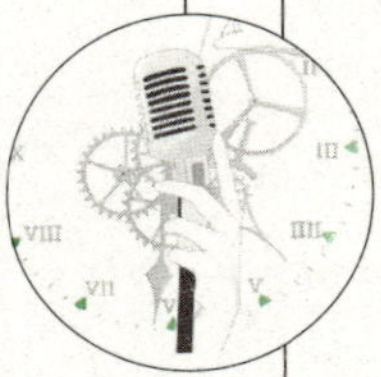

整个人生品起来既不像白酒一样辛辣，也不像雪碧那样甘甜。这样的人生你会后悔吗？

2018年3月，香港第37届电影金像奖终身成就奖颁发给了一位84岁的老人——楚原。在领奖致辞时，他说："把这么一个奖牌颁给了一个终身没有什么成就的人，真是受之有愧。"楚原，1958年拍出了人生的第一部电影《血染相思谷》；1973年，就拍摄出一部打破当时香港开埠以来最高票房纪录的影片《七十二家房客》；之后更是改编古龙的新式武侠小说，成为香港第一武侠导演。

在当年香港的影视圈内流传过这样一句话：没演过楚原的武侠电影的，都不算电影演员。

那时，他是香港最幸福的导演，所有人都拥戴他。只是好景不长，他的影片风格逐渐跟不上时代的变化，拍了好几部影片票房都十分惨淡。以至于在他准备开拍《天龙八部》时公司高层直接闯进片场，撕掉他的开拍通告。那时，他是香港最难堪的导演。

之后，他更是从一个知名导演变成了一个龙套，这一跑就是二十多年。没人知道，他从一个默默无闻的小青年变成香港第一武侠导演付出过多大的努力。他努力让自己的人生变得"不凡"，但是命运让他变得"平凡"。

他的一生就如同毛姆在《月亮和六便士》中写下的那句话："我用尽全力，却终将过着平凡的一生。"

平凡并不等于平庸。能够接受自己的平凡，并且过好平凡的一生也是一种"不平凡"。

没有一种生活叫“最好的生活”

□林一芙

父亲的朋友在乡下买了一大片田，建了一个80平方米的玻璃房子，还搭了一个200平方米的葡萄园。我去看了几次，心生艳羡。

玻璃房子出门便是山水，耳闻莺歌虫鸣，颇有世外高人的闲适。在此居住就能明白当年苏东坡先生所说的“可使食无肉，不可居无竹”，整个人都“飘飘欲仙”起来。

大家都开玩笑说：“这就算是‘农村包围城市’的最高境界了！”

过了一阵子，大家又在饭桌上说起这件事，那位前辈竟然倒起苦水来：“唉，不就那样嘛！以前房东留下来的葡萄藤都蔫了，我们也不知道该怎么办，花草也侍弄不活；每个周末开车回去一趟，房子都是空置着的，风吹雨淋，玻璃都花了，看出去雾蒙蒙的一片。原本想让孩子在远离喧嚣的大自然中成长，结果周围的孩子都和她玩不到一块儿去，女儿还是爱她的游戏和漫画，并不觉得这样自在的生活有多开心，反而成天嚷嚷着没有Wi-Fi（一种允许电子设备连接到一个无线局域网的技术）。”

“是不是选错了呢？”他挠着头问我们。

现在想想，其实生活本身并没有错，只是我们常常把某一种生活想象得太美好了。

年少时，总觉得好的生活就在不远处，只要勇敢地披荆斩棘，越过重重关山就能到达。不想学习时，父母会劝我们说：“考上大学就好了。”而真正上了大学，很多人开始迷茫：“难道这就是我苦读多年所追求的生活吗？”原来金榜题名只是帮我们“过滤”掉了一小批人，生活还是得继续战斗。

有段时间，日本电影《小森林》很火。电影里的日本乡村安谧祥和，繁密的森林里透着点点荧光。女主角缓行于田垄之上，勾起无数人对田园生活的向往。

在视频弹幕里，我看到了一条画风截然不同的评论：“如果女主角每天都像这样扛着锄头，日出而作，日落而息，为什么手上会没有老茧？”

是啊，倘若你执意要收获乡村盛景，且不谈内心是否丰盈，还必须有一双拿锄头的手和一双常下田的脚。这就是你为自己想要的生活付出的代价。

别神化任何一种生活，将它想象得独一无二。只要你能对自己的生活负责，它就是好的生活。

有一阵子，我听说江西婺源的油菜花开了，立马拽着朋友千里迢迢地去了油菜花田，结果我们被蚊虫叮得满身是包，一路上奇痒难忍。而且油菜花真的没有想象中那么好看，我们到的时候，它们不知道是怎么了，打蔫儿着、垂头丧气着，好似在故意气我们：“你们倒是想得美，好吧，我偏偏要丑给你们看！”

可是那一天我们真的挺开心的。到达了曾经想到的远方，即使它没有想象中好，我们也心生欢喜，这欢喜不是为了别人，而是为了自己。欢喜的是自己具有说走就走的勇气，欢喜的是一路上识人无数，欢喜的是我终于可以大声地反驳别人：“那个地方根本没有这么好！”

小时候，我读过一篇童话：一只小青蛙看见远处的洼地闪闪发光，于是历经千难万险到达彼岸，却发现那只是霞光为臭水沟披上的“金衣”。

因为遥远，所以“另一种生活”总是闪着光，而我不想摘遥远的星星，只想要尘世的幸福。

爱要常觉亏欠，客要一味款待

□罗　翔

多年以前，在丽江古城有家客栈，手写着这样的对联：“爱要常觉亏欠，客要一味款待”，每每想起这句话，我就发现自己在爱心上的亏欠。

很长一段时间，我都觉得自己是一个很有爱心的人。我会在地铁上给人让座，我会施舍乞丐，我还会给他人捐款，甚至看到遥远的异国他乡有人受苦受难，我也会心酸难过。

年少时读卢梭的《论人类不平等的起源》，我被深深地折服。我想这是一个多么敏感的人啊，看到人类受苦，居然会流出伤心的泪水。

我与卢梭心有戚戚焉。我把自己的善心追溯到我的童年。小时候，我收养过流浪猫，还曾经邀请乞丐来家里喝水吃饭，这一度让我父母非常生气。

随着年岁渐长，读的书慢慢地多了，才发现我所敬仰的卢梭只爱抽象的人类，根本不爱具体的人。

卢梭和女仆长期同居后结婚，后者为他生了五个孩子，卢梭把他们都送往了孤儿院。他在《忏悔录》中为自己辩护，说他忙着爱人类，以至于没有时间来关心自己的孩子。

仔细想想，其实我和卢梭一样，爱抽象的人类胜过具体的人。因为抽象的人类如此可爱，而具体的人如此麻烦。对抽象的人类的爱是无须付出代价的，但对具体的人的爱则总是要投入大量的时间和精力。然而，真正的爱一定是要付出代价的，牺牲越大，爱心也就越大。无须付出代价的爱不是为了欺骗自己，就是为了欺骗他人。

想起小时候的一些爱心之举，无论收养流浪猫，还是邀请乞丐，我都不需要付出什么代价，付出代价的是我父母，他们喂养小猫，给乞丐烧饭，而我只是单纯地发出邀请。相反，我的父母倒比我更有爱心，毕竟为了让我开心，他们帮我养了很长一段时间的猫，他们还忍住内心的不悦，招待乞丐。

有一句话我非常喜欢，我一直把它作为我邮箱的签名档——爱是恒久忍耐。真正的爱一定要付出代价，要在牺牲中学会忍耐。

这几天有亲戚来北京开会，因为食宿自理，所以想暂住我家。我最初表示欢迎，但后来知道她在上飞机前有点感冒。我于是开始头大，害怕她会带来流感病毒，但是又不好意思拒绝。

亲戚开了半天会就病倒了，所以这次北京之行成为养病之旅。会也开不了了，天天躺在家里。我只能帮忙照顾。当然，我也不断地消毒碗筷，戴着口罩进进出出。我心里开始埋怨，既然生病了，为什么还要来开会呢？当然，我还不得不戴上爱心的面具，毕竟是亲戚，毕竟大家都说我有爱心。

但伪善让我很不快乐。

我于是又想起了丽江古城那家客栈的对联——爱要常觉亏欠，客要一味款待。

我希望走出恐惧，因为恐惧让我的爱心越来越小。人之所以恐惧，是因为我们对未知的害怕。我们可以按照自己的主动安排来表达爱心，如有空时探访孤儿院，得闲时做做义工。但是我们不愿意未经规划地表达爱心。

然而，后者也许更加重要。

如果对未知之事保持开放之心，受到一种生活在愉悦的漠然之中的召唤，人生也许会无比幸福。

别人家的

□林　蔚

这年头妈妈圈流行“别人家的”。比如“别人家的小孩”。在这个熊孩子满天飞的时代，莉莉姑娘是众多熊孩子妈心心念念的“榜样”，因为这孩子完美得疑似天人。莉莉妈热衷于在社交网络上发布生活照。这些照片里，莉莉不是在弹钢琴就是在跳芭蕾舞或者练书法，而且每一样都学得顺顺当当。那些为孩子的学习焦头烂额、为督促孩子练琴大吼大叫的妈妈惊叹，天哪天哪天哪，一个七八岁的姑娘居然这么优秀？莉莉妈答“父母言传身教”。于是熊孩子妈纷纷做愧疚状，再到怒摔琴谱的时候，就闭眼深呼吸：世界如此美好，我却如此烦躁，这样不好，不好。

这就说到了“别人家的妈妈”。永远有一些神一样的妈妈令人仰视，比如小囡妈。小囡妈出身于书香门第，所以朋友圈里呈现的生活也是时髦的知识分子模样。上午她凭丰富的文史哲知识开拓了同事的思路，下午则在与国外客户联络时聊到了共同喜欢的小众画家。下了班的小囡妈依旧是神一样的存在。她能一边解答孩子学习上的问题，一边在30分钟内做好色香味俱全的四菜一汤。于是很多妈妈只有大呼“给跪了”，并诚恳地求教如何无所不能。小囡妈谦虚地笑笑，“哪里哪里”，然后适时地在朋友圈里贴出一张在地铁里阅读英文原版书的照片，配图文字是：“时间都是挤出来的，即便只有20分钟的车程，也要抓紧学习！”众人又是顶礼膜拜，并为自己吃饭坐车时的刷手机行为羞愧不已。

当然还有必不可少的“别人家的丈夫”。陈先生就是这么一位。在公司他是上下都敬重的骨干精英，在家他文能辅导孩子功课，武能指导孩子踢球攀岩，更少不了孝敬父母疼爱妻子。陈太太在聚会时总会不经意地露出新首饰，先生送的；说起即将到来的旅行，先生早早给一家老小订好了机票、酒店。其他人若唠叨起生活琐事、夫妻矛盾，陈太太也会笑眯眯地说，他从不跟我吵啦。于是大家就只有羡慕嫉妒恨的份儿了。

别人家的榜样当然有一定的积极作用。很多时候我们需要一个参照物，一个更高更快更强的目标，激励自己奋勇前进。但当这些榜样太过完美时，带来的往往是焦虑。尤其在压力巨大、节奏很快的当下，当我们发现无论如何努力都永远只能与“别人家的”隔海相望时，焦躁和自我怀疑就油然而生。不止一位妈妈，当自家的熊孩子没有像莉莉那么彬彬有礼时，会为自己不够知书达理而自责；加班晚了给孩子叫外卖时，想起小囡妈做的四菜一汤，难免心生愧疚；跟自己丈夫为柴米油盐拌嘴时，一想到陈太太那么幸福，“瞎了眼”便脱口而出。

只是她们都忘了，自己只是通过一个窗口，看到“别人家的”精彩纷呈的表演。妈妈们不知道的是，莉莉也常有赌气不愿练琴的时候，陈先生其实是最常见的中年男，职场前后夹击，每一步都要奋力打拼。如果妈妈们有心细究，还会发现小囡妈晒的英文句子里有不少语法错误，地铁阅读照从发帖到一一回复留言，至少持续了15分钟。

所以啊，这个世界上哪有那么多完美，“相对论”才是最伟大的真理。安心过好“自己家的”，把“别人家的”放一边去吧。

不要被朋友圈所迷惑

□余秋雨

记得阮籍守丧期间，有一天，朋友裴楷前去吊唁，在阮籍母亲的灵堂里哭拜，而阮籍却披散着头发坐着，既不起立也不哭拜，只是两眼发直，表情木然。

裴楷吊唁出来后，立即有人对他说：“按照礼法，吊唁时要主人先哭拜，客人才跟着哭拜。这次我看阮籍根本没有哭拜，你为什么独自哭拜？”说这番话的大半是挑拨离间的小人，且不去管他了，我对裴楷的回答却很欣赏，他说：“阮籍是超乎礼法的人，可以不讲礼法；我还在礼法之中，所以遵循礼法。”

我觉得裴楷虽是礼法中人却又颇具魏晋风度。他自己不圆通却愿意让世界圆通。

既然阮籍如此干脆地扯断了一根根陈旧的世俗经纬而直取人生本义，那么，他当然也不会受制于人际关系的重负。

他是名人，社会上要结交他的人很多，而这些人中间有很大一部分是以吃食名人为生的：结交名人为的是分享名人，边分享边觊觎，一有风吹草动便告密起哄、兴风作浪，刹那间把名人围啄得伤痕累累。

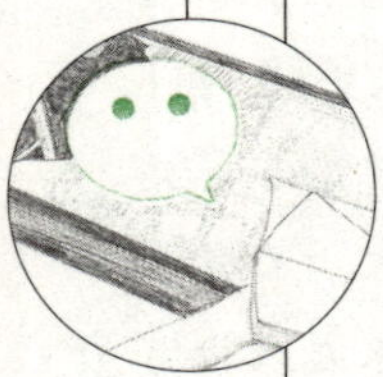

阮籍身处乱世，在这方面可谓见多识广。他深知世俗友情的不可靠，因此绝不会被一个似真似幻的朋友圈所迷惑。

提到朋友圈，我需要说一说我对现在的年轻人的理解——他们毕业以后很快就被一个圈子围住了，我所说的圈子不仅仅是指一个人际关系的朋友圈，还指别人的生活标准，它会把你的生命消耗很多；还有朋友圈里的互相攀比，又要把你的生命消耗很多。结果很快你会觉得自己的生命不够了，整天疲于应付这些圈子，应付这个钱锺书先生所说的“围城”。

一个在教师看来生气勃勃的学生，过几年再看到他，却成了一个平庸的人。所以我始终提醒大家，你们要不断地设定起点，不断地突破围城，不断地提醒自己，你值得有一个更精彩的生命，即使年纪很大了也是这样，这样的生命就比较有价值。

现在的年轻人都喜欢成天低头刷微信朋友圈，这样做不仅消耗了信息，也把自己的生命给消耗掉了。因此你一定不要被这个圈子所迷惑，要勇于创造朋友圈以外的生命。尽管这个圈子很有魅力，而且被高科技给武装起来了，但是一旦你沉溺于这个圈子，你的生命格局只会越来越狭小。

许多人整天在这个朋友圈里折腾——你说几句漂亮的话，我讲几句漂亮的话；你晒晒家里发生了什么，我晒晒最近买了什么。结果你就被这个圈子缠住了，你不知道这个圈子里所包裹的是一个永远不可重复的高贵的生命。

有些风景不属于你

□李筱懿

多年前我去铁力士山，出发前导游问大家是否有高山反应，其实我有一点，但我觉得山峰海拔不到4000米，不是很高，还有缆车，所以偷偷跟着去了。

缆车上升的时候我已经觉得很不舒服，在山顶待了五分钟，我头晕不已，但不想影响周围人欣赏风景的心情，尽力忍住。

身边不时传来各种惊叹声，为了一朵壮观的云或者一座泼墨画般的山峰，但我丝毫感受不到这些美，我闭着眼睛，脸色苍白，呼吸困难，最终大家为了迁就我，只好全部提前下山。

当我到达山脚，呼吸到浓郁的空气，幸福感扑面而来，此刻任何美景都不如舒适重要。导游笑着说："你这种'低海拔'体质以后不要挑战'高海拔'风景了，湖区和平原一样很美，人一辈子不可能看全所有风景，有些美景注定不属于你。"我心头为之一动。

有多少痛苦来自我们用"低海拔"的体质挑战了"高海拔"的风景？一个买不起的东西、一个爱而不得的人、一件总也做不好的事，它们都是高海拔的"铁力士山"，并非人人可拥有，如果我们没有体力，还有严重的高山反应，就注定得不到。

得不到怎么办？我见过很多用力过度的女孩，包括曾经的我，我们活得激情澎湃、咬牙切齿，身上有种"每一根钉子都是自己挣来的"努力，我们心里有好多的委屈，觉得我都那么努力了为什么还是得不到、做不好、买不起、爱不成？就像受多了来自这个世界的伤害，外界一丁点儿风吹草动就足以让自己受伤。

我们的心里充满了努力而不得的戾气。用你最舒服的方式一点点接近目标，真做不到，也要记得调整方向。承认并且接纳得不到的结果，放弃无用功，把日子过得舒服，而不是只注重输赢，也是生活的必修课。

抛开戾气，和和气气地生活，普普通通的日子尽管给不了轰轰烈烈的答案，但是时光自有积少成多的力量，在某个转角会给你带来惊喜。

那时，你再也不会为买不起的东西、得不到的人、做不成的事懊丧不已，你想要的已经尽数握在手里。

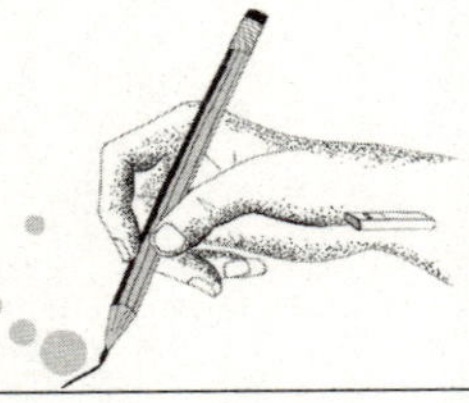

人类需要一个“会更好”的信念

□俞　菀

种种无力感、失控感，来自你相信的那些东西，可能不够用了。

无常为常，何以为安？

岁月变动不居，万物各守本位，这是古人心中的大道。历史学家认为，这个世界上唯一不会改变的就是我们经常不得不做出改变。唯有以这个为预设前提来看待很多突发问题，才能不畏浮云遮望眼。由此延伸，任何论述体系，都需要因时因地推陈出新，才能适用于当下人的情境和心理需求，解答当时当地人的困惑。

无常为常，何以为安？在与众多采访对象的交谈中，我筛选出了三个关键词。第一个关键词是“舒适区”。有必要梳理一下，突发应激状态下的混乱中，有多少是因为被迫走出“舒适区”而产生的茫然无措。这里的“舒适区”指现代工业文明带来的诸多快捷便利。海陆空自由切换的交通、24小时便利店、刷脸支付与送货上门、动动手指就能获得所谓的真相、有问必答的人工智能……

这些要素在多大程度上限制了人的主观能动性？反思是必要的。在“舒适区”内逐渐丧失“狩猎”本能的城市人群，并不会比遭受食物匮乏、野兽攻击的原始部落安逸到哪里去。何况后者在危机之中依然保持着对环境资源索取的克制，还能从紧密的族群和社会关系中得到更多支撑。

第二个关键词是“忍耐力”。越是冲突无序的状态，越要克制和忍耐。面对支离破碎的狼藉，要站得直、稳得住。忍耐是和心性作斗争，所以才会辛苦。但正因如此，所有的经历才会变成修行。

第三个关键词是“平常心”。每个人都有每个人的困难，每个人都有每个人的意见。你当然可以鲁莽而嚣张，只不过得到的很可能是更加鲁莽而嚣张的回应。“毁灭吧，赶紧的”，有这样的想法不是不能理解，但对大多数正常人来说，也不过是发个表情包宣泄。

恐怕真正能够解决问题的，还是守住日常，在一切环境和行为中保持不偏执，不给自己“加戏”，少给别人“添乱”，切忌幸灾乐祸。

想做得更好、想变得更好、想影响这个世界并使之越来越好。这些对一切可以“更好”的追求和相信，也许会因生活苦难被磨平棱角，但永远不会消失。

当时愿意，就是值得

□马　德

人活在这个世界上，凡事总要问值不值得，这样的活法本身，就不值得。因为强化了意义的追问会让人生变得惶惑，歇斯底里的较真会把格局分割到琐碎。

回看人生，张爱玲会问自己跟胡兰成的爱情值得吗？金庸的小说中，穆念慈会问自己倾情认贼作父的杨康值得吗？京剧《四郎探母》中，身在辽国十五载改名易姓并做了敌国驸马的四郎杨延辉，决绝地到宋营探望老母佘太君值得吗？大雪三日，湖中人鸟声俱绝，张岱非得去西湖亭中喝三大杯值得吗？这些问题都不能问。因为这些问题没有答案。或者，它们无论怎么答都是对的，也都是错的。

我在一篇文章中，表达过类似观点：不管什么事，只要你当时愿意，就是值得。这是对初心的尊重。那段岁月只可告别，不能背叛。

拿后来结果的不如意来回评当初的不应该，本身是不厚道的。因为反过来，假如一切得如所愿——要什么得到了什么——这样的值得，简直太功利了，也太世俗了。

单纯从得失考问人世的值不值得，看起来，更像是从初始出发的一场阴谋。

我不会怀疑某些计较和在乎，是对人生的真诚。如果它的动机，是为了活着的价值和意义。高尚的灵魂对自我天生苛责和自律，因为他们实在不愿蹉跎生命。在他们看来，有意义的生活是明亮的，虚耗的日子是可耻的。

人世间，有些计较属于世俗境界，有些计较属于灵魂境界。前者追寻物质世界的满足和慰藉，后者追寻灵魂世界的充实和踏实。

通常，前者对值得的叩问是短暂的，这是由物质刺激的瞬间性决定的。后者对值得的叩问则是漫长而持久的，精神世界的洁癖，让所有的叩问都成了信仰和哲学。

毛滂，宋朝人，曾担任杭州法曹掾。他和歌伎琼芳相爱，任职期满将别，作《惜分飞》，赠琼芳。据《西湖游览志》载，当时的杭州太守是苏轼，在一次席间听到歌伎唱此词，大为赞赏，当得知是幕僚毛滂所作，恨曰：“郡寮有词人不及知，某之罪也。”竟派人追回，与其流连数日。毛滂与歌伎的爱，苏轼与下属的惺惺相惜，都令人叹惋。

你会发现，为同一个世界的人，无论说什么做什么，说多少做多少，都是值得的。

西晋张翰有“莼鲈之思”，说他在洛阳做官时，一日秋风起，特别想吃家乡的莼菜羹和鲈鱼脍，于是感慨：“人生贵得适意尔，何能羁宦数千里以要名爵！”大意是，人活着就得想干点什么就干点什么，不能为名缰利锁所累。结果，他就真的辞官不做，回家乡去了。

张翰为口吃的值得吗？不，他肯定不仅仅是为了家乡的美味。在他所处的魏晋时期，人活着，都有一股子精神，即所谓魏晋风骨。

人一旦活得有风骨，就不会有那么多苟且，也就不会攀附、谄媚、屈从以及言不由衷，就会少纠缠、多放下，就容易干净澄澈物我两忘。

这时候，其实已经不用问值不值得了，因为你的一切所为，皆是心之所向、心之所往，此刻也许还一无所得，重要的是，你的脚已在钟爱的这条路上。

这就是全部的值得。

好好吃饭

□黄　琳

某次午饭前，几个小朋友照例有口角之争，愈演愈烈，似有动手的冲动。我妈上前阻止，朋友L女士说，阿姨，不用着急，他们是饿了，饿了会吵架，随后气定神闲地拿出糖果送了过去。记得我妈和我描述现场的时候，我大笑了至少30秒。

我笑话了她很多年。如今才发现，愚蠢的人是我，L女士早就掌握了一条真理：饿了会吵架。这也是苏珊·阿尔伯斯博士在《饿怒症：掌控饥饿，摆脱焦虑》这本书里表达的要点。

苏珊·阿尔伯斯是一位美国心理学家，专门帮助在饮食和体重管理方面有障碍的人群。在多年的临床试验中，她发现饮食和情绪有密切关系，并试图找到管理“饿怒”情绪的办法。

关于“饿怒症”，苏珊·阿尔伯斯用了一个新词hangry，意思是“饿怒的”，形容词。这是作者新造的词语，她的原话是：该词由饥饿（hungry）和愤怒（angry）两个词组合而来，指因饥饿而变得脾气暴躁或易怒。

当我们感到饥饿时，血糖水平会下降，有时甚至是急剧下降，而低血糖会使我们变得更具攻击性。作者认为，这属于正常且自然的生理反应。因为，在人类祖先生活的年代，“饿怒”的人存活的可能性更大，比如人类穴居时代，饥饿会让大家全心投入为食物而战的各种努力。

不过，持续处于饥饿之中或缺少食物的人，并非“饿怒族”的主体。苏珊·阿尔伯斯谈到的，是在食物充裕的情况下存在的“饿怒症”。缺少食物和食物充足，都会引起情绪问题，“这两个问题好比一个是由洪水引发的，一个是由干旱引发的，二者截然不同”。

好些职场人士为了周末早上多睡会儿，会放弃吃早餐，即便工作日，也是买份早餐匆匆吃完。不仅早餐，其他正常的饮食也由于各种理由纷纷延迟或草草了事。

当我们无法好好吃饭时，由饥饿引起的喜怒无常便会占据上风。而糟糕的情绪或心情常常被大家归咎于压力，苏珊·阿尔伯斯说：“这是营养不良带来的后果，或是由于吃了过多的食物而完全破坏了情绪。”

错过吃饭时间，吃了不喜欢的食物等，都会导致饥饿产生的情绪波动，但正如前面所说，“饿怒”的根源和血糖有关。

为什么血糖的波动会导致饿怒症？回答这个问题之前，先要搞清楚血糖和我们身体的关系。

我们每天从食物中摄取的营养物质，在身体中被分解成氨基酸、脂肪酸和单糖等化合物后，被运送至身体各处，满足我们所有的能量需求。如果进食不足，身体获得的能量就会减少，就像电力耗光的手机，无法正常使用。

葡萄糖作为身体的主要能量来源之一，供给不足，导致低血糖，就容易出现虚弱乏力、暴躁易怒和注意力不集中等症状。

有意思的是，不同食物提供的“电池续航时间”有所不同。比如，大家喜欢的巧克力，会瞬间提高血糖水平，但同时会很快消耗完毕，然后回到“断电”状况，即焦虑不安，无法集中注意力等。

而那些全谷类、坚果和浆果等富含纤维的食物，因为代谢较慢，续航时间会更长。它们可以提供更长时间的能量保证，也让我们保持更长时间的精力。

要想走出因饿生怒的怪圈，就得认真对待那些让我们饥饿失调的不良习惯，认真对待食物，挑选让自己身心快乐和健康的食物。

好好吃饭是大事。

人失与己得

□三希堂

唐末的画僧、诗僧贯休在《续姚梁公坐右铭》中写道：“见人之得，如己之得，则美无不克；见人之失，如己之失，是亨贞吉。”“见人得失，如己得失”，此言说来简单，做起来却非常难，其中原因亦很简单——自私是人的天性。人性有阳光的一面，也有阴暗的一面存在——而幸灾乐祸正是人性阴暗面比较突出的表现。所以，我们有些时候看到的并不是“见人之得，如己之得；见人之失，如己之失”，而是“见人之失，如己之得；见人之得，如己之失”。

一般来讲，人只有在保证自身安全以及需求得到满足的条件下，才会兼顾帮助他人，这一点我们可以理解。然而，他人之失有时与我们根本就没有关系，也无须我们去帮助或关注；但面对他人之失，某些人有一种获得之感，这又是为什么呢？心理学研究表明：这种现象的出现，即因人性之自私所导致的攀比心理作祟——面对他人之失，而自己完好无损，此时心中就会产生一种优越感，觉得自己似有所得，甚至有一种满足感；幸灾乐祸之心理，由此而生。

从这个角度讲，人生在世还是要戒除攀比之心，这不但有利于自己的心态平和，更可以减少甚至避免幸灾乐祸心理的出现，从而让自身的修养得以提高，让人性善良的一面能够更多地得以体现。

人这一生，都在为思维模式买单

□每晚yebo

看过哲学家约翰·杜威的一个故事。

9岁时，杜威就读的小学搬到一个新地方，附近蚊子非常多。学生们被叮咬得浑身是包，根本无心上课。于是，学校号召学生们自带工具，展开灭蚊行动。

第二天早上，同学们带来了各种工具，大部分是捕蚊网、灭蚊拍和灭蚊药水。当杜威走进教室时，他们都大吃一惊，原来他带了一把镰刀。老师不解地问：“你带镰刀干什么？”杜威回答：“灭蚊子呀。”同学们都忍不住大笑起来，用镰刀灭蚊子？真是天大的笑话。随后，同学们开始忙碌起来。

他们使出浑身解数，挥灭蚊拍，喷灭蚊药水，累得筋疲力尽，但蚊子还是不断冒出来。正当他们灰心丧气的时候，突然感觉蚊子在减少。这时，他们看到杜威站在窗外的草丛里，用力挥舞着镰刀。随着杂草倒下，一群群蚊子腾空而起，朝远处飞走了。

同学们这才恍然大悟，杂草丛是蚊群的来源，不清理掉它们，蚊子永远不会彻底消失。想到此处，他们都对杜威佩服不已。

哲学家叔本华说：“世界上最大的监狱，是人的思维意识。”人的大脑会受到过去的习惯、经验影响，对某些问题产生下意识的判断。受困于惯性思维，再简单的问题也会变得棘手。只有打破自我经验的局限，才能找到解决问题的最佳途径。

曾在报道中看过诺基亚衰落的过程。

巅峰时期的诺基亚，凭借通信上的技术投入，一度占据全球72.8%的市场份额。但谁也没想到，这个手机中的王者，后来惨遭市场淘汰。

2006年，iPhone横空出世，谷歌也推出安卓系统。这时，手机已不再是简单的通信设备，而成为以体验为主的智能化终端。面对这个挑战，诺基亚管理层却认定，通信质量，永远是手机的命脉。于是，他们进一步增加了对通话功能的研发投入。希望凭借自身既有的优势，打场翻身仗。

后来的故事我们都知道了，在全面屏和智能应用面前，诺基亚毫无招架之力。2012年，它首次被三星超越，仅仅两年后，便黯然退出市场。

主持人莫罗说过：“我们都是自身经验的囚徒。”正如诺基亚管理层，面对危机，他们仍以老方法来应对新问题，最终被时代抛弃。抱着一成不变的思维，或许你可以赢得一时。但稍有不慎，一旦出现超出认知的变化，就很有可能输掉全部。人这一生，都在为思维模式买单。

法国有位富商，在郊外拥有一座私家园林。但周围一些居民经常闯入玩耍，弄得园林脏乱不堪。他想尽办法，在四周围上篱笆，竖起一块“禁止入内”的木牌，都无济于事。后来，经过一个教授朋友的指点，他在路口竖起一个大牌子，上面写着：假如被毒蛇猛兽咬伤，最近的医院距此15公里。从此，就很少有人敢进入园林了。

其实，园林没有变，只是换了个思维，从阻止变成警告，巧妙地解决了这个难题。任何一件事，换个思路、换个角度看，再难都能迎刃而解。

中文系教授的我，教不会儿子写作文

□戴建业

你要是觉得干某事非常过瘾，就是上天入地也要想办法去干这件事情，那么你就一定会把这件事情干好。这种情况可以用理论语言表述为：兴趣，是求知的内在动力。那么，怎样培养自己的强烈兴趣？怎样让自己学习“上瘾”呢？

我的专业是中国古代文学，我儿子在大学学的是数学；我天天读那些发黄的中国古书，儿子天天看西方那些洋文。我是如何在儿子身上培养出与自己的专业完全不同的兴趣的呢？

胎教，我太太在这方面没少动脑筋，我也让她怀孕后就开始教小孩背唐诗，儿子在她肚子里就已经被胎教整得骨瘦如柴，出生时那么长的婴儿只有3.1公斤。

等他2岁以后我就开始教他认字，太太教他英语单词。由于我性子太急，他还不到4岁的时候，我就恨不得要他背熟《康熙字典》。他上幼儿园后，我每天教他背唐诗宋词，教学方法和我父亲当年教我时一模一样。从小学一年级开始，我就教他写作文，还是用魔鬼式训练法，最后弄得他最害怕的就是写作文，中小学阶段没有写过一篇像样的东西，我对他失望至极，他对我讨厌至极。

有一次他的作文让语文老师震怒：“你父亲是干什么的？怎么生出你这么个不会写作文的儿子？”儿子老实地告诉语文老师：“我父亲是华中师范大学中文系教授。”语文老师的火气更大了：“戴伟，你连撒谎也不会，大学教授的儿子会写出这么烂的文章吗？明天叫你爸爸来见我。”

我当然不敢怠慢，第二天匆匆忙忙赶到儿子所在的学校拜见他的语文老师：“陈老师，您好。我儿子给您添麻烦了。”

陈老师：“你是戴伟的爸爸？”

“是，是，是。”

“你是华中师范大学中文系教授？”

“惭愧！惭愧！”

“一个教文学的大学教授，儿子的语文水平竟然是这个样子！对自己的孩子要严格要求！你太不把儿子的教育放在心上了！”

我无比委屈地对陈老师说：“陈老师，我儿子的主要问题，就是我太把他放在心上，在他身上花的时间太多，对他的要求太严了。”

这次轮到陈老师无语了。

幸好天无绝人之路，“失之东隅，收之桑榆”，我们老祖宗留下的这个成语真是道尽了人间悲喜。我在家天天批评儿子作文的时候，白发苍苍、教他数学的张老师，天天表扬他的数学成绩好。小学三年级的时候，儿子碰巧在学校全年级数学竞赛中得了第一名，他不仅在学校大会上受到表彰，张老师还自己另买奖品来我家道贺。这时我看到儿子容光焕发，两眼炯炯有神。于是，随着他越来越喜欢数学，他也就越来越讨厌语文。有天夜晚我对他说：“喜欢学数学是好事，但轻视语文就不对了。”他对我的话不屑一顾。儿子从小学到高中，对数学都有点儿狂热，在中学阶段全国最高级别的数学竞赛中，一次得二等奖，两次得三等奖，高中三年级就开始自学北京大学张筑生教授的三卷本《数学分析新讲》。现在你听明白了吗？这就是我培养儿子数学兴趣的奇妙方法。

这些小公司，为什么有机会做大

□刘　润

炸串店，如何做到了1000多家

炸串是很多“80后”“90后”学生时代的回忆，在学校门口，一口油锅，各种食材，往油锅里一扔，噼里啪啦声里，食物被裹上一层金黄色。

捞出来，刷上酱料，哇，太香了。

但是，这种炸串店，有一个问题，它很难做大，基本都是小店面、夫妻店、小作坊。

为什么？因为它太难标准化了。

你想想，一堆食材，要先一样一样地炸，再一样一样地刷料，效率很低，利润也不高。

但是，我去调研的这家炸串店已经开了1000多家，还拿到了投资。

他们是怎么做的呢？

首先，他们改变了售卖的形式。

传统的炸串是按串来卖，一串鸡柳3块钱，我甚至可以只买3块钱的。

但他们是按份来卖的，假设一份5串，均价15块。客单价就提高了，赚得自然也多了。

他们还改变了炸串的形式。

学生时代，校门口的炸串店都是一样一样地炸，不仅慢，还容易串味。

他们用的是“九宫格炸炉”，一次可以炸9种食材，效率特别高，还能保证口感。

还有一个很小，但很重要的变化，他们把刷的酱料，变成了撒的料。

传统的炸串店，把炸好的串从油锅里拿出来，上面还滴着油，然后拿一把刷子，蘸了酱料往上刷，在不同的酱料里每蘸一次，味道就会一直变化。

而且这种酱料容易坏，一天用不完，第二天就不能用了，特别浪费。

但是从“蘸”变成“撒”，这些问题就被很好地解决了。

通过提高标准化程度，小小的炸串店拥有了万店潜力。

16块钱一升的杨枝甘露

我还去调研了一家奶茶店。

一般奶茶店里，中杯杨枝甘露也要20多块。

这家店卖的杨枝甘露霸王桶，居然有1升。

但是，你猜他们卖多少钱？

只要16块。

太便宜了。

而且，再配一份鸡排，只需要加3块钱。

这么便宜，是怎么做到的？

老板带我到后厨，参观他自己研发的设备。

鸡排他们用的是冰鲜的，不是冷冻的，这样口感才好。

为了提升出品速度，先预炸2.5分钟，用户点奶茶时，再炸1.5分钟，正好和奶茶同时出。

使用的机器，充分利用了纵向位置，省出不少横向空间，降低了租金成本……

而且，他们在奶茶店引入了鸡排。一杯杨枝甘露，加一块鸡排，差不多20块，这就可以当一顿饭了。

一旦可以当午饭之后，它就从下午时段变成正常时段了。它就不再是一家奶茶店，也不再是一家甜品店。

对顾客来说，它从可有可无变成必需品了。

一旦变成必需品，需求就会增加，就更有可能具备万店潜力。

一家麻辣烫店，只有两个店员

最后，我们去了一家麻辣烫店。

据说，这家麻辣烫店已经开了一万家。

因为他们的人力成本出奇低。

低到什么程度？

比如，一般的餐厅，前台3个人左右，后厨3个人左右，一共有五六个人。

但是，同样的面积，这家麻辣烫店，只有两个人。

因为他们对流程做了很多优化，所有的东西，都是由顾客根据自己的口味去选择。

选好后，去收银台结账，结完账拿到后厨，等煮好了，叫到号的顾客自己去取。

所以两个人，一个负责前台，一个负责后厨，就够了。

通过对流程的优化，极大减少了对人的依赖，也增加了复制的可能性。

袜子论只卖

李翔老师分享过一个特别有意思的案例，在这里忍不住分享给你。

很多人都见过摆地摊卖袜子的，小本生意，起早贪黑也挣不了多少钱。

可是有一家公司，两年卖了60万只袜子，开了600家专卖店，公司市值1亿美元。

他们有什么不同呢？

他们按只卖袜子。

因为袜子经常容易丢一只，丢掉一只另一只也不能穿了。

所以这家店干脆一只一只卖，而且每只袜子的颜色、款式设计得很巧，混搭穿很时尚。

它卖袜子的方式也很特别。

他们给每只袜子编了号，凑齐一套134只袜子，能产生8911种搭配。

很多人把收集他家的袜子当成乐趣。

所有人都觉得袜子按双卖理所当然，但巨大的机会，往往就藏在习以为常的成见里。

你跑得快，就赚得多；跑得慢，就赚得少点。满地黄金，反正总是能赚到钱。

可是现在呢？地上的金子越来越少了，增速越来越慢了。

企业之间的竞争，很有可能是存量之争。

这时候，不是谁跑得快，谁跑得慢的问题了。

而是要想办法，在这场竞争中找到新的机会。

这些机会在哪里？就藏在消费者的需求里。

消费者想要什么？他们永远想要更快的速度，更多品类的产品选择，更便宜的价格，更便捷的服务。

比如，一条街上都是奶茶店，你的制作速度能不能更快点，价格能不能更便宜点，品类能不能更齐全一点？所以，从消费者的角度出发，所有的生意，都值得重新做一遍。

网络正在让我们成为时间的奴隶

□徐菁菁

我女儿两岁的时候开始使用平板电脑观看动画视频。有一次，看着她的小手指灵活快速地切换到下一个动画、再下一个动画，我伸手阻止了她：“耐心一点儿！看完一个才能到下一个！”我心头冒出一丝惶恐：她会不会长成一个只能接受短视频的新新人类？

在一个“加速时代”，耐心成了稀缺品，这在相当程度上要“归功”于互联网技术的发展。

互联网和大数据使我们有能力掌握各种信息，我们由此生活在一种虚拟的“确定感”中，以为一切尽在掌握之中。当这种预期和现实产生差别的时候，我们就失去了“耐心”。

过去，我能够平静地等待公交车到站，但自从能够在手机上查询到站时间，我的耐心就消失了。哪怕手机显示，5分钟后我就能坐上车，在这5分钟里，我也会时不时地查看车辆行驶到了什么位置。而一旦公交车到站的时间超过了手机显示的预计时间，不满的情绪就开始冒头。

互联网还给我们一种错觉：这个世界上的一切事情都可以用更快速的方式解决。想吃东西的时候，外卖软件能够帮我们节省下跑腿买菜做饭的时间；需要任何东西都可以在网络平台上直接下单，等人送到家门口。如果你愿意，读书也可以变得很简单。“××分钟读完一本书”是知识付费App最常见和最受欢迎的栏目之一。所有的视频网站都有倍速功能，还可以选择“只看他”。

我们为什么拿起手机就放不下？点一下手机屏幕，我们就能获得一次响应。根据2018年哈佛大学的一项研究，社交媒体可以提供无限的社交刺激，它能激发大脑中的多巴胺持续分泌，使我们获得与品尝美食相似的乐趣。而时间的分配又是一种零和游戏。我们越是耽于网络碎片化的信息不可自拔，就意味着我们能够分配给那些真正有意义的事情的时间越少，我们也因此变得更焦虑和烦躁。

人类耐心的日渐缺乏在我们日常生活的方方面面体现了出来。微软2015年发布的一项研究显示，人们注意力完全集中的时间从2000年的12秒下降到了2015年的8秒。

调研公司Onepoll的调查显示，在网络购物中，有一半的调查者表示，只要付款流程持续超过半分钟，他们就可能失去耐心。1/4的人会终止在重新输入地址这个环节，1/3的人则会在重输信用卡信息的时候放弃购买。

欧美国家流行乐坛最具权威的单曲排行榜Billboard的统计显示，上榜歌曲的时长中位数从2000年的4分06秒，下降到了2018年的3分31秒。

当一部电影被简化成几分钟的情节介绍和爽点浓缩的时候，长镜头、场面调度、蒙太奇、人物抒情这些常用的电影技巧失去了用武之地，它们创造的美和那些打动人心的东西消失殆尽。

耐心的失去还剥夺了我们的思考能力。罗伯特·哈桑教授在书中写道，信息传播技术加速了时间、加速了社会运行，意义的电子化以一种持续加速的节奏跳跃与流动，它拒绝停顿，拒绝迟滞，拒绝专注，拒绝反思，人类的理性发挥的空间越来越小，作用也越来越有限。

面对互联网的花花世界，我们也许应该记住美国巴克内尔大学英语系教授哈罗德·舒韦茨的一句话：“技术承诺让我们成为时间的主人，讽刺的是，它最终让我们成为时间的奴隶。”

“人生赢家”

□王国梁

真正的人生赢家，能够把自己的生活安排好，把自己的心态调整好，过出生活的真滋味。你仔细想想就会发现， 其实生活就是一种心态。心态好了，一切都是满足的状态。活在满足的状态中，虽然不一定能做出多么令人瞩目的成绩，但一定是幸福的状态。

记得有人问《人世间》的作者梁晓声：“您认为的成功是什么？”他回答说：“我不认为一个人非得取得所谓的成功。好的生活应该是稳定而自适的，这个自适就是使自己的心性安稳下来，过适合自己的生活。如果每个人都去追逐所谓的成功，而我们中国人又把成功定义为要么当大官，要么成为大款，那么这种成功没必要去追逐。文化不应该是这样，它最大的作用应该是告诉我们，人生真的不必那样。”

梁晓声这番话说得特别好，过稳定而自适的生活就是真正的成功。真正的人生赢家，是能够很好地自我调适，自得其乐。这样说来，我们每个人都可以成为“人生赢家”。也许你普通甚至卑微，就像一朵不起眼的小花一样，但仍在角落里默默绽放属于自己的美丽，并且能够感受和享受到属于自己的美好。这样的人，难道不是“人生赢家”吗？

你或许没有功成名就，但能够发现生活中的种种美好，能够享受到人生的种种乐趣，就能够“赢”得真正的幸福。

“普通力”也是一种能力

□时间君

还记得《新华字典》1998修订版《常用标点符号》中的一个例句吗？“张华考上了北京大学；李萍进了中等技术学校；我在百货公司当售货员。我们都有光明的前途。”在当年也许确实如此，但随着互联网的高度普及，“海归贬值”“在马路上一砖拍下去就有仨大学生”等言论层出不穷，让越来越多的普通人不禁发出灵魂拷问：“难道只有我是来人间凑数的吗？”

人人都渴望成功，很少人会甘于“普通”。

几年前成功学席卷网络和书刊，成了新一拨“财富密码”。而与“成功学”相对的，就是应运而生的“普通学”。豆瓣“普通学”小组有这样一群年轻人，他们认为，“我们早已习惯了被教育如何努力追求成就，做个成功者。但鲜有人告诉我们，在此之前，如何接纳自我，如何做一个珍贵快乐的普通人”。

在这里，大家分享自己普通的生活和烦恼，逐渐调整自己的心态，通过交流互助让大家都能做一个珍贵快乐的普通人，发现平淡生活中的美好，感受“普通”的快乐。“普通学”小组自2021年创建以来已经有了近6万名“普通人”，但现实生活中的“普通人”数量远不止于此。

“普通人”的“普通”是如何定义的呢？是学历、智商，还是金钱呢？从智商等先天特征来看，68.26%的人都是普通人。教育统计学统计规律表明，学生的身高、肺活量、智力水平、实际动手能力等都呈正态分布。也就是说，社会中的大多数人与他人无异，有着平均身高、平均长相和平均智商。满大街都是高学历？非也，从数据上看，211大学录取比例为4.83%，而985大学录取比例仅1.69%。

从金钱角度看，现实可能更加残酷。根据帕累托法则，也就是我们熟知的“二八定律”，20%的人口掌握了80%的社会财富，且这个结论对大多数国家的社会财富分配情况都成立。换句话说，在金钱上，80%的人都是普通人。

无论从理论还是现实来看，“普通人”都是绝大多数，但为什么我们时常觉得“只有我是普通人”呢？打开朋友圈，看到的是精致的九图plog（指以图片以及照片的形式记录生活以及日常）；打开某社交晒图App，看到的是Gucci（古驰，源于意大利的时代奢移品牌）满柜；甚至在互联网匿名分享区，几乎“人均年薪百万”……互联网放大了个体“成功”的幸存者偏差，却让大多数的“普通”无家可归。没有人生来梦想就是做一个“普通人”。

《武林外传》里的吕轻侯吕秀才是前朝知府大人的孙儿，三岁识千字，五岁背唐诗，七岁熟读四书五经。但因屡试不第，二十五岁时穷困潦倒，变卖祖产，在同福客栈当账房先生，被自己过去的老师评为“伤仲永”的一个经典案例。

电影《艋舺》中有一句台词：“年轻的时候，我也曾经以为自己是风。可是最后遍体鳞伤，我才知道我们原来都只是草。”

“普通力”是一种在逆境中能找到生活勇气的力量，“普通力”是指有普通的思维方式，凡事都能正常进行，它比“攻击力”和“守备力”更重要。

第六章 名家观点

没有人可以一边说着“我在自我牺牲”，一边心里不觉得苦。我母亲的矛盾在于，她完全相信奉献是伟大而高尚的，但是奉献和自我牺牲所带来的厌恶、欲望和各种苦涩已经到了她没法承受的地步。我的母亲一面强迫自己不断地奉献和牺牲，一面苦苦对抗自由被剥夺的痛苦。

在日记里，波伏瓦叮嘱自己：不要做德 · 波伏瓦小姐，要做你自己。不要去追随外界强加给你的目标，不要屈从既定的社会结构。对我有用的东西才是有用的，这样就可以了。

完全牺牲自己，奉献他人，实际上是一种道德上的自杀。

波伏瓦想要的是：“一种能陪伴我一生，而不是吞噬我一生的爱。”波伏瓦认为，爱情不应当使生活里其他的一切都消失，而应该为其锦上添花。

——［英］凯特 · 柯克帕特里克　译/刘海平《成为波伏瓦》

舍 得

□汗 漫

舍去，然后得到——

舍去白昼，得到灯火、梦呓、虫鸣、星光。舍去大陆，得到船歌、桨声、浩瀚、孤独。舍去春分、清明、惊蛰、小暑，得到霜降、白露、冬至、大雪。舍去我，得到我们。舍去宣纸上的一部分白，得到水墨。舍去一个词，得到反义词。

一粒麦，舍去饱满，得到泥土、蚯蚓、雨水、麦苗、麦穗、面粉厂、孩子的胃、成长中的人性。一朵花，舍去枝条，得到飘、落、溪水、鱼。一棵树，舍去森林，得到木器、人间烟火。一个乡村少女舍去清寒，得到城市里的灯、红、酒、绿。一个作家舍去现实生活的表象，得到字里行间的本质。一个俗人舍去爱与恨，得到山陬水湄的静、禅、悟、空……

最先创造“舍得”一词的人，充满辩证精神。他也许丢失过一匹马、一只羊甚至一个女人。站在一匹马、一只羊、一个女人最后一次出现时的立场，揣摩马、羊、女人的心境和步姿，他放眼四望，朝着可能的方向追寻。没有找回马、羊、女人，但在这一过程中接近马奔跑的速度、羊吃草的柔情、女人独处的灵魂……他泪流满面：“我舍去，我得到——我舍我得，我不舍，我不得。”

舍与得之间，万物万象变幻。众生大部分愁闷，根源于舍与得之间的犹疑不决，像在两堆干草间左顾右盼的一头驴子。舍与得，构成天平两端摆放在面前，一个人心灵的指示仪摇摆不定，孰轻孰重，多年后才能显现。但这多年后的欣慰或痛悔，无济于事。新的轻重、新的天平，继续涌现，等待着、质疑着他的新选择。

禅家言：“龙衔海珠，游鱼不顾。”舍去游鱼而得海珠，这是龙的选择，也是伟大者的使命。我沉醉于海鲜餐厅里的鱼肉火锅。我不认识海珠的光辉和意义，喜欢蹲在池塘边看鱼。宋代周敦颐叹息：“莲之爱，同予者何人？牡丹之爱，宜乎众矣！”舍牡丹之艳冶而得莲之清新者，还有我和鱼啊，周敦颐兄不孤独了。

日本摄影家荒木经惟说：“当你经历三次死亡（父、母、妻子），就能成为摄影家。当你挚爱的女儿死了，就能成为诗人。”成为一个摄影家、诗人的代价，多么惨烈。显然，成为摄影家、诗人，不是个人的选择，而是命运的安排。孤独无依之人，用镜头和笔尖来说话、与自己说话。其实，这世界上的对话者，最终只有自己。即便亲人团圆于周围，一个摄影家、诗人，仍旧像孤儿、鳏夫、未亡人，充满对旧欢乐的眷恋、新悲哀的预感。

俄罗斯诗人、小说家帕斯捷尔纳克说：“在生活中，舍去比获得尤为必要。种子不死，就不会发芽。”他舍去一系列旧人旧情旧地址，甚至因为幼年骑马跌伤而舍去一条腿的部分长度，但这一切犹如种子入土，生发出伟大的《日瓦戈医生》《人与事》《安全通行证》。

美国诗人弗罗斯特在两条林间小路前，踟蹰不定。最终，主动选择人迹稀少的一途。其尽头，次第出现新的交叉小径。必须不断舍去一条又一条路线，才能得到属于自己的个人史。弗罗斯特与他人的巨大差异，在一次又一次舍与得之间，渐渐完成。

你、我、他，同样在无数小路构成的街区和人生中，主动或被动地穿行。得到一种选择里的景色、艳遇，就必然丧失另一选择中的鸟鸣、风声。地图、导航仪、人生成功指南等事物，为人类设定了最直接、最低成本、最有效率的若干路线，却省略了选择途径时的犹豫不安。而路径雷同，导致拥堵、车祸，一个人与另一个人的面目模糊难辨。

舍去“我们”得到“我”吧，得到第一人称单数中残余的自在、自洽、自得其乐。

万物有灵

□肖建国

西城有两家卖烟酒茶的士多店，一家姓王，一家姓赵。两家隔着一条马路，门面大小差不多，卖的东西也差不多。但是，王老板发觉去赵老板店里买东西的人比较多。有时是三五成群，这些客人，买得最多的是茶。

这到底是咋回事呢？

为了搞清楚这个问题，王老板一大早开门后，就紧盯着对面的动静。这天，他看到秦大头从赵老板店里出来，手里提着一包茶，摇头晃脑地往家走。秦大头与王老板在一个工厂里上过班，王老板赶紧掏出电话，招呼秦大头过来坐会儿。秦大头落座后说：“兄弟，不好意思啊，买了对面的茶，没买你的，不要见怪。”

王老板赶忙回应：“看你说的哪里话。只是，不知道他的茶比我的好在哪里？你说说，兄弟我也好改进改进。”

一听这话，秦大头来了兴趣。他把从赵老板那儿买来的茶往桌上一放说：“就说这单枞茶吧，从你这里买的就喝不出那种原始的味道。”

原始的味道？这话把王老板搞蒙了。他拿起秦大头买的单枞茶，上看下看，左看右看，跟他店里的包装一模一样。王老板不信这个邪，同一个山上生的，同一片天下长的，同一个炉子炒的，怎么我的茶就没原始的味道？

他专门找来透明的杯子，撕开茶叶包装，数出20片叶子，再将最好的矿泉水烧开，慢慢倒入杯中。一缕清香慢慢飘满房间。秦大头呷了一口，王老板也呷了一口。两人都在口中将茶水滚了几滚，才咽进肚里。

王老板问：“如何？”秦大头微闭双眼，吐出一口气，连说：“好茶，好茶。可是与对面的比，缺了一种绵味。”“秦大头，你一会儿说原始味，一会儿又说绵味，故意挑毛病吧？”王老板心中不爽，说出的话也不再客气。

秦大头说：“兄弟，我说的是真心话。你们两家卖的是同一种茶，可在你这喝茶，总是少了一种味道。就好比一种感情，对，就是茶对人的感情没到位。”王老板愣住了。他知道，秦大头是认真的，没骗他。

三天后，机会来了。赵老板喜得贵子，把士多店装扮得焕然一新。王老板上前祝贺。两人落座后，王老板开门见山地提出了自己的疑问。

赵老板说：“其实我也是无意间晓得的，但是说出来，又怕别人不信。我先问你，人死后要做什么？”王老板心想：“你这卖的什么关子？”但口中回答：“自然是要安葬。”赵老板说：“对。我问你第二个问题，你喝完茶后，茶叶怎么处理？”王老板回答：“倒掉呗。”

赵老板追问：“倒到哪里？”王老板说：“当然是垃圾桶里。”

赵老板说：“好。我问你最后一个问题，你相信万物皆有灵性吗？”王老板说：“不大信。”

赵老板说：“我是全信的。”王老板说：“你问的这三个问题，跟你的茶比我的茶好喝有关系吗？”

赵老板哈哈一笑，立起身说：“你随我来。”王老板跟着赵老板来到后院，只见后院摆满了花盆，每个花盆里都栽了一株茶树。赵老板说：“凡是在我这喝茶的，喝过的茶叶我都埋在对应的茶树下。我把它们当成精灵，为我奉献了一生。我要珍惜，让它们觉得来到这里不枉此生。所以，我把它们葬回母树的怀抱。这些年来，从未间断，而我店里囤积的茶似乎就有了灵性。”

王老板一时呆住了。他只感受到一股奇异的清香沁人心脾，这可是他从未闻过的茶香。

骆驼策略和兔子策略

□罗振宇

最近，特斯拉电动车的老板埃隆·马斯克，又在搞事情。他说，他已经获得美国政府的口头批准，要在纽约和华盛顿之间挖一条隧道，建造一条超级高速铁路。全长220英里（约354公里），将来只需要29分钟，就能从纽约到华盛顿。

这则新闻，是典型的埃隆·马斯克风格。乍听起来，透着一股不靠谱的劲儿。

首先，这口头批准，没说是哪一级政府口头批准的，反正我看当天美国官员纷纷表示“不知道”。

其次，建造一条220英里的隧道，难度有多大？举个例子你就知道了：纽约有一条不足2英里的隧道，耗资45亿美元。就算马斯克可以大规模降低成本，没有上千亿美元的投入，也是绝不可能办到的。但是钱从哪儿来呢？埃隆·马斯克没说。

为了这件事，埃隆·马斯克做了多少准备呢？从公开的报道可以看到，他就干了一件事，那就是2017年5月，他用一台钻机挖了一小段隧道，而且这台钻机是二手货。

你看啥都没有，没计划、没资金、没准备，八字没一撇的事，就这么喊出去了，这是不是不靠谱？用传统的思维模式，确实理解不了埃隆·马斯克的行为逻辑。

我们常说，“凡事预则立，不预则废”，还有《孙子兵法》里讲的“多算胜，少算不胜，况无算乎”，都是在教导我们，在做事之前要做好准备，否则就不要做。这和过去几十年西方管理学强调的“计划”，是一脉相通的思想。

这种思维习惯，是根植在我们血液中的。像我们这代人，人生遇到的第一个属于自己的难关，就是考试，从小就考，一直到高考。这让我们形成了一种根深蒂固的思维，做成一件事的必要条件，就是像应对一场考试那样，做万全的准备。

在这个思想传统下，埃隆·马斯克的所作所为，当然就是不靠谱。

那做准备的实质是什么？我们来看一个例子。

话说春秋时期，吴国和楚国打仗。两军相距三十里，雨已经下了十天十夜，晚上都看不见星星，漆黑一片。当时楚军中有一个人，叫倚相，就对将军说：“这么恶劣的天气，吴军肯定认为我们没有防备，会来偷袭，不如备之。”于是，楚军列好阵势，在大雨中等着吴军。

吴军果然来了，一看楚军严阵以待，占不到便宜，转头便撤。楚军也没追击，因为知道他们有所防备。等吴军走远了，倚相又说：“他们往返六十里，回到营中，又累又饿，大将要休息，士兵要吃饭，肯定防备松懈。咱们急行军三十里摸上去，定可一鼓破之。”楚军依计而行，果然大破吴军。

这是中国古代军事史上，一个著名的做准备的故事。

可是你想过没有，大雨可是下了十天啊。倚相又不是神仙，他怎么知道吴军不是第五天，也不是第八天，偏偏今天晚上就来呢？楚军在大雨中整夜列阵等待，吴军不来怎么办？那不白准备了吗？倚相还不被全军骂死啊。

但是，这个观念就是兵法要反对的。《兵法百言》中说：“宁使我有虚防，无使彼得实尝。”宁可我白准备，也不能让他万一来了，趁机得手。

说到这儿，我们就看出来，做准备这件事有两个要点：

第一，做准备，是为了防范那些我们承担不了的风险，比如战争胜负、高考成败、人身安全等。

第二，做准备，其中绝大多数动作，都是没有用的。既然本质上都是以防万一，也就是说，绝大部分准备是冗余的。

比如，过去人类做太空探险，为什么那么昂贵？

因为要不计成本地保障安全。比如，一些资料表明，我国研制火箭，每一个零件都要做几十上百个，然后从中挑出最好的一个。“神舟五号”上的计算机有70万个程序，其中30%是在正常情况下使用的，70%是在发生故障时发挥作用的。

你看，为了万无一失，付出那些成本就在所不惜了。

凡事做过度的准备，这是过去社会的一种常态。

但是，这种情况正在发生变化。原因很简单，行动的风险正在普遍降低。

有一个概念，叫“风险社会”。是社会学家贝克提出的，核心就是人类社会积累的总风险越来越大，而且风险的类型越来越闻所未闻。但是，这是指人类社会的宏观风险。从微观上说，正好相反，我们实际上生活在一个“低风险社会”中。

比如，二十年前，考不考得上大学，人生境遇一个天上一个地下。但是现在呢，不上大学，出路也越来越宽。

再比如，过去从单位离开，基本就是灭顶之灾。但是现在，只要你有本事，天地广阔得很。

从这个背景，我们再来看凡事都要做万全准备这件事，就要发生变化了。

除了生命安全，我们完全不能承受风险的领域越来越少。所以，很多创新就盯上了原来那些过度的、冗余的准备工作。只要把这些准备工作省去，我们做事的效率就会大大提高，成本会大大降低。

在“得到”App的订阅专栏《前哨·王煜全》里，我就看到这么一家美国公司：Planet Labs（行星实验室）。这家公司只发射特别小型的卫星，一颗卫星只有鞋盒子那么大，一枚火箭上天，可以一次发射多达88颗卫星。这种卫星有个名字，叫“DOVE”，是鸽子的意思。像放鸽子那样放卫星，当然成本低，迭代快，竞争优势巨大。

小成本、大规模、低准备、快行动，这是一种全新的行为模式。对习惯了大成本、小规模、高准备、慢行动的人来说，这是一个不小的挑战。

再回到埃隆·马斯克的“超级高铁”。如果等到技术全部成熟，全部蓝图设计清楚，全部资金落实到位再开干，那要等到猴年马月，而且没必要。像马斯克一样，想清楚目标，就说了，就开始干。沿途汇集资金和资源，一边上马，一边研发技术，所谓“草鞋没样，边打边像”，反而是这个时代最有效的行动策略。

你只要替马斯克算算账就知道了，不做好准备就上路，他的风险是什么呢？如果风险很小，他为什么不这么干呢？

我多年前听到一个比方。做事情的策略有两种，一种是“骆驼策略”，就是知道自己要穿越沙漠，所以要长很多肉，用驼峰储存很多脂肪，做好准备再上路。另一种是“兔子策略”，一次只能吃一点儿草，那就沿途边吃边走，边找目标。

在高风险时代，骆驼策略是必要的；而在我们所处的这个低风险时代，兔子策略没准也是明智的。

用读书打造竞争力

□冯　仑

面对竞争，重要的还是找到适合自己的生存和发展的方法。比如，大家通常想的办法是勤奋，认为“只要我比别人更努力，就能在竞争中获得优势”。

但是，依靠勤奋是不是还可以胜出？我觉得，勤奋首先是一种态度。其次，勤奋可以分为两类。一类是简单的勤奋，一类是聪明的勤奋，也可以称之为“有差异性的勤奋”。

什么是简单的勤奋？比如，一个行当，本来就十个人，现在又来了五个人。这个时候，你要是还跟多数人一样做事情，和其他人相比没有差异性，不去增加新的能力，只是简单地勤奋，每天闷头加班，那么，在这十五个人里，即使勤奋也会很被动，不定什么时候，你就被比下去了。

但是，如果说你们原本有十个人，现在又来五个人，竞争更激烈了。这个时候，你勤奋一点儿，去学习或者选择一个新的有差异化的能力，建立起一种跟别人不一样的能力，即使再来多少人，怎么竞争，其实你也是不用怕的。

所以，要建立一种只属于自己的独特的能力，这很重要。有了差异性，你依旧能找到新的发展空间。

再说说读书。经常有人问我“你最近在读什么书”，但从来没人问“你最近在吃什么饭”。在我看来，吃喝拉撒、呼吸、走路、读书……都是活着的标志，一个人只要活着，就得做这些事。在我们的传统文化中，正常的人每天都应该读书。

那么，读书能不能提升竞争力？我觉得，何时都需要读书。

首先，读书也是一种“有差异性的勤奋”，我们能通过读书来换条跑道，增长技能。在转轨、转型的时候，读书能赋予你新的能力，尤其是技能上的能力。这是读书可能帮助我们脱颖而出的一个地方。

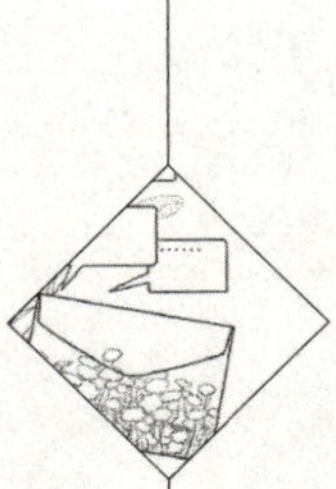

其次，读书能让人愉悦。大家压力大、焦虑、不开心时，读书能让我们的思维换个频道，让人对生活产生一种新的感知和判断，同时释放我们的想象力。

最后，读书有点像吃药，不同的书有不同的功效。有些药是救命的，有些药是治病的，有些药是养生的。书也是如此。不能笼统地说读书，关键要看你读什么书。

看历史能让人更通透，而哲学总在让人思考一些终极命题，人跟宇宙的关系、生死苦乐、人生的意义……哲学对这些问题会有一些解释。看这些书，视野会更开阔，然后你的想法也许就会跟以往不同，人会变得更自洽。

所以我觉得，无论何时，人都应该读书，它跟吃喝拉撒、睡觉、走路……是一样的。此外，要根据自己当下的情况，选择合适的书来读，这一点也很重要。

贝勃定律：幸福本质上是种“敏感度”

□张文成

有人做过一个实验：一个人双手各举三千克的重物，这时在其左手上加一百克的重物时，他并不会觉得两者有多大差别，直到左手重物再加六百克时才会觉得有些重；如果双手都举着十千克的物体，那么，只有在他的左手加上超过一千克的重物时，他才会明显感到两边重量不一样。也就是说，原来的砝码越重，之后就必须加更大的量，才能感觉到差别，这种现象被称为“贝勃定律”。

“贝勃定律”揭示了一个普遍存在的社会心理学现象，即当人经历强烈的刺激后，他对这类刺激的免疫能力会大大提升——就心理感受而言，第一次的大刺激会让第二次的小刺激变得微不足道。比如，原本一元钱的东西突然变成了十元，我们定会感到无法接受；可原本一万元的电脑涨了一百元，我们不会有太大反应。

从“贝勃定律”中我们可以推导出一个铁律——幸福递减。简单地说就是“得到的越多，感受到的幸福就越少”。同样是一个面包，带给一个饥肠辘辘的穷人和一个饱食终日的富豪的幸福感是截然不同的——并不是因为他们得到的幸福总量不一样，而是两者对一个面包的幸福感受能力不一样。

正如“贝勃定律”所阐释的，当人处于较差的状态下，一点儿微不足道的事情都可能让他兴奋不已；而当所处的环境渐渐变得优越时，人的要求、欲望等就会随之提升，感受到幸福的能力就会大大降低。所以，很多时候，当我们感觉不到幸福，可能幸福依然在周围，只是内心失去了对它的感受力。

法国有一个寓言故事：一位国王带领军队去打仗，结果全军覆没。为了躲避追兵，他与部下走散了，在山沟里藏了两天两夜，其间粒米未食、滴水未进。后来，他遇到一位砍柴的老人，老人见他可怜，就送给他一个用粗粮和干菜做的菜团子。饥饿难耐的国王狼吞虎咽地把菜团子吃掉了，当时他觉得这是全天下最好吃的东西。于是，他问老人，如此美味的食物叫什么，老人说叫“饥饿”。

后来，国王回到王宫，下令厨师按他的描述做“饥饿”，可是怎么做也没有原来的味道。为此，他派人千方百计找来那个会做“饥饿”的老人。谁料，当老人给他带来一篮菜团子时，他却怎么也吃不出当初的那种美味。

真正让国王感受到幸福的不是菜团子，而是他的“饥饿感”。饥饿时，即使是剩菜馊饭也吃得津津有味；酒足饭饱时，纵使是山珍海味也难以下咽。这就是“贝勃定律”为我们揭示的真理。

古罗马哲学家塞涅卡曾说：“如果你不能对现在拥有的一切感到满足，那么，纵使让你拥有全世界，你也不会幸福。”

曾经有人做过幸福调查，对社会上不同阶层的人进行询问：“你觉得自己过得幸福吗？”在受访人群中，有80%的人觉得自己不幸福，都有这样或那样的抱怨、不满和牢骚。

难道真的有这么多的人过得不幸福吗？说到底，其实是很多人渐渐丧失了感知幸福的能力。在满足自己一个接一个欲望的过程中走得太匆忙了，以至于忘了感知过程的美好与艰辛——没有了感知又怎么会幸福？

幸福不是实体，而是一种感受，能获得多少幸福，只取决于我们对幸福的敏感度。知足者常乐，时刻提醒自己：只要懂得用心去感受，幸福就一定在我们身边。

不值得定律

□小　风

心中无事自无事，心中有喜常欢喜。难得来人间一趟，自然是要好好地生活，何必为了一些小事给自己添堵呢？学会“不值得定律”，才可以在悠长的岁月里活得轻松又自在。

有人说，人生中最重要的八个字，是“关你啥事”和“关我啥事”。这八个字，就能解决80%的烦恼。这听上去似乎是逞一时口快，但仔细想想，不正是这个道理吗？

庄子在《秋水》篇里讲过这样一句话：夏虫不可以语冰。

孔子也曾劝诫弟子，不要和春生秋死的蚂蚱谈论四季。

和不同层次的人争辩，就是一种无谓的消耗。

他从未去过你到过的地方，不知道你读过的书，不认识你遇见的人。隔着太多的障碍，沟通就是一场漫长的无用功。

你站在山巅，告诉他前面是一片海洋，他在半山腰，只能看到满目的荒凉。

与其和他辩论，不如朝着大海前行。

很多人被生活击垮，并非因为多大的难题，而是一些非常琐碎的事。

因为那些看似微不足道的事，会无休止地消耗人的精力。

东汉末年，有个叫孟敏的人，买了一只陶罐，在路上不小心摔破了。

孟敏连看也不看一眼，径自走了。

路人觉得奇怪，过去问他：“你的罐子摔破了，你怎么连看也不看一下呢？”

孟敏回答说：“罐子已经破了，看它又有什么用呢？”

对孟敏来说，停下来懊悔摔破罐子，也许会错过晚上歇脚的客栈，也许会无缘欣赏晚霞的华光，与其站在原地懊悔，不如立即启程，不将就，不回头。

这世上，所有的事情都是有成本的，你为不值得的事情浪费时间，必然会错过其他的美好。

《庄子》里有个叫士成绮的人，听到世人常常夸赞老子，于是跋山涉水，来拜访老子。看到老子其貌不扬，住的地方也乱七八糟，士成绮说：“别人说你是圣人，我看是老鼠还差不多。”老子看了他一眼，低头继续读自己的书，完全不理他。士成绮只好走了。

第二天，士成绮觉得自己太过分了，来找老子道歉。谁知道老子对他说：“我如果有获得大道的实质，你骂我是猪、狗、老鼠又有什么关系？我还是我。”

别人说两句就急得跳脚，多半是内心不够笃定。

内心丰盈的人，活在自己心里，而不是活在别人嘴里。

有句话是这样说的：“不知道从什么时候开始，什么东西上面都有日期。秋刀鱼会过期，肉罐头会过期，连保鲜纸都会过期。”

有些人不必强留，有些关系也不必强求。要接受任何人的渐行渐远，也要接受任何人的分道扬镳。不要再像个孩子似的，抓住了一样东西就不肯放下，只有“舍”得一些，才能得到更好的奖励。人生，就是一场“断舍离”。

不值得的人，不值得的事，不值得的物都试图抢走属于你的人生，你要做的，就是把原本属于你的人生，从这些不值得中抢回来。

余生很贵，别和不值得的纠缠。

第二增长曲线

□吴晓波

前两天去南京调研，碰到一个企业家朋友，差不多跟我同岁，叫作石俊峰，大学学的是化学，毕业之后到南京一家汽车工厂当技术员，后来当上了这家汽车工厂的研究所所长。

2001年他下海，两年后创办了一家叫龙蟠科技的企业，做什么呢？做润滑油。

润滑油这个行业巨头环绕，壳牌、BP、中石化、中石油，这些企业不是大，是超大，均位列世界500强的前20。

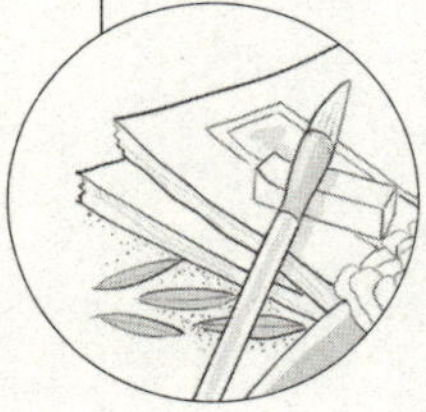

我们这位石同学冲到那个行业里，干了十多年，干到了民营企业润滑油市场占有率第一，挺厉害的。

干到第一的时候，倒霉的事情就发生了，新能源汽车起来了。大家知道润滑油用在哪里吗？主要是发动机里，消耗量最大的是汽车发动机油。

所以石俊峰说，他做到民营企业润滑油第一名时，突然发觉汽车发动机未来将会“不见了”，怎么办呢？他决定，继续把自己的有机化工专业能力和新能源挂钩。

六七年前，他们开始研究一个产品叫作磷酸铁锂，新能源电池中的正极材料。一个电池占到新能源汽车成本的40%，正极材料占到整个新能源汽车成本的17%~18%，占比特别高。

在他研究磷酸铁锂的时候，中国和欧美的新能源汽车，电池的正极材料大部分用的是三元锂，很多人嘲笑他说：“兄弟，方向错了，都在做三元锂，你搞啥磷酸铁锂？”

2020年，特斯拉宣布，它未来的电池将使用磷酸铁锂，然后石俊峰的春天就来了。

我们在石俊峰这个案例中看到，所有行业都可能出现这样的景象：人在半途时，突然这个行业消失了，你的技术优势被取代了。你怎么办？你需要寻找企业的第二增长曲线。

鸡蛋理论和宜家效应

□刘　润

有一次，没忍住馋，我在网上订购了几盒朋友推荐的小龙虾球。本以为放进微波炉热一下就行了。没想到人家叫“啤酒麻辣小龙虾”，说，你去买一罐啤酒，把小龙虾球倒入炒锅加热后，再倒入啤酒，翻炒出锅。

我真的照做了，不知为什么，居然真的特别好吃，秒杀全国的大店。

真是因为这个小龙虾特别好吃吗？当然，这是基础。但是，我的这种感觉背后，还有一个行为经济学原理在起作用：鸡蛋理论。

20世纪50年代，某家食品公司发现，他们的蛋糕粉一直卖得不好。研发人员对配方不断进行改进，用户就是不买账。这个问题难倒了食品公司。

最终，美国心理学家欧内斯特发现，蛋糕粉滞销的真正原因是这种预制蛋糕粉的配方太齐全了，家庭主妇们丧失了“亲手做的”那种感觉。

于是欧内斯特提出：把蛋糕粉里的蛋黄去掉。这个想法被称作“鸡蛋理论”。虽然这为烘焙增加了难度，但家庭主妇们觉得，这样做出来的蛋糕，才算是我“亲手做的”嘛。蛋糕粉的销量获得了快速增长。

后来，一位叫桑德拉的美国大婶，根据鸡蛋理论，提出了一个“70/30法则”。就是说，如果你使用70%的成品（比如蛋糕粉）和30%的个人添加物（比如鸡蛋），你就能用最少的劳动，把工业化的“食品”变成个性化的“美食”。

鸡蛋理论，是源于消费者的一种行为特征：我们对一个物品付出的劳动或者情感越多，就越容易高估该物品的价值。

为什么会这样？美国行为经济学家丹·艾瑞里认为，我们对某一事物付出的努力不仅给事物本身带来了变化，也改变了自己对这一事物的评价，付出的劳动越多，产生的依恋越深。

这种现象，同样出现在宜家。人们热衷于购买宜家的半成品家具，回家自己组装。鸡蛋理论，也被很多人称为“宜家效应”。运用这套理论的最简单的方法就是：让用户有参与感，可以利用投票、选择、搭配等；让用户付出劳动，留30%的工作给用户自己做，这个商品就能在他心中镀上光环。

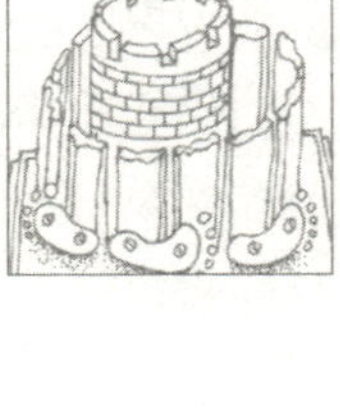

人生“三命”

□张燕峰

作家梁晓声说：“人有三命，天命、实命与自修命。”何为“天命”？应该说，父母给的叫天命。一个人无法选择自己的父母，也无法选择出生在怎样的家庭。这是无法更改的事实。既然无法选择，无法更改，只有坦然接受。

那么，什么叫作“实命”呢？生活经历给每个人的就是实命。有人似乎是被上天祝福过，一路走来，顺风顺水。有人却似乎被上天诅咒过，时时山穷水尽，处处关隘重重。不过，生命的迷人之处就在于变幻无常。生活会经常开个大玩笑，来个急刹车；车轮会突然偏离轨道，把人带入另一重天地。按照中国古人的看法，当事人既要懂得“花开花落，日出日落，守得云开见月明”，又要懂得“机不可失，时不再来，当机立断敢为先”。换句话说，命是车，运是路；命如舟，运如水。只有勇敢面对，勤于奋争，才可能开辟属于自己的新天地。

在现实生活中，当然不应被动接受所谓命运的安排。只有靠智慧的大脑、勤劳的双手，才能改善自己的生活状况与现实处境。于是，经常看到许多人在饮尽生活赐予的苦酒，遍尝命运赐予的磨难之后，终于成功“逆袭”，实现了华丽转身。毋庸置疑，同命运抗争、与环境过招，最要紧的还是自己，而非传奇故事与坊间童话。

很遗憾，也出现了不少沉溺于物质享受的人。其实，所谓“温柔富贵乡”，最容易腐蚀人的意志，消磨人的斗志。一旦浸泡久了，终归精神缺钙、一事无成。殊不知，苦难堪称人生的财富，在苦水中摸爬滚打，重新站起来，才能被锻造为实干先锋或铁骨硬汉。

何为“自修命”呢？其实，自修命附带着更深厚的文化气质。生命是一场漫长的修行。每个人的修养，除了先天的继承与家庭教育，更重要的莫过于个人的修为。那么，应该如何自修呢？

显然，潜心阅读属于最好的捷径。读几本好书，就是与很多灵魂高尚的人畅谈。一本好书能传授很多优良品质，比如智慧、坚韧、达观、善良与宽容……在书籍的润泽下，一个人的修养将不断加强，内心世界也会变得柔软慈悲，有同理心。

除了读书，还可以“与善者为伴，与智者同行，与高人为伍”。

“修”，是一方面，还有更重要的另一个层面。有人在遭受欺骗伤害之后，积极自我疗愈，让自身强大起来，绝不与坏人为伍。难怪《了凡四训》中写道：“人为善，福虽未至，祸已远离；人为恶，祸虽未至，福已远离。”养德远祸，好的修为会为自己赢得福报，相反，则只会招来祸患，贻害无穷。

面对挫折与逆境，不同的人，各有内在的修为。“牢骚太盛防肠断”，抱怨是把刀刃向内，带给自己更多的伤害；而豁达淡定，是把刀刃向外，将外界的伤害消弭于无形。同样是面对被贬的厄运，柳宗元愁苦难安，被贬永州后，四处写信给昔日好友，请他们想办法让自己远离这个毒瘴之地。在他的笔下，永州秀丽的山水，也呈现出凄清孤绝之美，他的生命，也于46岁黯然落幕。

苏东坡被贬黄州之后，放下个人荣辱恩怨，专注于当下，甩开膀子像农夫一样，开荒种地，亲手做美食，安之若素，不断给自己加油打气。最终，他熬过了命运的凄风苦雨，重新拥抱崭新的幸福。

由此看来，命运自有其不可违拗之处，人也有奋斗与自修自悟、改变命运的强大力量。无论遭遇什么，只要精神不委顿，始终修炼自己，总有一天会柳暗花明，开云见日。

生命里没有哪个阶段最好

□蒋 勋

李商隐写过一首《晚晴》：“深居俯夹城，春去夏犹清。天意怜幽草，人间重晚晴。”

晚晴，就是雨下了好久天气才晴朗起来，特别值得珍惜，现在我们不是用晚晴来形容老年的美好吗？这是李商隐的诗句。“天意怜幽草”，好像老天有一种特别的眷爱，会重视这些卑微的生命。

“晚晴”两个字也用得非常妙，“向晚意不适”中也是在讲“晚”，李商隐力图为“晚”找到一个存在的意义与理由。

生命里没有哪个阶段一定是最好，生命的每个阶段都可能是好，早晴和晚晴是两种意义。这里面产生了文学艺术创作非常重要的一个意义，就是可以为人生的每个状态提出一个价值。在悲悯自己，哀怜自己，在自己不是属于大时代的难过与哀伤中，忽然读到这个句子，也会转成“人间重晚晴”，有一种开心。

“微注小窗明”，也是在李白的诗里从来不会看到的句子，这是在讲光线，诗人坐在窗边读书，窗边的光线非常弱，他还是借着小窗的明亮在读诗，所以他用“微注”，微微从窗外有一点儿光线透进来，你会觉得他非常珍惜这点光线。

李商隐的诗中一直有晚霞、秋天，有一种晚景。晚景可以是凄凉，也可以从凄凉里转出温暖。

“微注小窗明”没有“长风几万里”的气魄，可是从这些微光中，能感到不可言喻的喜悦。

尤其对很多中年朋友，我想李商隐是很重要的。在生命的某些时刻，感到自己最好的时间过去了，会有一点儿沮丧，有一点儿颓败。可是李商隐的诗常常让我们感到生命并不是这样的状况，生命并没有所谓的极盛与极衰，而是一直处于流转的过程中。

李商隐对繁华的回忆，可能是一种喜悦的感觉，甚至比较平静，因为平静，所以用“微注”两个字。

这两个字很难用，在我写诗的经验里，一个诗人用到这么细微的字是难度很大的。其中有一种珍惜。

我们会回忆起自己的一些经历，某个阴天，外边飘着细雨，那个时刻如果你拿起一本诗集来读，就着从窗外透进来的光，诗中的景象感觉会出来，好像不再是骑在马上驰骋沙场的这种经验，而是回到自己家中小小的角落，找到自己生命的另一种意义。

唐朝很精彩，年轻的时候曾经驰骋沙场的那些人，现在在李商隐的世界里，忽然可以静下来读一卷发黄的诗页。那种感觉其实是非常迷人的。

平庸也是福

□梁凤仪

还记得一位老同学给我们说过的警句。

在当年的校园里，这位女同学的人缘真是好得不得了，于是同学们对她羡慕不已。可她竟认真地对我们说：“你们知道为什么吗？因为我是完全不具备任何攻击性的一个人。”

学校里女生花枝招展者众，有的属丽质天生，有的则是衣履新颖，后天补先天之不足，依然很具魅力，只是这老同学相貌平平，绝非男同学的追求对象。论功课，每级每系均有男女佼佼者，这位同学科科仅仅合格。

再讲到念书之外的十八般武艺，她除了上图书馆，压根儿就对其他什么也不大有兴致。加上家境一般，零用钱要靠一份小学生补习贴补。在这些条件之下，她在任何一方面对任何一位同学都不构成威胁。当然她品性也是随和，故而没有可能不广结人缘。

人们是不会无端去厌恶身边的朋友的，人与人之间的戒备和交恶大部分在于利益冲突。

动物人生观

□陶　勇

在个体成长的过程中，基因对人的人生观影响很大。一个人的性格和处事风格，很大程度上由基因决定。常见的划分，例如“狮子”“孔雀”“考拉”“猫头鹰”。

“狮子”指的就是创业型企业老大的行为模式：自我意识很强，说一不二，喜欢挑战，越是别人说干不了的事，他就越要去试试。而且他对别人的要求很高，别人不大容易和他亲近，容易产生距离感，和他说话超过三句他就会不耐烦。

“孔雀”比较爱展示自己，特别在乎自己在别人眼中的印象。他们很乐观，喜欢跟人打交道，有人缘，好交际，喜欢得到认可、鼓励和赞美。

“考拉”总是扮演群众的角色，不喜欢出风头，爱做重复的事情，乐于接受一成不变的生活和工作，不喜欢改变，最爱的就是维持现状。

“猫头鹰”特别挑剔，注重细节，喜欢完成复杂的工作，做事进度不一定快，但质量基本上都特别高，他们富有工匠精神。一起吃饭的时候，“狮子”会三下五除二地把菜点了，“孔雀”会说这个菜单要好好看，“考拉”会说你们随便点我都行，“猫头鹰”则会挑出菜单上的错别字。

当然，大部分人都是混合型，几种特点融合在一起，只是某种占比高一些。如果非要让“狮子”去接受“有事没事，喝茶了事”的消极养生人生观，抑或是让“考拉”接受“弱者用泪水安慰自我，强者用汗水磨炼自我”的拼搏人生观，他们无疑是坚持不了的，大概率只会保持三分钟热度。

伴随着年龄的增长，人生观应是层层深入的。对世事冷暖的体察，人生阅历逐渐丰富，看待事物的高度和格局会逐渐提升，仍有“狮子”的心，但眼睛可能更加像“猫头鹰”，谈吐也许更倾向“考拉”，“孔雀”开屏的欲望被更好地隐藏。